LINDA DAVIES

Les Miroirs sauvages

ROMAN TRADUIT DE L'ANGLAIS
PAR MARIE-LISE HIEAUX-HEITZMANN

GRASSET

Titre original :

WILDERNESS OF MIRRORS
Orion, Londres, 1996

A mon mari, Rupert,
pour tout.

REMERCIEMENTS

Je suis redevable à de nombreuses personnes, dont certaines qu'il m'est interdit de nommer. Merci donc à tous les anonymes.

Rupert, mon mari, m'a enseigné bien des choses qui se retrouvent dans ce livre. Comme toujours, mes parents, Glyn et Grethe, ont manifesté un soutien et un enthousiasme merveilleux. Andrew Lamont et Andrew Bone, de la De Beers, m'ont fourni de précieux renseignements sur les diamants, tout comme Thomas Helsby et Ed Epstein. Richard Garnet et le professeur Peter Nixon, de l'université de Leeds, m'ont procuré des éléments techniques sur la prospection des diamants et leur exploitation minière. Amber Rudd et Andrew Hyslop m'ont expliqué les rouages du capital-risque en matière de diamants, et donné des informations particulièrement utiles sur la Bourse de Vancouver.

Sous une autre identité — Rupert Allason et Andrew Hyslop — m'ont régulièrement aidée quant au domaine du Renseignement. Mark Broadley m'a fort aimablement autorisée à habiter chez lui à Hong Kong durant le temps de mes recherches sur place ; son appartement m'a servi de base d'exploration du Vietnam. Toby Eady et David Black, mes agents incomparables, se sont montrés aussi charmants et assidus que de coutume.

Un immense merci à chacun chez Doubleday, tout particulièrement à Steve Rubin, David Gernert, Ellen Archer, Amy Williams, Jackie Everlet et Jayne Schom pour leur enthousiasme, leur soutien et leur intelligence supérieure.

Et merci à vous, les intangibles.

PROLOGUE

Avril 1991

C'était si facile ce premier pas, jamais elle ne l'aurait imaginé — la mauvaise heure, le mauvais lieu, une main sur l'épaule... la mort. Conclusion simple, inévitable. L'après-midi était ensoleillé. Il faisait chaud. Comme toujours.

En fait, elle savait que ce n'était pas là son premier faux pas, mais la fin d'un long voyage entamé des années auparavant. Pourtant, elle avait le sentiment que les choses auraient tourné autrement si elles s'étaient produites dix minutes plus tôt, ou plus tard. Se faire pincer cet après-midi-là n'apparaissait pas comme la conséquence des quatre années écoulées mais comme un hasard, comme si elles se trouvaient victimes d'un horrible accident.

Elles connaissaient les risques. Ce n'était même pas comme si elles avaient tenté le coup, persuadées d'avoir neuf chances sur dix de s'en tirer. Elles pensaient qu'elles ne se feraient jamais prendre, qu'elles étaient protégées, en quelque sorte. C'était presque ça, le pire — comprendre que cela pouvait vous arriver à vous, que Dieu ou le destin ou la chance vous avait abandonnée alors que vous vous croyiez invulnérable, que vous aviez bâti votre existence entière sur une erreur et que l'heure était venue de payer. De votre vie. Elles étaient deux, l'Anglaise et la Thaï, atterrissant à l'aéroport Changi à Singapour avec leur cargaison d'héroïne. La police les avait arrêtées à la suite d'une dénonciation ; on leur avait tendu un piège. Robie Frazer, l'instigateur de l'opération, avait appris qu'un agent de renseignement avait infiltré son organisation et se dissimulait parmi les principaux mulets. Il voulait tester son hypothèse. Si elle était arrêtée et relâchée, c'était bel et bien une espionne. Si elle était arrêtée et pendue, alors rien à dire. Un simple test. Mais la mécanique s'était détraquée. A l'insu de Frazer, Sun Yi Sim, la suspecte, accompagnait sa meilleure amie, Eva Cunningham. Toutes deux furent arrêtées.

Dans le hall des bagages, Eva lut le panneau accroché au plafond : LE TRAFIC DE DROGUE ENTRAÎNE LA PEINE DE MORT. Elle détourna les yeux. Elle prit ses bagages et poussa son caddie dans l'aéroport, souriante, parlant calmement à Sun Yi, masquant sa peur par des éclats de rire.

Il faisait froid dans le terminal. L'air conditionné était glacial et elle avait la chair de poule quand elle entra dans le couloir de la douane pour passer devant les files de douaniers qui, l'œil perçant, parfaitement entraînés, guettaient le moindre signe. Seulement voilà. Eva savait depuis le début que c'était un coup monté. Comme toujours, Sun Yi et elle étaient détendues dans leur armure de feinte innocence ; aujourd'hui, pourtant, elle ne leur servit de rien.

Dès qu'elles parurent, deux hommes et deux femmes s'avancèrent — la main sur l'épaule, le regard grave. La pièce aveugle, la fouille. Un choc paralysant, quasi immédiat. Eva se sentait curieusement détachée, comme si elle observait la scène de l'extérieur.

Elle vit qu'on emmenait Sun Yi. La petite silhouette frêle s'éloigna, elle la voyait pour la dernière fois. Puis on l'emmena à son tour. L'image se grava dans sa mémoire tandis qu'elle soumettait son corps à la fouille, obligeant son esprit à s'éloigner. Mais elle ne pouvait refouler l'image d'une jeune femme qui marchait vers son exécution.

Elle avait eu droit à un appel téléphonique. Elle connaissait par cœur le numéro d'urgence.

— C'est Eva. Je suis à Changi. On m'a arrêtée.

Elle resta quatre heures dans une pièce fermée à clef. Personne ne fut autorisé à la voir. Elle supposait que c'était bon signe ; ils la protégeaient, ils étaient en route. Mais s'ils ne venaient pas ? La prison à vie ? Vingt-cinq ans de réclusion ? Les Singapouriens pendaient rarement les Occidentaux, mais cela arrivait, cela pouvait lui arriver. Sun Yi serait pendue, elle. Il n'y avait personne pour la protéger, nulle noble cause derrière elle. La noble cause viendrait à la rescousse d'Eva et l'emmènerait en sûreté.

Elle se demandait si elle devrait souhaiter qu'on la pendît, elle aussi. Tout en elle protestait violemment. Elle n'avait pas la moindre envie de mourir. La culpabilité de sa propre survie la tarauderait. Cela avait déjà commencé, au moment où elle avait vu la peur, l'anticipation de la mort dans les yeux de son amie. Cependant, assise dans la pièce sans fenêtres, la sueur se mêlant aux larmes qui avaient commencé de couler passé le premier choc salutaire, elle éprouvait, plus fort que jamais, un immense désir de vivre.

Se voir marcher vers une mort inévitable est la chose la plus atroce. On en vomirait son propre cœur. Elle ne mourrait pas. Le MI6, service secret britannique, ne lui avait jamais promis de filet, mais elle refusait de croire qu'elle sautait dans le vide. Elle était un agent indépendant, récusable. Il n'y avait eu aucun contrat, aucune promesse qu'ils lui viendraient en aide. Pourtant, avec l'assurance du désespoir, elle avait la certitude qu'ils la tireraient de là. Elle pressentait qu'elle en paierait le prix, aussi lourd fût-il.

Andrew Stormont, son contrôleur, arriva à la tombée du jour. Il avait pris un Hercules C-130 à Hong Kong. Les douaniers vinrent à sa rencontre sur la piste et l'accompagnèrent jusqu'à Eva.

Il entra, entendit la serrure claquer derrière lui. Il resta debout à regarder la jeune femme. N'étaient ses yeux, qui scintillaient de toute leur intensité, il ne l'aurait pas reconnue. Ses vêtements pendaient sur son corps amaigri. Sur son visage émacié, les traits étaient durs. Elle avait le teint cireux et ses cheveux longs et blonds avaient perdu tout éclat. Elle portait les marques de l'héroïnomane.

Il s'avança vers elle. Elle se leva du sol, sans un mot. Il la prit par le bras et frappa à la porte. Les douaniers ouvrirent et les escortèrent jusqu'à une porte latérale menant à une succession de couloirs. L'avion, enfin, dont les moteurs grondaient. Les douaniers tournèrent le dos. Eva et Stormont grimpèrent dans l'Hercules qui décolla sans tarder.

Eva observa Stormont tendre son sac à un agent en civil assis tranquillement au fond de la cabine. Il le détruirait avec tout ce qu'il contenait, y compris les quatre dernières années de sa vie.

— Où allons-nous ?

— On rentre en Angleterre. Direction la clinique.

Stormont laissa courir ses mains le long des bras squelettiques d'Eva.

Pendant quatre ans elle avait travaillé en Asie du sud-est pour le SIS comme agent des narcotiques. Stormont lui parlait régulièrement au téléphone, mais au SIS, personne ne l'avait vue. Elle avait joué son rôle à merveille, nul ne s'était douté qu'elle se droguait.

— Pourquoi n'avoir rien dit ?

— Qu'est-ce que cela aurait changé ? Je n'avais pas le choix. A un moment donné, j'ai été obligée d'en prendre. Je savais que si je commençais je ne pourrais pas m'arrêter. Mais c'était ça ou j'étais grillée. D'emblée, ils ont eu des doutes à mon sujet. C'était le seul moyen de faire mes preuves.

— Ils ont dû avoir de nouveaux soupçons.

— C'était un piège. Indubitablement. Mais je n'étais pas la cible. Je n'étais pas censée être là. C'était une pure coïncidence. Je devais faire une livraison tôt ou tard et j'ai décidé de la faire cette semaine. Je me suis aperçue que Sun Yi avait programmé la sienne pour aujourd'hui, si bien que j'ai fait équipe avec elle, au dernier moment. La douane lui a foncé droit dessus. Ils m'ont arrêtée parce que nous étions ensemble. Mais ce n'est pas moi qu'ils voulaient. Si j'avais été seule, je serais passée sans encombre. Depuis des semaines il circule une rumeur selon laquelle Frazer pense qu'un de ses messagers est un espion. Bon soupçon, mauvais suspect. Je suis là, elle est morte.

Stormont s'apprêtait à dire quelque chose quand Eva l'interrompit.

— C'est tout comme. J'aimerais mieux mourir tout de suite que d'attendre six mois qu'on me pende.

Elle s'installa à côté de lui, le visage creusé de profonds sillons. Toute beauté évanouie, une coquille vide.

— Depuis combien de temps prenez-vous cette saloperie ?

— Pratiquement depuis le début.

— Eva !

L'orgueil du drogué refit surface.

— Je suis forte.

Elle était assise toute droite, ailleurs. Stormont se demanda à quand remontait sa dernière injection, quand l'angoisse, les tremblements et les hurlements s'installeraient. Elle transpirait déjà. Tout en l'observant, il se demanda si cela valait la peine. Intellectuellement, il savait que oui, mais quand il s'agissait de cette jeune femme, blessée au cours de sa guerre à lui, les émotions étaient plus fortes que la raison. Il se demanda comment elle justifiait cela à ses propres yeux.

Comme si elle devinait ses pensées, elle dit :

— J'ai du mal à me décider sur la façon de m'en sortir. Je rentre, je fais le ménage en grand. Et après ?

— Quels sont vos projets ?

— Au-delà de ma prochaine dose, rien ne m'intéresse.

— Vous feriez bien de trouver autre chose, car il n'y aura pas de prochaine dose, rétorqua-t-il d'une voix acérée, privée de toute émotion. Sinon, je finirais par croire que j'aurais mieux fait de vous laisser mourir avec votre amie.

— Bon d'accord, dit-elle d'une voix rauque. Si c'est une déposition, une promesse que vous voulez, vous allez l'avoir. Mais c'est donnant donnant. Je suis là pour Robie Frazer. Lui, ses armes et sa drogue.

Stormont leva la main en signe de protestation avant même qu'elle n'eût achevé de formuler sa pensée.

— Oubliez Frazer. Il a failli vous détruire. Vous êtes grillée, ou c'est tout comme. Vous pouvez repartir de zéro ailleurs.

— Détrompez-vous. Frazer ne m'a pas détruite. Ma couverture c'est d'être une camée. Et bientôt, ce sera du passé. Je me remettrai et j'attendrai. Le temps qu'il faudra — trois, quatre, dix ans. Et je reviendrai le chercher. Et je l'aurai. C'est tout ce que je demande.

Elle se pencha sur Stormont, entravée par sa ceinture.

— Fournissez-moi une cible. J'ai besoin d'une raison de me battre. Frazer ne s'en ira pas. Et vous ne l'aurez jamais. Vous continuerez de vouloir sa peau.

Elle se tut un instant, les yeux brillants d'ironie.

— Vous savez, dans ces cliniques de désintoxication... apparemment, ils vous donnent un mot, une espèce de mantra, que vous devez vous répéter sans arrêt le temps du traitement. Moi, je choisirais bien Frazer.

Stormont se tut longtemps. User d'arguments logiques sur la difficulté à tenir des promesses ne la sauverait pas.

— Soit, Eva. Donnant donnant. Recouvrez la santé et Frazer est à vous.

Elle se cala contre son dossier et ferma les yeux.

Six heures après, l'Hercules atterrit à la base militaire de Brize Norton. Eva était recroquevillée sur son siège en tissu, la sueur dégoulinait sur tout son corps tremblant, se mêlant aux larmes qui coulaient de façon incontrôlable. Une ambulance attendait en bout de piste. On emmena Eva sous le regard attentif de Stormont qui se demandait s'il la reverrait un jour.

Six mois plus tard, dans une clinique de désintoxication du fin fond de l'Ecosse, Eva lut un entrefilet sur la pendaison de Sun Yi Sim.

1

Mars 1995

Pendant quatre ans, Andrew Stormont avait essayé d'oublier Eva Cunningham et la promesse qu'elle lui avait extorquée. Il avait changé de fonction à l'intérieur du SIS, la Firme pour les intimes. Il n'était plus aux narcotiques et, directeur de la contre-prolifération, il était maintenant chargé de contrôler au niveau mondial l'extension de la technologie et de l'armement militaires.

De nombreux pays, jusques et y compris ceux qui avaient signé le traité de non-prolifération nucléaire, faisaient du trafic clandestin de composants et de savoir-faire nucléaires. La vente non réglementée de plutonium s'accentua à la suite de l'éclatement de l'ancienne Union soviétique, donnant la puissance nucléaire à une multitude de nouveaux pays. L'extension de programmes chimiques et biologiques constituait une menace d'un nouveau genre.

Nouvelles responsabilités, nouvelles cibles, nouveaux agents. Pourtant, Eva ne quittait pas l'esprit de Stormont, surgissant de sa mémoire quand il ne s'y attendait pas, exactement comme lorsqu'il l'avait recrutée : vingt-deux ans, fraîchement émoulue d'Oxford, rayonnante de beauté, d'énergie, de curiosité. Pourtant, même à cette époque, quelque chose en elle s'était terni — œuvre des années au service de la Firme — une vigilance, un empressement à affronter les difficultés.

Plus déconcertant encore, elle apparaissait dans les rêves de Stormont. Inattendue, sans lien apparent avec le moindre stimulus, elle surgissait, comme pour s'assurer qu'il ne l'oubliait pas, et venait lui rappeler sa promesse. Après maintes apparitions, il commença à songer qu'au fond c'était peut-être la logique qui l'appelait, car il s'aperçut qu'il pensait à nouveau à Robie Frazer.

Eva avait eu raison d'affirmer, presque comme une malédiction, qu'il n'oublierait jamais Frazer, que jamais il ne lâcherait prise. C'était Frazer, cible floue et mouvante, qui le conduisait aujourd'hui à Hong Kong. Il soupçonnait, sans pouvoir la prouver, l'implication de Robie Frazer dans le trafic d'armes. Il avait réuni des informations et l'intuition faisait le reste. Son hypothèse était que la vente d'armes, qui dégageait un immense profit, devait satisfaire son appétit d'argent et que le statut reluisant de grand criminel convenait à sa moralité tordue. Et même si Stormont se trompait et que Frazer n'achetait ni ne vendait d'armes, il était indubitablement proche des véritables trafiquants.

Après des années de tractations compliquées avec les Chinois, Frazer entretenait des relations étroites avec les hautes sphères chinoises. Longtemps fournisseur de technologies nucléaires au tiers monde, la Chine était un agent actif de la prolifération. L'homme qui dirigeait l'ensemble de ce commerce illicite était Ha Chin, un homme politique très haut placé. On pouvait raisonnablement supposer que Frazer et Ha Chin se connaissaient. Stormont cherchait désormais à établir le lien exact entre les deux. Mais, que Frazer connût ou non Ha Chin, il pouvait se révéler une source précieuse de renseignements.

Dans la douce chaleur de mars, Stormont se tenait sur le Peak, dans Magazine Gap Road. Le Peak était le quartier résidentiel le plus chic de Hong Kong, où se retrouvaient les fortunes, des plus vieilles aux plus récentes. La plupart des anciennes familles commerçantes taïwanaises de Hong Kong y habitaient. Robie Frazer, Taïwanais de fraîche date, y demeurait également.

Stormont regarda de l'autre côté de la rue par-dessus le sommet arrondi de la montagne : la maison de Frazer se situait à cinq cents mètres de là. C'était une grande bâtisse blanche qui se détachait, éblouissante, sur la verdure. Elle semblait grimper la colline pour émerger miraculeusement d'une végétation luxuriante. La maison respirait l'opulence ; d'ailleurs, la rumeur l'estimait à vingt-six millions de livres. Elle scintillait, hautaine, dans le soleil de l'après-midi, aussi éclatante que la débauche de fleurs roses, rouges et jaunes qui poussaient sur les chemins serpentant à flanc de coteau. Aux yeux de l'observateur, cette demeure symbolisait l'argent, le pouvoir et la position sociale. Bref, elle seyait merveilleusement à son propriétaire.

Robie Frazer avait quarante ans, des cheveux châtains et des yeux bleus. Il avait appartenu à la jeunesse dorée, et l'expérience avait creusé de rides son visage autrefois rayonnant ; il portait ces sillons comme tout le reste, avec légèreté. Hommes et femmes l'aimaient et l'admiraient tout en le jalousant, ce qui le réjouissait secrètement.

Ce qu'il faisait, comment il gagnait tant d'argent, nul ne le savait avec certitude. Toutefois, le simple poids de sa fortune, auquel s'ajoutait une ascendance britannique incontestable, le plaçait au-delà du moindre reproche et lui conférait un vernis de respectabilité. Il pouvait très bien être intègre. Et pour les gens, il n'y avait aucune raison de supposer qu'il ne le fût pas.

Stormont ne quittait pas l'édifice des yeux, comme s'il y cherchait quelque indice. Il savait que Frazer était corrompu — pas vaguement, pas à la suite de sa richesse, non, il était pourri jusqu'à la moelle. La corruption s'infiltrait en lui comme ces champignons qui poussent et fermentent dans la jungle, tout aussi répandue et tout aussi invisible. Mais Stormont, lui, la percevait, la reniflait, comme l'avait fait Eva Cunningham des années plus tôt. Il lui suffisait de la mettre au jour.

Au bout d'un long moment, il finit par se détourner de la maison. Il s'éloigna, oublieux de la chaleur.

Après avoir marché un quart d'heure, il se retrouva au Central, où il avait rendez-vous avec un vieil ami de l'université, Douglas Baims, pour boire un verre. Baims était une source occasionnelle mais excellente de renseignements. Il était responsable du secteur asiatique dans une affaire de commerce de diamants.

Baims attendait au Foreign Correspondants'Club, dans Lower Albert Road. Stormont s'engouffra dans la fraîcheur de l'air conditionné. Il trouva Bairns au bar. Les deux hommes se serrèrent la main, s'installèrent et commandèrent avant de bavarder cordialement du vol de Stormont, de sa santé et du temps. Feutrée, élégante et sans emphase, leur conversation s'accordait au décor. Ils auraient aussi bien pu parler de cricket ou des femmes.

Après les civilités, Bairns enchaîna avec un petit sourire las.

— J'ai un léger problème au Vietnam. Il semble qu'on ait découvert une nouvelle mine de diamants qui pourrait se révéler considérable. C'est un territoire largement inexploré, précisa-t-il en ouvrant les mains. Qui sait ? Le rendement pourrait être de dizaines de milliers de carats par an.

— Prometteur, dirait-on. Où est le problème ?

— Un type nommé Granger McAdam revendique ses droits sur la concession. Sa compagnie est propriétaire du terrain. Elle est cotée à la Bourse de Vancouver. McAdam est le président de la boîte, il possède vingt-cinq pour cent des actions et en a le contrôle effectif. C'est un salaud d'Américain qui refuse totalement de coopérer. L'histoire a tout pour déplaire : de nouvelles et sans doute colossales sources de diamants entre des mains inamicales.

— Effectivement.

Stormont connaissait d'avance la prochaine question. Chacun savait que l'autre savait, mais nul ne faisait le moindre effort pour faciliter la tâche de l'autre. Stormont voulait que son ami lui demandât franchement de lui rendre service, monnaie d'échange pour l'avenir.

— Inutile de te dire, assura Bairns, que cela nous aiderait si McAdam était remplacé par quelqu'un de plus coopératif. Le problème est que si nous, ou quiconque d'ailleurs, tentions de racheter l'affaire de façon classique, McAdam se défendrait bec et ongles. C'est son enfant. Jamais il ne cédera de plein gré. Quiconque réussirait à prendre une part majoritaire aurait affaire à lui. Ce serait l'enfer.

— Oui, j'imagine. Il faut que je réfléchisse. Il y a peut-être une solution. Je n'ai rien en tête pour l'instant, mentit Stormont, mais je vais garder cela à l'esprit. Tant qu'on y est, parle-moi de ce McAdam.

Bairns devisa pendant une bonne quinzaine de minutes. Stormont s'étira, comme s'il s'ennuyait. Il consulta sa montre.

— Il faut que j'y aille, Douglas. Bonne chance, et toute cette sorte de choses, comme on dit.

Stormont sortit, héla un taxi et rentra dans la maison sûre où il séjournait, dans le Mid-Levels, à mi-hauteur du Peak. Il s'écroula dans le canapé, coudes sur les genoux, observant par la fenêtre le ciel troublé de gratte-ciel. Au-delà, le bleu calme de la mer de Chine méridionale.

Il prit sa décision rapidement, d'instinct. L'habitude et le métier aidant, il franchit une à une les étapes de l'analyse rationnelle pour parvenir à une seule et même conclusion. Raisonner froidement était une perte de temps. Mieux valait se concentrer sur l'erreur toujours possible et, paradoxalement, prévoir l'imprévisible.

Stormont s'empara du téléphone et appela Giles Aden, son adjoint à Londres.

— Trouvez-moi Eva et expédiez-la-moi ici. Je l'attends.

Un long silence s'étira avant que la voix d'Aden ne retentît.

— Comment êtes-vous si certain qu'elle viendra ?

— Je la connais.

— Est-ce raisonnable ?

— Nous verrons bien, n'est-ce pas ?

2

Il fallut quinze heures pour localiser Eva. Après avoir quitté la clinique de désintoxication écossaise, où elle avait passé six mois, elle avait bel et bien disparu. Pour la Firme, elle était inopérationnelle. Elle s'était rendue au Vietnam pour y vivre sa vie de liberté. Elle avait parcouru le pays en tout sens, demeurant dans des villages, enseignant gratuitement l'anglais aux enfants. Elle possédait quelque argent et la vie ne coûtait guère. Elle travaillait pour son plaisir et pour sa convalescence. Mais à ses yeux, seul un appel téléphonique de Stormont la guérirait définitivement. Elle avait attendu quatre ans qu'il tînt sa promesse.

Aden lui parla au téléphone à dix heures du matin, heure vietnamienne. Elle venait de nager dans la mer, dans la baie d'Along, au Nord Vietnam. Aden ne la gratifia pas du moindre salut ni de la moindre explication. Il se contenta d'un simple :

— Stormont a besoin de vous à Hong Kong, sur-le-champ.

Une vague de nausée, de douleur et d'excitation déferla sur Eva. Il y avait si longtemps qu'elle se posait des questions sur cet instant. Elle regarda autour d'elle, cherchant des repères, essayant d'éterniser ce souvenir potentiel.

— Où dois-je me rendre ?

Aden lui donna l'adresse.

— Je me mets en route.

Elle empaqueta le nécessaire dans un petit sac de toile et quitta sa maison de bois craquelée et pentue avec vue sur une mer parsemée de rochers géants — son paysage préféré. Elle ne boucla pas la porte et laissa la clef sur la table du salon, comme pour le prochain occupant.

Elle prit un bus pour Hanoï puis un avion pour Hong Kong. Kilomètre après kilomètre, elle rassembla son passé déchiqueté. La douceur cédait peu à peu le pas à la force tapie en elle. Eva enfermait une partie d'elle-même et en libérait une autre.

Son avion vira au-dessus de l'amas de gratte-ciel et atterrit à Kowloon. Elle débarqua et traversa l'aéroport d'un pas rapide, beauté sauvage à la démarche souple et aux yeux vigilants. Hommes et femmes se retournaient sur son passage. Son visage était vigoureux, avec des traits pleins, des yeux d'un bleu profond et des lèvres charnues ; sa peau était lisse et hâlée. Ses cheveux mi-longs étaient retenus en une queue de cheval blondie au soleil. Elle mesurait un mètre soixante-sept et était fine et souple comme une athlète. Il émanait d'elle une énergie et une confiance en soi naturelles. Ses vêtements, jean déchiré et veste délavée assortie, ainsi que le vieux sac de toile, constituaient la panoplie du voyageur impénitent ; seul manquait le regard mi-curieux, mi-passif. Elle savait manifestement où elle allait, comme si elle était de retour.

La lumière pâlissait, le ciel fonçait. Des nuages noirs apparurent, chargés d'électricité. Eva prit un taxi. Tandis qu'il émergeait du tunnel qui relie Kowloon et le continent à l'île de Hong Kong, les nuages explosèrent. Les éclairs déchirèrent le ciel mouillé. Eva s'appuya contre la vitre, ravie du spectacle.

Le tonnerre faisait toujours rage lorsqu'une demi-heure plus tard elle arriva à la maison sûre située sur le Peak. Elle frappa. Deux coups brefs. Andrew Stormont ouvrit la porte. Eva entra. Ils se tenaient à quelques pas l'un de l'autre, se dévisageant en silence. Il s'avança vers elle et prit ses mains dans les siennes.

— Vous êtes magnifique.

Elle ne le quittait pas des yeux, confrontant l'homme au souvenir qu'elle en avait. Il mesurait un mètre quatre-vingts et s'il était mince, sa carrure était puissante. Ses yeux bleu foncé étaient toujours aux aguets, voilés, souvent froids. Ils révélaient avec parcimonie la forte émotion qui s'y tapissait. C'était un homme passionné, maître de soi par nécessité. Il arrivait parfois que la ferveur de son caractère se lût dans ses yeux, dans sa façon de se déplacer, de toucher les choses, dans sa sensualité.

Eva connaissait sa maison, ses voitures et ses tableaux ; elle voyait dans tout cela ce qu'il y cachait — la volupté. Elle savait aussi combien il aimait parcourir les montagnes, dormir à la belle étoile ou sous une toile dans la neige, combien il jouissait tout autant du luxe que de l'austérité. Comme chaque fois qu'elle le regardait, elle fut surprise. Malgré son excellente mémoire, elle n'avait jamais réussi à garder une parfaite image de son visage. Elle aurait juré que cela s'expliquait par le fait qu'il changeait, même dans ses contours — peu mais suffisamment pour tout modifier. Parfois, ses traits semblaient fins et longs ; parfois plus durs, plus larges.

Aujourd'hui, l'émotion se lisait sur ce visage, ce sourire, ces yeux qui l'observaient, la jaugeaient mais surtout l'admiraient comme jamais, même à Changi. Alors, elle avait vu dans ce visage de la douleur et de la sympathie, pas le mépris qu'elle avait redouté.

Elle laissa tomber son sac.

— D'abord, il faut que je prenne une douche. Puis-je vous emprunter un jean et un tee-shirt ?

Elle traversa la pièce tout en déboutonnant sa chemise. Elle s'arrêta devant la porte de la salle de bains et se dévêtit entièrement, posant ses affaires en tas par terre. Stormont contemplait la peau lisse et bronzée, les muscles, les courbes de cette femme si sensuelle, si tenace. Plus trace d'héroïnomanie. Eva était remise et libérée. Cela se voyait, superbement.

Stormont ouvrit sa valise et en sortit un jean et une chemise qu'il posa devant la salle de bains. Puis il alla dans la cuisine, prit dans le réfrigérateur une bouteille de Veuve Clicquot qu'il ouvrit sans tarder. Après avoir servi deux coupes de champagne, il alla regarder par la fenêtre.

Eva reparut quelques minutes plus tard en frictionnant ses cheveux. Stormont se retourna. Son jean tombait sur les hanches d'Eva, dévoilant son nombril au milieu d'un ventre tendu et musclé. Elle avait noué la chemise à la taille et laissé ouverts les boutons du haut, révélant ainsi une gorge hâlée où perlaient encore des gouttes d'eau. Elle avança vers lui. Il serra son verre, but un peu de champagne et leva les yeux au-dessus de la coupe. Elle ne portait rien sous ses vêtements. Elle l'observait avec droiture. Chez une autre, il aurait soupçonné quelque motif sexuel, mais pas chez Eva. L'aurait-il fortement désiré, faire l'amour avec Eva était impossible. Il était son agent contrôleur. Leurs relations étaient strictement codifiées. Ni Stormont ni Eva n'étaient par nature prompts à obéir au règlement, mais pour des raisons qui leur étaient propres, chacun s'y tenait — peut-être parce qu'ils se sentaient fortement, dangereusement attirés l'un vers l'autre.

Eva prit la coupe qu'il lui tendait et s'installa sur le sofa. Il s'assit en face, dans un fauteuil.

— Alors, le Vietnam ? J'ai entendu dire que vous enseigniez l'anglais dans des villages perdus.

— C'est fabuleux, trépidant, excitant, tranquille — tout. J'ai pas mal bourlingué, mais j'ai une maison, maintenant, dans la baie d'Along. Je suis prof à l'école du village.

— Vous vous êtes bâti une existence agréable.

— Disons simple, heureuse. Une bonne occupation en attendant.

— Savez-vous pourquoi je vous ai rappelée ?

— Votre promesse.

— Rien ne vous oblige. C'est votre choix. Vous pouvez rentrer au Vietnam, oublier que vous m'avez vu, tout oublier.

Elle but une gorgée de champagne, reposa son verre, soigneusement, sans un bruit, sur la petite table de marbre.

— Oublier ? Cela m'étonnerait. Je ne sais pas ce que vous avez en tête, mais je le ferai. J'ai dit oui il y a quatre ans. Et ça ne changera pas.

Il la regarda sans un mot, une dernière tendresse dans les yeux. Puis les volets se fermèrent.

— J'ai changé de secteur. Contre-prolifération. Les Chinois m'inquiètent particulièrement. Nous pensons qu'ils vendent du plutonium, des moyens techniques et des armes finies à toutes sortes d'indésirables. De leur côté, le trafic est mené par des hommes politiques de haut rang et par quelques hommes d'affaires jouissant d'excellentes relations. L'entreprise privée est en plein essor. On voit poindre un certain nombre de gros bonnets. A la surface, ils sont tout ce qu'il y a de légal. Mais en dessous, ils touchent à tout — drogue, armes, armement nucléaire. Je veux savoir ce qu'ils vendent, et à qui. Je sais qu'ils cèdent de grosses quantités d'armes aux Saoudiens. Je veux remonter la filière. Nous avons des agents sur place, mais cela ne me suffit pas. J'ai besoin de quelqu'un qui a accès au top niveau et possède une bonne couverture. Un homme d'affaires, par exemple. Quelqu'un qui traite avec les gros bonnets et les huiles.

— Robie Frazer, dit Eva d'une voix blanche.

Stormont hocha la tête.

— C'est lui qui a les meilleurs contacts avec les Chinois. Ils l'aiment bien et lui font confiance. Ils se comprennent parfaitement. C'est presque un Chinois honoraire.

— Facile à expliquer : ils n'ont jamais vu un *guelin* qui aime autant l'argent, et de loin. A côté de Frazer, les Chinois se sentent de véritables ascètes. Je suis votre raisonnement, ajouta-t-elle après avoir bu un peu de champagne. Frazer serait parfait. Mais pourquoi accepterait-il ? A mon sens, il aurait beaucoup à perdre et rien à gagner. S'il est découvert, c'est la partie la plus lucrative de ses activités qui saute. On ne lui fera plus jamais confiance en Orient. Or il se nourrit de confiance et de reconnaissance publiques.

Elle s'obligea à ne pas ajouter : *Sans compter qu'ils le tueraient sans doute pour sa trahison.*

— Comment mettons-nous le grappin sur les gens, d'habitude ? lança Stormont. L'argent, la loyauté ou le chantage. L'argent plairait à Frazer, si ce n'est qu'il est déjà multimillionnaire. La somme que nous pourrions lui proposer lui apparaîtrait comme une insulte. La loyauté envers la reine et la patrie ne se traduisent pas à ses yeux en espèces sonnantes et trébuchantes. Reste donc le chantage. Vous avez dit vous-même à quel point sa position sociale est importante pour lui. Il adore jouer le riche patricien anglais avec le côté légèrement canaille que lui offrent sa fortune et son négoce avec l'Orient. Mais pendant tout ce temps, il se régale de sa respectabilité car c'est un énorme tour qu'il joue au monde entier. Il baise les gens deux fois : en se faisant du fric et en convainquant tout le monde qu'il est un parangon de vertu.

— Pas tout le monde.

— Non. Mais vous en avez vu plus que les autres.

— Pas besoin de voir ce que j'ai vu pour savoir qu'il est pourri. Personne ne se fait autant d'argent aussi vite sans prendre de raccourcis. On pourrait penser que chacun est capable de s'en rendre compte.

— Ils refusent. C'est un héros, le saint patron de l'ambition.

— Comment comptez-vous le faire chanter ? s'enquit Eva.

— Nous le faisons chanter, voulez-vous dire. C'est une longue histoire, tortueuse, la parfaite embuscade.

— Racontez-moi, du moins mon rôle.

Stormont réprima un sourire. Cette étape, l'exposition du plan, l'accord de l'agent, lui faisait toujours l'effet de la séduction, le premier maillon d'une chaîne de séductions, toutes justifiées par le but qu'il s'était fixé.

— Vous rentrez immédiatement. A Hanoï. Vous vous acoquinez avec un gus appelé Granger McAdam. Il possède vingt-cinq pour cent d'une concession de diamants au Nord Vietnam. S'il se trouvait délesté d'une partie de ses capitaux, ce pourrait être utile.

— Quel est précisément notre intérêt en ce qui concerne McAdam et les diamants ? s'étonna Eva, un sourcil élégamment relevé. Epargnez-moi les réponses bidon. Je sais que vous ne me direz pas tout, mais tâchez de me donner une réponse qui en vaille la peine.

Stormont la regarda avec une tendresse étonnante. Il avait envie de dire : « Oh, Eva » et de lui caresser le visage. Au lieu de quoi il lui fournit la réponse claire qu'elle espérait.

— Nous n'avons rien contre McAdam personnellement. Il se trouve là au mauvais moment, voilà tout. Pas de chance pour lui. Il contrôle ce qui pourrait se révéler une nouvelle source colossale de diamants, ce qui le rend indésirable à double titre. Primo, il est pour le moins peu coopératif. Secundo, il est américain.

Il ne lui laissa pas le temps de l'interrompre et reprit :

— Je vais vous dresser un petit topo. Dans le diamant, tout est une histoire de monopole et de contrôle des stocks. D'après les estimations publiques, le cartel de diamants contrôle environ quatre-vingts pour cent de la production mondiale. Ces quatre-vingts pour cent sont vendus par le truchement de la C.S.O., Central Selling Organisation. En réalité, le chiffre est considérablement inférieur. Il n'empêche que cela se réduit tout de même à une forme d'hégémonie mondiale sur le marché et les prix. Le cartel ne tient pas à voir de nouvelles sources de diamants entre les mains de sociétés ou d'individus prêts à court-circuiter son réseau de courtiers.

Il marqua une pause et se pencha en avant, l'œil aigu.

— Les Américains posent des problèmes particuliers audit cartel parce que, d'après la loi antitrust que Sherman a fait adopter en 1890, le monopole est illégal aux Etats-Unis. Ce n'est pas insurmontable — le cartel dispose de moult moyens pour contourner cette fameuse loi — mais cela entrave sa liberté de manœuvre. Et les enjeux sont énormes. Les nouvelles sources de diamant qui ne passent pas par le canal de la C.S.O. tendent à faire écrouler les prix sur le plan mondial. Or bien des parties ne veulent pas des prix à la baisse.

— Tous ceux qui possèdent une bague de fiançailles ou n'importe quel bijou en diamants, suggéra Eva.

— Précisément. Les diamants sont éternels. En dehors de leur connotation romantique, ils sont censés constituer un investissement à vie. Dont la valeur a la réputation de grimper sans jamais diminuer. Les banques qui financent les mines de diamants tiennent à s'assurer que les gemmes conservent leur valeur. Le moindre possesseur de diamant souffrirait, et il y a des tonnes de thésauriseurs cachés, depuis le cartel jusqu'à ceux qui veulent une source de richesse et de sécurité à la fois mobile et secrète. La réserve de diamants secrets équivaut à des milliards de dollars. Une chute du cours du diamant serait catastrophique.

— Or, McAdam représente une réelle menace parce qu'il est américain, refuse de coopérer avec le cartel et pourrait être en mesure de contrôler une nouvelle source considérable.

— Voilà. Personne ne peut mesurer avec exactitude l'ampleur de la menace car il est encore trop tôt pour estimer la valeur des diamants sur sa concession. Si cela se trouve, il n'y en a même pas. Mais vous le savez, il est plus facile de neutraliser une menace quand elle est légère. Le cartel pourrait se contenter de faire comme si McAdam n'existait pas. Essayer de neutraliser les nouvelles sources qui échappent à son contrôle en faisant grimper les prix dans la partie du monde du diamant qu'il contrôle, mais cela demeure une solution coûteuse qui ressemble fort à une opération de sauvetage. Le cartel pourrait tenter de racheter la société propriétaire du site. Elle est officielle et cotée à la Bourse de Vancouver. Mais le gars se démènerait contre toute OPA, il ne céderait sans doute jamais ses capitaux de plein gré. Si le cartel prenait une participation dans l'affaire alors que McAdam est un gros actionnaire, cela n'aboutirait pas à grand-chose. Il disposerait d'une marge de manœuvre étroite et aurait un actionnaire hostile dans les pattes.

— La meilleure solution consiste donc à s'assurer que les nouvelles sources de diamants tombent directement ou indirectement sous le contrôle du cartel, dit Eva. Il suffit de se débarrasser de McAdam et de le remplacer par un ami dudit cartel. Jusque-là, je comprends. Mais où intervient Robie Frazer, là-dedans ? D'autant qu'on se fiche du cartel et de ses problèmes.

Stormont acheva son champagne tout en coulant un regard en direction d'Eva.

— Nous rendons un service qui nous rend service. Le piège parfait.

Il se leva, prit la bouteille et proposa encore un peu de champagne à Eva. Elle refusa d'un signe de tête. Il se resservit, se rassit, but une gorgée et reposa sa coupe.

— L'emplacement des diamants est un appât pour attirer Frazer dans notre orbite. Frazer remplacerait McAdam. Je crois que les diamants pourraient l'intéresser, surtout au Vietnam. Cela lui ouvrirait les portes du pays. Je suis certain qu'il trouverait le moyen de tourner cela à son avantage.

— Comment cela marche-t-il ? s'enquit rapidement Eva.

— L'exploitation en est au premier stade pour le moment. La société a pratiqué quelques tests préliminaires et les résultats semblent prometteurs. Il leur faut maintenant trouver des fonds pour faire un échantillonnage volumétrique, autrement dit de gros cubage. Et c'est là que vous intervenez pour aider McAdam.

— Pourquoi aurait-il besoin de moi ? Sans compter que je ne connais rien au financement des mines de diamants.

— On vous en apprendra plus que nécessaire. Et McAdam aura vraiment besoin de vous. Première étape : approchez-le. Deuxième étape : vous devrez côtoyer Frazer et lui proposer l'affaire. Je vais peaufiner les détails, mais le plan consiste à l'amener comme investisseur principal, président du projet, peu importe. Il aura les yeux sur les diamants et sur ce qu'ils peuvent pour lui.

Stormont parlait plus lentement, avec plus de poids.

— Si vous êtes maligne, jamais il ne devinera ce que vous tramez. C'est une occasion de l'approcher, Eva, de tout savoir sur lui, ce que nous pouvons utiliser directement. Restera à l'obliger à tout raconter sur ses copains chinois.

Il l'observa attentivement.

— Mais il vous faudra être très proche.

Il parlait avec dureté, sans compromis, toute tendresse volontairement refoulée.

Eva était immobile. La seule indication de son trouble intérieur était le léger frémissement de ses muscles autour de ses pommettes. Puis, sur son visage, de la quiétude. Elle était prête.

— Il faut que vous soyez sûre d'en être capable, insista Stormont. Vous connaissez les risques si vous vous trahissez au mauvais moment, sans notre protection. Frazer a tué Sun Yi sur une simple idée. Il vous tuerait tout aussi aisément.

— Je n'ai pas oublié Sun Yi. Et oui, j'en suis capable. Je sais jouer la comédie aussi bien qu'une autre et ce ne sont pas les raisons qui me manquent.
— Non, ce serait plutôt le contraire.
— Alors pourquoi m'avoir choisie ?
— J'ai promis et vous êtes la meilleure pour ce job. Il y a cependant des écueils. Vous avez travaillé en Extrême-Orient, vous le connaissez bien, mais on vous connaît, là-bas, sous votre ancienne couverture. De même, vous avez travaillé pour l'organisation de Frazer, vous en connaissez un bout sur lui et sur ses méthodes, mais d'autres membres de cette organisation vous connaissent aussi, ou vous ont connue. Dans votre force réside votre faiblesse. Arme à double tranchant, pour ce qui concerne la Firme.
— Qui est au courant, à la Firme ? demanda Eva d'un ton sec.
— Le chef, moi et Giles Aden, mon adjoint.
— Je l'ai rencontré une fois. Je n'ai pas eu l'impression qu'il m'aimait beaucoup, lança-t-elle d'une voix légère mais marquant nettement qu'elle employait une litote.
— Ce n'est pas qu'il ne vous aime pas. Il est naturellement cynique, pessimiste — et un tantinet misogyne. Il n'aime pas grand monde.
— Vous avez confiance en lui ?
— Oui.
Eva réfléchit, mit cela dans un coin de sa tête et poursuivit.
— Donc... ma force, ma faiblesse — la Firme... ?
— Les trouve acceptables. En votre faveur. Vous le dites vous-même, vous savez agir, vous possédez tout l'entraînement et l'expérience nécessaires. Vous connaissez le Vietnam, vous vous y sentez bien et vous vous êtes constitué une nouvelle couverture comme professeur d'anglais. Le risque est que quelqu'un de l'organisation de Frazer vous reconnaisse. Vous aviez une autre allure et opériez sous un autre nom. Et lors de votre débriefing vous nous avez affirmé que Frazer ne vous avait jamais rencontrée.

Ça devrait aller. Mais êtes-vous absolument sûre qu'aucune tête de son organisation ne vous a vue ? Ce sont les gens qui seront en contact avec vous et avec Frazer dont il faut nous inquiéter.

— Vous connaissez le mode de fonctionnement de ce type d'opérations. Les patrons ne voient jamais ceux du bas de l'échelle, dont j'étais. Chaque maillon de la chaîne est isolé. Je n'ai jamais rencontré un proche de Frazer. Et ceux qui me connaissaient ne le connaissaient pas directement.

Tout en débitant son mensonge, Eva songeait à la seule personne proche de Frazer qu'elle avait connue — Li Maï, responsable du trafic de drogue. Mais elle ne l'avait croisé qu'une fois, alors qu'elle pesait quinze kilos de moins et était ravagée par l'héroïne. Jamais il ne la reconnaîtrait.

— Parfait. Rien à dire.

Elle ôta un cheveu sur sa manche de chemise puis leva les yeux pour dévisager Stormont.

— Vraiment ? Il y a pourtant une chose qui me tracasse. Le jour de notre arrestation à Changi, les hommes de Frazer croyaient que c'était elle, l'agent, et ils l'ont piégée. Quand elle a été pendue, ils ont eu la preuve qu'elle ne pouvait pas être une espionne parce qu'elle aurait alors disparu comme par enchantement. Et si Frazer l'apprend ?

— Nous nous en sommes occupés sur le moment, pour vous protéger à l'époque. Mais cela vous protégera aussi maintenant. Nous avons trouvé la parade. Sun Yi a été arrêtée ainsi qu'une amie qui voyageait avec elle. Mais l'amie ne transportait rien. On l'a relâchée. Fin de l'épisode. Ça tenait debout. Vous nous y avez aidés. Vous avez été minutieuse, comme toujours. Nous avons vérifié la liste des passagers. Vous aviez parfaitement brouillé les pistes. Vous n'aviez pas même réservé votre billet sous votre nom d'opération que connaissaient les hommes de Frazer. Vous aviez utilisé un autre nom, un autre passeport. Frazer ne vous retrouverait jamais sur ce vol et ne ferait jamais le rapprochement avec l'arrestation de Sun

Yi. Seuls deux douaniers savent que vous transportiez de l'héroïne et qu'on vous a escamotée. Mais ils ne savent pas qui vous étiez. Et ils ne parleront pas de la femme qu'ils ont vue ce soir-là. La carotte et le bâton. Ils se tiendront tranquilles.

— Mais le risque existe qu'ils parlent.

— Il existe toujours. Mais qui établira le lien entre la fille qu'ils ont alpaguée et vous ? Qui serait capable, vous ayant vue une fois et complètement camée, de vous reconnaître maintenant ?

Il posait toujours la seule question à poser, songea Eva. Connaissait-il la réponse, cette fois ?

— A votre avis ?

— Peu probable.

— Et ma disparition soudaine du réseau de mulets de Frazer ? Comment vous êtes-vous débrouillé avec ça ?

— Sans le vouloir, vous nous avez simplifié la tâche. Tout le monde savait que vous vous droguiez. Nous avons fait courir le bruit que vous étiez morte d'une overdose. Nous disposions d'un cadavre en Thaïlande. Une camée. Il a pris votre nom d'alors. Vous êtes morte à ce moment-là. Il y a eu des entrefilets dans quelques journaux locaux. Les gars de Frazer les auront lus. Pour eux, vous, ou plus exactement la femme que vous étiez, est morte.

— Alors qui est celle qui va rencontrer Frazer ?

— Cette fois, vous êtes votre propre couverture. Vous agissez sous votre véritable identité. C'est la meilleure couverture. Ça marche. Vous êtes une petite fille riche et gâtée venue au Vietnam pour faire le bien et enseigner l'anglais aux gosses du coin. Vous êtes tombée par hasard sur un prospecteur de diamants. Si vous réussissez et que vous vous approchez de Frazer, vous devrez être prête à voyager dans le monde entier avec lui, fort probablement à Londres, où l'on vous connaît. Vous devez opérer sous votre propre identité.

Va savoir ce qu'elle est, se dit Eva.

— Voilà pourquoi, ma chère Eva, vous ne pouvez

vous permettre de vous tromper, ni d'aller trop loin. Vous ne serez pas en mesure de vous sauver, de vous débarrasser de votre couverture et de rentrer dans votre véritable peau. Quoi que vous fassiez, vous devrez vivre avec.

Eva fuit le regard de Stormont. Puis elle revint vers lui, lentement.

— Parfait. Je connais les risques.

— Vous connaissez aussi les règles. Il s'agit d'amener Frazer à travailler pour nous. Votre rôle consiste à utiliser l'histoire dont nous avons discuté pour l'approcher. Puis à trouver quelque chose sur lui, quelque chose d'irréfutable dont vous savez que ça le fera céder. Enfin, vous nous donnez les renseignements, vous nous remettez l'homme et votre rôle est terminé. Vous ne nuirez pas à Frazer directement. Est-ce clair ?

Il n'y avait pas de place pour le malentendu, volontaire ou innocent. Stormont dévisagea Eva, jaugeant sa réaction, cherchant la trace de mensonge dans sa voix, dans son attitude, dans ce visage qu'il connaissait si bien.

Elle lui faisait face sans un mot, le laissant lire ses émotions dans ses yeux.

— Il fut un temps où je voulais tuer Frazer. A la clinique, quand j'étais en plein manque. Quand j'allais mieux, j'ai lu un article sur la mort de Sun Yi et j'aurais voulu voir Frazer à sa place. Mais j'ai eu quatre ans pour moi au Vietnam. Quatre ans de liberté, à vivre comme je l'entendais. Il fallait que j'oublie Frazer. Cela m'aurait empoisonné l'existence. On ne vit pas de vengeance.

— Alors pourquoi accepter cette mission ?

— Une promesse. Moi aussi, j'en ai fait une. Quand j'étais en cure de désintoxication, à moitié folle, la perspective de me lancer à la poursuite de Frazer, de le faire souffrir, était la seule chose qui m'empêchait de sombrer dans la folie. Je sais que c'est de la schizophrénie. Mais il le fallait. C'était nécessaire. Je devais vouloir tuer Frazer puis ne plus le vouloir. Les deux m'ont guérie.

— Et maintenant ?

Eva parla avec lenteur, choisissant ses mots avec infiniment de soin, consciente de l'enjeu.

— Je me lancerai après Frazer. Je tiendrai ma promesse, mais pour d'autres raisons. Les vôtres. Je ferai ce que vous voulez, je vous livrerai Frazer. Je ne veux plus de violence. Si quelqu'un met ses mains autour de mon cou, je réagirai. Mais alors seulement.

Stormont l'observa en silence.

— Je voulais l'entendre de votre bouche.

Il se leva. Elle avait manifesté la réserve nécessaire, posé toutes les bonnes questions, évaluer tous les risques. Elle ne voulait pas la peau de Frazer comme une illuminée, contrairement à ce que certains, comme Aden, craignaient. Elle était mesurée, pondérée. Il pouvait lui faire confiance et l'utiliser.

— D'accord, Eva. Vous savez ce que vous avez à faire. Deuxième étape, Frazer ; première étape, McAdam. Pour le moment, concentrez-vous sur McAdam. Etablissez le contact, côtoyez-le de près, trouvez sur lui tout ce que vous pouvez, soyez prête à l'aider en cas de pépin.

Eva se leva à son tour, ramassa son sac et ses vêtements et se dirigea vers la porte. Soudain, elle se retourna.

— Ce pépin ?

— Ne vous inquiétez pas, répondit Stormont. Occupez-vous de McAdam, on se charge du pépin.

Elle lui offrit un dernier et long regard.

— Je n'en doute pas une seconde.

La porte claqua derrière elle comme un fouet.

[illegible] de [illegible] Hazel [illegible]
le [illegible]
[illegible] maintenant ?
[illegible] parla [illegible] encore, tout [illegible] ses [illegible] informations [illegible] de la [illegible].
— [illegible] longtemps [illegible] le [illegible] pour [illegible]. Le [illegible] avait [illegible] Hazel [illegible] [illegible]. Mais alors [illegible]
[illegible]
[illegible] silence.
Entre-temps [illegible] Gert Mc [illegible] compagnie [illegible] grand bruit [illegible] passe [illegible] les [illegible] ses [illegible] [illegible] une [illegible] sa [illegible] Pauline [illegible]
[illegible] M. [illegible]
[illegible]
[illegible] pas [illegible] le [illegible] amis [illegible] et [illegible] au-delà [illegible] [illegible] vers le [illegible] une [illegible] d'[illegible] [illegible] trouver qu'[illegible] [illegible] chose de [illegible] McAdam [illegible] un moyen [illegible] [illegible] puis [illegible] avec [illegible] toute [illegible] sans se [illegible] la [illegible].
Ce [illegible] voiture [illegible] tant le [illegible] des [illegible] qui réson[illegible] [illegible] klaxons [illegible] voitures, [illegible]

3

Eva rentra à Hanoï et entreprit de trouver Granger McAdam. Pas compliqué. Ce soudard braillard passait ses soirées dans un, ou souvent les trois, de ses bars préférés. C'était si facile de s'asseoir seule à une grande table vide, de saisir son regard, de sourire et d'attendre. Il s'avança comme un chien de Pavlov.

Les semaines suivantes, ils se virent régulièrement. Tous deux aimaient boire et bavarder. C'était un compagnon agréable, ce qui ne simplifiait pas les choses.

Eva l'aimait bien. Il était balourd, pas commode, le genre d'hommes qui aime les diamants et l'alcool au-delà de tout sens commun. Et elle s'apprêtait à ajouter à ses malheurs : péché véniel commis dans une tentative, sans doute futile, de détruire un mal mortel. Du moins pouvait-elle trouver quelque réconfort à l'idée de tenter quelque chose de bien. McAdam, lui, ne pourrait pas en dire autant. Personne ne lui expliquerait qu'il était un moyen justifiant une noble fin, que son sacrifice en valait la peine. Pourquoi devrait-il payer le prix ? Eva usa avec lui de toute la douceur possible sans se rendre la tâche infernale.

Ce soir, elle attendait dans sa propre voiture, écoutant le brouhaha des rues d'Hanoï qui résonnait de milliers de klaxons — bicyclettes, voitures, vélomoteurs, tissant leur danse élaborée comme autant d'oiseaux voyageant dans des directions opposées.

Elle était enfoncée à la place du conducteur, dissimulée par un palmier tout proche. De l'autre côté de la rue, elle vit le petit Vietnamien tapi dans l'ombre entre deux voitures. Elle tourna la tête et attendit que McAdam quittât l'hôtel Métropole, à cinq mètres derrière sa voiture.

Il apparut quarante minutes plus tard. Elle le vit sortir, tituber vers sa voiture et fouiller à la recherche de ses clefs. Il se hissa à l'intérieur, mit le contact et commença à rouler de façon mal assurée. Tandis que le véhicule prenait de la vitesse, Eva vit le Vietnamien se jeter sur son chemin. Il reçut l'impact dans les côtes et bondit en arrière, hurlant, roulant à terre, transformant la douleur en agonie. Puis, plus terrifiant encore, il se tut.

McAdam se rua sur le bitume en direction du Vietnamien, hurlant à la foule apparue comme par magie qu'il n'y était pour rien, que l'homme s'était jeté sous ses roues, qu'il n'avait pas pu l'éviter. Deux policiers en uniforme et deux soldats surgirent d'une venelle adjacente. Tous quatre avaient une arme à leur baudrier. Les soldats s'emparèrent de l'Américain tandis que les policiers observaient le Vietnamien immobilisé à terre.

Une ambulance arriva. On y allongea l'homme inerte. McAdam était recroquevillé à l'arrière d'une jeep militaire verte. Même à distance, Eva percevait la peur dans son corps tordu, dans ses mouvements saccadés et maladroits. Elle se rappelait la sensation nauséeuse de l'arrestation ; c'est tout juste si elle ne sentait pas la main sur sa propre épaule.

Elle regarda la jeep s'éloigner puis disparaître. Après quoi, elle roula jusqu'au Piano Bar rue Hang Vai, où elle avait rendez-vous avec McAdam.

La jeep accéléra dans la nuit humide. Paniqué, en sueur, McAdam n'avait pas la moindre idée de l'endroit où les soldats silencieux l'emmenaient. L'un conduisait. L'autre était assis à côté de lui et le menaçait de son arme.

Au bout d'une demi-heure, la jeep tourna dans un bâtiment entouré de hauts murs et de fils de fer barbelés. On emmena McAdam dans une cellule. Les deux soldats suivirent en le bousculant. Une fois à l'intérieur, ils se mirent au travail. Il était costaud mais, ivre et terrifié, il n'offrit aucune résistance. Ils le laissèrent enfin.

McAdam gisait sur le sol puant. Il saignait et, dans la brume de la douleur, il se demandait ce qu'il allait advenir de lui.

Après un long moment — il l'ignorait, mais il ne s'était écoulé que deux heures — Eva apparut. Il cria son nom.

— Eva, Eva, vous voilà, Dieu soit loué ! Il faut me tirer de là. Ce n'était pas ma faute. Je n'ai rien pu faire, il...

Sa voix faiblit. Les gardiens entourèrent Eva. Ils ouvrirent la porte de la cellule et la laissèrent entrer. Eva se tenait calmement devant McAdam, retenant son regard. Il s'aperçut qu'il pleurait. Nul réconfort, nulle parole apaisante ; elle se tenait là, distante.

— Je vous attendais au piano bar. Ne vous voyant pas, j'ai essayé le Métropole. Ils m'ont tout raconté. L'homme est mort. Il laisse une femme et six enfants. Vous êtes étranger, américain, de surcroît. Vous étiez ivre. Ils disent qu'il y a deux solutions. Payer cinquante mille dollars à la famille, qui seront partagés entre elle et les diverses autorités, ou passer les vingt prochaines années en prison.

Elle le regarda pleurer, s'écrouler plus encore. Puis elle toucha tendrement son visage ensanglanté. Il lui saisit le bras.

— Il faut que vous m'aidiez. Sortez-moi de là.

— Vous avez de l'argent ?

— Non, dit-il d'une voix brisée. Je suis lessivé. Vous le savez bien. J'ai tout englouti dans la concession et l'exploration.

Elle le dévisagea, calme et patiente. Le raisonnement n'était pas simple, mais il y parviendrait. Elle attendit.

Il parla enfin.

— Je ne peux pas vendre mon capital de la concession.

— Qu'allez-vous faire, alors ?

Il ne répondit pas.

— Je pourrais essayer l'ambassade de Grande-Bretagne, suggéra Eva. Ils pourraient peut-être faire quelque chose.

Il serra les mains sur ses côtes cassées, cherchant son souffle.

— A quoi bon ? Je n'y suis pas vraiment populaire. J'ai trop bu, je renverse quelqu'un, je ne suis même pas british — ils ne lèveront pas le petit doigt pour moi. Ils diront que c'était inévitable, entièrement ma faute.

Il marqua une pause et la regarda d'un air rusé.

— Et vous ? Vous devez avoir un peu d'argent, votre famille, en tout cas. Avec votre éducation chicos et tout. Vous ne pourriez pas vous permettre de vivre à ne rien faire d'autre que prof d'anglais pour les locaux si vous n'aviez pas de fric ?

— C'est exact, j'en ai. Mais ma famille me le donne au compte-gouttes. Vous n'imaginez tout de même pas qu'ils vont cracher cinquante bâtons parce qu'un ivrogne d'Américain a tué un gars du coin, non ?

— Vous ne pouvez pas essayer de les persuader ? Leur dire que c'est un cas d'urgence ?

— Et vous, Granger ? Vous n'avez pas de famille ?

Il rentra la tête dans les épaules. Elle connaissait la réponse, bien sûr, et savait ce qu'elle provoquerait. McAdam n'avait personne. Parents morts, frère brouillé, point final. Elle avait posé la question sans le vouloir. Elle attendit.

— Je suppose que je pourrais essayer ma famille, dit-elle enfin. Ils me fileraient peut-être cinquante bâtons s'ils trouvaient que ça vaut le coup. Mais ça n'est pas la charité qui les étouffe.

— Que ça vaille le coup ? Que faudrait-il pour les convaincre ?

Il lut la réponse sur son visage.

— Mon capital ?

— Une partie, corrigea-t-elle. Je ne leur laisserais jamais tout prendre. Mais si je leur propose une opération financière intéressante — dix pour cent d'une bonne perspective pour cinquante mille dollars — il existe une chance pour qu'ils me câblent de l'argent.

— Dix pour cent ? Vous avez une idée de ce que ça peut valoir ?

— Ça ne vaut pas grand-chose, pour l'instant, n'est-ce pas ? Vous n'avez pas trouvé de diamants.

— Mais ça va venir. J'en suis sûr, ajouta-t-il avec dureté.

— Granger, je cherche seulement à vous aider. Mais ça n'est pas moi qui décide. C'est ma famille.

Elle haussa les épaules et détourna le visage jusqu'à être certaine que son masque était en place, une fois de plus.

Finalement, il demanda :

— Ça prendrait combien de temps ?

Elle contempla ses ongles.

— Si je les appelle ce soir, ils pourraient virer l'argent maintenant — les banques sont encore ouvertes à Londres. Ce serait confirmé ici demain. Je pourrais vous faire sortir à ce moment-là.

Il réfléchit, regardant autour de lui, les murs de la cellule, les gardiens, attablés à jouer aux cartes.

— Allez-y.

Eva posa doucement les mains sur les épaules de McAdam.

— Ne vous en faites pas, Granger. Je vais vous tirer de là.

Puis elle se retourna et fit signe aux gardiens qui vinrent lui ouvrir.

Les yeux dans le vague, Granger McAdam la regarda s'éloigner.

Eva retourna au Métropole pour téléphoner. Elle

inséra sa carte de crédit et composa le numéro de Stormont à qui elle dit deux mots.

— C'est fait.

Stormont sourit et raccrocha.

Eva se rendit dans l'appartement qu'elle louait dans les rues mal famées de Hanoï. Elle se servit une vodka. Finalement, elle vida la moitié de la bouteille avant d'être capable d'éteindre la lumière et d'affronter la nuit.

Eva et Stormont se retrouvèrent quinze jours plus tard, à Hong Kong, dans la maison sûre. Eva s'assit et prit le vin qu'il lui offrit.

— Tout est en place, dit-elle. Votre « pépin » fut aussi brutal qu'efficace.

Elle parlait sans passion, ne doutant pas qu'il cherchait la faille.

— McAdam a marché comme un seul homme. Je possède dix pour cent de la société, de la concession. Et j'ai tous les documents à l'appui.

— Excellent.

Elle haussa les épaules.

— Et maintenant ?

— Frazer.

Stormont remplit à nouveau les verres, prenant son temps pour l'observer de près.

— Comment aimeriez-vous procéder ?

Eva alluma une cigarette dont elle aspira quelques bouffées.

— Je préférerais agir à Londres. Ce sera plus facile de l'y coincer, moins de racaille taïwanaise. En outre, j'ai en tête quelqu'un de la City avec qui je pense qu'il pourrait bien travailler. Une sorte d'appât.

— Je croyais que c'était vous, l'appât. Vous et les diamants.

— C'est vrai. Mais plus riche est le leurre...

— Je vous aurais pensée assez riche.

— Tenons-nous-en aux aspects purement professionnels, d'accord, Stormont ?

Il eut un léger haussement d'épaules.

— Parlez-moi de votre appât.

— Cassandra Stewart. Tout le monde l'appelle Cassie. C'est une banquière, comme on dit couramment et à tort. Elle travaille pour Case Reed. Très haut niveau. Belle, intelligente, confiante. C'était ma meilleure amie, à Oxford.

Stormont sourit.

— Que Dieu la protège.

4

Le téléphone sonna au moment précis où Cassie Stewart sortait de sa douche.

— Décroche, s'il te plaît, David ! hurla-t-elle à l'adresse de l'homme qui partageait son logement.

Elle le savait installé dans le salon, non loin de l'appareil.

— Fais-le toi-même, lança David avec bonne humeur et sans esquisser le moindre geste.

Dégoulinante, elle s'empara du combiné.

— Allô ?

— Cassie ?

— Oui.

— Ici Eva.

— Eva ! s'exclama Cassie, dont la voix grimpa d'un octave. Ça alors, pour une surprise ! Où es-tu ? Je te croyais quelque part en Extrême-Orient, disparue de la surface de la terre.

Eva éclata de rire, enchantée.

— C'est vrai, j'ai sillonné l'Asie pendant huit ans. Depuis Oxford, en fait. Une vie à la hippie, plus ou moins. Mais la bonne nouvelle est que je suis à Londres.

— Fantastique. Où donc ?

— Langton Street.

— C'est à dix minutes. Que fais-tu, tout de suite ?

Eva parut surprise.

— Rien, à part te parler.

— Alors saute dans un taxi et déboule. Je dois sortir dans une heure, mais maintenant que je sais que tu es là, j'ai envie de te voir. On a sûrement un tas de choses à se raconter.

— Et comment ! Où habites-tu ?

— Markham Street, répondit-elle en précisant le numéro avant d'ajouter, après une pause : Au fait, quelle est la mauvaise nouvelle ?

Eva se tut un moment, interloquée.

— Ah, ça ? L'âge et le sens des responsabilités. Je suis revenue pour trouver du boulot.

— Ce n'est quand même pas la fin du monde. Et pas douloureux à ce point.

N'en sois pas si sûre, songea Eva en raccrochant.

— Qui était-ce ? s'enquit alors David.

— Eva Cunningham. On était ensemble à Oxford. Je ne l'ai pas revue depuis. Nous étions très proches mais elle a filé en Asie. Disparue du jour au lendemain.

— Comme une droguée.

— Quoi ? murmura Cassie, perdue dans ses souvenirs. Droguée ? Oh non, pas elle. C'est justement ça le plus curieux. Eva est la dernière personne que j'aurais imaginée jouer les hippies.

— Pourquoi ?

— A toi de le dire. Elle sera là dans cinq minutes... A moins qu'elle n'ait changé, naturellement. Mais j'en doute.

— Pourquoi pas ? Ça arrive à un tas de gens.

Pas à elle, pensa Cassie. *Elle est trop solide.*

Eva marchait à pas lents, regardant autour d'elle. Quelques nouveaux bâtiments se dressaient, héritage du boom de la construction des années quatre-vingt. Les gens lui parurent toujours aussi vernissés ou rustres. Londres était plus ou moins la même, pourtant elle s'y sentait comme dans une ville étrangère. Eva n'était plus chez elle. Elle ne parvenait pas à s'identifier à la normalité du lieu, au rythme, à l'éternel ballet entre le travail et le pub. Elle avait changé et se voyait incapable de considérer le monde avec le regard désinvolte de ses vingt-deux ans d'alors. Sa vie en Extrême-Orient comme agent de renseignement l'avait exposée à des sentiments qu'elle porterait en elle sa vie durant — le soupçon, les mensonges, la vigilance, la proximité de la mort, la peur et le courage. Il lui fallait trouver des repères familiers qui l'aideraient à agir. Elle jouerait le rôle de la Londonienne qu'elle avait été. Elle avançait, se fondant dans l'atmosphère, marchant d'une allure décidée. Elle était désorientée, mais avait appris à surmonter cette sensation. Cependant, cela la rongeait toujours au point qu'une partie d'elle-même brûlait de retourner au Vietnam, libérée du MI6, libérée de Stormont. Elle chassa ces pensées et se concentra sur ses retrouvailles avec Cassie Stewart, huit ans après.

Elle s'arrêta bientôt à l'adresse indiquée. C'était une petite maison étroite à quatre étages dans une des rues latérales non loin de King's Road, dans Chelsea. Jolie maison, jolie rue où toutes les façades étaient peintes de couleurs pastel : rose, bleu, vert pâle, gris-bleu. Curieusement, elle n'avait rien de voyant. Elle était différente, intéressante, coquette et ravissante, comme sa propriétaire. *Ravissante,* songea Eva, *quel qualificatif insultant !*

Cassie se tenait dans l'encadrement de la porte. Les yeux d'Eva s'attardèrent sur son visage. Elle était terriblement belle, songea-t-elle, une vraie orchidée : pâle, délicate, avec une peau translucide et veinée. Et ces yeux verts, dont les coins se relevaient quand elle souriait — d'un exotisme quasi oriental. Et si mince, plus mince que jamais.

— Cassie.

— Eva.

Elles se tinrent à bout de bras une seconde avant de s'étreindre.

— Entre, dit Cassie. Tu es magnifique, dis-moi !

Eva la suivit, traversant l'entrée qui menait au salon. Un épagneul noir sautillait entre sa maîtresse et la visiteuse. Un homme était installé dans le canapé, qui se leva et tendit la main. Il était grand, mince, élancé avec un agréable sourire. Eva éprouva une pointe d'agacement et de surprise. Un petit ami à demeure ? Elle n'avait pas envisagé cela. D'autant qu'il ne semblait pas le bon candidat. Son air à la fois molasson et débauché s'accordait mal à la douceur satinée de Cassie.

— Voici David Wilson, mon colocataire, précisa Cassie.

Eva lui serra la main plus fort encore qu'il ne serra la sienne.

— Viens dans ma chambre, dit Cassie. Il faut que je me sèche les cheveux et que je me maquille. Je dîne avec un client. Quelle barbe !

Eva suivit son amie dans une chambre pâle qu'elle photographia intérieurement : parquet de bois blond, lourds rideaux blancs, armoire et penderie blanches et de fine facture, cheminée noire et saillante, vaste fenêtre donnant sur un jardin, un seul tableau — un fusain, quelques traits, une danseuse, la tête rejetée en arrière, la main levée, paume vers le ciel, comme pour repousser le mal.

— Intéressant, commenta Eva en indiquant le dessin. Il a un titre ?

— *Ténèbres et Lumière.* Elle représente la lumière qui combat les Ténèbres. C'est mon dessin préféré.

Cassie saisit un sèche-cheveux sur la coiffeuse et se mit à l'ouvrage, scrutant son reflet dans le miroir vénitien suspendu au-dessus. Eva l'observa lisser sa longue chevelure cuivrée que le soleil couchant s'infiltrant par la fenêtre rougissait plus encore. Cinq minutes plus tard, Cassie entreprit de se maquiller tout en observant le reflet de son amie.

Eva était assise derrière elle, sur le lit. Sa pose naturelle trahissait pourtant une énergie profonde. Elle semblait plus grande qu'à l'université, plus déterminée, aussi. Pas particulièrement grande et forte, seulement l'impression qu'elle dégageait. Cassie mesurait un mètre soixante-quatorze, sept centimètres de plus qu'Eva. Mais alors que, dotée d'une fine ossature, Cassie frisait la maigreur, Eva était bâtie comme une athlète, avec des courbes lisses et musclées. Ses cheveux, châtains à l'époque, étaient éclaircis par le soleil oriental et lui effleuraient désormais les épaules. L'effet soulignait la beauté de ses traits : lèvres pleines, pommettes doucement arrondies, mâchoire volontaire, yeux immenses d'un bleu profond.

La lumière de ses yeux n'avait rien perdu de sa puissance. La sublime confiance en soi qui la rendait si attirante était intacte. N'avait-elle donc reçu aucun choc au cours de toutes ces années, rien pour la défier, rien pour percer son invulnérabilité ? Avait-elle eu de la chance ou avait-elle tout écrasé sur son passage ? *Non, tu es injuste,* se dit Cassie, *Eva n'a rien d'un rouleau-compresseur.* C'est plutôt que rien ne l'atteint. Tout glisse. Pourtant, il y avait cette expression mesurée dans le regard, cette vague réticence. C'était de la maîtrise de soi, pas de la timidité. Même dans ses jours les plus fous à Oxford, Eva n'avait jamais été totalement débridée, jamais aveugle. Toujours consciente, toujours aux aguets. N'empêche.

De son côté, Eva observait Cassie. Sa chaleur, sa légèreté, son charme naturel semblaient s'être accrus au fil des ans. Sa surprenante beauté aussi. Son visage s'accordait à un esprit impitoyable, anguleux, inflexible. C'était une beauté menaçante, qu'elle faisait rayonner par un charme souligné d'amabilité. Un équilibre nécessaire. Mais il y avait dans sa beauté, dans sa minceur excessive, quelque chose de nouveau. Elle semblait sortie d'un magazine. L'allure de Cassie possédait un côté artificiel qui n'existait pas lorsqu'elles étaient à l'université. Eva eut le sentiment que Cassie se maquillait pour mieux détailler son propre visage.

Les deux jeunes femmes se sourirent dans le miroir, se contemplant mutuellement.

Eva parla la première.

— Alors ? Que fais-tu, maintenant ? Toujours à la City ?

— Oui, mais j'ai changé de boulot. Fini, les OPA. Je fais du capital-risque pour Case Reed.

Cassie s'exprimait rapidement, comme toujours, de sa voix légère de soprano. Celle d'Eva, avait-elle remarqué, avait acquis une lenteur et un timbre plus grave. Elle était rythmée, mélodieuse, d'une nonchalance évoquant les pays lointains.

— Du capital-risque, tiens donc. Quel genre ?

— Oh ! n'importe quoi n'importe où. Mais du pur et dur — haut risque — Europe de l'Est, biotech, ce genre de choses.

— Ça te plaît ?

— Enormément. C'est une forme de jeu très intelligente qui exige des doses colossales de calme et de patience. Frissons garantis. Faibles chances de succès. Plus de transactions foireuses que de bonnes.

— Comment gagne-t-on sa vie, alors ?

— Quand ça marche, ça marche très fort. Il nous est arrivé à plusieurs reprises de faire plus de deux fois la culbute.

— Alors tu t'en sors bien ?

— Pas trop mal.

— C'est bizarre, commenta Eva. Je ne t'imaginais pas du tout là-dedans.

— Ah bon ? Pourquoi ?

— Tu dis toi-même que cela nécessite une tête froide et une patience infinie. Cela n'a jamais été ton fort.

Cassie éclata de rire.

— Non, c'est le moins qu'on puisse dire. C'est justement pour ça que ce métier me plaît. C'est un défi. Ça m'oblige à apprendre.

Elle changea prestement de sujet.

— Et toi ? Qu'as-tu fabriqué si loin pendant tout ce temps — huit ans, tu te rends compte ? Je veux tout savoir.

— Je ne sais par où commencer. Je n'ai pas fait grand-chose au sens conventionnel du terme. J'ai beaucoup voyagé. Thaïlande, Hong Kong, Vietnam, Cambodge, Laos. J'ai enseigné l'anglais aux petits

Asiatiques. Pour tout dire, je me suis contentée de vivre. Ce qui relève déjà du défi dans certains endroits où habiter seul et être heureux constitue une véritable performance. On est abandonné à son sort, sans amis — au début, tout au moins — ni aucun système d'aide. Il faut s'inventer l'existence de son choix. Ce fut merveilleux mais cela ne remplit pas un CV, ajouta Eva l'air impuissant.

— Et maintenant ?

— Aucune idée. Je vais regarder autour de moi et voir ce qui se présente.

Cassie coula un regard à son amie qui semblait fugitivement et curieusement adoucie. Le temps s'étira.

Eva consulta sa montre.

— C'est l'heure, non ? Tu vas être en retard à ton dîner.

— Zut ! Tu as raison ! s'exclama Cassie en se levant d'un bond. Si tu savais comme ça me rase !

— Sympa, ton client ? demanda Eva d'un ton désinvolte.

— Je n'en sais rien. Jamais vu. C'est mon patron qui a organisé le dîner. Un de ses copains nous a envoyé ce type la semaine dernière, pensant que nous correspondions à ce qu'il cherchait. Apparemment, il investit énormément en Extrême-Orient et nous cherchons à nous étendre là-bas.

— Comment s'appelle-t-il ?

— Robie Frazer.

Eva sourit.

— Tu vas passer une excellente soirée.

— Pourquoi ? Tu le connais ?

— Pas personnellement, mais je sais tout sur lui. Impossible d'ouvrir un journal à Hong Kong sans tomber sur sa photo ou sa dernière entreprise.

— Et ?

— Succès fou auprès des femmes. Beau gosse, du charme, merveilleux amant. Et un salaud de première.

— Vraiment ? Mais comment peux-tu être au courant ? Tu es sûre de ne l'avoir jamais rencontré ?

Eva éclata de rire.

— Certaine. Je le saurais, quand même ! Seulement Hong Kong est un lieu clos où les commérages vont bon train. Ajoute à cela que Frazer y est connu comme le loup blanc.

— Rien d'autre à me raconter à son sujet ?

— Non, c'est tout — fait un tabac auprès des femmes, gros succès en affaires, vaudrait plusieurs centaines de millions de livres, peut-être même un milliard. Si ça ne te suffit pas, tu devras chercher toi-même.

— J'en ai bien l'intention.

Cassie raccompagna Eva à la porte puis s'en alla à la rencontre de Robie Frazer. Ce n'était qu'un de ces innombrables dîners d'affaires. Ce client était plus riche que la moyenne, seul élément qui le distinguait aux yeux de Cassie. Si elle se tenait sur ses gardes, c'était uniquement parce que Eva l'avait prévenue que Frazer était un tombeur.

Robie Frazer et John Richardson, le patron de Cassie, l'attendaient chez Rakes, dans South Kensington. Elle descendit les marches qui menaient au restaurant, apparemment indifférente au brouhaha des conversations, à la soudaine distraction des hommes et au regard hostile et évaluateur des femmes.

Frazer et Richardson se levèrent à son approche. Elle sourit à son patron et tendit la main au client qu'elle dévisagea, effaçant brusquement son sourire. La quarantaine, exceptionnellement beau, assez pour rendre un homme exécrable. Cheveux épais et noirs coupés très court. Front lisse, de minuscules rides autour d'yeux légèrement obliques qui semblaient à demi clos sous de lourdes paupières. Une bouche amusée, vaguement méprisante — un regard sans âge, inscrutable, oriental, d'une sensualité quasi féminine.

Il l'observait sans dissimuler son intérêt — pas de

cette curiosité embarrassée qu'elle provoquait chez la plupart des hommes, mais en la jaugeant comme un acheteur dans une vente aux enchères. Qu'il pût la posséder était réglé d'avance. La seule variable était sa propre inclination. Il ne faisait aucun effort pour dissimuler l'appétit ou la certitude, semblant plutôt s'en régaler sous sa façade de courtoisie, son costume sur mesure et sa voix chaude et mélodieuse qui témoignait d'une excellente éducation. Cassie avait l'impression de se trouver face à quelqu'un qui se fichait comme d'une guigne des conventions. S'il n'y avait rien de patent dans son comportement, rien qu'on pût lui reprocher ouvertement, il manifestait indubitablement son dédain.

Impassible comme si elle ne saisissait rien de tout cela, Cassie prit place. Frazer la salua sans cesser de l'observer. Il fut frappé de constater à quel point la main et le poignet de Cassie ressemblaient au cou d'un cygne : fragilité, blancheur, facile à rompre. Mais ne disait-on pas des cygnes qu'ils étaient capables de vous casser le bras d'un battement d'aile ?

Richardson servit du champagne à Cassie. Puis ils consultèrent la carte et commandèrent. On servit les entrées.

— Je suis étonnée de vous voir ici, observa Cassie à l'adresse de Frazer, quand vous pourriez passer la soirée à l'opéra, faire le tour du Pacifique Sud à la voile ou vous retirer dans un monastère au Ladakh.

— Autrement dit, pourquoi me donner encore du mal à traiter des affaires, c'est bien cela ?

Elle hocha la tête, un sushi dans la bouche.

— C'est une forme de guerre où le sang ne coule pas. L'argent représente les cadavres ennemis.

Richardson posa calmement sa fourchette, masquant d'un rire sa répulsion soudaine. Cassie se contenta d'un simple regard pour Frazer.

— Une chance que nous soyons du même côté, dit-elle.

Elle se surprit à se demander quel effet cela ferait d'avoir cet homme en face de soi.

Quand elle rentra chez elle, plus de quatre heures après, David Wilson l'attendait.

— Bonne soirée ?

— Mm. Excellente.

— Ah bon ? Je croyais ce client ennuyeux.

— Ils ne le sont pas tous.

— Comment est-il, alors ?

— Intéressant.

— Comme ton amie ?

— Quelle amie ?

— Eva.

— Oui, étonnamment. Ils ont quelque chose en commun, mais je me demande bien quoi.

— Je vais te le dire.

— Vas-y.

— Déplaisants. Dangereux.

— Eh bien ! Tu n'y vas pas avec le dos de la cuiller ! Quand je pense que tu n'as jamais vu Frazer.

— Inutile. J'ai vu Eva et tu dis qu'ils sont similaires. D'ailleurs, quand tu es arrivée, tu avais exactement la même expression que lorsque Eva t'a téléphoné.

— Quelle expression ?

— De la curiosité frisant la fascination — un air enchanté mais vaguement méfiant, quasi combatif. Comme si tu venais de trouver un nouveau sparring-partner.

— Je suppose que c'est le cas.

— Je n'aime pas cette fille.

— Ne sois pas ridicule. Tu ne la connais même pas. Vous avez passé littéralement trente secondes dans la même pièce.

— C'est suffisant.

— Je me demande ce qu'il te prend. Eva et moi avons partagé une maison à Oxford. C'est l'une de mes plus anciennes et meilleures amies. Tout le monde l'aime, hormis quelques jaloux, et jamais je ne t'aurais placé dans cette catégorie.

— Désolé, mais je ne l'aime pas, un point c'est tout.

— Pourquoi être aussi véhément ? Qu'est-ce qui te déplaît chez elle ?

— C'est toi qui me rends véhément. Et je ne sais pas pourquoi je ne l'aime pas. Une intuition. Les femmes n'en ont pas le monopole.

— Je vais me coucher. Tu seras peut-être de meilleure humeur demain.

— Et je n'aime pas non plus ce Frazer ! hurla-t-il.

5

A six kilomètres de là, dans une maison sûre au sud de la Tamise, Andrew Stormont et Eva Cunningham étaient assis l'un en face de l'autre dans une pièce sombre et poussiéreuse.

— Comment cela s'est-il passé ? s'enquit Stormont.

Il se cala dans un vieux fauteuil de cuir, le corps détendu, ses yeux pétillants posés sur une Eva songeuse.

— Cassie a pris de l'assurance depuis notre dernière rencontre. Mais cela remonte à huit ans, ce n'est donc guère étonnant. Elle est un peu plus réfléchie, plus rationnelle. Et sur ses gardes. Et cela, c'est nouveau, car elle vous accordait toujours le bénéfice du doute. Vous voyez ce que je veux dire, pour elle tout le monde était beau et gentil. Il a dû lui arriver quelque chose. Car elle a changé sur ce point. Je l'ai surprise à plusieurs reprises à me dévisager bizarrement ; je me sentais presque à nu. Ne vous inquiétez pas, je ne me suis pas trahie. Seulement, il m'a semblé déceler parfois un éclair d'ironie dans ses yeux, comme si elle lisait clairement en moi.

— Qu'espériez-vous ? Un banquier est cynique jusqu'au bout des ongles.

— Elle n'est pas cynique. Elle n'est ni désabusée ni brisée. Non, elle voit les choses, c'est tout.

— Alors soyez prudente.

— C'est à elle qu'il faut dire cela, lança Eva en riant.

Cassie dormait d'un sommeil peuplé de songes. Eva et Robie Frazer s'imbriquaient dans ses songes, parfois séparément, parfois ensemble. Quand elle s'éveilla, le lendemain matin, elle essaya de se rappeler ses rêves. En vain.

Elle prit une douche et s'habilla rapidement. Elle enfila un chemisier de coton blanc, une jupe droite, une veste de coton couleur sable et des chaussures ocre. Elle brossa sa longue chevelure, jeta un coup d'œil dans le miroir et sortit sans bruit de la maison, ne voulant pas réveiller David qui dormait toujours jusqu'à onze heures.

Il s'était comporté étrangement la veille au soir. Tant de fureur ne lui ressemblait pas. Ce n'était pas comme s'il avait bu. Non, c'était autre chose. Bizarre.

Oubliant l'incident, elle tourna dans King's Road et héla un taxi. Il la déposa au bar expresso de Clifford Street, dans le West End. Elle acheta un petit pain au bacon et un grand cappuccino dans un gobelet muni d'un couvercle qu'elle porta dans un sac en papier jusqu'à son bureau, de l'autre côté de la rue, à l'intersection de Savile Row et de Burlington Street.

Cassie travaillait chez Case Reed depuis quatre ans. Auparavant, elle avait passé quatre années dans une des quatre grandes banques de la City, qui comptait plus de mille employés, rien qu'à Londres. Elle aimait la nature de son travail qui consistait à financer des transactions à fort levier financier, des OPA, des reprises d'entreprises par les salariés. Toutefois, elle détestait l'environnement qu'elle trouvait agressif, insensible et impersonnel. A vingt-cinq ans elle s'était hissée au niveau de directeur adjoint. Cette belle réussite ne l'avait pas empêchée d'accepter un salaire moindre pour entrer chez Case Reed dans une équipe plus petite, plus civilisée aussi. Son rôle était de trouver des fonds pour lancer des entreprises, soutenant ainsi des chercheurs ou des entrepreneurs brillants qui avaient d'excellentes idées mais disposaient d'un capital insuffisant. Case Reed examinait des dizaines de propositions chaque semaine pour n'en financer que quatre par an, environ. Le métier du capital-risque exigeait un esprit aiguisé, une excellente connaissance du marché, une grande aptitude à juger les gens... et une infinie patience. Il fallait parfois attendre cinq ans pour rentabiliser un investissement, mais si l'affaire se déroulait comme prévu, le rendement pouvait être colossal.

Parfois, Case Reed ramassait dix fois sa mise sur cinq ans. Les vingt cadres se partageaient le tiers des bénéfices nets. Les deux tiers restants allaient augmenter le capital de la société afin d'alimenter de nouveaux investissements. Depuis sa création par John Richardson dans les années quatre-vingt, les autres associés et les quelques cadres supérieurs s'étaient enrichis de millions de livres.

Tout le monde travaillait dur, mais l'équité régnait. Richardson ne tolérait nulle compétition, nul conflit interne, nulle obsession de l'argent, toutes choses hélas courantes dans maintes institutions financières. Il était à la fois habile et agréable. Sa société et lui faisaient de l'argent, mais cela ne tournait pas à l'obsession pour autant. Richardson était la raison essentielle de l'arrivée de Cassie chez Case Reed. Il lui donnait de l'envergure et lui permettait de faire son travail sans entrave.

Cassie arrivait chaque matin à huit heures trente, au moment précis où l'atmosphère du bureau s'électrisait. Entre cet instant et neuf heures moins le quart, c'était la coupure nette. Avant, du haut en bas de l'échelle, chacun était assis tranquillement à grignoter un croissant et à boire du café tout en feuilletant les journaux ; chacun se préparait à la journée à venir. Les bavardages inutiles étaient réduits au minimum. Jusqu'à neuf heures, un signe de tête ou un « bonjour ». Puis les affaires entraient dans l'arène. Non qu'on se montrât nécessairement mal élevé après neuf heures ; simplement, les exigences du métier entraînaient invariablement un autre comportement. On aboyait plus qu'on ne parlait, on entrait en trombe dans un bureau sans y avoir été invité, on en ressortait avec autant de désinvolture. Bref la précipitation et l'impatience régnaient.

Cassie était immobile dans son bureau tandis que le tumulte augmentait. Emma, sa secrétaire, arriva, le téléphone commença à sonner et la télécopie à émettre ses bips réguliers. Cassie lisait le journal tout en songeant à Eva Cunningham, Robie Frazer et David Wilson qui papillonnait au milieu. Robie et Eva lui avaient fait une profonde impression, surtout rencontrés l'un après l'autre. Cassie se demandait ce qu'ils donneraient ensemble, s'ils ne s'étaient vraiment jamais croisés. La réponse d'Eva à ce sujet la laissait insatisfaite. Cassie décida qu'elle aimerait organiser une rencontre et observer leurs réactions. Cette perspective l'amusa. Elle sursauta en entendant soudain la voix de John Richardson.

— Bonjour, Cassie.

Il se tenait dans l'encadrement de la porte et, quand elle leva les yeux, il entra et s'installa en face d'elle.

— Alors ? Que pensez-vous de ce Frazer ?

— Il sait se montrer charmant, amusant, intelligent, dit-elle en prenant garde de s'abstenir de tout préjugé. Et vous, qu'en dites-vous ?

— C'est vrai, il est très agréable. Hormis toute cette histoire de cadavres. Cela me donne la chair de poule. J'avais bigrement envie de lui balancer qu'on était des spécialistes du capital-risque, pas des marchands de guerre. Il parlait comme un satané trafiquant d'armes.

— Ce n'est qu'un petit garçon devenu grand qui consacre tous ses mauvais instincts à faire du fric.

— A raison de plusieurs millions de livres, cela en fait, des mauvais instincts.

— Dites-vous que ce serait cent fois pire sans cet exutoire.

— On aurait presque dit que vous le provoquiez, hier soir. Quelle idée de lui demander pourquoi il se donnait la peine de dîner avec nous et de lui raconter que nous étions du même bord.

— Mieux vaut cela que le contraire, non ?

— Oui, admit Richardson, songeur. Je n'aimerais pas me trouver du mauvais côté.

— Vous savez, j'avais parfois le sentiment qu'il cherchait à se rendre agréable, comme s'il nous la jouait profil bas, comme s'il pensait être allé trop loin.

— Possible. Dites-moi, est-ce le genre de personne avec qui nous pouvons faire affaire ?

— Tous les banquiers de la ville ne rêvent que de cela.

— Vous répondez à côté de la question, Cassie.

Cassie se lança dans la contemplation du bronze sculpté représentant une tête de cheval qui ornait son bureau. Elle réfléchit à voix haute.

— Je ne me sens pas parfaitement à l'aise avec lui.

— Il m'a produit le même effet. Peut-être son impassibilité orientale. Après tout, on ne peut vivre tant d'années à Hong Kong sans que cela déteigne. Malgré tout, j'aimerais traiter avec lui. Pas vous ?

— Si. Je me demande pourquoi mais, si.

A treize heures précises, Robie Frazer grimpa les marches de Brooks's, son club dans Saint-James's et se rendit au bar. Il détonnait dans cette forêt de costumes sombres. Environ un mètre quatre-vingts, quatre-vingt-dix kilos, il était grand et avait belle allure. Pas de pneu autour de la taille, pas de bajoues. Son visage ne portait nulle trace de cette suffisance qui caractérisait tant de ses compagnons. Frazer veillait, car une surprise était toujours possible.

Il salua quelques connaissances avec naturel et courtoisie, mais demeura à l'écart. Si l'idée leur avait été familière, les patrons de Brooks's auraient pu dire que c'était son aura. Au lieu de cela, si l'on insistait pour connaître les raisons de leur réticence naturelle à son sujet, ils auraient évoqué sa fortune. Il avait trop d'argent qu'il avait gagné trop vite et de façon trop visible. Et, parmi les victimes de la Lloyds, cela agaçait. Pourtant, on ne pouvait le balayer d'un geste, lui et son argent, et le traiter d'arriviste. Sa fortune était peut-être récente, mais il était issu d'une vieille famille, et cette étrange combinaison gênait ses pairs. Si Frazer avait conscience de leurs sentiments, il ne le montrait pas. A chaque fois que les hasards de la vie les amenaient à se croiser, il se montrait affable.

Il observait son compagnon de déjeuner, assis au bar à côté de lui. Il le connaissait depuis toujours, ou presque.

— Frazer, quel plaisir !

— Moi aussi, je suis ravi de te revoir. Comment vas-tu ? Tu m'as l'air en forme.

— Pas autant que toi, hélas. Mes cheveux prennent la tangente. Bref, passons. On boit quelque chose ou on déjeune tout de suite ? Je meurs de faim.

Frazer recula d'un pas.

— Après toi.

Confortablement installés à une longue table, ils entamèrent leur hachis Parmentier.

— Tu es à Londres pour longtemps ? s'enquit Fawley.

— Ce n'est pas exclu. J'en ai ma claque de Hong Kong. On y est en vase clos. J'ai besoin de changement. Je compte passer ici quelques mois, au moins.

— En clair, tu as fait le tour des jolies femmes de Hong Kong et il te faut de la chair fraîche. Tu as rempli les poubelles et même toi tu commences à être embarrassé.

Frazer éclata de rire.

— Tu as sans doute raison, mon salaud. Mais je suis aussi vraiment là pour affaires. Je vais tenter de me diversifier. J'ai trop d'engagements à Hong Kong et en Chine. Or, si j'y reste, je trouverai toujours de nouvelles occasions. Le seul moyen de ne pas m'impliquer davantage est de prendre le large.

— Tu peux toujours dire non.

Les deux hommes échangèrent un regard entendu.

— Au fait, reprit Fawley d'un ton désinvolte, tu as téléphoné à Case Reed ? C'était un bon tuyau, tu sais. Quand tu m'as appelé pour m'annoncer ton arrivée à Londres, j'ai pensé que c'était probablement des gens pour toi. Ils sont un peu plus aventureux que les établissements financiers classiques. Et comme tu me rebats les oreilles avec ton obsession de ne pas mettre tous tes œufs dans le même panier, ils pourraient se révéler fort utiles.

— Si tu veux tout savoir, j'ai suivi ton conseil. Nous avons même dîné ensemble hier soir.

Fawley leva les yeux sur Frazer.

— Tu es un rapide, dis donc.

— J'ai horreur de perdre mon temps.

— Raconte. Comment sont-ils ?

— Pas mal. Le type qui dirige, John Richardson — enfin, c'est le genre habituel, fait bien son boulot, raisonnablement malin, joue son rôle. Pas terriblement excitant, mais la boîte a de bons résultats et des transactions positives, je lui accorde donc le bénéfice du doute.

Fawley plissa les yeux. Son regard vif démentait la vague lassitude de ses propos.

— Et ?

— Tu me connais trop bien.

— Laisse-moi deviner. Une femme ?

— Et quelle femme !

— Je t'écoute.

— Elle s'appelle Cassie Stewart. Pas courant.

Frazer s'exprimait avec le plaisir contenu de celui qui a tout son temps, sachant que le tour est joué et qu'il en usera quand bon lui semblera.

— Séduisante ?

— Oh, oui. Sans conteste. Assez subtilement, d'ailleurs. Elle ne serait pas du goût de tout le monde. Elle est calme et distante, mince et pâle, avec des traits anguleux. Fragile et forte à la fois, si tu vois ce que je veux dire.

— Je vois. Ça n'est pas mon type de femmes, mais je ne suis pas le leur non plus. J'ai toujours eu un penchant pour les femmes compliquées, elles m'intéressent davantage. En tout cas, celle-ci m'a l'air parfaite.

Frazer but une gorgée de vin.

— Pas vraiment. D'autant que nous finirons peut-être par faire des affaires ensemble.

— Quoi, faut pas mélanger la baise et la bouffe ? C'est ça ? Tu es bien exigeant, tout à coup. Ça m'étonne.

— Il y a quelque chose qui me gêne, chez elle, c'est pour ça. J'ai l'impression que j'ai intérêt à garder mes distances.

— Allez, ne t'en fais pas. Tu en trouveras une autre tôt ou tard. C'est toujours le cas, non ?

Les deux hommes se quittèrent à quinze heures trente. Fawley rentra à son bureau dans la City. Mais auparavant, il s'arrêta à une cabine téléphonique dans Old Broad Street pour passer un coup de fil à Andrew Stormont.

— Excellent déjeuner avec votre homme. Il a l'air de beaucoup apprécier Case Reed, particulièrement Cassie Stewart. Je ne crois pas qu'il soit opposé à l'idée de traiter avec eux.

— Parfait. Merci, Angus. Merci aussi pour cette introduction. Remarquablement joué.

— Ce fut un plaisir. Toujours ravi de donner un coup de main.

Il raccrocha et se dirigea vers Broadgate Circle où il jouait tout aussi bien son rôle de banquier d'affaires.

Frazer arriva chez lui à seize heures, l'humeur gâchée par la nourriture détestable servie au club. Il habitait Wilton Place, à la limite de Knightsbridge et de Belgravia. Sa maison se situait au bout d'une succession de maisons de brique de cinq étages. Les moins bien entretenues étaient de couleur brique foncée. Récemment ravalée, celle de Frazer était d'un ocre foncé éclatant. Chaque maison comportait au premier étage des balcons en fer forgé égayés de pots de fleurs dont certains voyaient leurs frondaisons descendre jusqu'à l'étage au-dessous. Il y avait des jardinets à l'arrière. Certains étaient pavés, d'autres fleuris avec tendresse. Celui de Frazer était le plus beau. Le petit carré de pelouse impeccablement taillée était bordé d'azalées et de buissons de lilas. Roses et glycines grimpaient le long des murs, répandant leurs parfums jusque dans la rue tranquille. Des caméras fixées au quatrième étage surveillaient les deux côtés de la maison.

L'intérieur était riche, luxueux, tout de bois foncés, de tissus fins et de tableaux à l'atmosphère pesante. Les bruits de la rue étaient filtrés par des doubles-fenêtres. La lumière était retenue par de lourds rideaux à moitié tirés. Paix et semi-obscurité ; un calme oppressant, en fait, brisé de façon intermittente par le tintement d'une pendule ancienne qui aurait dû égayer la richesse des meubles mais résonnait comme dans une maison vide.

Frazer traversa rapidement le jardin de devant pour se rendre droit dans son bureau qui donnait sur l'autre jardin, à l'arrière. La fenêtre était entourée de roses grimpantes toutes épanouies, mais il n'y prêta aucune attention, se contentant de remarquer inconsciemment que tout était normal, que le jardinier avait fait son travail. Il s'installa à sa table, se pencha en avant, les coudes sur le bois poli, comme s'il écoutait une supplique. Puis il décrocha le combiné téléphonique et composa un numéro.

La sonnerie retentit à huit cents mètres de là, chez Xu Nan. Nan était jeune, beau, intelligent et plein de promesses, mais issu d'une famille de Hong Kong désespérément pauvre. Robie Frazer l'avait pris sous sa houlette dès l'âge de neuf ans. Il avait payé sa scolarité, l'avait envoyé dans une pension anglaise à treize ans, puis à l'université de Loughborough, où il avait passé son doctorat en sciences informatiques avec mention Très Bien. Jouissant d'un talent et d'une créativité exceptionnels, Xu Nan s'était rapidement fait un nom dans l'organisation. A vingt-sept ans, il avait déjà obtenu plusieurs promotions, on lui avait confié d'énormes responsabilités et il bénéficiait d'un salaire plus que confortable. Auquel s'ajoutait l'argent remis par Frazer, prime à sa mention Très Bien et aux succès qui s'étaient ensuivis. Nan avait accepté cet argent à contrecœur, Frazer lui ayant déjà beaucoup donné au fil des ans ; mais son patron avait insisté et, ne voulant pas paraître ingrat, Nan s'était fait une raison.

Sa famille était excessivement fière de lui. Tant de réussite. Tant de chance. Et voici que la poisse arrivait, pour rétablir l'équilibre. Seulement voilà, ce n'était pas vraiment la poisse. Le hasard n'avait rien à voir dans ce qui s'était passé au cours des six derniers mois.

Tout avait commencé lors d'une des visites occasionnelles de Robie Frazer. Depuis le temps, Nan s'était accoutumé à ces entretiens. Frazer faisait les cent pas, tout charme dehors, avec ses questions intéressées. Nan n'avait jamais véritablement cru à l'intérêt que lui avait témoigné le Taï Pan, comme tout Hong Kong appelait Frazer. La charité était la seule explication — le désir de l'homme qui possède tout d'en faire profiter autrui. Cette fois, pourtant, six mois plus tôt, Frazer était venu pour réclamer son dû. Seize ans de charité expliqués en une requête.

Nan devait tout raconter à Frazer sur son travail, fournir autant de détails que possible sur la technologie de guidage des missiles. Naturellement, Frazer donnait l'impression qu'il s'agissait là d'une demande des plus banales. Il avait posé la question sans en avoir l'air, prétendant qu'un de ses amis avait besoin des renseignements, qu'il voulait lui rendre service et que, peut-être, Nan pouvait en faire autant

— un échange de bons procédés, rien de plus. Nan avait écouté la voix mélodieuse et lu dans les yeux de Frazer : regard implacable, qui ne souffrait aucune réplique, devinait les objections possibles et les écrasait d'emblée. Nan comprit l'inutilité de toute résistance. Il était sous la coupe de Frazer qui avait, par son argent et à la dérobée, coupé toute possibilité de retraite.

Nan était pris dans un étau patiemment assemblé pendant seize ans. Il ne voyait aucune issue. Il avait donc accédé aux exigences de Frazer, disant tout ce qu'il savait, photocopiant et remettant des documents quand il le pouvait.

Jusqu'alors, il avait pris des documents à deux reprises, espérant chaque fois que ce serait la dernière, mais il devenait évident que Frazer exigeait un courant d'informations, que tant qu'il y aurait des renseignements à voler et que Nan serait en mesure de le faire, Frazer l'y contraindrait. Chaque jour la pression constante de Frazer le poussait un peu plus à bout.

Il sursauta lorsque le téléphone sonna. Il arrosait ses plantes. Il en avait cent, pas plus, pas moins, alignées sur les rebords des fenêtres et les balcons de son appartement au dernier étage dans Sloane Avenue, à Chelsea. C'était un moment de détente qu'il prisait particulièrement. Etre interrompu au milieu de l'opération l'irrita au plus haut point. Il posa son arrosoir et décrocha avec rage. Son corps se raidit quand il reconnut la voix de Frazer.

— Ah ! Nan. Je me doutais que tu serais chez toi. Encore malade ?

— Oui. Mais j'allais partir bosser. Je partais, pour être exact.

Frazer rit.

— Préfères-tu que je t'appelle au bureau ?

— Non, non, ce n'est pas nécessaire. Je vous rappelle dès que je trouve un peu de temps.

— Du temps, hein ? Ravi que tu abordes le sujet.

Voilà un bail que je n'ai plus de tes nouvelles. A propos, comment est ce nouvel appartement ?

— Oh ! il est parfait. Superbe, merci. Très bien, vraiment. Il est déjà rempli de plantes.

— Tu m'en vois réjoui. Je suis enchanté qu'il te plaise. Simplement, tâche de ne pas oublier à qui tu le dois, Nan, entendu ?

— Je n'oublie pas, rassurez-vous, répliqua Nan, bouillant de peur, de haine et de vaine rébellion.

— Bien. Tu ne nous as jamais fait faux bond jusque-là, dit Frazer avec lenteur, comme s'il réfléchissait à une évolution du statu quo.

— Vous est-il jamais venu à l'esprit que j'en avais peut-être assez, que peut-être je voulais tout laisser tomber ? lança Nan, d'un ton sec.

— Non. Et je m'étonne que tu y songes seulement. Tu n'as pas vraiment le choix, n'est-ce pas ? Les choses sont allées trop loin. Il est plus facile de continuer. C'est comme une flèche dans le corps, vois-tu. Tu ne peux l'arracher sans que les barbelures te déchirent.

Frazer écouta le silence à l'autre bout de la ligne et reprit :

— Ne nous fais pas attendre, Nan.

Sur quoi il reposa le combiné, les yeux posés sur les roses rouge sang.

Xu Nan raccrocha, prit ses clefs et sortit, oubliant la moitié de ses plantes. Il grimpa dans sa voiture et démarra, les mains tremblantes.

Robie Frazer composa un autre numéro, en Chine, cette fois. Là-bas, il était plus de minuit, mais l'homme à qui il téléphonait ne s'endormait jamais avant deux heures du matin. Il répondit à la troisième sonnerie. Frazer fut bref.

— Ha Chin. Les choses traînent un peu, mais ce ne devrait plus être long.

Après une pause, une voix impassible et mesurée répondit :

— C'est ce que vous avez déjà prétendu il y a quinze jours. Quel est le problème ?

— Il n'y a pas de problème, répondit Frazer avec calme. Je vous demande juste un peu de patience.

— Vous croyez qu'on a pressé le citron ?

— Non, non, du tout. Il lui reste encore un peu de vie et son avidité est intacte. Il est toujours aussi maniable. Il a les foies, c'est tout.

— Les foies ?

— La trouille.

— Il faut peut-être le bousculer un peu.

— C'est prévu, ne vous inquiétez pas.

— Je ne m'inquiète pas. Je vous fais totalement confiance, Frazer. Vous ne m'avez jamais fait faux bond jusque-là.

Frazer rit en entendant ses propres paroles se retourner contre lui. Salaud de chinetoque ! Quelle insolence ! Il se laissa aller à l'hilarité pour neutraliser la menace.

— Bonne nuit, Ha Chin. Dormez bien.

[illegible]

— C'est promis ne vous faites [illegible]

[illegible]

Ces quelques [illegible]

[illegible] eux comme lui [illegible]

— Bonne nuit [illegible]

[illegible] promenait [illegible] sur [illegible] son visage éclairé [illegible]

[illegible]

6

Cassie quitta son bureau à dix-huit heures. En semaine, elle travaillait souvent jusqu'à dix-neuf ou vingt heures, mais elle se libérait plus tôt le vendredi. Peu lui importaient les longues journées. Elle aimait son travail, qu'elle trouvait passionnant, distrayant et stimulant. Il lui occupait l'esprit, était suffisamment rémunérateur et lui procurait un but.

Elle prit Savile Row. En cette fin d'avril, le soleil promettait un radoucissement et se répandait sur Cassie, illuminant son visage, éclairant son sourire. Elle tourna dans Clifford Street puis Bond Street et Burton Street en direction de Park Lane et de Hyde Park. Elle avançait d'un pas tranquille, quasi nonchalant, comme si elle se promenait dans un jardin. Un homme grand et bronzé, la petite quarantaine, attira son regard : ils se plurent. Un éclair, ce fut tout. Dans ce pays, les hommes s'en tenaient là. Aux Etats-Unis, en Scandinavie, en France ou en Italie, ils se seraient arrêtés pour engager la conversation, parfois pour le plaisir du moment, parfois pour arracher un rendez-vous. Là, ils se contentaient de regarder et de sourire ; se sentant vaguement maladroits, ils passaient leur chemin, charmants, mais passifs.

Désormais, elle était habituée à ce type de réaction. Hommes et femmes la regardaient presque toujours en la croisant. Pourtant, il n'en avait pas toujours été ainsi. A l'école, elle faisait figure de grand échalas avec ses membres trop longs et trop maigres et sa tête trop petite. Son intelligence supérieure la mettait aussi à l'écart, si bien qu'elle avait grandi avec le sentiment d'être une bête curieuse, impression dont elle ne s'était jamais totalement débarrassée. Elle réagissait à sa beauté comme à quelque chose de nouveau, même si elle avait appris à en user. Sa légèreté enchantait tout le monde, provoquant en chacun ce qu'il avait de mieux. Jamais elle n'avait eu à creuser sous l'écorce, à remettre en question les bienfaits de l'existence.

Ces derniers mois, pourtant, elle avait pris quelque peu ses distances, gagnant en objectivité. Presque malgré elle, elle avait commencé de regarder plus profondément, de former ses propres jugements. Au cours des réunions, elle observait le tour de table et imaginait la vie secrète des hommes d'affaires impassibles qui la côtoyaient. Peut-être était-ce dû à l'ennui, à une familiarité excessive avec son travail. Elle constatait avec surprise à quel point l'analyse venait aisément, et quand elle menait sa petite enquête, elle constatait avec affolement à quel point son imagination collait avec la réalité.

Ce don, récemment découvert, la déconcertait ; elle n'était pas sûre d'apprécier vraiment. Elle avait fini par aimer cet état d'innocence, même si elle l'avait préservé par un refus conscient de voir les choses en face. La connaissance engendrait la responsabilité, nécessitait des réactions spécifiques, limitait ses choix.

Cassie se promenait sous le soleil dont les forces déclinaient. Elle avait la chair de poule. Elle pressa le pas, se faufila entre les voitures de Park Lane et pénétra dans Hyde Park où elle déambula parmi les cerisiers en fleurs. Une petite brise en secoua les pétales qui tombèrent en pluie sur elle. Elle en attrapa, retrouvant son sourire.

Une demi-heure plus tard, elle était chez elle. Sa maison, orientée à l'ouest, était baignée par le soleil couchant. Des bacs remplis alternativement de géraniums et de violettes ornaient les fenêtres. De la glycine aux branches torturées se hissait le long des murs jusqu'aux étages supérieurs. Les fleurs venaient d'éclore, répandant leur parfum dans l'air ambiant. Cassie s'arrêta pour le humer à pleins poumons. Puis elle entra.

David Wilson bondit sur ses pieds dès qu'elle pénétra dans le salon.

— Alors, ma grande ? Comment ça va ? Bien, dirait-on. Bonne journée ?

Elle s'écroula dans le canapé et envoya promener ses chaussures.

— Pas mauvaise. Je suis rentrée par le parc, c'était divin. Tous les arbres sont en fleurs et j'ai croisé un homme assez intéressant.

David partit d'un grand rire.

— Intéressant ? C'est ce qu'on dit d'une femme laide sur laquelle on est obligé d'émettre un commentaire. Intéressante. Ou sympathique.

— Tu es politiquement incorrect à un point inimaginable. Heureusement que tu ne travailles pas dans un bureau. Tu serais vite traîné en justice pour harcèlement sexuel.

— Cela ferait de la distraction, dit-il en prenant une bouteille de whisky posée par terre. Quel est le programme, ce soir ?

Cassie le regarda en coin puis détourna les yeux.

— Eva vient dîner.

Il avala une gorgée de whisky et dit :

— Parfait. Alors à plus tard. Je file au pub.

Sur quoi il s'empara d'une veste froissée jetée négligemment sur le dossier d'un fauteuil, prit ses clefs sur la table de l'entrée et sortit.

Cassie secoua la tête et se cala dans le sofa. Elle ferma les yeux, songeant à Eva.

Elles s'étaient connues à Oxford, à Magdalen, il y avait onze ans de cela. Cassie était mi-assise, mi-allongée sur la pelouse devant les Fellows Buildings, la tête rejetée en arrière, se régalant du soleil de cette fin d'après-midi. Eblouie par la lumière, elle vit une jeune femme avancer dans sa direction, radieuse comme un portrait de Man Ray. La femme s'arrêta pour parler avec un couple qui passait, puis poursuivit son chemin. Tandis qu'elle s'approchait, Cassie distinguait davantage de détails : une brune aux cheveux longs et châtains, pas particulièrement grande, dont le corps était aussi gracieux que les mouvements. Féline. Elle marchait vite, avec de longues enjambées assurées. Elle semblait concentrée. Il émanait d'elle une merveilleuse indépendance, une immunité face au reste du monde. Elle aurait pu se trouver n'importe où.

Au moment où Cassie se trouva dans sa ligne de mire, ses yeux parurent s'allumer soudain. Elle approcha et s'arrêta devant Cassie.

— Tu es nouvelle, n'est-ce pas ? Première année ?

Cassie hocha la tête. Eva s'assit dans l'herbe à son côté.

— Je m'appelle Eva.

— Cassie, répondit celle-ci en serrant la main qu'on lui tendait.

— Ah. Cassandra. La fille du roi de Troie, contemptrice d'Apollon. La grande prophétesse, celle qu'on ne croit jamais, dit-elle en souriant. J'ai lu mes classiques. Deuxième année.

— Qui serais-tu, alors, dans les légendes ?

— Une sirène. Quoi d'autre ?

Elle tourna la tête pour scruter Cassie du regard.

— Visiblement, tu serais meilleure pour le rôle. Tu es une des filles les plus atrocement belles que j'aie jamais vue.

Cassie eut un petit rire ravi. Eva était manifestement sincère, ce qui était désarmant.

— J'en doute. Mais merci. D'ailleurs, je pourrais te retourner le compliment.

Eva haussa les épaules.

— Je ne vois pas qui je pourrais attirer sur les rochers, dit Cassie. Je parie qu'on te fait beaucoup plus la cour qu'à moi.

— Possible. Tu dois leur faire peur. J'ai l'air plus humaine — ils me croient sympa.

— Et ?

Eva se contenta de sourire.

En une semaine, elles étaient amies. Cassie était attirée par la force et l'énergie d'Eva. Cassie lui devinait une souplesse de caractère, comme si rien de ce qu'on pouvait dire ou faire ne la choquerait ; elle pourrait se montrer elle-même sans que s'exerçât la moindre censure, être comprise sans être jugée. En même temps, elle savait — tout le monde savait — qu'il ne fallait pas lui jouer un sale tour. Sinon, elle vous tournait le dos, purement et simplement. Sans froideur ni insensibilité, d'ailleurs. Non, Cassie avait toujours l'impression qu'Eva était profondément chaleureuse et compatissante. Mais elle était difficile à cerner. Ce que Cassie percevait le plus en Eva, c'était son instinct de survie, plus fort que chez quiconque.

Eva, quant à elle, décelait en Cassie une légèreté d'être. Elle était rigolote et si incroyablement belle et intelligente qu'elle ne se sentait jamais menacée par Eva, dont chacun s'accordait à penser que les fées s'étaient un peu trop penchées sur son berceau.

Au fil des trimestres, on mettait régulièrement Cassie en garde, suggérant qu'il fallait peut-être se montrer prudent avec Eva, qui ne faisait jamais rien sans raison, même en amitié. Cassie répondait toujours en riant. Elle avait la souplesse et l'élasticité d'un chat qui tombe. Au moment de l'impact, elle était détendue quand les autres se brisaient d'être trop préparés. S'en sortait-elle aussi indemne qu'un chat ? Elle n'aurait su l'affirmer. Elle n'avait pas l'impression d'avoir été blessée, pas par Eva, en tout cas. Qu'Eva eût la capacité de faire du mal était indubitable ; elle avait trahi bien des amants pendant leurs années à Oxford. Mais Eva n'avait jamais considéré cela comme un crime. Elle trouvait plutôt cela inévitable, le résultat de la loi de l'offre et de la demande : elle n'arrivait tout bonnement pas à répondre à tant de sollicitations.

Cassie réfléchissait aux avertissements reçus à

l'université et aux commentaires de David Wilson, tous la pressant de se méfier — mises en garde aussi déplacées à l'époque qu'aujourd'hui.

Eva sonna deux heures plus tard. Cassie lui ouvrit. Les deux jeunes femmes s'embrassèrent et Cassie conduisit son amie au salon.

Eva la suivit tranquillement, enregistrant le moindre détail. Elle remarqua l'atmosphère qui régnait dans la maison, si vivante, si tranquillement chaleureuse. Contrairement à la chambre, les murs étaient recouverts de toiles : paysages, portraits, dessins noirs de visages, études de chevaux, oiseaux en vol, nus. Leur multitude n'empêchait pas un certain ordre dans la variété, une main assurée. La décoration passait après. Elle était accueillante, confortable, d'une élégance naturelle, dans des tons ambre, jaune et bleu, selon les pièces. Pas de cet esprit minimaliste outrancier qui caractérisait tant d'habitations ces temps-ci. Chaque pièce possédait de magnifiques tapis anciens, persans, soie et laine, aux couleurs riches et fines. Partout, le mouvement : dans le regard attiré d'une toile à l'autre, dans le cocker noir, Nesta, qui courait après sa maîtresse, dans le balancement paresseux de la queue des deux chats étendus au soleil sur les bras du canapé. On se sentait dans une vraie maison, pas dans l'abri d'un poltron ; la force régnait.

Eva observait Cassie aller et venir, servir à boire, laver la salade, s'interrompre, s'asseoir avec un sourire. Elle éprouva un brusque pincement au cœur, inattendu, douloureux, une sorte de mélancolie pour quelque chose qu'elle n'aurait su nommer. Elle prit son verre — du vin blanc frais — qu'elle avala d'un trait.

Les deux jeunes femmes étaient assises l'une en face de l'autre.

— Où est ton colocataire ? s'enquit Eva.

— Au pub. Son lieu de prédilection.

— Que fait-il, à part aller au bistro ?

— Scénariste.

Cassie croisa les jambes et s'installa plus confortablement.

— Ça donne quelque chose ?

— Il a beaucoup écrit. Quant à savoir si cela a abouti à une production, la réponse est : pas encore. Ça prend des années. Pourtant, il est doué.

— Comment peut-il s'offrir un endroit pareil ?

— Il en est incapable. C'est un ami. J'aime bien l'avoir ici.

— Tu n'as jamais su vivre seule, n'est-ce pas ?

— Contrairement à toi, j'imagine. Non, jamais. Mais qui m'y oblige ? Je préfère avoir de la compagnie, j'en ai. Point.

— C'est ton amant ?

— Qui, David ?

— Mm.

— Non. Qu'est-ce qui te fait penser cela ?

— Rien. Je me disais qu'il avait dû l'être. Il semblait tellement jaloux.

— De toi ?

— Oui. Sérieusement, j'ai cette impression.

— Tout le monde t'aime bien, Eva, tu le sais. Et David aime tout le monde. Il est trop indolent pour s'en prendre directement à quelqu'un qu'il déteste.

— Il m'a l'air un peu léger.

— Voilà une erreur que beaucoup commettent à son sujet.

Cassie se leva pour s'occuper du plat principal, spaghetti au homard. Eva la suivit dans la cuisine, s'installa sur un tabouret de bar et la regarda faire.

— Au fait, comment s'est passé ton dîner avec Robie Frazer ?

Cassie posa sa cuiller, se retourna et offrit à Eva un sourire entendu.

— Intéressant phénomène, et comme tu disais — terriblement séduisant. Très brillant, très sexy. Incontestablement un homme avec qui passer un après-midi au lit.

Eva émit un petit cri perçant.

— Quoi ? Ne me dis pas que...

— Mais non, voyons, protesta Cassie en hurlant de rire. C'est juste une impression. Les hommes se divisent en deux catégories, ceux avec qui on peut passer un après-midi au lit et les autres. Je n'ai jamais trouvé meilleur système de classement. Le plus triste c'est que dans notre monde, on croise rarement un type qui entre dans la première catégorie. Oh ! ils ont tous quelque chose à leur actif. Mais combien d'entre eux sont sexy ? On pourrait finir par les trouver attirants, à condition d'en tomber amoureux, ou de s'y attacher, mais combien d'entre eux sont sexy jusqu'à la racine des cheveux ? C'est le problème avec les Anglais d'une certaine classe. Ils sont moches, ils sont gros, ils s'habillent comme leurs grands-pères, mais le pire, ils sont nuls, incapables de faire l'amour correctement. Pas la moindre étincelle ne s'allume dans leur regard, pas la plus petite idée qu'ils pourraient se régaler, en profiter. Quant à imaginer qu'ils pourraient être doués, alors là... !

Cassie lécha la cuiller de mayonnaise.

— Miam. Délicieux. Goûte.

Elle en colla dans le bec d'une Eva ahurie.

Eva avala gaiement et approuva, les yeux écarquillés.

— Exquis. Mais dis-moi. Qu'est-ce qui t'arrive ? Tu étais si tolérante, à Oxford, tu les trouvais charmants, nos petits Britanniques. Qui s'est chargé de ton éducation ? insista-t-elle avec un grand sourire.

— Moi. Tu n'es pas d'accord ?

— Mais si, bien sûr. Les hommes de « notre monde » comme tu dis, manquent totalement de sex-appeal. J'avais oublié à quel point ils étaient soporifiques et paralysants jusqu'à ce que je revienne. Il y a bien une ou deux exceptions, naturellement, mais en règle générale...

— Ouais. Et Robie Frazer est une exception qui confirme la règle.

— Alors, des projets d'avenir ?

— Non. C'est un client. Il serait bien pour toi, en revanche, suggéra Cassie après réflexion.

— A t'entendre, il semble un peu trop polissé pour mon goût.

— Il faudrait que tu le rencontres. Il n'est pas lisse sous la surface. Il essaie, mais des pointes jaillissent. On pourrait s'y couper aisément.

Eva arbora un sourire distant et mit un doigt dans la mayonnaise avant de le porter à sa bouche. Cassie remplit les assiettes de pâtes.

— A table. C'est prêt.

Elles se rendirent dans la salle à manger et festoyèrent goulûment. Eva raconta à Cassie d'ahurissantes histoires sur l'Extrême-Orient, ce qu'elle avait vu, ses rencontres. Elle était toujours aussi fascinante. Ses yeux et sa voix étaient tellement évocateurs.

Quand elles eurent achevé, Eva reposa sa fourchette et regarda autour d'elle.

— Mes compliments, Cassie. Repas succulent, jolie maison, jardin, meubles, toiles et tapis compris. Tout.

Cassie haussa les épaules.

— Résultat de huit ans à la City et d'un colocataire qui met la main à la pâte.

— Cela fait un choc de revenir après tant d'années, d'y trouver une ville totalement différente et de constater que tout le monde a avancé.

Cassie avait du mal à imaginer Eva éprouvant un choc.

— On n'a pas bougé tant que ça. On a suivi le courant, sans plus. Facile. Pas comme pour toi.

Eva réfléchit un moment.

— J'ai fait des trucs fabuleux, mais cela n'a jamais réglé les factures.

— Des idées ? s'enquit Cassie d'un ton léger.

— En fait, oui, hésita Eva. Baroques, à vrai dire. Ça fait maintenant des semaines que je tourne ça dans ma tête, je ne voulais pas t'en parler. Mais si ce n'est pas à toi, je me demande à qui.

— Tu m'intrigues.

— Que dirais-tu si je t'affirmais avoir trouvé un filon de diamants au Vietnam ?

7

Le lundi matin, Cassie arriva très excitée au bureau. Renonçant à sa demi-heure de tranquillité, elle se rendit tout droit dans le bureau de John Richardson, qui leva sur elle des yeux étonnés.

— A quoi dois-je ce plaisir matinal ?

— Je crois avoir quelque chose pour Frazer. Et pour nous.

— Racontez.

— Un filon de diamants au Vietnam.

Richard s'esclaffa.

— Vous ne faites pas les choses à moitié !

— Cela tient debout. Le Vietnam commence à s'ouvrir. Les Américains y déversent des tonnes d'argent. Ce pays possède de bonnes réserves de minéraux et de pierres précieuses. L'économie progresse à vive allure, et c'est une zone en train de prospérer. J'ai l'intuition que les diamants devraient lui plaire. Ne dit-on pas qu'ils sont sexy ? Je ne l'imagine pas s'exciter sur une usine de gadgets.

— Au vrai, je ne l'imagine pas s'exciter sur quoi que ce soit, mais je vous suis sur ce terrain. D'où sortez-vous cette mine de diamants ?

— D'une amie. Et avant que vous n'ajoutiez un mot, j'aimerais que vous conduisiez ces transactions, précisément pour cette raison. Je me refuse à être directement impliquée. Nous sommes trop proches. Je manquerais de recul.

— Qu'attendez-vous de moi ?

— Rencontrez-la. Elle s'appelle Eva Cunningham. Puis voyez Frazer juste après. Si vous aimez ce que vous entendez, vous pouvez demander à Eva d'assister à l'entretien. Sinon, elle s'en va et nous aurons avec Frazer une conversation d'ordre plus général.

— Je constate avec plaisir que vous vous refusez à tout sentiment. Si elle est bonne, elle reste. Si elle est nulle, elle dégage.

— Et c'est vous qui décidez.

— Non. C'est vous. Amie ou pas, c'est votre bébé. Nous traitons tous avec des amis. Ce n'est pas une nouveauté dans la City. Et vous savez parfaitement que vous êtes un juge beaucoup plus sévère que moi, surtout ces derniers temps. A propos, que s'est-il passé la semaine dernière avec le dossier Tugwell ? On m'a dit que vous l'aviez jeté, lui et son projet, sur un simple regard. Chacun s'accordait pourtant à trouver l'affaire extrêmement prometteuse.

— Oui, elle en donnait l'impression. Mais lui pas. C'était du vent, rien de plus. Et je soupçonne pis encore. Je ne voudrais pas parier sur ce que découvrirait un privé à son sujet.

— Autrement dit, vous parieriez volontiers car vous êtes sûre d'avoir raison. Je sais tout de votre dernière marotte. Ce MacDonald que nous avons vu il y a trois semaines — vous auriez mis votre main au feu qu'il était au bord de l'alcoolisme, qu'il avait tenté une petite escroquerie dans le passé et qu'il avait une maîtresse en train de le saigner à blanc. Et vous aviez raison sur toute la ligne. Vous avez damé le pion à trois de nos détectives. Le premier à enquêter sur MacDonald est venu me trouver, persuadé que vous aviez monté une agence rivale et tentiez de l'intimider en lui prouvant que la vôtre était meilleure que la sienne. Il a refusé de croire qu'il s'agissait d'un jeu, que vous adoriez assister aux réunions et imaginer les particularités secrètes des gens. J'ai eu beau le lui chanter sur tous les tons, il a refusé d'admettre que vous aviez raison uniquement par intuition. Nous le payons une fortune et vous faites cela par pure fantaisie.

Richardson pointa le menton en avant d'un air insistant.

— Histoire de ménager son ego professionnel, vous pourriez peut-être le laisser remettre ses rapports avant de l'obliger à s'asseoir pour lui dire tout ce qu'il a trouvé sans qu'il ait eu le temps d'ouvrir la bouche. Et cet autre, Owen Quaid — je sais que vous vous entendez comme larrons en foire, mais son ego a la taille d'un gratte-ciel. Il est capable de prendre la chose comme une énorme blague, mais nul doute qu'il tente de vous recruter...

Cassie étouffa un rire. Richardson la regardait avec perplexité. Elle avait changé de façon radicale, au cours des six derniers mois ; elle était de plus en plus malicieuse. Cela se lisait à cette étincelle dans le regard, à ses absences inexpliquées, même si elles étaient rares, et à sa façon — nouvelle et angoissante — de percer tout le monde à jour. Il s'en réjouissait car cette espièglerie allait de pair avec une robustesse croissante. Il avait toujours craint que Cassie ne fût aussi émotionnellement vulnérable que le laissait entendre son apparence physique, avec sa silhouette si fine, si longue, si légère, si fragile. Mais Cassie montrait désormais une sorte d'impertinence longtemps réprimée qui rayonnait presque.

— Vous avez conscience que si nous donnons suite, il nous faudra enquêter sur votre amie. Nous demanderons sans doute à Quaid.

Cassie acquiesça sans un mot.

— Que prédiriez-vous à son sujet ?

Cassie se carra dans son siège et leva les yeux au plafond avant de répondre.

— Je ne sais trop. J'ai l'impression d'un mur dressé avec soin. Comme c'est mon amie, c'est embêtant. Les facultés naturelles s'écroulent. Les étrangetés sont familières, les signes avant-coureurs semblent sans conséquence. Demain, je ferai comme si je la voyais pour la première fois. La salle de réunion est un endroit propice, calme et agréable, sans rien pour me distraire. Peut-être trouverai-je du nouveau. Je m'en voudrais de décevoir Owen !

Richardson la regarda quitter son bureau, à la fois ébahi et exaspéré. Calme et agréable, rien pour la distraire en salle de réunion... Non. Rien qu'un investissement de plusieurs millions de livres...

Il lui cria :

— Appelez votre amie et demandez-lui de passer demain à dix heures. Je vais faire venir Frazer à onze heures trente.

Cassie leva la main en signe d'assentiment et alla dans son bureau où elle décrocha immédiatement le téléphone. Eva répondit à la troisième sonnerie.

— Eva ? Cassie à l'appareil. Peux-tu passer demain à dix heures ? Parfait. Libère-toi pour la matinée.

Elle donna l'adresse de Case Reed et raccrocha avant qu'Eva n'eût le temps de poser la moindre question. Exclu de lui faire un topo. Eva était assez grande pour se débrouiller seule, c'était le moins que l'on pût dire.

Eva raccrocha en fronçant les sourcils avec la nette impression d'être expédiée. Dans un haussement d'épaules, elle décida qu'elle appellerait Cassie chez elle plus tard pour en savoir davantage. Elle téléphona à Stormont.

— Cassie vient d'appeler. J'ai rendez-vous demain. Il me faut de quoi acheter des vêtements. Autant tenir mon rôle jusqu'au bout.

— Je m'en occupe et je vous donne cela un peu plus tard. Je veux revoir deux ou trois points avec vous. Courez les magasins en attendant. Sans faire de folie, ou ce sera sur mon compte.

— C'est tout le piquant, justement !

— Soyez à la maison sûre vers vingt et une heures.

Stormont n'avait nul besoin de voir Eva. Il aurait pu lui faire porter l'argent. Mais il avait envie de la voir. Il se persuada que c'était pour la surveiller, pour tout vérifier.

Eva téléphona à Cassie à vingt heures trente.

— Cassie ? C'est Eva.

— Eva, ma belle, ça va ?

— Oui. J'appelais juste pour...

— Oh ! excuse-moi, on sonne à la porte. Désolée, pas le temps de bavarder. On se rattrape demain, d'accord ?

— Merde, merde !

Eva raccrocha violemment, mi-furieuse, mi-amusée. Si elle n'avait pas connu aussi bien son amie, elle aurait pensé qu'elle la fuyait délibérément, mais l'image d'une Cassie tête de linotte courant comme une folle du téléphone à la porte, qui la réclamaient tous deux avec impatience, chassa tout soupçon de fourberie.

Eva réfléchit à son rendez-vous avec Stormont. Elle alluma une cigarette qu'elle fuma jusqu'au filtre, se leva, se donna un coup de peigne, se mit du rouge à lèvres et parfuma ses poignets. Elle s'apprêtait à partir quand le téléphone sonna. C'était Stormont.

— Eva, j'ai un léger problème. Il s'est passé quelque chose. Je ne pourrai être à la maison sûre pour neuf heures.

Eva s'obligea à refouler la déception qui pointait.

— Je pourrais vous rejoindre.

— Ici ? Chez moi ? s'étonna Stormont après un silence.

— Juste pour cette fois. Je sais que c'est interdit, que les agents et leurs contrôleurs ne doivent jamais se retrouver chez eux, mais je ferai vite et personne ne me suivra.

— Et puis zut ! D'accord. Je vous attends.

Son envie de la voir était telle qu'il enfreignit le règlement avec insouciance.

8

Cassie regardait la télévision d'un air distrait quand elle bondit sur ses pieds.

— Où vas-tu comme ça ? s'enquit David.

— Voir Eva. Je n'ai pas été très chic. Elle voulait un conseil à propos de la réunion de demain et je lui ai raccroché au nez. Conscience professionnelle excessive — tu sais, je ne suis pas censée l'aider, ni l'avantager. Du baratin quoi, ajouta-t-elle en saisissant sa veste.

— S'il existe quelqu'un capable de se débrouiller seul, c'est bien elle. Je ne me précipiterais pas à son secours, si j'étais toi.

Cassie fit semblant de ne pas entendre et poursuivit son chemin, Nesta à ses trousses. Elle sourit au chien dont elle caressa le dos.

— Promener ? Tu veux te promener ?

Nesta sautilla en aboyant au mot magique, dansant impatiemment autour de Cassie tandis qu'elle enfilait ses chaussures et mettait de l'argent dans sa poche. Elle prit ses clefs sur la table de l'entrée et sortit avec Nesta.

Il était neuf heures moins le quart. La lumière pâlissait, les oiseaux murmuraient avec humeur et s'installaient pour la nuit. Les gens allaient et venaient, se rendant au pub ou chez eux pour dîner, promenant leur chien, fumant tranquillement dans la nonchalance du soir. Chacun semblait mener sa vie avec douceur. Cassie marchait vite. Dans King's

Road, elle croisa plusieurs visages auxquels elle sourit. Au bout de cinq cents mètres, elle s'arrêta brusquement. Elle venait d'apercevoir Eva, ou quelqu'un qui lui ressemblait, quitter King's Road en direction du nord d'Old Church Street.

Sans être certaine qu'il s'agissait bien d'Eva car la distance et les passants brouillaient sa vision, elle pressa le pas. Elle tourna dans Old Church Street juste à temps pour voir la femme s'arrêter devant une haute maison blanche. C'était bien Eva. Elle s'approcha et héla son nom au moment précis où la porte s'ouvrait. Eva se retourna. Un homme apparut dans l'encadrement de la porte. Eva sembla froncer les sourcils une fraction de seconde et souffler quelque chose à l'adresse de l'homme avant de revenir à Cassie pour lui sourire.

— Cassie ! Ça alors ! Mais que fais-tu là ? Je croyais que tu avais du monde ?

Cassie s'avança encore.

— Non. C'était seulement un ami de David qui passait. En fait, je te cherchais. Je voulais te parler de la réunion de demain.

Elle se tourna vers l'homme qui l'observait en silence.

Il lui tendit la main.

— Andrew Stormont.

— Cassie Stewart.

Eva s'appuya contre le chambranle, l'air alangui, comme si elle s'ennuyait. Stormont lâcha la main de Cassie, mais resta accroché à ses yeux. Cassie soutint son regard puis se tourna vers Eva, attendant qu'elle dît quelque chose. Eva observait Stormont, impassible. Stormont posa les yeux sur Nesta, qui se tenait sagement aux pieds de sa maîtresse.

— Beau chien, dit-il en lui ébouriffant le poil.

Nesta leva les yeux sur lui.

— Voilà une conquête qui n'a pas traîné, observa Cassie.

Stormont la regarda à nouveau, la jaugeant presque.

— Eva venait prendre un verre. Cela vous dit ? Après, vous pourrez lui parler de votre réunion.

— Je m'en voudrais de vous déranger, protesta Cassie.

— Du tout, je vous assure.

Stormont lui fit signe d'entrer. Eva suivit et ferma la porte derrière elle.

— Ce doit être diablement important pour que vous la pourchassiez ainsi, suggéra Stormont.

— Oui, diablement important.

Cassie releva le menton et le regarda d'un air inquisiteur. Il ne fuit pas son regard. Un moment après, il conduisit les jeunes femmes au salon. Il s'assit dans un vieux fauteuil de cuir et leur fit signe de prendre place. Eva s'affala dans le canapé. Cassie s'installa bien droite dans un fauteuil crapaud recouvert de tissu. Nesta s'enroula à ses pieds.

— Que puis-je vous offrir ? s'enquit Stormont.

— Un whisky sans glace. J'ajouterai moi-même un peu d'eau.

— Eva ?

— La même chose. Pour l'eau, comme d'habitude.

Cassie réprima un sourire. La familiarité naturelle, le « comme d'habitude », tout cela faisait référence à une longue histoire. Et elle devait admettre que cet Andrew Stormont entrait facilement dans la catégorie des hommes avec qui passer l'après-midi au lit. Très facilement. Il était bel homme, conscient de son charme, à quoi s'ajoutait une confiance en soi sur le plan physique d'autant plus puissante qu'elle était subtile. Ses yeux étaient complices, cultivés, moqueurs, légèrement défiants, comme s'il désirait être surpris, trouvait cette perspective improbable, tout en étant prêt à tenter le coup. Et il avait dû essayer bien trop de femmes, se dit Cassie. Il arborait ce regard assouvi de vague dégoût de soi, absent, teintant tout ce sur quoi il se posait d'un léger dédain. Seul Nesta était absoute. Il la regardait avec une chaleur sans restriction. Oh oui, il devait être un merveilleux amant, mais émotionnellement stérile.

Elle coula un regard à Eva, qui l'observait d'un drôle d'air. Cassie jugea que Stormont et Eva s'accordaient parfaitement ; même rayonnement, même dureté, même langueur apparente qui, chez Eva, dissimulait une ardeur peu britannique. Et chez Stormont ? Cachait-il quelque chose ou bien était-il à son image, riche, gâté, cynique ? Elle but son whisky et se tourna vers Eva, qui s'était décidée à parler.

— Alors, cette réunion ?

— Cela peut attendre. Rien de vital, en fait, dit-elle en se levant. Je suis sûre que vous avez mille choses à vous raconter après toutes ces années, ajouta-t-elle en se dirigeant vers la porte.

Eva se leva à son tour.

— Ne me fais pas croire que tu as fait tout ce chemin pour rien.

— Ce n'est pas si loin. Et cela fait du bien à Nesta. Je voulais surtout te demander de rester libre pour déjeuner. Merci pour le whisky, ajouta-t-elle à l'adresse de Stormont.

Stormont hocha la tête et se leva. Cassie et Eva s'embrassèrent.

— A demain, dit Cassie en se dirigeant vers la porte.

Eva hocha la tête et se rassit. Stormont raccompagna Cassie à la porte. Elle s'effaça pour lui permettre d'ouvrir. Il effleura son bras de la main. Consciente de l'étroitesse du passage, elle leva les yeux sur lui en franchissant le seuil. Ils se serrèrent la main. Cassie s'éloigna avec la sensation encore brûlante des doigts de Stormont autour des siens.

— Bon sang ! Mais comment est-ce arrivé ?

Debout, Eva se servait un autre whisky au moment où Stormont revenait au salon.

— Avez-vous vérifié que vous n'étiez pas suivie ?

— Naturellement, voyons.

— Eh bien, c'est raté ! Si j'en crois le rapport, Cassie Stewart habite à cinq cents mètres direction King's Road. Si elle voulait vous voir, elle n'avait qu'à remonter King's Road ; pas difficile de vous voir tourner au coin pour venir chez moi.

— J'ai fait un tour de vérification, il n'y avait personne à mes trousses. Cassie a dû m'apercevoir au moment où je quittais Old Church Street pour la seconde fois. Je n'ai pas revérifié. Qu'est-ce qu'on fait ? demanda-t-elle avec sang-froid.

Stormont ne répondit pas tout de suite.

— Vous avez votre couverture, moi la mienne. Nos familles se connaissent. Il est assez normal que nous nous retrouvions.

Stormont s'interrompit cependant qu'une idée s'esquissait dans son esprit. Elle brouillait les pistes.

— On ne se voit plus sauf dans une maison sûre. Et soyez plus vigilante, désormais. Peut-être êtes-vous un peu rouillée.

— Je me suis montrée trop confiante, je l'admets. Cela ne se reproduira plus.

Il but une gorgée de whisky sans souffler mot.

— Mais pourquoi me cherchait-elle ? demanda enfin Eva. C'est curieux, alors qu'elle voulait uniquement me demander d'être libre à déjeuner.

— Si elle avait vraiment quelque chose à vous recommander au sujet de votre réunion, elle n'allait pas en faire état devant moi — pas si cela avait le moindre intérêt, pas si elle est aussi pro qu'on le prétend. Et je ne dis rien de l'atmosphère qui régnait ici. On se serait cru dans un nid de vipères. Pas étonnant qu'elle ait décidé de s'éclipser dès qu'elle pouvait le faire sans être grossière.

— Oh, pour l'amour du ciel, Stormont ! J'étais dans tous mes états. Elle venait de me raccrocher au nez pour la deuxième fois de la journée et elle se pointe ici. Franchement, vous vous attendiez à quoi ?

— Jalouse ?

— Vous vous flattez, mon cher. Je vous ai vu cent fois regarder des filles avec cet air-là. Je suis lasse d'être la spectatrice de vos entreprises de séduction.

— J'ai l'impression qu'un regard ne suffirait pas à séduire votre amie.

— Cessez de rêver que nous sommes toutes des madones, Stormont. Elle aime faire l'amour autant que les autres.

Stormont alla remplir les verres et regagna lentement son fauteuil.

— Comment s'est-elle entendue avec Frazer ?

— Elle m'a dit que c'était le genre d'homme avec qui elle pourrait passer l'après-midi au lit.

Stormont éclata de rire.

— Elle l'a fait ?

— Elle prétend que non. Et qu'elle n'en a pas l'intention. C'est un client. Zone interdite.

Stormont faillit ajouter « ça tombe bien », mais se ravisa en observant Eva, ratatinée dans son fauteuil. Inutile d'attiser un sentiment de compétition qu'elle éprouvait peut-être déjà.

— Le programme se déroule donc comme prévu ?

— On est même en avance, grâce à la rencontre Cassie-Frazer. Vous avez réglé cela de main de maître.

— Quelques mots glissés là où il faut. Un jeu d'enfant.

— Le réseau des vieux camarades s'est mis en branle, semble-t-il.

— Il a son utilité.

— Je n'ai jamais prétendu le contraire.

— Mais vous le méprisez.

— Je le trouve amusant.

— Votre famille en bénéficie tout autant que les autres.

— C'est son problème.

— Vous regardez cela avec condescendance.

— Au cas où vous ne l'auriez pas remarqué, il n'y a pas d'équivalent pour les femmes.

— Comment qualifiez-vous votre relation avec Cassie et le fait qu'elle pourrait financer votre entreprise ?

— Ce sera uniquement une question de mérite commercial.

— Peut-être. Mais il existe autre chose entre femmes en position de s'aider, non ? On peut se montrer généreux quand on a tout.

— Je ne parierais pas là-dessus.

— Qu'y a-t-il entre Cassie et vous ? Vous êtes censées être amies, et pourtant quelque chose vous sépare.

— Réveillez-vous, Stormont ! Nous sommes très proches. Il y a toujours quelque chose de sous-jacent entre deux grandes amies. Tout serait tellement plus simple si nous n'étions que deux bonnes relations.

— Dès l'instant que cela ne devient pas un problème.

— Rien à craindre.

Stormont sortit une enveloppe de la poche de sa veste et la tendit à Eva.

— Voici pour vos vêtements — deux mille livres.

Elle se leva. Il l'embrassa sur la joue.

— Faites-leur mordre la poussière, Eva.

— Oui, je les aurai. Comme toujours.

Stormont s'étonna du ton de sa voix.

— Dites-moi ce qu'il y a.

— Cela aurait été tellement plus simple d'être une actrice, rien qu'une actrice ? Parfois je me dis que cela aurait été tout aussi gratifiant.

— N'oubliez pas les enjeux.

— Comme si c'était possible. Bof, je déteste ne pas obtenir satisfaction tout de suite, voilà tout.

— On ne peut passer huit ans perdue dans le Sud-Est asiatique et ne pas connaître la patience.

— Non. Mais ici c'est différent.

— Et vous voulez y retourner.

— Oui.

Stormont dévisagea Eva, si déterminée, si bravache cinq minutes auparavant et maintenant si ouverte, si pleine d'un désir profond. Il lui caressa la joue. Elle détourna violemment la tête.

— Bas les pattes, Andrew. Vous avez beau faire

semblant, je n'ai pas oublié. Vous êtes mon contrôleur, pas mon consolateur.

Elle l'observa un moment, tête droite, muscles raides, puis se détourna en silence et s'en alla.

Stormont demeura immobile au centre de la pièce, où elle l'avait laissé. Il regardait dans le vide et voyait son visage.

9

Eva émergea avec la sonnerie du réveil, à huit heures trente. Elle l'arrêta et resta allongée quelques minutes, regardant autour d'elle les murs blancs, sans le moindre tableau, puis la fenêtre. Il faisait soleil. Les vitres étaient serties de lierre dont les branches toquaient parfois au carreau la nuit, comme si elles demandaient à entrer. Ce matin, elles se balançaient doucement sous la brise.

En cette heure bénie où elle pouvait rêvasser sans crainte, Eva laissa son esprit dériver. Ses pensées la ramenèrent à Saïgon dans une maison en ruine baignée par le soleil dès huit heures du matin, où elle marchait pieds nus sur les dalles déjà chaudes. L'odeur de poussière lui parvenait par les portes-fenêtres, se mêlant au parfum capiteux du premier café français de la journée. Dehors, à cinq cents mètres, dans le lacis des grands boulevards poussiéreux entourés d'arbres, le vacarme des klaxons, des coups de freins et des sonnettes d'une cavalcade de vélomoteurs, bicyclettes, voitures et cyclo-pousse avait atteint son apogée. Les notes, filtrées par la distance et la brume sale, lui parvenaient comme autant d'échos atténués.

A Londres, au contraire, il régnait une atmosphère tranquille, froide, quasi aseptisée. Rien dans les rues ne la touchait ni ne la sollicitait. Il lui avait été moins aisé de se réorienter dans la ville qu'elle ne l'aurait cru. Sa maison londonienne la retenait comme un cocon irréel, complaisant, faussement protecteur. Il serait si facile, parfois, de rouler sur le ventre à la sonnerie du réveil, de s'enfouir sous la couette et de ne plus bouger, jamais.

Elle se leva, s'obligea à s'ébrouer, à se fondre dans la routine, dans la ville au-dehors, dans le travail.

Elle enfila un grand tee-shirt sur son corps nu et descendit l'escalier jusqu'au salon. Elle alluma son lecteur de CD, mit la *Tosca,* avec Maria Callas, tournant le volume presque au maximum. La voix se coula en elle, la prenant à la gorge, lui nouant l'estomac. Eva était envoûtée, transportée. Elle écouta sans bouger pendant quelques minutes. Puis elle alla se préparer un expresso à la cuisine. En attendant qu'il fût prêt, elle s'assit pour fumer une Marlboro. Après quelques bouffées, elle posa la cigarette dans le cendrier. Elle se frotta lentement les bras, laissant courir ses paumes sur sa peau brune, sentant les os et les muscles tendus. Puis ses mains coururent le long de sa poitrine, de son ventre, de ses cuisses. Elle cherchait sur sa peau les traces d'indentations ténues, de cicatrices qui s'estompaient.

L'intégrité de son corps avait été tant de fois mise à mal ; cependant, il était encore intact, imparfait mais robuste. Elle écrasa sa cigarette, se leva, mit la cafetière en position « veille » et retourna au salon. De la musique plein la tête, elle fit une demi-heure de gymnastique intensive. Elle transpirait légèrement lorsqu'elle retourna dans la cuisine où elle but un verre d'eau avant de se verser une tasse d'expresso qu'elle avala d'un trait. Après quoi elle alla prendre une douche.

Elle revêtit un des nouveaux ensembles achetés la veille : jupe plissée noire frôlant le genou, chemisier bleu pâle et veste noire assortie. Elle enfila un collant en voile et des chaussures noires à petits talons avec une lanière autour de la cheville. Enfin, elle sortit de leur cachette dans la bibliothèque les boucles d'oreilles en diamant de sa mère. Elle les regarda un moment scintiller au creux de sa main avant de se décider à les mettre. Elles étaient comparables à l'éclat de ses yeux. Eva s'attarda devant le miroir, imaginant les diamants aux oreilles de sa mère. Elle détourna les yeux.

Quelques minutes plus tard, elle marchait dans King's Road d'un pas vif, offrant joyeusement son visage au soleil. Elle attrapa le bus 22, descendit à Piccadilly pour remonter Regent Street tout en jetant un coup d'œil aux vitrines et aux visages qu'elle croisait, étonnée de leur air pressé et préoccupé alors qu'ils se rendaient à leur travail.

A pareille heure du jour, les gens étaient insensibles à leur environnement. Pour Eva, c'était l'inverse. Elle fit le vide en elle et s'intéressa à tout ce qui l'entourait. Elle voulait arriver l'esprit libre à son rendez-vous chez Case Reed. Elle serait une page blanche jusqu'à ce que l'instinct et l'intuition lui dictassent ce qu'ils cherchaient, ce à quoi ils réagiraient. Finalement, il était préférable que Cassie, malgré son expédition improbable de la veille, ne lui eût rien révélé de l'entretien. Eva refusait toute idée préconçue. Si les renseignements étaient utiles, ils étaient souvent marqués par les préjugés des autres.

Eva arriva chez Case Reed à dix heures moins cinq. Elle appuya sur l'interphone et s'annonça. Une petite voix la pria d'entrer. La porte émit un léger bourdonnement ; elle la poussa et se retrouva dans un hall de réception orné de peintures et de petites sculptures abstraites.

— Eva Cunningham. J'ai rendez-vous avec Cassie Stewart.

— Asseyez-vous, je vous en prie.

Eva choisit un grand canapé qui se révéla trop mou. Du coup, elle s'assit au bord, s'empara d'un exemplaire du *Financial Times* qu'elle entreprit de feuilleter.

A l'étage, Cassie était installée dans son bureau avec John Richardson.

— Frazer vient à onze heures trente ?

— Exact, acquiesça Richardson. Il a vaguement

évoqué l'idée d'un déjeuner. Pour un homme occupé, il semble avoir tout son temps pour vous.

— Pour Case Reed, voulez-vous dire. D'ailleurs, il n'est pas occupé. Il a peut-être plusieurs fers au feu, mais c'est le genre à tout diriger depuis son fauteuil. Je l'imagine dans une de ses maisons, incontestablement superbes, un whisky à la main, à concocter de brillants projets. Il a sûrement des hommes pour faire le sale boulot. Je ne le conçois pas en train de se salir ; il se contente d'avoir des idées.

Richardson hurla de rire et secoua la tête.

— Qu'en termes élégants... ! Mais vous avez raison, cela va de soi.

Emma, la secrétaire de Cassie, parut à la porte.

— Eva Cunningham attend en bas.

— Je descends dans un instant, répondit Cassie qui se tourna à nouveau vers Richardson. A propos, je l'ai entrevue hier soir. Je l'ai invitée à déjeuner.

— C'est un vote de confiance.

— Oui et non. Je n'ai pas pu faire autrement, en un sens. Quoi qu'il en soit, je suis sûre qu'elle a une foule de choses intéressantes à raconter. C'est toujours comme ça, avec elle.

— Et alors ? Le monde regorge de beaux parleurs.

Cassie réfléchit un moment.

— Elle n'a jamais eu à faire ses preuves professionnellement. A Oxford, elle était brillante, très brillante. Elle ne travaillait pas énormément, c'est du moins l'impression qu'elle donnait, mais elle a toujours bien réussi. Depuis, elle n'a pas vraiment tenté quoi que ce fût. Pas au sens conventionnel et quantifiable, en tout cas. Passer huit ans seule au Vietnam, au Laos et au Cambodge exige bien des qualités, mais à ma connaissance, c'est la première fois qu'elle se lance dans la vie professionnelle. Je suis donc aussi curieuse que vous. C'est une de ses facettes que j'ignore. Une chose est sûre, il émane d'elle une puissance, une force de volonté. A Oxford, elle le dissimulait en jouant à la fille qui aime rigoler ; il ne s'en dégageait pas moins une détermination tranquille, une sorte de colère sous la surface.

— Est-ce votre opinion professionnelle ? Owen Quaid est donc inutile ?

— Grands dieux non ! Au contraire. Je ne sais pas du tout où commencer avec Eva. Je serais surprise que même Owen trouve quoi que ce fût au-delà des apparences. Je doute que quiconque sache ce qui la motive, ce qui se cache sous la surface. Il faut que j'y aille, ajouta-t-elle après un coup d'œil à sa montre.

Cassie sortit de son bureau et descendit accueillir Eva. Elle faillit vaciller en voyant son amie se lever. Vêtements magnifiquement coupés, maquillage, bijoux — bref on aurait dit Cassie. Eva avait de la classe, elle était parfaite. Jamais Cassie ne l'avait vue habillée ainsi, elle ne savait pas combien elle glissait facilement d'un jean et d'un tee-shirt à la pure élégance, dont elle considérait parfois qu'elle lui appartenait en propre. Elle repensa à la veille, quand Eva avait enfilé ce qui lui était tombé sous la main. Elle se rappela l'intimité qu'elle avait perçue entre Eva et Stormont et l'éclair d'envie avec lequel elle s'était imaginé Eva dans ses bras. Elle s'avança et embrassa son amie sur les deux joues.

— Salut, Eva. Je vois que tu nous a trouvés facilement.

Elle ne fit aucun commentaire sur la transformation d'Eva, comme si elle allait de soi.

Eva offrit l'ombre d'un sourire.

— Oui, sans problème.

Cassie se dirigea vers l'escalier tout en parlant pardessus son épaule.

— Tu vas rencontrer John Richardson. C'est un des fondateurs de Case Reed. Il y aura peut-être d'autres associés, je ne sais pas.

Eva haussa les épaules.

— Peu importe.

Cassie était à la fois amicale et réservée, un tantinet distante, professionnelle. Parfait. Voilà qui facilitait les choses.

Eva suivit Cassie au deuxième étage jusqu'à une grande salle de conférence claire et ensoleillée qui donnait sur Savile Row. Cassie s'installa à une longue table. Eva prit un siège en face. Emma apparut.

— Souhaitez-vous un café, un thé, une eau minérale ?

— Café, s'il vous plaît, répondit Eva.

Emma disparut. Entra dans la pièce un homme d'une cinquantaine d'années, grand, bien bâti, à la fois amical et imposant.

— John Richardson, Eva Cunningham.

Ils se serrèrent la main. Richardson choisit un fauteuil à côté de Cassie, face à Eva.

— Vous étiez à Oxford avec Cassie ?

— Oui, l'année au-dessus. Mais je faisais latin-grec, si bien que nous avons eu trois ans ensemble.

— Latin-grec, excellent choix, commenta Richardson avec emphase. Mieux que le russe — idéologiquement malsain, ajouta-t-il en souriant à Cassie, car c'était un vieux refrain.

Eva parla peu ; elle le jaugeait : charmant bouffon, jouant son rôle à merveille, tout à fait convaincant. Ego minimum pour un banquier. Bien des hommes d'affaires prospères jouaient les imbéciles, histoire de bercer leurs adversaires dans une sécurité trompeuse. La plupart tenaient mal leur rôle car ils ne pouvaient résister à montrer à l'occasion le bout de leur esprit ou de leur finesse, incapables qu'ils étaient d'accepter qu'on les prît vraiment pour les crétins qu'ils tentaient de paraître. Les meilleurs pouvaient mettre leur ego en veilleuse, voire s'en débarrasser totalement, mais ils avaient alors autour de soixante-dix ans, auquel cas leur réussite démentait leur image. Bref, ce truc marchait rarement, c'était encore le cas aujourd'hui.

Ce petit numéro ennuyait profondément Eva. Pourtant, elle le trouvait utile car il était tellement prévisible qu'il indiquait que Richardson mettait pour elle son masque habituel, exactement ce qu'elle voulait. Elle se serait bien dispensée des bavardages de courtoisie, qui allaient durer cinq ou dix minutes, avant d'aborder la question. Les Américains auraient apprécié, mais les Britanniques trouvaient indécentes la hâte, l'ambition excessive, l'ignorance des règles élémentaires du jeu. Elle entreprit donc de deviser avec le sourire.

Richardson se méfierait de trop de brio. Les brefs regards en coin, sa façon de l'écouter religieusement, son comportement général trahissaient l'estime que Richardson portait à Cassie ; il la révérait et respectait son rayonnement intellectuel.

— Eva, Cassie me dit que vous avez une idée des plus intéressantes. Peut-être pouvez-vous m'en parler. Je ne sais pas ce que Cassie sait exactement, mais partez du principe que je ne suis au courant de rien — ni de votre proposition, ni de votre affaire, ni du pays. Bref, dites-moi tout.

— Je suis certaine que vous en savez davantage sur le Vietnam et les diamants que vous ne voulez bien l'admettre ; vous me pardonnerez donc d'évoquer des choses qui vous sont évidentes, mais cela m'aidera de procéder par étapes.

Eva s'exprima avec calme, aisance et assurance. Il écouta attentivement, buvant ses paroles.

— J'ai passé huit ans en divers endroits d'Extrême-Orient. Je n'ai pas fait grand-chose — j'ai voyagé, profité du paysage, enseigné l'anglais. J'ai fini par connaître un tas de gens de tous bords. Ces deux dernières années j'ai vécu au Vietnam, dans la baie d'Along, à Saïgon et à Hanoï. J'allais en ville si j'avais envie de brouhaha citadin, de crasse et de compagnie.

« Il m'arrivait de boire un verre à l'hôtel Métropole d'Hanoï. C'est comme dans une ambassade — propre, pimpant, avec l'air conditionné. En fait, on y trouve refuge quand on a besoin de calme, de confort et d'un cocktail parfaitement préparé. Depuis que les Américains ont levé l'embargo, c'est un peu la ruée vers l'or là-bas ; c'est bourré d'Européens, d'Australiens et d'Américains, presque tous là pour affaires. Bref, un soir je me suis retrouvée à discuter avec un géologue américain. Il avait bourlingué quinze ans dans le monde entier comme prospecteur de diamants pour une multinationale. Il a eu des ennuis dus à l'alcool — il s'est mis à injurier ciel et terre, si j'ai bien compris — en tout cas il a fini par se faire virer. Il a eu la poisse pendant un bout de temps, mais il était convaincu qu'il y avait des diamants au Vietnam, alors il s'y est rendu en prospection.

« Pour brosser un tableau succinct, il existe deux sources de diamants, les alluvions et la kimberlite. Toutes deux sont issues d'une montée de magma à travers des fissures, propulsant de la kimberlite diamantifère. Cette roche volcanique s'est élevée à un niveau d'approximativement cinquante à deux cents mètres sous la surface à l'époque de la première explosion, qui s'est produite il y a des centaines de millions d'années. Depuis lors, différentes choses ont pu advenir. La couverture sédimentaire peut subir l'érosion des éléments, auquel cas les diamants sont exposés à l'air libre. Les diamants sont alors charriés par la pluie et les courants, parfois à des centaines de kilomètres de leur site d'origine ; ils aboutissent souvent sur les côtes. C'est ce qui s'est passé en Namibie, par exemple. J'ai vu des films sur les chercheurs de diamants qui balayent le sol avec des petites brosses. Ils les ramassent littéralement par terre. Ces pierres sont dites diamants alluviaux.

« Vient ensuite la kimberlite. Ces diamants-là sont extraits du sous-sol. Le magma kimberlitique qui les a portés à environ deux cents mètres sous la surface à l'époque de la première explosion n'a pas subi d'érosion. Il se pourrait qu'elle ait été protégée par la mer. Une partie de la couche géologique supérieure peut avoir été érodée, mais il faut quand même creuser des mines pour atteindre la kimberlite diamantifère. Elle se présente sous forme de ce qu'on appelle une pipe, sorte de cheminée en cône renversé. Ces mines peuvent atteindre plusieurs centaines de mètres de profondeur. Quant à la largeur, elle varie de quelques dizaines de mètres à deux kilomètres maximum. Elles peuvent être gigantesques ou au contraire très petites. Les meilleures peuvent produire la valeur de centaines de millions de livres par an.

Eva sourit avant de poursuivre.

— A environ cent vingt kilomètres au nord-est d'Hanoï, à quinze kilomètres de la frontière chinoise, près d'un endroit appelé Lang-Son, McAdam a trouvé ce qui pourrait se révéler un gisement extraordinaire.

— Comment a-t-il fait ? s'enquit Richardson.

— C'est plus commode quand on sait ce qu'on cherche. Granger est parti en quête d'indicateurs minéraux. Leur présence à la surface peut indiquer l'éventualité de la présence de diamants en sous-sol. McAdam a trouvé des indicateurs à Lang-Son : grenats kimberlitiques rouges et cristaux verts de diopside de chrome. Il s'est donc rendu auprès du gouvernement vietnamien, a négocié un accord et délimité le territoire. Puis il a usé jusqu'à son dernier sou pour faire pratiquer des tests indépendants dans un laboratoire en Australie. Les résultats étaient prometteurs — les pierres montraient une haute teneur en indicateurs minéraux, suggérant fortement la présence de diamants. Granger a alors eu besoin de fonds supplémentaires pour prélever d'autres échantillons carottés. Cela exige de creuser à un angle de quarante-cinq degrés à des centaines de pieds sous terre. Il a monté une société, apporté le terrain dans lequel il avait investi et l'a introduite à la Bourse de Vancouver. Il a emprunté plusieurs millions de dollars canadiens qui lui ont permis d'établir une base de forage sommaire et a pratiqué quelques carottages. Là encore, résultats positifs. L'étape suivante est un échantillonnage volumétrique visant à déterminer si les diamants sont en quantité et de qualité suffisantes pour une exploitation rentable. Nous avons besoin des fonds nécessaires à l'extraction d'un, et si possible deux, échantillons de cinq mille tonnes de déblais pour préciser la teneur en diamants.

Eva s'arrêta, le regard lointain, comme si elle s'oubliait dans sa propre histoire. Cela ne l'empêchait pas de noter la moindre nuance d'expression chez Cassie et Richardson. Ils avaient commencé par montrer un intérêt poli, formel, de banquier, tout juste accru par le fait que leur interlocutrice était femme, belle et liée à leur monde. Ils étaient maintenant ouvertement fascinés. Elle reprit :

— Cela s'est passé il y a deux mois. Granger était sur le point de retourner à Vancouver afin de trouver les fonds nécessaires à l'échantillonnage. Je m'apprêtais à l'aider. Je ne sais pas, ajouta-t-elle dans un haussement d'épaules, il y avait quelque chose en lui et dans son histoire aussi — une ferveur, une sorte de foi à l'état pur. Peut-être tous les prospecteurs sont-ils ainsi. Les diamants sont légendaires et fascinants. Même les diamants bruts — des pierres au creux de la main — non taillés, sont incroyablement beaux. En outre, leur histoire et le mythe qui s'y rattache, avec ses croyances et ses superstitions — talismans bénéfiques ou maléfiques, substance la plus dure que l'homme connaisse, vieux de centaines de millions d'années, résultats d'explosions — bref, cela m'a tout bonnement fascinée. Je devais donc retrouver Granger le lendemain soir pour évoquer la possibilité de l'accompagner à Vancouver. Mais personne au rendez-vous.

Eva s'interrompit. Cassie et Richardson perçurent son agitation soudaine.

— Je l'ai cherché au Métropole. Là, on m'a dit qu'il avait été arrêté. Je suis allée le voir en prison. Après l'avoir salement tabassé, on l'avait bouclé dans une cellule en terre battue, répugnante. Il avait provoqué un accident alors qu'il conduisait en état d'ivresse. Il a renversé un Vietnamien qui est mort des suites de ses blessures. Granger était dans de sales draps et risquait vingt ans de prison. Les Vietnamiens vous en collent pour un max, surtout quand on est étranger, à moins bien sûr de disposer du seul autre moyen de compensation — l'argent. Granger avait besoin de cinquante mille dollars. Il ne possédait rien à part vingt-cinq pour cent de son projet de diamants. J'ai accepté de lui fournir cette somme contre dix pour cent de l'affaire.

— Il vous a fait un cadeau, remarqua Richardson.

— Un cadeau ! Ça, je n'en sais rien. Les tests semblent bons, mais tant qu'on n'aura pas pratiqué l'échantillonnage volumétrique, personne ne peut affirmer que ça vaut le coup de se lancer. Sans compter qu'il faut creuser une mine. Cela pourrait prendre des années. J'aurai peut-être réalisé une bonne affaire, mais je ne l'ai pas fait pour ça. Toutes mes économies y sont passées. Une vraie loterie. Et un peu de sympathie.

« Je ne sais pas si vous avez déjà vu l'intérieur d'une prison, surtout une prison vietnamienne.

Eva se tut un instant, déterrant des souvenirs qui n'avaient rien à voir avec Granger McAdam. Elle les laissa se consumer en elle.

— C'est plutôt dur, là-bas, surtout pour un étranger. Granger semblait complètement anéanti. J'ai bien cru qu'il allait se suicider. Il n'était pas mélodramatique ou quoi que ce fût, non — juste paniqué. Il donnait l'impression que tout espoir et toute vie l'avaient abandonné. Alors j'ai payé les cinquante mille dollars à la police et à la famille de la victime et ils ont libéré Granger.

Eva prit un ton plus professionnel.

— Maintenant, il nous faut cet argent. Soit on émet des droits de souscription à Vancouver, soit on cherche quelqu'un de sympa qui fasse une offre pour l'ensemble de la société et y injecte des fonds.

Richardson fut le premier à parler.

— J'ai dû entendre des milliers de propositions dans ma vie, mais celle-là bat tous les records.

Eva sourit.

— Je sais que c'est ahurissant. Je ne parvenais pas à me décider sur ce que je devais faire. Cela semble tellement incongru... De plus, je n'oublie pas qu'on ne doit jamais mêler les sentiments et les affaires. Or là, justement, tout est imbriqué. Il n'y a rien au monde que j'aimerais tant que rentrer au Vietnam, mettre l'affaire sur pied et vivre en regardant les diamants sortir de terre.

Elle se laissa aller à la rêverie.

— C'est si beau là-bas... vous n'avez pas idée. Pas de foule grouillante, rien que la jungle luxuriante, les montagnes, la terre rouge et la mer, les oiseaux, les serpents et les fleuves et les pêcheurs et quelques petits villages parsemés çà et là. Des bœufs, des charrettes, une rare mobylette. Pas de journaux, pas de monde extérieur. On se sent si vivant. Il n'y a rien d'autre à faire que de vivre le jour qui passe, profiter des heures et de vos propres ressources, parce qu'à part la nature et quelques personnes, il n'y a rien pour se distraire, ni théâtres, ni boutiques, ni livres. Pas dans la campagne, en tout cas. A Saïgon et à Hanoï, oui, mais à la campagne, on se sent à mille miles de toute région habitée. On a même du mal à imaginer que ces villes existent. Alors oui, j'ai un grand intérêt à réussir cette transaction, à obtenir un financement, pour moi, pour Granger — c'est le rêve de sa vie — et pour l'excitation que cela procure. Je crois que cela va marcher. En outre, il est également temps que je fasse quelque chose pour moi-même, quelque chose de tangible.

Une fois encore, elle se tut un instant avant de reprendre.

— J'ai conscience de présenter les choses en amateur. J'en suis navrée. Mais je n'en connais pas d'autre et mieux vaut ne pas essayer de vous faire croire le contraire.

— Parfait, parfait. Pas de problème. Sacrée histoire, commenta Richardson. Dites-moi, je dois tout de même vous poser quelques questions terriblement ennuyeuses. Cette société est cotée à la Bourse de Vancouver, c'est bien cela ?

— Exact, dit Eva l'œil vif. Je sais que Vancouver abrite toutes sortes de sociétés pour le moins fantaisistes — des cow-boys, des véreux, et j'en passe — mais Granger n'est pas un cow-boy. Il en a l'air, mais pas la chanson.

— Granger vous a donné dix pour cent de sa société pour le faire sortir de tôle ?

— Oui.

— Cela s'est passé simplement, par transfert de propriété ?

— Pas tout à fait. Nous n'avons pas notifié l'échange en temps et en heure. Quand se produit ce qu'ils considèrent comme un « changement matériel » dans les affaires de la société, il faut en général les en prévenir. Nous ne l'avons pas fait. Mais nous avons expliqué les circonstances dans lesquelles les choses s'étaient produites et ils ont parfaitement compris. Ils ont laissé filer.

— Quel est le nom de la société ? demanda Cassie.

— Genius, répondit Eva, un peu gênée.

Cassie s'esclaffa.

— Si McAdam est un tel génie, pourquoi avoir besoin de nous ? Pourquoi ne pas vous contenter de trouver les fonds à la Bourse de Vancouver ?

— Que les choses soient bien claires. McAdam est brillant. Il a dégotté un gisement dans un pays largement inexploré, où jusqu'à présent on n'avait pas encore trouvé le moindre diamant. Ses performances de prospecteur à la De Beers étaient remarquables. Je crois en lui. Je lui ai confié toute ma fortune. Le problème de Granger, ajouta-t-elle en regardant ses interlocuteurs comme si elle les mettait au défi de plaider l'immunité pour leurs propres problèmes, c'est l'alcool. Ce qui s'est produit au Vietnam, l'accident mortel, la détention, la raclée, l'a sérieusement ébranlé. La Bourse de Vancouver émet des doutes quant à son aptitude à conserver la présidence, moi-même ne suis pas sûre qu'il en soit capable. Il est à bout. Il a désespérément besoin que quelqu'un reprenne les rênes. Je suis le directeur, nous avons quelqu'un de bien pour assurer le secrétariat et la comptabilité, mais c'est insuffisant. C'est la raison de ma démarche. Le mieux pour Genius, pour Granger et moi, est qu'un tiers reprenne l'affaire, verrouille le capital, investisse en argent et en énergie et procède à l'échantillonnage volumétrique. Si cela se passe bien, nous pouvons vendre ou prendre un associé en joint-venture, construire les installations, exploiter et récolter le produit. Voilà ce que je vous offre. Ce n'est ni simple, ni facile, ni sans risque. Mais si cela marche, nous pourrions tous faire fortune.

Cassie et Richardson observèrent Eva sans un mot.

— Combien cote l'action, en ce moment ? voulut savoir Cassie. Quelle est la tendance ?

— Elle n'a pas fait grand-chose. Le titre a démarré à un dollar, il est monté à cinq puis redescendu à trois pour remonter à quatre. Seulement, si nous trouvons des diamants quand nous commencerons à forer, l'action pourrait bien atteindre dix, vingt, trente dollars, qui sait ?

— C'est ce que pense Granger, n'est-ce pas ? intervint Richardson.

— Moi aussi, tout comme certains agents de change à Vancouver.

Richardson eut l'air amusé.

— Je n'ai guère confiance en leur jugement. A Vancouver, ils jouent à la Bourse comme ils participent aux Jeux olympiques. Sacrée bande de naïfs.

— Je l'ai entendu dire, répliqua Eva d'un ton égal. Je le répète, ajouta-t-elle en ouvrant les mains en signe d'impuissance, c'est risqué.

Cassie et Richardson échangèrent un bref regard. On laisse filer pour le moment.

— Ce projet pourrait être très prometteur, dit Richardson.

Il coula un autre regard à Cassie qui hocha imperceptiblement la tête.

— Eva, nous avons bientôt rendez-vous avec quelqu'un que j'aimerais vous présenter. Il pourrait s'intéresser de près à votre projet. Il s'appelle Robie Frazer.

Eva dissimula son excitation.

— Robie Frazer, fit-elle avec un regard en coin pour Cassie. Le grand Taï Pan.

— Tout juste, dit Richardson. C'est exactement le genre de chose qu'il cherche à financer. Supportez-vous l'idée de répéter votre topo ?

— Naturellement. J'en parlerais des heures.

Cassie alla s'asseoir à côté d'Eva.

— C'est une des histoires les plus incroyables que j'aie jamais entendues. Je ne suis jamais tombée sur un projet aussi palpitant.

— Moi non plus.

Cassie se tut, songeant aux nuits blanches dans la maison d'Oxford, assise avec Eva et une bouteille de whisky, chacun suspendu aux lèvres d'Eva, envoûté par ses histoires. Nul ne savait si elles étaient véridiques ou non, mais peu importait. Elles parlaient de faiblesse et de compassion, elles étaient relatées avec feu, qui émouvaient tout le monde. Et maintenant, cette histoire-là. Mais les rapports des géologues, les faits, froids et implacables, parleraient, eux aussi. Quant au reste, les affaires vivaient et mouraient de passion, de foi et d'engagement personnel. Ces qualités avaient autant de valeur qu'un rapport géologique. Il y aurait une foultitude d'obstacles à franchir pour financer une mine de diamants dans la république socialiste du Vietnam, ce qui exigerait une force totale et sans faille. Et rien ne pouvait mieux faire grimper le cours d'une action que la foi et l'engagement personnel. Rares étaient ceux qui, soutenus par un semblant de faits durs et purs, étaient capables de transmettre leur vision et leur passion. Eva ne le savait peut-être pas, mais elle était elle-même une mine d'or. Avec le soutien discret de Case Reed et le flair de Robie Frazer pour les affaires, elle serait inattaquable.

10

Robie Frazer quitta sa maison de Knightsbridge pour son rendez-vous chez Case Reed. La journée était à la fois ensoleillée, fraîche, agréable, suave et civilisée. A Hong Kong, dans la chaleur torride de l'été, on ne se déplaçait jamais à pied. Frazer aimait cette touffeur implacable, sa férocité. Pour lui, elle résumait Hong Kong, tout comme le climat tempéré résumait Londres. Les choses étaient faciles ici, les éléments amicaux. Il n'attendait pas de grosse surprise, pas d'assaut. Tandis qu'il marchait dans le calme feuillu de Green Park, son visage respirait le contentement.

Il pensa à Case Reed et à Cassie Stewart. Intéressante, cette jeune femme. Il ne s'attendait pas à ce qu'elle eût grand-chose à lui proposer. Les banques britanniques et les sociétés de capital-risque étaient trop timorées, trop bien élevées. Son goût des affaires avait été longtemps rassasié du régime plus riche de la Chine. Mais à sa surprise, une sentence lui revint en mémoire, prononcée des années auparavant par un des grands banquiers de la City : « Si vous faisiez sur le champ de course de Brighton le quart de ce qu'on fait tous les jours dans la City, on vous arracherait les yeux. »

Frazer tourna dans Savile Row et sonna chez Case Reed. Amical, courtois, policé, John Richardson vint à sa rencontre et l'accompagna dans la salle de réunion. En chemin, ils évoquèrent le temps, Green

Park, leur bien-être — rituel poussé à la perfection qui se déroulait avec naturel. Combien de fois Frazer, l'homme d'affaires, le preneur de risques, le générateur d'argent, avait-il paradé avec bienséance dans les halls de marbre des établissements bancaires ? Ils cherchaient un Midas moderne, ils l'avaient. Ils dresseraient pour lui une liste de possibilités : il choisirait — une reprise, un nouvel investissement, peu importe — qui les enrichirait tous. C'était ça, la réalité. Ils avaient besoin de lui ; l'équilibre du pouvoir gisait entre ses mains. Mais, marchant côte à côte, costume rayé contre costume rayé, les deux hommes semblaient égaux, et Frazer jouait le jeu avec plaisir. Le talent sans fard, l'ambition, la supériorité, tout ce qu'on arborait fièrement en Chine, était choquant ici. Cette façade affable, ce visage impassible l'ennuyaient passablement, mais ici, en Angleterre, en compagnie des banquiers nantis et ignorant le surmenage, s'en dispenser serait risqué, aussi brancha-t-il son pilote automatique sur « sourire charmant ». Et ils entrèrent.

La première chose qu'il vit fut une femme debout, le dos tourné. Immobile, elle regardait par la fenêtre. Elle avait l'allure d'une athlète, prête à bondir mais parfaitement détendue, contenue mais assurée de sa fuite. Elle se tourna avec lenteur et apparente indifférence, consciente du regard scrutateur qu'elle avait délibérément provoqué. Elle l'observa une fraction de seconde sans expression, et il eut la sensation d'être jaugé par un expert. Puis elle sourit, l'air presque satisfait, comme si le résultat correspondait à ses espérances.

Frazer faisait rarement l'effort conscient d'analyser son entourage, tant il était accoutumé et las de la gent humaine. Aussi fut-il surpris de la chaîne de pensées qui se déroulait dans son esprit. Scruter les autres du regard était son apanage, et voilà que cette jeune femme, froide, audacieuse, le regardait d'un air vaguement amusé, quasi dédaigneux. Quand elle s'avança enfin pour les présentations, il n'y avait rien de ce rayonnement que la plupart des femmes répandaient sur lui, rien de la chaleur, de la reconnaissance professionnelle, du virage subliminal, de l'acceptation de son statut. Et lorsqu'elle s'assit et commença à parler, elle était si uniment experte, sa voix et ses mots étaient si bien choisis et modulés, qu'il en oublia presque à quel point elle était attirante. C'était comme si elle lui avait autorisé un regard, au tout début de la réunion, pour mieux couper net à son charme par des faits, des chiffres, des projections et des résumés. Ce qu'elle disait était simple et irrésistible.

Assise en face de lui, elle s'exprimait avec la rationalité froide d'un banquier.

Cassie l'observait. A Oxford, elle avait vu sa beauté sauvage et naturelle. Depuis, elle s'était légèrement estompée, et son âpreté s'accordait moins au monde de Cassie fait d'aérobic, de tailleurs sur mesure et de maquillage. Le manque d'artifices d'Eva paraissait presque immérité au milieu de cette beauté artificielle. Mais, apprêtée comme elle l'était en ce moment, elles luttaient à armes égales. Cassie avait remarqué la façon dont Eva regardait Frazer, dont elle avait éclairé sa vénusté, dont elle en avait usé. Puis, tout aussi soudainement, elle en avait éteint les feux. Elle se comportait maintenant avec retenue, ne projetant que des mots.

Cassie tourna discrètement son regard d'Eva à Frazer. Il régnait une tension manifeste entre ces deux-là. Cependant qu'Eva parlait, il se penchait vers elle, sans jamais la quitter des yeux ; elle, calée dans son fauteuil, menton rentré, rendait son corps le plus compact possible, comme pour résister.

Richardson et Cassie écoutaient, volontairement effacés, le second récit d'Eva.

— Il y a une société cotée à la Bourse de Vancouver. J'en possède dix pour cent ; un géologue américain du nom de Granger McAdam en possède quinze. Le reste est entre les mains de nombreux actionnaires. Cette société, Genius, possède une concession au Nord Vietnam. Les tests suggèrent la présence d'une colonne kimberlitique diamantifère. Il existe environ deux mille cinq cents cheminées kimberlitiques dans le monde, et elles sont extrêmement difficiles à trouver. Seulement une sur dix contient des diamants et une sur cent en teneur suffisante pour que leur extraction soit rentable. La chance a voulu qu'une trentaine de cheminées tout au plus aient été exploitées et qu'il n'y en ait qu'une huitaine en activité en ce moment. Afin d'atteindre le point de production, il nous faut investir environ trois cents millions de livres, mais ce sera uniquement quand notre patience sera récompensée. Un simple gisement rentable, même avec un rendement moyen d'environ cinquante carats — soit dix grammes — de diamants pour cent tonnes de pierre et de terre extraites, vaudra deux milliards de livres sur vingt ans. Et les cheminées ne sont jamais isolées. On les trouve en groupe là où le soubassement géologique est faible ou ébranlé. Si on en trouve une, on a de grandes chances d'en trouver plusieurs. Nous croyons que c'est le cas pour nous. Il nous faut de l'argent pour procéder à l'échantillonnage volumétrique en vue de creuser une mine en cas de résultats positifs. Si cela marche, il nous faudra encore deux cent cinquante millions à quoi s'ajoutera la construction d'une mine avec ses installations.

Eva s'interrompit et s'appuya au dossier de son siège, le regard planté sur Frazer. Chacun se taisait. Frazer l'observait d'un air narquois. La plupart auraient trouvé cela inconfortable. Mais, parfaitement à son aise, Eva soutint son regard.

— Qu'est-ce qui vous fait penser qu'il y a effectivement des diamants ? demanda Frazer.

— Les tests paraissent bons.

— Les tests sont soumis à interprétation.

— Et ceci, est-ce soumis à interprétation ?

Eva fouilla dans la poche de sa veste puis tendit son poing serré vers Frazer qui la contemplait, cloué sur place. Enfin, elle ouvrit la main. Dans sa paume, un diamant, brut, non taillé, non poli, d'environ quatre carats. C'était un objet d'une beauté et d'un mystère indicibles. Tant de lustre émanait en partie du symbolisme du diamant, pourtant la pierre elle-même semblait rayonner d'un pouvoir et d'une beauté intrinsèques. Frazer prit la gemme et la fit jouer entre ses doigts.

Cassie et John Richardson se redressèrent dans leur fauteuil, les yeux rivés sur la pierre.

— Vous l'avez trouvé sur place ? s'enquit Richardson.

— Oui, répondit Eva d'un ton détaché. Il y a toutes les raisons de croire que nous en trouverons d'autres similaires.

— Qui est au courant ? s'empressa de demander Richardson.

— Pratiquement personne.

— La Bourse de Vancouver l'est-elle ? demanda Frazer.

— Non, répondit Eva, sachant parfaitement ce que dissimulait cette question.

— Si elle l'apprenait, l'action grimperait ?

— Comme vous dites.

— N'êtes-vous pas censée avertir la Bourse de pareilles trouvailles ? pressa Richardson.

— *En temps et en heure* — c'est ce que dit le règlement. Je ne vais pas tarder.

— Et entre-temps nous gardons sous le coude une information d'initié plutôt précieuse, remarqua Cassie d'une voix tranquille.

Nul ne répondit. Chacun était perdu dans ses pensées. Cassie jeta un coup d'œil autour d'elle. Frazer était calme et concentré. Richardson tripotait sa cravate. Eva était apparemment impassible, scrutant l'assemblée en secret. Comme Cassie, elle cherchait des indices. Leurs regards se croisèrent. Elles échangèrent un sourire complice.

Frazer tenait toujours le diamant dans sa main. A contrecœur, il le rendit à Eva.

— Il est magnifique.

Eva empocha la pierre et dit en pesant ses mots :

— Il y en a beaucoup d'autres au même endroit. J'en suis sûre.

— Comme du fait que les actions sont fortement sous-évaluées, lança Richardson.

— Exactement.

— Voilà qui soulève un problème, reprit Richardson. Désormais, nous sommes tous des initiés. Ni Case Reed ni Robie n'ont signé d'accord de confidentialité. Il faut le faire sans tarder. Je vais demander à ma secrétaire d'en taper un immédiatement.

Robie Frazer réprima un bâillement et pensa à la Chine et à Hong Kong, où tout le monde aurait quitté la pièce en hâte pour se ruer vers un téléphone et donner des ordres à son agent de change. Il n'était pas pressé. Se remplir les poches en moins de deux ne l'intéressait pas. On pouvait faire traîner gentiment cette affaire. Son visage demeura sans expression.

— Pas de problème, John. Je signe tout ce que vous voulez.

Il s'aperçut à l'air de Richardson qu'il s'était exprimé avec une familiarité excessive.

— A l'évidence, le plus tôt sera le mieux, ajouta-t-il avec sérieux.

Richardson décrocha le combiné et transmit ses instructions à sa secrétaire. Puis il réfléchit un moment. C'était un début encourageant pour un deal prometteur. Pourquoi avait-il une impression de violence, de décision vite tranchée, à l'aveuglette ? Au lieu d'être enchanté, il éprouvait une sensation de trépidation, l'excitation du joueur, en pire. Et le banquier qu'il était avait le sentiment qu'une partie du jeu lui échappait.

Il retomba dans le bavardage poli. Au bout de quelques minutes de banalités, sa secrétaire apporta l'accord de confidentialité en plusieurs exemplaires. Richardson le relut, en signa un qu'il passa à Cassie, Frazer et Eva. Tous signèrent, gardèrent un exemplaire et en rendirent un à Richardson, qui en conserva un muni de tous les paraphes. Puis Eva quitta son siège, mettant de son propre chef fin à la réunion. Le déjeuner les reposerait agréablement de la tension. Instinctivement, elle décida de partir. Tous se levèrent.

Eva s'adressa à eux avec solennité.

— Merci de m'avoir écoutée. J'ai assez abusé de votre temps.

Elle serra les mains et s'apprêta à sortir.

Frazer se tourna vers Cassie et Richardson.

— Merci à tous deux de cette matinée fort animée. Ce fut réellement fascinant. Je ne doute pas qu'il y ait quelque chose à entreprendre.

De façon quasi télépathique, Frazer et Eva s'emboîtèrent mutuellement le pas et sortirent de conserve. Ils marchèrent un moment en silence, absorbés dans leurs pensées, sans la moindre envie de parler pour ne rien dire. Frazer rompit le silence.

— Jolie performance.

— Merci, dit Eva en le regardant du coin de l'œil.

Une fois à l'angle de Savile Row, Frazer héla un taxi en maraude et se tourna vers Eva. Elle soutint son regard, lisant la question dans ses yeux. Elle s'arrêta, comme si elle prenait le temps de réfléchir, le visage penché, les yeux sur lui. Puis, avec une infinie lenteur, elle inclina la tête en signe d'acquiescement. Elle sentit sa poitrine se serrer et son souffle se faire court. Frazer ouvrit la portière et s'effaça devant Eva. Ils s'assirent loin l'un de l'autre. Frazer donna son adresse au chauffeur puis se tourna vers la jeune femme.

— Dites-moi, ça vous intéresse vraiment, les diamants ? Vous vous êtes montrée extrêmement convaincante. Vous avez plaidé votre dossier à la perfection. Mais curieusement, je vous imagine mal en train de vous salir les mains. Vous ne m'avez rien dit de vous — vous sortez de nulle part avec cette merveilleuse proposition ; je ne puis m'empêcher de me demander qui vous êtes, d'où vous venez et ce que vous voulez.

Eva ne répondit pas tout de suite. Elle regarda au-dehors par la vitre du taxi, puis par terre. Enfin, elle leva les yeux vers lui.

— Est-ce important ? Jugez la proposition sur ses mérites, pas sur les miens.

Frazer rit aux éclats.

— Mais les deux sont liés ! Comment séparer la proposition de celui qui la fait ?

— C'est votre problème. Evaluez votre rentabilité, quantifiez vos risques, décidez.

— Faites-vous partie des risques ?

— Naturellement, répondit-elle avec légèreté. C'est toujours le cas avec celui qui propose une affaire.

— Et comment vous quantifierais-je ?

— Je ne crois pas que vous pourriez ne fût-ce qu'essayer.

— Pourquoi ? Je ne comprends pas les femmes, à votre avis ?

Ce fut au tour d'Eva de rire. Ainsi, il résumait cela à un conflit hommes-femmes.

— Oh ! je ne doute pas un instant que vous les compreniez à merveille.

— Alors quel est le risque ?

Elle détourna le visage.

— Quel est-il, effectivement ?

Ils se turent, chacun observant l'autre sans y paraître, corps, visage, évitant de s'effleurer. Chacun désirait l'autre. Leur présence ensemble dans le taxi en était l'acceptation tacite ; ils ne cherchaient pas à s'en cacher, pourtant leur désir se teintait de froideur. Ils étaient assis chacun à une extrémité de la banquette, épaule contre la portière, ils se faisaient face. Aucun échange chaleureux entre ces deux lutteurs mesurant l'adversaire.

Frazer voyait une femme à la beauté distante, désirable non dans l'union mais dans la conquête. Rien de doux, d'abandonné ou de généreux en elle. Elle affichait un désir égoïste que ne tempérait aucune considération pour lui. Il lisait cela en elle aussi clairement qu'elle lisait en lui, mais c'était sans importance. Son désir était tout aussi égoïste. Son plaisir à elle serait accessoire, procuré par sa propre imagination et les exigences de son ego à lui. Il détestait décevoir les femmes, mais pour lui plus que pour elles. Cessant de réfléchir, il se perdit dans la contemplation d'Eva, anticipant la jouissance qu'il en tirerait.

Elle ôta sa veste. Ses bras nus étaient minces, musclés et bronzés, avec un léger duvet blond. Ses lèvres étaient charnues, ses yeux grands, observateurs, patients et froids. C'est cette absence de chaleur qui l'excitait plus que tout. Elle lui permettait d'écarter les formalités, de se passer du vernis de la gentillesse. Elle lui offrait une rare occasion de se révéler.

Une telle franchise de sa part lui disait tout ce qu'il avait besoin de savoir. Pourquoi elle était ainsi, il n'en savait rien et n'en avait cure. Les femmes le trouvaient séduisant pour plusieurs raisons : il avait de l'argent, un statut social, il était bel homme. Certaines étaient attirées par sa réputation : on le disait immoral, cruel et indifférent. La moitié d'entre elles voulaient sans doute tester leur pouvoir dans une dernière et futile tentative de le changer ; les autres étaient tout simplement suicidaires.

Certaines, comme cette femme, tentaient de revêtir un manteau de dureté, de l'approcher à sa façon à lui, pour faire l'amour sans contrainte et se griser un moment. Peu étaient capables de garder le masque. Il adorait pousser celles-là à bout jusqu'à ce qu'elles s'adoucissent et tombent amoureuses. La conquête morale était en bien des points plus satisfaisante que la conquête physique. Et il ne pouvait s'empêcher de tirer du plaisir de leur malheur d'être abandonnées.

Il se demandait combien de temps il faudrait pour qu'Eva, indifférente et volontaire, finisse par avoir besoin de lui avant de l'aimer d'amour. Peut-être plus qu'avec d'autres, mais cela arriverait.

Eva le regarda lui sourire. Elle étudia l'allure

confiante, les membres détendus, les paupières mi-closes, sa façon détachée de la considérer. *Il ne doute pas une seconde de me séduire,* se dit-elle. *Et il a raison.* Elle voulait n'afficher sur son visage que le désir, bien qu'elle luttât pour réprimer les autres sentiments qui menaçaient de remonter à la surface.

Il ne trouverait pas surprenant son consentement immédiat. Maintes femmes coucheraient avec lui pour maintes raisons, mais aucune pour les siennes. Il serait aveuglé par sa propre vanité et sa propre suffisance. Elle eut du mal à ne pas rire. Il lui suffisait de jouer son rôle. Et ce ne serait pas difficile. Il était physiquement désirable, c'était toujours ça. Mais il y avait autre chose que même elle, avec son intuition aiguë, ne percevait pas — une attirance qui allait au-delà du physique, qui avait plus à voir avec le contenu de son esprit à elle qu'à celui de Frazer. Mais elle ne la voyait pas et, de toute façon, n'aurait su la nommer. Il y avait certaines choses qu'il était préférable de ne pas regarder ; et, par nécessité, elle avait beaucoup oublié, comme une amnésique victime d'un choc. Aussi le suivit-elle, volontairement aveuglée, ce qui facilita les choses.

Le taxi approchait. Il ralentit et tourna dans Wilton Place. Eva et Frazer sortirent. Frazer régla la course et conduisit Eva chez lui. Une fois dans le salon, il s'assit. Elle laissa tomber sa veste sur une chaise mais resta debout, le dos tourné, regardant par la fenêtre dans le jardin, position entre repos et fuite, réplique de celle dans laquelle il l'avait rencontrée. Il remarqua son chemisier de coton bleu, tendu sur son buste, ses jambes brunes, la finesse de ses mollets, la ligne de ses muscles. Il alla se mettre derrière elle. Il effleura d'abord ses épaules, puis laissa courir ses paumes le long de ses bras, remonta, puis effleura sa gorge. Il la sentit s'appuyer contre lui, poitrine en avant, hanches en arrière. Ses mains descendirent sur ses jambes. Il saisit sa jupe et la remonta sur sa taille. Alors elle lui fit face, toujours serrée contre lui. Une fraction de seconde, il saisit son regard, puis elle ferma les yeux tandis que sa bouche cherchait la sienne.

Mais pendant cette fraction de seconde, il se figea, surpris, désemparé. Jamais il n'avait croisé un tel regard. Il était indéfinissable. Puis, tandis qu'elle bougeait contre lui, le désir prit le dessus, repoussant tout le reste, et il l'embrassa, jouet de l'excitation qu'il aimait comme une drogue.

Elle sourit en glissant le long de son corps jusqu'au sol. Elle sentit le mince tapis de soie contre ses hanches, ses omoplates et son crâne. Elle sentit le soleil sur son visage, respira le lourd parfum de la glycine et le sentit, lui, les contours de son corps, l'odeur et le goût de sa peau. Elle sentit l'air, chaud contre sa peau nue cependant qu'il lui ôtait ses vêtements, puis elle le sentit lui, peau contre peau.

Derrière ses yeux clos, les yeux d'Eva vacillèrent de dégoût, de haine et de désir. Tout en se laissant aller, elle perçut la fuite divine, le soulagement, la force, délicieuse et torturante à la fois. Qu'il pût lui procurer cette sensation, qu'elle pût les lui prendre, ne se départissant pas un instant de son rôle, intensifiait les choses. Mais une partie bien enfouie d'elle-même savait qu'elle ne faisait pas semblant. C'était une réaction naturelle autant que nécessaire.

11

Andrew Stormont était assis à l'arrière de sa Rover officielle qui le ramenait à son bureau après une réunion à Whitehall. Tandis que la voiture approchait de Vauxhall Bridge, le nouvel immeuble du SIS bordant le sud de la Tamise à Vauxhall apparut. Achevé au printemps 1994, le bâtiment était occupé depuis plus d'un an. Son aspect tapageur et de mauvais goût évoqua pour Stormont une prostituée gaie luronne, ce qui le fit sourire.

Conçu par l'architecte post-moderniste Terry Farrell, l'immeuble, appelé Vauxhall Cross mais vite rebaptisé la Déesse verte par le personnel, était une confection de pierre crème et de fenêtres vert pistache se dressant sur quatre étages près des rives de la Tamise. On avait pratiqué plusieurs grands atriums afin de créer espace et lumière. Ici, nulle trace du néoclassicisme tranquille de Thames House, qui abritait désormais le Security Service, alias MI5. Vauxhall Cross était monolithique, à l'instar de ces vieilles forteresses de sécurité d'Europe de l'Est, à peine tempéré par une démocratie volontairement affichée. Cela posé, le dispositif de sécurité en était impressionnant. Les fenêtres étaient imprégnées de métal, les bureaux doublés de plomb. Il y avait des douves sèches et d'autres humides. Malgré toute sa frivolité, l'ensemble était fonctionnel et conçu à l'épreuve des micros et des bombes.

Stormont trouvait ironique que le quartier général des services secrets fût abrité dans un immeuble aussi exhibitionniste. L'une des touches ornementales les plus novatrices était une rangée d'ifs au dernier étage, côté fleuve. Arrivés d'Italie par avion, les arbres avaient d'abord été acclimatés en Ecosse, avait-on expliqué à Stormont. Il supposait que l'immeuble voulait afficher nettement que le SIS entrait dans le XXIe siècle au grand jour et par la grande porte : vœu pieux de diffuser un message de puissance, d'indépendance et d'une certaine provocation.

Ils étaient nombreux à vouloir rogner les ailes de l'empire du renseignement, à penser que c'était une force en déclin, inutile dans le meilleur des mondes d'après la guerre froide. Stormont trouvait pathétique cette naïveté délibérée. Il y aurait toujours besoin de services d'espionnage. La nature humaine ne changeait pas ; les hommes conserveraient toujours le besoin de détruire, de corrompre, de gagner, d'abuser, sans vergogne.

Stormont examina les rapports tombés pendant la nuit puis se leva, s'étira et fit le tour de son bureau qui sentait l'expresso et les cigarettes turques de chez Davidoff. C'était une pièce austère, fonctionnelle avec une moquette grise et des murs blancs. Le seul élément décoratif était une sculpture métallique de près d'un mètre de hauteur, aux angles aigus, de forme vaguement humaine, à la fois belle et sinistre. Si Stormont avait brusquement envie de réconfort ou de douceur, ce n'était manifestement pas dans son bureau qu'il le trouverait.

Il préférait ne pas gommer les limites de ses vies publique et secrète plus qu'elles ne l'étaient déjà. Dans son rôle d'agent secret, il revêtait plusieurs peaux, qui coïncidaient quelquefois avec sa prétendue vie réelle et extérieure. Parfois, dans son existence du dehors, surtout quand il s'agissait de ses relations avec les femmes, il utilisait ses énormes talents de dissimulateur, tant pour des raisons professionnelles que pour des motifs égoïstes et personnels. Si ses deux existences s'entrecoupaient, il contrôlait en général parfaitement la situation. C'est donc avec un agacement profond qu'il constata qu'Eva et Cassie occupaient une énorme place dans ses pensées.

Il aurait aimé revoir les deux femmes ensemble : amies de longue date, associées en puissance, unies par des liens commodes et une étonnante rivalité. Il se posait des questions à ce propos. Bien sûr, elles avaient le même âge, et le disputaient en beauté et en réussite. La jalousie professionnelle et sexuelle pouvait être une puissante mixture.

Soudain, Giles Aden, directeur adjoint de la contre-prolifération auprès de Stormont, entra dans la pièce. Aden était un homme frêle et soigné, un homme d'arrière-plan qui luttait pour être sur le devant de la scène. Avec ses costumes à la coupe impeccable et ses cravates voyantes, il avait l'air d'un mannequin dans une vitrine. A quarante-deux ans, il avait la conformation d'un collégien maigrelet qui se maintient grâce à des visites clandestines au gymnase. Afficher ces visites serait trahir un excès de vanité. La vanité déjà suggérée par les costumes et l'allure indiquait assez la conscience qu'il avait de sa propre valeur. Il ne voyait pas toujours qu'elle était parfois exagérée.

Aden était extrêmement intelligent, naturellement cynique, doté d'une tournure d'esprit utilement négative. Cela en faisait l'adjoint idéal, idéal pour descendre en flèche les idées de ses supérieurs les moins réalisables. Il constituait une présence restrictive, en rien créative. Il ne marcherait jamais sur les brisées de son patron.

Stormont s'assit. A son invitation, Aden l'imita.

— Alors ? demanda-t-il, décelant chez Aden une suffisance faussement timide.

— Des nouvelles d'Eva ? s'enquit l'adjoint.

Stormont se carra dans son fauteuil, étendit les jambes, croisa les mains derrière la nuque, se déroulant comme un reptile.

— Pas encore. Mais je ne m'inquiéterais pas si j'étais vous, Giles. Elle va nous lanterner un moment, c'est plus fort qu'elle, mais elle appellera tôt ou tard.

— Que trame-t-elle, à votre avis ?

— Qui sait ? Tout est possible. Lâchez-lui la bride. C'est la meilleure technique.

— Et le projet ? Pensez-vous que Frazer marchera ?

— J'en suis sûr.

— A quel titre ?

— Il a ses mérites.

— Ah ? Lesquels ?

— Eva Cunningham et Cassie Stewart.

— Incidemment, y a-t-il des diamants, là-bas ?

— Comme vous dites, incidemment. S'il y en a, cela constituera un joli bonus pour Eva et la Firme.

— Et si le projet n'est pas rentable, permettrez-vous à Eva de le garder ?

— Cela dépend.

— De quoi ? Elle s'y attend. Vous le savez.

— Evidemment, je le sais. Mais c'est une des nombreuses variables, n'est-ce pas ?

— Je ferais attention, avec Eva.

Stormont se redressa, replia ses jambes et fixa Aden du regard.

— C'est de contrôle qu'elle a besoin, pas d'attention. Et m'est avis que nous l'avons, pas vous ?

Aden se leva dans l'intention de sortir. Il s'arrêta, peu enclin à se dédire.

— Au fait, Cassie Stewart... vous n'avez rien prévu d'autre en ce qui la concerne, n'est-ce pas ?

Stormont alluma une cigarette.

— Je ne sais trop. Je crois que je vais la garder au chaud un moment et voir comment tournent les choses.

12

Eva était allongée dans le lit de Frazer, à peine consciente des bruits lointains — voitures, oiseaux dans les arbres, musique parvenant faiblement d'une maison voisine. Frazer s'était levé tranquillement quelques instants auparavant. Il allait et venait hors de la pièce d'un pas léger. Epuisés par la chaleur et leur passion, ils étaient montés se coucher quelques heures plus tôt. Frazer s'était assoupi tout de suite, avec l'aisance d'un homme habitué à dormir avec des partenaires différentes.

Pendant un moment, Eva avait fait semblant de dormir. Elle n'avait pas l'esprit tranquille et ses idées allaient en tout sens. Elle dut s'obliger à interrompre toute réflexion pour retrouver son calme.

Elle avait l'impression d'avoir dormi des heures. Elle jeta un coup d'œil au réveil sur la table de chevet. Neuf heures du soir. Elle resta immobile à regarder le plafond blanc. Elle éprouvait une certaine satisfaction, en partie à cause de sa présence dans le lit de cet homme, de son entrée rapide dans sa vie. Elle ressentait à son endroit un mépris teinté d'une haine si profonde qu'elle lui entamait la peau. Frazer savait se montrer impitoyable, cela lui permettait à la fois d'être expéditif et de s'amuser. Mais nulle hésitation, nulle crainte ne l'habitaient. Elle avait si longtemps attendu ce moment, elle n'avait rêvé que de cela au cours des longues périodes où tout était désir de vengeance.

Stormont se servait d'elle comme d'un missile pour atteindre Frazer. Pendant des années, il s'était contenté de pointer. Maintenant, le tir était amorcé. C'était un détonateur qui mettrait du temps à se déclencher, mais qu'on ne pouvait déconnecter. Quelles que fussent les motivations de Stormont — il lui cachait sûrement quelque chose — elle aussi avait son propre plan ; et si Stormont se servait d'elle, elle se servait de lui. Pour l'instant, chacun avait besoin de l'autre. La beauté de son rôle résidait en ce qu'il lui offrait la possibilité de détruire Frazer, si elle le décidait, et de se débarrasser de Stormont. Elle ne savait pas encore exactement comment ; cela dépendrait de l'évolution des événements. Mais elle prisait l'incertitude, le désert de l'esprit dans lequel elle opérait si bien. Elle sourit intérieurement et se glissa hors du lit.

Nue, elle traversa la pièce assombrie et s'arrêta sur le seuil. Puis, sans un bruit, elle descendit l'escalier et entendit la voix de Frazer étouffée derrière une porte close en chêne. Elle s'arrêta, un genou plié, faussement détendue, l'oreille aux aguets. Elle ne devait pas être à plus de trois mètres de Frazer, pourtant il lui était impossible de distinguer le moindre mot. Eva avait l'impression qu'il s'exprimait avec calme et fermeté. Si les mots étaient insaisissables, le ton de sa voix était froid, déterminé, exigeant...

Soudain, elle n'entendit plus rien hormis le grincement d'un siège. Elle s'éloigna d'un bond et se dirigea vers la cuisine. Elle ouvrit la porte du réfrigérateur et prit de l'eau minérale qu'elle but à grands traits. Elle garda sa pose nonchalante tandis qu'elle percevait des bruits de pas derrière elle, puis elle fit semblant de sursauter et renversa de l'eau sur ses seins au son de la voix de Frazer.

— Tu es réveillée.

Il s'exprimait avec légèreté et détachement, mais il la dévisageait intensément.

Elle observa l'eau dégouliner sur son corps et sourit, incertaine, légèrement embarrassée.

— Oh ! tu m'as fait une de ces peurs.

Il s'avança vers elle et laissa courir son doigt le long du ventre mouillé d'Eva.

— Voilà ce qu'on gagne à se déplacer en catimini.

— Pas du tout ! J'ai une faim de loup et je meurs de soif. Au cas où tu ne l'aurais pas remarqué, j'ai sauté le déjeuner et le dîner.

Il s'adoucit quelque peu.

— C'est vrai. Où ai-je la tête ? Veux-tu dîner dehors ou préfères-tu que ma gouvernante nous prépare quelque chose ?

Eva sourit et lui posa un petit baiser.

— C'est très gentil, mais une autre fois, d'accord ?

Une surprise quasi imperceptible passa sur son visage.

— Bien sûr. Tu ferais bien de me donner ton numéro de téléphone.

Il alla dans son bureau d'où il revint avec un petit carnet d'adresses bleu marine. *Tu m'ajoutes sans vergogne à ta liste, mon salaud,* songea Eva.

Il ouvrit son carnet. Elle récita son numéro de téléphone d'une voix neutre. Puis, sans le regarder, elle alla dans le salon rassembler ses vêtements épars. Elle s'habilla prestement. Il l'observait dans l'encadrement de la porte. Elle lui tendit la joue pour qu'il l'embrassât puis s'en alla.

Une fois dehors, elle s'arrêta une seconde et respira profondément. Après quoi, elle s'alluma une cigarette et rentra chez elle.

Les rues étaient calmes en ces moments vides entre l'heure de pointe et la sortie des restaurants, théâtres, dîners en ville et pubs. De rares passants promenaient leur chien ou déambulaient au hasard, heureux de la douceur exceptionnelle de cette soirée d'avril. Pas le moindre souffle de brise. C'était un de ces soirs londoniens presque méditerranéens. L'odeur de pipe flottait dans l'air. Devant Eva, un peu plus loin, un vieil homme voûté marchait à pas prudents. Il avait la tête droite et la pipe à la main. Elle le dépassa et remarqua combien son regard exprimait le contentement dans toute sa simplicité. Elle huma la senteur forte et piquante et la chaleur. Cela lui rappelait les pinèdes du sud de la France. C'était il y a longtemps. Elle avait l'impression de pouvoir se trouver n'importe où.

Toute anglaise qu'elle fût, elle ne se sentait pas chez elle à Londres, ni nulle part ailleurs. Sans compter qu'elle était en mission. Ce qui suspendait toujours la réalité et créait un monde artificiel né de ses mains. Tandis qu'elle quittait les rues tranquilles de Belgravia pour se diriger vers King's Road, elle avait encore l'impression de jouer un rôle. Les gens détaillaient cette jeune femme à la démarche souple et à la tête haute, mais elle se sentait invisible et se demandait pour quel public elle jouait.

Quand elle arriva chez elle, il faisait nuit. Toutes les maisons de la rue étaient éclairées ; des rires et de la musique s'échappaient des jardins de derrière ou des fenêtres donnant sur la rue. La sienne était silencieuse mais, sortant les clefs de son sac pour entrer, elle sourit d'aise à l'idée de pouvoir entrer et sortir de sa maison à sa guise. Elle se rendit à la salle de bains tout en ôtant ses vêtements et resta sous la douche jusqu'à ce que la plus infime trace de Robie Frazer eût disparu de son corps, sa peau, ses cheveux et sa bouche. Puis elle grimpa se coucher, épuisée, et sombra dans un sommeil troublé.

A quinze cents mètres de là, dans Sloane Avenue, Xu Nan était assis au bord de son lit, fixant du regard le mur d'en face. Sa dernière conversation avec Robie Frazer avait duré trois minutes, une poignée de secondes suffisantes pour effacer des années, pour récrire le passé et circonscrire l'avenir. Ton lisse, violence sous-jacente, subtilité terrifiante. Le temps ne lui appartenait plus. Frazer attendait la livraison. Et s'il refusait ? Impensable.

Il aurait voulu geler sur place, devenir pierre, n'avoir plus jamais à bouger. Ou retrouver le baume du quotidien et des banalités où il pourrait, sans la moindre arrière-pensée, profiter de sa demeure, aller travailler, faire son boulot, boire un café, bavarder au téléphone. Quel réconfort dans l'ennui et la routine, dans l'engourdissement du cerveau. Consolation perdue que réclamaient ses nerfs à vif.

Impossible de rester tranquillement assis et seul. Avec des gestes saccadés, il sortit de chez lui, grimpa dans sa voiture et se rendit à Holborn où se situait son bureau.

La conduite régulière, les repères familiers, l'impression de normalité le calmèrent un peu. Il avait conscience que ce n'était pas une heure pour se pointer au bureau. Il expliqua aux trois gardiens de la sécurité qu'il avait oublié son portefeuille. Comme ils le connaissaient et l'aimaient bien, ils ne lui en demandèrent pas davantage. Quand il eut disparu dans l'ascenseur, ils échangèrent un regard chargé de soupçons.

— Ivre ?

— Possible. Il n'en avait pas l'air, pourtant. Bizarre.

— Donnons-lui cinq minutes. Il sera sans doute en train de repartir, mais dans le cas contraire...

— J'irai voir, dit Jack, le plus âgé.

Au bout de cinq minutes, Jack alla vérifier ce que faisait Nan. Il se déplaçait d'un pas lent et professionnel : l'ascenseur, le troisième étage, l'atrium qui menait au bureau de Nan. Il le trouva assis dans le silence et la demi-obscurité, la lampe en plein visage. Tous sens tournés vers l'intérieur, il n'en était même pas incommodé. Au bout d'un moment, à contrecœur, il tourna le visage vers Jack. Il croisa son regard puis détourna les yeux.

— Alors, vous l'avez trouvé, ce portefeuille ?

— Je ne l'avais pas perdu.

— C'est bien ce que je pensais, commenta Jack en s'asseyant sur le coin de la table. Et vous ne travaillez pas non plus.

— Non.

— Bon, alors qu'est-ce qui se passe ?

Cette fois, Nan affronta son regard. Il eut un geste d'impuissance et de désarroi.

— Je ne sais pas. Je ne devrais même pas être là, ajouta-t-il en se levant. J'y vais. Et je n'ai rien sur moi, précisa-t-il en tapant violemment sur son veston. Pas de documents, rien. Vous pouvez vérifier, si vous voulez.

Jack le jaugea du regard.

— Ça ira, Mr. Xu. Je vous crois.

Les vérifications au hasard sur des employés, surtout dans ces zones sensibles, étaient monnaie courante. On vérifiait sans barguigner ceux dont le comportement était suspect, mais quelque chose dans la façon d'agir de Nan le poussait à lui faire confiance. Il avait le regard de quelqu'un qui a perdu quelque chose, pas qui l'a volé.

Une fois dehors, Nan remonta dans sa voiture, démarra et appuya sur l'accélérateur. Il conduisait comme un automate. Il n'entendait pas les coups de klaxon furieux, ne voyait pas les coups de volant qu'on donnait pour l'éviter. Par chance, il arriva chez lui sans une égratignure.

Il se rendit à la cuisine où il remplit un arrosoir. Ses plantes alignées sur les étagères de la fenêtre l'attendaient comme autant d'enfants affamés. Il les arrosa copieusement, caressant quelques feuilles au passage. Puis il rangea l'arrosoir et essuya l'eau répandue jusqu'à ce que tout fût impeccable. C'est alors que, toutes tâches mécaniques accomplies, les rumeurs de son esprit l'envahirent. Il comprit qu'il ne pourrait y échapper. On lui avait volé son autonomie et sa liberté. Il n'avait plus rien à perdre. Il s'empara du combiné et appela Robie Frazer.

Frazer était assis à son bureau, un verre d'Armagnac à la main. Il se disait qu'il avait de la chance, que tout lui souriait. Eva et les diamants, toutes choses scintillantes qui lui appartenaient. La sonnerie du téléphone rompit le charme.

— C'est terminé. J'arrête. Vous m'avez menti, vous m'avez piégé, et maintenant vous menacez de...

— Voyons, Nan, il ne faut pas en faire un drame. Je...

— Allez vous faire foutre. C'est fini, terminé. Demain je remets ma démission.

La voix de Nan tremblait d'émotion. Le silence se fit. Le jeune homme était tout simplement incapable de raccrocher au nez de Frazer. Il cherchait encore un signe, une sanction, un témoignage de sa colère, la preuve qu'il avait visé au cœur.

Le silence s'éternisa. Frazer prit la parole avec une étonnante douceur.

— J'ai mis tes nerfs à trop rude épreuve, Nan. Je m'en aperçois. Désolé, c'était malgré moi. C'est trop te demander, tu as raison. Tu dois cesser.

Il s'interrompit, entendit un soupir de soulagement à l'autre bout de la ligne, sentit l'effet de ses paroles.

— Si tu aimes ton boulot, pourquoi le quitter ? Inutile de démissionner. Désormais, tu feras ce que tu voudras.

Incertaine, la voix de Nan revint après un moment. Frazer se montrait compréhensif ; c'était si surprenant que Nan ne savait plus où tourner sa rage.

— Je ne sais pas. Je n'arrive pas à aligner deux pensées. J'ai envie de couper les ponts, de partir demain.

— Oui, je comprends... Peut-être en sera-t-il autrement dans quelques jours. Sans doute vaudrait-il mieux ne rien précipiter. Pourquoi ne pas t'offrir quelques jours de vacances, histoire de prendre le temps de réfléchir ?

Dormir. Dormir — des jours entiers. Voilà tout ce que Nan voulait. Frazer devinait qu'il pensait ses paroles. Il attendit sans s'énerver.

— Oui, c'est une idée. Je vais rester quelques jours chez moi.

— Un peu de repos te fera le plus grand bien. Je te laisse au calme, maintenant. Mais n'oublie pas, si tu as besoin de parler, je suis là.

Le silence se fit boudeur, cela valait mieux que

l'agressivité. Frazer raccrocha avec lenteur, soucieux de ne pas rompre la paix fragile qu'il avait instaurée. Il regarda par la fenêtre. L'obscurité reflétait ses traits durs, son regard déterminé.

Il resta assis quelques minutes, comme s'il cherchait à reprendre contenance. Puis il appela Li Maï à Hong Kong.

— J'aimerais que vous arriviez par le premier avion.

— C'est comme si c'était fait.

13

Eva Cunningham se débattait entre les draps qui l'enserraient. Rêves et cauchemars se mêlaient, caressants, torturants. Elle se libéra et s'éveilla en sueur. Elle respira à pleins poumons afin de retrouver un souffle régulier.

La lumière filtrait à travers les rideaux. Elle consulta le réveil sur sa table de chevet : huit heures du matin. Elle resta un moment allongée, le temps d'être apaisée, savourant les draps sur sa peau nue, sa liberté de mouvements, son corps ne rencontrant aucune barrière d'os ou de chair. Son cauchemar lui revint en mémoire. Frazer surgit dans son esprit. Elle tenta de penser avec logique, de bannir toute peur.

Mécaniquement, elle repassa les événements dans sa tête. La rencontre avec Frazer chez Case Reed. La maison de Frazer. L'amour avec Frazer. Là, le flot régulier des pensées vacilla. Cet épisode s'était révélé émotionnellement tolérable. Elle avait constaté avec étonnement la traîtrise de son propre corps, capable de s'endormir à son côté. En s'éveillant dans le lit de Frazer, elle s'était demandé si elle s'était trahie dans son sommeil. A chaque heure de chaque jour, elle filtrait ses paroles. Mais la nuit, assoupie, le filtre fonctionnait-il ? Parlait-elle ?

Frazer avait eu un regard soupçonneux quand il l'avait trouvée dans la cuisine, mais elle était sûre que cela tenait essentiellement à sa propre culpabilité. Sa conversation étouffée dans le bureau n'était pas censée être surprise. S'il pensait qu'elle l'avait entendue, alors quoi ? Son intelligence et sa perception aiguë des choses seraient estompées par la vanité. Ses rendez-vous cachés étaient sa chasse gardée. Elle était là pour la bagatelle, un point c'est tout. Il n'irait pas chercher plus loin... tant qu'elle serait prudente, invisible, ce qu'elle était par inclination et par entraînement.

Elle sortit de son lit, descendit l'escalier et, comme chaque matin, se mit un disque, fit sa gymnastique et prit une douche. Quarante minutes plus tard, elle émergea, dégoulinante, enfila une robe bain de soleil aux couleurs vives et retourna au salon. Orienté à l'est, il attrapait le soleil du matin qui entrait par les fenêtres ouvertes et faisait sur le sol une mare de lumière.

Eva s'assit en tailleur au centre de la tache et appela Stormont. Il était neuf heures moins le quart. Stormont prenait son petit déjeuner chez lui. Il eut un regard rapide en direction du téléphone, sa ligne officielle, et attendit un instant avant de répondre, comme pour deviner qui l'appelait. Il répondit enfin d'une voix brusque et dure, avec une trace d'humour dans ce ton exagérément bourru.

— Allô ?

— Stormont. Je viens faire mon rapport.

Sa voix se réchauffa instantanément.

— Ah, Eva.

Elle démarra, brève, efficace, café et cigarette à la main.

— Je suis allée chez lui. Tout est comme vous pouvez l'imaginer, maison discrètement grandiose, propriétaire vaniteux et égoïste. Aucune surprise, aucun point faible. Excepté une conversation feutrée dans son bureau alors qu'il me croyait endormie. Je n'ai pas saisi les mots et je me garderais d'être affirmative, mais il avait l'air de menacer quelqu'un. Après ce coup de fil, il s'est montré légèrement désagréable, pas spécialement à mon égard, non, on aurait plutôt dit qu'il en voulait au monde entier, comme s'il ne s'était pas départi de la façon dont il avait traité le pauvre type au téléphone.

— « Pauvre type »... on dirait que vous le plaignez.

— Je vais me gêner.

— A mon avis, c'était plutôt un comparse qu'une victime.

— Mettez-le sur écoutes.

— Patience, patience. En attendant, Frazer va-t-il mordre à l'hameçon ?

— Ça dépend de moi, n'est-ce pas ? Je vous tiens au courant.

Cassie arriva au bureau à neuf heures vingt. Elle salua John Richardson en passant devant son bureau et dut s'arrêter car il lui fit signe à grands gestes d'entrer. Elle obtempéra et prit un siège. Richardson était au téléphone.

— Robie, Cassie arrive à l'instant. Je mets le haut-parleur, d'accord ?

— Parfait, fit la voix de Frazer, calme et mélodieuse. Bonjour, Cassie.

— Bonjour, Robie.

— Je disais à John que vous me proposez là une affaire des plus intéressantes. J'aimerais en savoir plus. A l'évidence, il n'est pas question que je m'engage pour l'instant, mais si l'affaire se révèle aussi belle qu'elle le paraît, je suis dans le coup.

— Excellent, répondit Richardson avec un sourire pour Cassie. Nous allons commencer à rassembler les informations.

— Incidemment, quel serait votre rôle exact et qui représenteriez-vous ?

Richardson se tourna vers Cassie, qui se pencha au-dessus du micro.

— Nous serions co-investisseurs avec vous et Eva. Nous déciderions de la meilleure façon de procéder, émission de droits de souscription ou prise de contrôle. Nous mettrions le contrat au point dans ses moindres détails, ainsi que la documentation, les vérifications contractuelles d'usage, d'éventuels conseillers étrangers, ce genre de choses, encore que vous souhaiteriez probablement procéder vous-même à une partie de l'enquête de toute façon.

— Oh ! je me déchargerais sur vous pour tout cela, mentit Frazer, ravi qu'on le lui rappelât. Vous êtes des banquiers d'affaires si agréablement démodés, brasseurs d'affaires, preneurs de risques. On ne trouve pas chez vous de subdivision d'intérêts excessivement légaliste comme les grosses banques semblent les aimer.

— Nous faisons tout nous-mêmes, n'est-ce pas, Cassie ?

— Si cela nous paraît bon.

— Appelez-moi bientôt, dit Frazer. Si cela se fait, je n'aimerais pas que cela traîne.

— Jusque-là tout baigne, dit Richardson en raccrochant.

— Mm, dit Cassie, l'air vaguement préoccupé.

— Qu'y a-t-il ?

— Oh, rien. Je me demandais seulement si ce n'était pas le moment de rendre une petite visite à Owen Quaid.

— C'est le moment. Nous n'irons pas beaucoup plus loin tant que nous ne nous sentirons pas parfaitement à l'aise avec votre amie Eva, non ?

— C'est vrai, dit Cassie en étendant les mains sur la table pour se perdre dans la contemplation de ses ongles.

— Etes-vous certaine de bien la connaître ?

Richardson avait déjà posé la question à plusieurs reprises. Il ne cherchait pas à se rassurer par la répétition. Cassie était rompue à cette manière d'approcher les choses, de solliciter des renseignements différents avec la même question banale.

— Connaissons-nous jamais les gens ? Je crois la connaître. Elle était capable, intelligente ; elle semble posséder son sujet, elle y croit avec ferveur. Elle peut être à la fois rationnelle et passionnée. Elle nous a montré ses deux facettes hier. Ce revirement à cent quatre-vingts degrés, fascinant.

— Quel calme avec Frazer, non ?

— Calme ? Vous ne l'avez pas vue au début de la réunion ? Elle a eu l'air de s'allumer pour lui, d'illuminer sa propre beauté.

— C'est une très belle femme.

— Mais je ne l'ai jamais vue comme cela. C'est la première fois que je la vois maquillée, avec des bijoux et élégamment vêtue.

— Il fallait bien qu'elle s'habille pour l'entretien.

— C'était plus que cela. Sans compter ce numéro avec le diamant.

— Sacré numéro. Ce qui me fait penser. J'espère qu'elle déclarera sans tarder sa découverte à la Bourse.

— Je suis sûre qu'elle le fera.

— Il y a un règlement, Cassie.

— Je sais. Et elle saura qu'en faire.

— Le suivre.

— C'est une des possibilités. Eh ! ajouta-t-elle en voyant Richardson froncer les sourcils. Le client parfait n'existe pas. Il faut bien qu'il y ait un défaut.

— Je suppose, oui, répondit Richardson qui se demanda quel était le sien et celui de Cassie.

— Elle est inclassable, mais on peut en dire autant de Frazer. Ils sont faits pour s'entendre. Du moment que nous pouvons les contrôler.

— C'est possible, d'après vous ?

— Nous finirons bien par le savoir.

Cassie se rendit dans son bureau et ferma la porte. Elle composa le numéro d'Owen Quaid puis se cala dans son fauteuil, impatiente d'entendre sa voix.

— Quaid.

On percevait le bruit des voitures. Il était à pied et traversait Berkeley Square.

— Owen, tes services sont officiellement requis par Case Reed. Peux-tu passer ?

Il sourit.

— Où ça ? Ton bureau ?

— Cet endroit en vaut un autre.

— J'ai une meilleure idée.

— Un détective privé est toujours plein de ressources, je n'en doute pas, mais je maintiens mon bureau. Deux heures, cet après-midi.

— C'est toujours urgent avec toi, Cass. Jamais demain, jamais la semaine prochaine. Je m'étonne que tu ne me demandes pas de me pointer tout de suite.

— D'accord. Je t'attends.

— Non, non. Quatorze heures. Je ne suis pas si facile.

Il raccrocha pour l'empêcher d'avoir le dernier mot.

Dans son bureau de Wilton Place, Robie Frazer passa un bref coup de fil. Il ne prit pas la peine de s'annoncer. Il se contenta d'un simple :

— Trouvez tout ce que vous pouvez sur une jeune Anglaise — Eva Cunningham. Elle habite Londres. Ainsi que sur une banque appelée Case Reed. Concentrez-vous sur deux personnes en particulier, John Richardson et Cassandra Stewart. Je veux être tenu au courant tous les jours. Arrêtez-vous quand vous ne trouvez plus rien.

Owen Quaid écouta Frazer, horrifié. Il s'accorda une fraction de seconde avant de répondre. Davantage aurait attiré les soupçons. La moindre hésitation était assez ennuyeuse comme ça, mais il en avait besoin pour réfléchir, soupeser ses choix, déterminer où allait sa loyauté. Pas le temps. L'instinct répondit pour lui.

— Je m'y mets.

Il raccrocha avec une grimace et un « bordel ! » adressé au monde entier.

Frazer reposa le combiné et composa immédiatement un autre numéro.

— Eva. Bonjour. Comment ça va ?

Il s'exprimait avec désinvolture. Il était agaçant,

satisfait de lui à vous faire vomir. Elle répondit uniment.

— Très bien, merci.

Elle dissimula son dégoût et son mépris pour son arrogance et sa familiarité excessive, sa façon d'appeler sans se présenter, assumant qu'elle reconnaîtrait sa voix, qu'elle en aurait imaginé le son, qu'elle attendait son appel.

— Je me demandais si vous accepteriez de dîner avec moi ce soir.

— Ce soir ?

Eva ne put résister à le prendre légèrement de haut. Elle sourit intérieurement sans ajouter mot.

— Vous ne me semblez pas du genre à remplir votre agenda des mois à l'avance avec des cocktails et des dîners de charité. Vous me paraissez plus spontanée.

Percevant un sourire dans sa voix, Eva dut rire.

— Touché ! Cela en fait deux du genre spontané.

— Parce que j'ai un genre ?

— Pas plus que moi, rétorqua-t-elle, impassible.

— Ah ! On me réprimande. Aimeriez-vous que je passe vous prendre vers vingt et une heures ?

— Non, merci. C'est moi qui passe.

Pour rien au monde elle ne le voulait dans son territoire.

— A votre guise. Rendez-vous à neuf heures.

Il raccrocha en marmonnant.

— Pas facile, la garce.

Eva fronça les sourcils et alluma une cigarette qu'elle fuma à bouffées avides. Elle sentait l'amertume l'étreindre. Elle ne s'en tirerait pas sans se séparer d'une part d'elle-même. Il lui fallait devenir quelqu'un d'autre, creuser en elle pour trouver des ressources inexplorées. Elle se leva du fauteuil près du téléphone et se dirigea vers le miroir de l'entrée. Elle releva ses cheveux puis tourna son visage d'un côté, de l'autre, s'étudiant sans passion, comme si elle observait une étrangère.

14

Andrew Stormont arriva à Vauxhall Cross à neuf heures. Il salua sa secrétaire au passage.

— Bonjour, Elsa. Demandez à Aden de venir, voulez-vous ?

— Bonjour, Andrew. Tout de suite.

Aden apparut une minute plus tard.

— Du nouveau ? demanda-t-il en franchissant le seuil de la porte.

Il s'installa en face de Stormont. De nature méthodique, il s'efforçait toujours de refléter la concision et la sécheresse de Stormont en sa présence. C'était une forme volontaire de défense contre ce qu'il prenait pour la décision de son patron d'éviter toute civilité. Il pouvait se montrer charmant et disert, Aden l'avait constaté à maintes reprises, mais jamais avec lui.

Stormont but une gorgée du café qu'Elsa venait de lui apporter, expresso amer dans une tasse de porcelaine.

— Café ? proposa-t-il en désignant sa tasse.

— Non, merci. Tord-boyaux.

Stormont dissimula un sourire en se penchant sur son café. Les tentatives d'Aden de se montrer bref manquaient toujours de naturel. N'empêche, c'était préférable aux interminables divagations dans le plus pur style Foreign Office que son adjoint prisait à ses débuts. Stormont n'aimait pas particulièrement Aden, mais il respectait sa compétence. Il était minutieux, assidu, heureux complément de sa propre approche fluctuante qui, il fallait le reconnaître, offrait des lacunes.

— Du nouveau. Eva m'a appelé chez moi ce matin. Elle a suivi Frazer chez lui après la réunion d'hier et a couché avec.

— Vraiment ? Ça a été facile.

Stormont répliqua, presque menaçant.

— Pas facile, non. Vous savez aussi bien que moi ce que cela a dû exiger de sa part.

— Je ne crois pas qu'elle vous laisserait prendre le dessus, Andrew.

— Evidemment. Ce qui ne l'empêche pas d'être sacrément bonne.

— Ou sacrément mauvaise.

Stormont planta ses yeux dans ceux d'Aden, sans souffler mot.

— Je plaisantais, s'empressa d'ajouter ce dernier en levant la main.

Stormont reprit d'un ton égal.

— Elle a établi le contact et mis un pied dans la place. Apparemment, il a proféré des menaces au téléphone.

— On en sait le contenu ?

— Non.

— Il nous en faut davantage, non ?

— Si, enchaîna Stormont, détaché, qui regardait Aden comme si c'était une mouche dans son whisky. Carew ne délivrerait pas de mandat sur du vent.

Carew était le ministre des Affaires étrangères. Si le SIS voulait faire mettre quelqu'un sur écoutes, il lui fallait sa signature.

Stormont poursuivit :

— Pas question que j'aille le voir sans être sûr d'obtenir son approbation. Ils ne vont pas se précipiter pour mettre sur écoutes un type comme Frazer — pilier de l'establishment, multimillionnaire, généreux donateur de la Fondation Thatcher. Il leur faudra un dossier en béton.

Aden suggéra, avec l'hésitation appropriée :

— On pourrait toujours s'y prendre autrement... utiliser un indépendant dont la parole ne compterait pas.

— Je n'aime autant pas, du moins pour le moment. Nous nous exposerons suffisamment comme ça en poursuivant Frazer. Mieux vaut s'en tenir au règlement, au cas où les choses tourneraient mal.

— Vous envisagez cette éventualité ?

— Qui sait ? On n'aura pas ce type-là avec les méthodes classiques. Une affaire de ce genre peut partir dans toutes les directions. Entre-temps, il nous faut du concret. Mais nous en trouverons. Eva en trouvera.

— Vous avez foi en elle.

Le regard de Stormont se perdit. Pendant quelques secondes, Aden sut qu'il était ailleurs. Il observa les yeux de son patron se fixer sur quelque souvenir lointain qui sembla envahir son esprit tout entier. Puis, Stormont revint sur terre et dit d'une voix sèche :

— Oui, j'ai toute foi en elle. Et oui, elle remplira sa mission.

— Si elle ne tombe pas folle avant.

— Si cela devait arriver, ne pensez-vous pas que ce serait fait depuis longtemps ?

Aden détourna les yeux.

15

Cassie Stewart se pencha sur une étagère pleine de dossiers dans la grande bibliothèque de chez Case Reed. Au bout de cinq minutes, elle s'empara d'un carton rangé sur la planche du bas : VSE, VANCOUVER STOCK EXCHANGE, MANUEL DE POLITIQUE D'INSCRIPTION ET DE PROCÉDURES DE COTATION DE LA BOURSE DE VANCOUVER.

— Génial, murmura-t-elle en l'emportant dans son bureau tel un trophée de guerre.

Elle consacra une bonne heure à l'étude du dossier, concentrée, imperturbable. Puis elle le referma brusquement avec un petit sourire rusé et se rendit tout droit dans le bureau de Richardson.

— John, j'ai trouvé une marche à suivre pour Genius. Si elle vous convient, j'aimerais contacter un agent de change à Vancouver, la lui exposer et lui proposer l'affaire.

— Eh bien, vous ne perdez pas de temps ! Allez-y, je vous écoute.

Il écouta dans un silence admiratif les grandes lignes du projet que Cassie brossait pour lui.

— Cela me paraît bien, dit-il lorsqu'elle eut achevé, mais vous avez raison. Il faut tout vérifier auprès d'un homme sur place, et nous avons absolument besoin d'un agent de change. En fait, j'ai l'homme qu'il nous faut. Le gus s'appelle Sam Brimton. Il me doit un service ou deux. Il connaît Vancouver comme sa poche et c'est un vrai carnet d'adresses ambulant. Il s'est fait une véritable fortune. Il est très malin. Vous devrez vous montrer prudente.

— Ne vous inquiétez pas.

Richardson lui lança un bref regard d'avertissement.

— Je vais appeler Brimton après le déjeuner, avec le décalage, ce sera de bonne heure pour lui. Je vais le prévenir de votre coup de fil.

Il inscrivit un numéro sur un Post-it qu'il tendit à Cassie.

— Merci, John.

Elle s'empressa de filer avant qu'il n'eût le temps de formuler d'autres mises en garde.

De retour dans son bureau, elle appela Eva.

— Eva, Cassie à l'appareil. Comment vas-tu ?

— Salut, Cass. Bien, très bien, même. Je suis installée dans une pièce ensoleillée devant un énorme petit déjeuner. Que demande le peuple ?

— Rien de plus, tu as raison. Veinarde. Ecoute, Robie Frazer a téléphoné ce matin, il est prêt à se lancer sous réserve de stratégie appropriée, vérifications contractuelles d'usage — tu vois, rapports géologiques, évaluation du projet, tout cela. Tu dois lui avoir fait une sacrée impression.

Eva rit intérieurement puis répondit avec un enthousiasme non feint.

— Fantastique. Alors, qu'est-ce qu'on fait ?

— On met toutes les deux au point une stratégie, un plan de marche de l'entreprise. Après quoi je deviens expert en affaires de diamants.

— Du gâteau.

— Qu'est-ce que tu fais maintenant ?

— A part prendre mon petit déjeuner, pas grand-chose. Pourquoi ?

— Pourrais-tu passer ce matin ? Autant battre le fer pendant qu'il est chaud.

— Tu as raison.

Eva consulta sa montre : dix heures et quart. Elle suggéra :

— Je serai là dans trois quarts d'heure.

— A tout de suite.

Curieux, la façon dont tournent les choses, se dit Cassie. Eva, entrepreneur. Presque incroyable, et pourtant, elle avait semblé si convaincante.

Eva interrompit son petit déjeuner et alla dans sa chambre troquer sa robe bain de soleil contre une robe de lin noir assez longue et des chaussures à bride assorties. Elle attacha ses cheveux en arrière, saisit les rapports des géologues et autres documents sur le projet que McAdam lui avait confiés, puis partit pour son rendez-vous.

Une demi-heure plus tard, elle pénétrait dans le bureau de Cassie. Absorbée par son travail, celle-ci ne l'entendit pas approcher. Eva entra doucement tout en l'observant — retenue, sérieuse, et pourtant, il émanait d'elle une sorte d'insouciance naturelle. Concentrée sur des documents, elle ne fronçait même pas les sourcils. Légèreté d'une vie sans fards. L'espace d'un instant, Eva envia cette innocence, cette liberté. Puis elle sourit et avança plus franchement.

Cassie leva les yeux et bondit sur ses pieds.

— Eva ! Salut.

Elles s'embrassèrent.

— Fabuleux d'avoir mis le grappin sur Frazer, non ? dit Cassie. Bravo.

— Fantastique. Reste à ferrer l'hameçon.

— On y arrivera... Tu dois l'avoir bigrement impressionné.

Eva remarqua le regard interrogateur et perçut quelque chose derrière cette innocence apparente. Elle s'en tira d'un haussement d'épaules.

— Qu'est-ce qui te fait dire cela ?

— Oh, je ne sais pas. Ce n'est pas ton amant, n'est-ce pas ?

— Non, puisque tu poses la question. Pourquoi ? Il devrait l'être ?

— Il est très attirant.

— C'est le cas de beaucoup d'hommes.

— Lui, ce n'est pas pareil.

— Tu as le béguin dirait-on, Cass.

— Pas à en perdre le sommeil.

Tu ne le perds jamais, pensa Eva. Elle s'empressa de poursuivre.

— Bon, que fait-on avec Frazer ? Quelle est la prochaine étape ?

— On rassemble un dossier tel qu'il sera obligé de signer. Et de raquer ! fit Cassie d'une voix plus animée.

— Dis-moi ce dont nous avons besoin.

Cassie recula son siège et alla s'asseoir à côté d'Eva.

— Il nous faut un bon petit projet d'entreprise. Un historique du projet, un récit de la découverte, des copies des licences avec le gouvernement vietnamien, des copies des tests pratiqués et des résultats, le détail des fonds récoltés, les sommes déjà dépensées, comment, combien il reste dans l'affaire, ce que vous prévoyez d'en faire, combien coûtera l'échantillonnage volumétrique, le forage de la mine si on en arrive là, et toutes les autres tâches nécessaires à l'exploitation. Puis nous devrons esquisser les bases d'une stratégie. Comment nous prévoyons de reprendre la société, combien cela coûtera. Puis nous proposerons différentes sorties. Si l'échantillonnage volumétrique est prometteur, nous pourrions vendre à ce stade à une des grandes compagnies minières. En partie ou en totalité. Il existe diverses options. Et il faudra évoquer l'industrie du diamant, le cartel, la distribution, comment les diamants seraient vendus.

Eva savait exactement ce qui était requis car elle avait été instruite en détail avant d'être introduite brutalement et secrètement dans ce monde par Stormont. Pourtant, elle écoutait, impressionnée par l'aisance de Cassie.

— Pas de baratin commercial ? Pas de projection de revenus, pas d'allusion aux gains potentiels ?

— C'est ce que font toutes les grandes banques. Elles fournissent des rames de papier remplies de calculs inutiles et sans intérêt sur l'avenir et des pages de vente agressive. Frazer hurlerait de rire. Personne n'a la moindre idée de la façon dont tournera le projet. On peut aussi bien faire fortune que perdre une fortune. Pas moyen de prévoir. Telle est la nature du risque. C'est une partie de poker, inutile de prétendre le contraire.

Ni Cassie ni Frazer n'imaginait la véritable nature de l'enjeu, songea Eva. Peut-être qu'elle non plus, finalement.

— *Caveat emptor* — acheteur, gare ! Bon, et après ? Supposons que Frazer marche, que fait-on ?

— On rachète la société.

— Et on s'y prend comment, au juste ?

— On envoie un projet de notification de ce qui s'appelle une OPA au Service de cotation de la Bourse de Vancouver. Sur quoi la bourse surveillera le marché à la recherche de toute combine douteuse.

— Par exemple ?

— Par exemple un délit d'initié.

— Donc, pas de combine douteuse.

— Pas nécessairement. Quiconque s'engage dans la moindre opération un tant soit peu risquée serait avisé de le faire avant l'envoi du projet de notification à la Bourse.

— Ah ! dit Eva. Je vois.

— Je plaisante, fit Cassie. Donc, poursuivit-elle plus sérieusement, la Bourse accepte alors la notification et l'offre est considérée comme lancée.

— Combien offrirons-nous pour les actions ? A combien les estimes-tu ?

— Peu importe leur valeur. Nous en proposerons suffisamment pour attiser l'appétit des gens, mais pas assez pour les rendre soupçonneux. Si les actions s'échangent à quatre avant l'offre, nous en proposerons six. Cela devrait aller.

— Et si quelqu'un d'autre décide d'offrir une fois qu'on s'aperçoit que l'entreprise est dans la course ?

— Primo, tu en es le directeur. Tu recommanderas aux autres actionnaires d'accepter notre offre.

Cela a un certain poids. Secundo, McAdam et toi possédez à vous deux vingt-cinq pour cent. Ce qui nous procure une bonne longueur d'avance.

— Je ne suis pas d'accord. Je ne puis compter sur le fait que McAdam marche avec moi.

— Pourquoi non ?

— Il est devenu bizarre après sa sortie de prison. On s'est disputés.

— Y a-t-il des gens au courant ?

Eva hocha la tête.

— Et McAdam sait-il que tu es favorable à une reprise de Genius ? Sait-il que tu es venue nous trouver ?

— Non. Il n'est au courant de rien.

— Parfait, lança Cassie à la surprise d'Eva. Nous pouvons tourner cela à notre avantage. Cela signifie qu'il ne s'est pas concerté avec toi. La différence est essentielle parce que si nous groupions ses intérêts avec les tiens, s'il agissait de concert avec toi, ni lui ni toi ne pourriez acquérir de nouvelles actions de Genius sans déclencher une OPA. Le règlement stipule que tout achat entraînant un simple actionnaire ou une partie intéressée à détenir vingt pour cent ou plus, fait que les exigences d'une OPA sont remplies. Comme tu possèdes dix pour cent, Robie Frazer et nous pouvons, ensemble, acheter jusqu'à dix pour cent de Genius avant de déclencher une OPA.

— Mais où est la nécessité d'acheter d'autres actions avant l'offre ?

— Il y a deux raisons à cela. Je le répète, cela nous donne une longueur d'avance sur tout offrant ultérieur. En outre, nous sommes quasi certains de payer moins cher les titres que nous achetons avant l'offre qu'après. Une fois l'OPA annoncée, le cours de l'action monte inéluctablement.

— Alors qui achète avant l'offre ?

— Case Reed achète cinq pour cent, Robie Frazer cinq pour cent. Cela fait vingt pour cent en tout et nous lançons notre OPA pour les quatre-vingts pour cent restants.

— Comment ça marche ?

— Case Reed et Frazer montent une société en commandite, à capitaux fermés, pour faire l'offre. Nous possédons l'affaire à cinquante-cinquante. Puis, une fois l'offre faite, tu échanges ta part de Genius contre dix pour cent de la nouvelle société. Ainsi, Frazer et Case Reed possèdent ensemble quarante pour cent et toi dix pour cent. Les pourcentages peuvent varier, selon la part de Genius à laquelle nous aboutissons, mais globalement, c'est la proportion.

— Ça paraît aller tout seul.

— Oui, sur le papier. En réalité, il y a toujours un peu de grabuge. Nous réglerons cela le moment venu. La première chose à faire est de rédiger le plan de marche, de l'envoyer à Frazer, de le faire venir à une réunion pour l'amener à un accord sur tous les points. Après, on commence à acheter.

— Au fait, demanda Eva, en feras-tu entrer d'autres ?

— Je ne préfère pas. Trop de monde, trop de fouineurs. Je pourrais mettre un peu d'argent dedans, ajouta-t-elle avec un sourire, si cela ne t'ennuie pas de m'avoir pour co-investisseur.

— Tant que tu en supportes le risque.

— Si Case Reed le peut, moi aussi.

— Mais ça, c'est l'argent des autres.

Cassie demeura songeuse.

— Es-tu en train de me dire de ne pas mettre mon propre argent là-dedans ?

— Bien sûr que non. N'en mets pas plus que tu ne peux te permettre d'en perdre, c'est tout.

— Eva, je te trouve soudain bien négative pour quelqu'un qui a apporté l'affaire.

— Tu es mon amie depuis longtemps, Cass. Je crois en ce projet, mais j'en connais aussi les risques. Ils sont énormes.

— Je suis prête à les prendre, à moins que tu n'essaies de me dire que j'ai tort.

— Non, Cass, pas du tout. Fonce. Investis ton argent dedans.

— J'y compte bien.

Eva eut un sourire presque triste, sembla-t-il à Cassie, qui se leva d'un bond.

— Je vais au petit coin. Je reviens tout de suite.

Eva la regarda disparaître, essayant de garder un visage sans expression, voilant ses pensées. Elle observa discrètement autour d'elle ; la secrétaire de Cassie était à trois mètres, juste à l'extérieur du bureau. Rien d'intéressant n'était accessible.

Le téléphone sonna sans arrêt. La secrétaire décrocha sur son poste au moment précis où Cassie revenait.

— Andrew Stormont désire vous parler.

Eva se raidit. La secrétaire avait parlé doucement, mais Eva avait l'oreille fine. Elle vit son amie la regarder en coin, comme si elle se demandait si elle avait tout entendu. Puis elle prit le combiné, debout près du bureau de sa secrétaire.

Cassie s'exprimait avec pondération ; les mots étaient discernables. Elle semblait à la fois surprise et enchantée.

— Oh, salut.

Elle écouta un moment avant de répondre.

— Je n'aurai pas beaucoup de temps. D'accord. Une heure moins le quart ici. A tout à l'heure.

Elle raccrocha et revint dans son bureau.

Eva dévisagea Cassie, si belle, si naturelle, soudain sur ses gardes. Ainsi tout recommence, ce jeu n'est donc pas terminé.

16

Au cours de l'heure et quart qui suivit, Eva et Cassie s'absorbèrent dans la rédaction des documents. Emma entreprit de les taper et de photocopier toutes les licences et tous les rapports géologiques. Eva s'attarda aussi longtemps que possible afin de donner à Cassie une chance de lui dire qu'elle déjeunait avec Stormont.

A douze heures trente, Cassie jeta un œil à sa montre.

— J'ai quelques coups de fil urgents à passer. Et nous avons presque terminé. S'il y a autre chose, je t'appelle.

— D'accord, répondit Eva affectant la déception par un léger froncement de sourcils,

Elle attendit un moment tandis que Cassie rassemblait ses papiers. A contrecœur, Eva se leva enfin.

— Bon, dit-elle, interrompant le bref silence. Je vois que tu es très occupée. Je te laisse. Je crois que je vais marcher au soleil, m'acheter des fringues, déjeuner, bref toutes ces choses réservées aux femmes frivoles.

— Profites-en, dit Cassie, sans paraître relever. Cela ne va pas durer. Incidemment, es-tu satisfaite de l'accord et de mon plan ?

— Il me paraît ingénieux. Cela me convient parfaitement.

Eva descendit d'un pas alerte dans Savile Row. Elle acheta le *Standard* dans un kiosque puis gagna le café de Clifford Street et s'assit à une table d'où elle voyait l'entrée de Case Reed. Elle tint le journal devant son visage tout en guettant par-dessus. Stormont arriva à une heure moins le quart. Il portait un grand sac de chez Fortnum & Mason. C'était la première fois qu'Eva l'observait de si loin, d'un œil presque étranger.

Chez Case Reed, la réceptionniste annonça l'arrivée de Stormont. Cassie prit dans son sac à main un petit miroir dans une boîte en argent. Elle brossa en arrière ses cheveux longs et fins puis appliqua du rouge sur ses lèvres. Elle s'étudia longuement avant de claquer le boîtier. Elle se parfuma les tempes et descendit à la rencontre de Stormont.

Il lui tournait le dos, absorbé dans la contemplation d'une toile. Cassie nota la silhouette forte et confiante à la pose naturelle. Elle s'avança sans un mot pour lui toucher l'épaule. Il avait esquissé le geste de se retourner. Quand elle l'effleura, il la regarda droit dans les yeux. Elle recula. Ils se sourirent et il s'avança pour l'embrasser sur les deux joues. Les cheveux de Cassie caressèrent le visage de Stormont.

— Cassie, comme cela me fait plaisir. Je suis ravi d'avoir réussi à vous arracher à votre travail.

Elle sourit.

D'un signe de tête, il désigna son sac.

— J'ai acheté des trucs chez Fortnum. Je me suis dit que c'était le temps idéal pour pique-niquer. C'est meilleur et plus rapide qu'un restaurant, et comme vous n'avez pas beaucoup de temps...

— Excellente idée.

Ils sortirent au grand soleil. De l'autre côté de la rue, Eva observait leur démarche impatiente, la façon dont ils se penchaient imperceptiblement l'un vers l'autre. Une fois qu'ils eurent disparu, elle reposa son journal, quitta le café et s'éloigna rapidement dans la direction opposée.

Cassie et Stormont se rendirent dans Hyde Park où ils se trouvèrent un grand arbre. Cassie s'installa dos contre le tronc. Stormont était mi-assis, mi-allongé en face d'elle. Il ôta sa veste et desserra sa cravate. Cassie défit son blazer en lin bleu marine, dévoilant une robe bleu marine à bretelles qui lui arrivait au-dessus du genou quand elle était debout mais lui remontait à mi-cuisse quand elle s'asseyait. Stormont ne tentait même pas de détacher ses yeux de la jeune femme.

Cassie parut ne rien remarquer. Mais, bientôt, elle leva les yeux et répondit à son sourire par un sourire qui disait clairement sa conscience d'être observée, d'être attirante. Invitation sans fard. Stormont vibra de tout son corps et de toute son âme. Il ouvrit une bouteille de Taittinger et en remplit deux flûtes.

— Vous savez voyager, remarqua Cassie avant de boire à longs traits.

— Oh ! mais ce n'est pas tout, riposta Stormont en exhibant du foie gras, des brioches, du saumon fumé et une salade.

Ils mangèrent tranquillement, enchantés, non sans se demander ce que ces minutes auguraient.

— Intéressant, dit Cassie en levant un sourcil.

— Quoi ?

— Ce pique-nique au lieu d'un dîner aux chandelles dans un restaurant.

Une fois encore, il s'étonna de la voir dépourvue de tout faux-semblant, acceptant sans ambages une séduction latente.

— Aimeriez-vous dîner aux chandelles dans un restaurant ? demanda-t-il en se penchant sur elle, les yeux dans les siens.

Elle détourna le regard.

— Nous verrons.

Au bout d'un moment, elle revint à lui.

— Alors, comment connaissez-vous Eva ?

— Par nos familles respectives. Elle devait avoir trois ans... Ça me paraît à des années-lumière.

Cassie perçut une fausse note — peur de vieillir — lamentable cliché, surprenant chez cet homme élancé et vigoureux, qui avait conscience de la force de son regard, retenu mais néanmoins rayonnant. Le passage du temps, la perte de pouvoir semblaient une crainte illogique chez un homme de quarante ans dont le charme n'aurait dû qu'augmenter avec les années, pour autant qu'elle pouvait en juger. C'était un écran indigne, peu plausible, pratique mais peu convaincant. Elle consulta sa montre et se mit debout.

— Je dois filer. Mon rendez-vous...

Il bondit sur ses pieds.

— Naturellement, dit-il en rassemblant en hâte les reliefs du pique-nique. Je vous raccompagne.

En chemin, Stormont eut le sentiment que Cassie eût préféré être seule. Elle était préoccupée, marchait à pas pressés, ne lui offrant que de rares et brefs regards. Ses pensées semblaient à la fois dirigées vers l'intérieur et projetées vers quelqu'un au-delà de lui. Sa réunion ? En tout cas, quelque chose d'agréable. Il devinait l'impatience qui étreignait Cassie. Il se surprit avec ravissement à éprouver les affres d'une jalousie aussi soudaine qu'irrationnelle.

Ils arrivèrent chez Case Reed prétendant l'un comme l'autre garder un silence de bon aloi.

— Je vous laisse.

Il plongea une fois encore ses yeux dans ce regard si bleu, si clair, si limpide malgré les songes secrets. Une fois encore il perçut l'élan du désir, plus fort que dans son souvenir. Mais, comme toujours, c'était le besoin d'une nouvelle conquête.

Cassie soutint le regard de Stormont, qui se pencha pour l'embrasser. Il n'arrivait pas à lâcher ses épaules et ses lèvres continuaient de l'effleurer. Il lui murmura à l'oreille :

— Accepteriez-vous de dîner avec moi ?

Elle sourit, semblant, pour la première fois depuis le pique-nique, oublier ses préoccupations.

— Oui.

Il la libéra enfin. Elle rentra chez Case Reed.

Stormont vit la porte claquer derrière elle, puis,

l'esprit clair, se rendit Clifford Street où il pénétra dans le café. Il s'assit à une table face à la rue et s'empara du *Standard* que quelqu'un avait laissé et commença sa surveillance discrète.

Une serveuse s'approcha avec un sourire commercial.

— Que désirez-vous ?

Il s'apprêtait à la renvoyer d'un geste de la main quand il se reprit et dit :

— Un double express.

Elle allait lui rétorquer qu'il était obligé de commander un plat quand quelque chose en lui l'en empêcha. Elle se hâta de lui servir son café et le laissa seul.

Il était deux heures moins cinq, cinq minutes avant le rendez-vous de Cassie. Les piétons se bousculaient devant Case Reed. Quelques secrétaires et cadres grimpèrent les marches, tapèrent le code d'entrée et franchirent la porte. Stormont levait des yeux las et ennuyés sur ce spectacle banal.

A deux heures cinq, il vit un homme se diriger vers Case Reed. Vêtu d'un jean et d'une veste ample, il se déplaçait avec l'aisance et la sûreté d'un chat — sans l'air insolent et fanfaron qu'affectaient la plupart des hommes de son âge qui portaient un jean — Stormont lui donnait la trentaine — mais avec une grâce confiante. Comme il s'approchait, Stormont remarqua qu'il arborait le même petit sourire impatient que Cassie, quoique plus intérieur. L'homme attendit, parla dans l'interphone et poussa la porte avant de disparaître à l'intérieur.

Stormont se leva, posa trois pièces d'une livre sur la table et s'éloigna. Il traversa la rue et tourna dans Savile Row où son chauffeur l'attendait.

[illegible] Clifford [illegible]
[illegible] d'une même [illegible] à la [illegible]
[illegible] qu'à leur [illegible]
[illegible]

Une [illegible] avec un [illegible] contre [illegible]

[illegible]

Il [illegible] à la [illegible] du [illegible]

— Un double express.

[illegible]
[illegible] — [illegible] en lui [illegible]
[illegible]

Il [illegible]
[illegible] Crest [illegible] Les [illegible]
[illegible] avant [illegible] Rex [illegible]
[illegible]
[illegible]
[illegible]

[illegible] ce [illegible]
[illegible]

[illegible]
[illegible] devant la [illegible]
[illegible] Comme d'[illegible]
[illegible] plus [illegible]
[illegible]
[illegible]
la [illegible]
[illegible]

[illegible]

[illegible]
[illegible]
[illegible]

17

Dans son bureau, Cassie attendait Owen Quaid. Emma parut avec lui à deux heures cinq. Il s'avança avec un large sourire. Cassie nota la veste, la chemise blanche et le jean qui ne dissimulaient pas vraiment le corps musclé et familier. Puis elle le dévisagea ; ses yeux bleus mouchetés de vert, la somptueuse chevelure châtain, juste de la bonne longueur. Et la bouche d'Owen, qu'elle contempla longuement.

Elle se leva quand il entra. Quand il prit Cassie par les épaules et l'attira à lui pour l'embrasser sur la bouche, Emma tenta de détourner le regard, l'air désapprobateur. Cassie éclata de rire et après une pause, recula, bouillonnante.

— Assieds-toi, dit-elle en lui désignant un fauteuil avec solennité.

Il s'installa, penché sur le bureau, jambes ouvertes.

— Tu es époustouflante.

Sa voix était teintée d'un léger accent traînant qu'il devait à sa mère américaine et à ses vingt années passées à la Nouvelle-Orléans. Il avait vécu en Angleterre ces deux dernières années et son père était britannique, pourtant il avait conservé cette intonation lascive et caressante.

Cassie songea un instant à Stormont, à sa réserve élégante qu'elle jugea, contre toute attente, à son avantage. Quaid, lui, la grisait tant il était explicite en tout ce qu'il lui disait ou lui faisait. C'était un tel soulagement après les tâtonnements inappropriés, physiques et verbaux, des semblables de Stormont. Cependant, avec ses yeux enfoncés et son formalisme tranquille, Stormont l'inspirait, lui aussi.

— Si on allait faire un tour ? proposa Quaid à voix basse.

— Impossible.

Il l'observa un moment, jouant avec cette image de femme d'affaires, sérieuse, en robe. Il soupira lourdement.

— J'ai compris. Business, business. Je remets mes services professionnels entre tes mains. Qu'attends-tu de moi ?

— Nous avons une nouvelle affaire, un nouveau candidat.

Elle était excitée, comme à chaque nouveau deal. Mais aujourd'hui, il remarquait autre chose, une légère hésitation, une rare gêne.

— Raconte, dit-il d'une voix douce.

Cassie s'étonna de cette tendresse, qu'il réservait exclusivement au lit.

— Une femme que je connais. Nous étions amies à Oxford. Je l'ai perdue de vue pendant des années. Nous sommes toujours amies, cependant. Elle nous a apporté une affaire ahurissante.

— Son nom ?

— Eva Cunningham.

Quaid fouilla dans sa poche à la recherche de son paquet de cigarettes et de son briquet. Son visage était dissimulé tandis qu'il se penchait sur la flamme. Cassie alla lui chercher un cendrier. Il aspira profondément la fumée.

— Qu'est-ce que tu veux ? s'enquit-il.

— L'habituel. Que fait-elle ? Qui voit-elle ? A qui parle-t-elle ? A-t-elle des habitudes dangereuses ? A quoi dépense-t-elle son argent ? Si possible, de combien dispose-t-elle ? Tu connais la musique, acheva-t-elle d'une voix sèche.

— Ça te turlupine, hein ?

— Evidemment, voyons ! C'est une amie. J'ai horreur de ça. Mais l'entreprise est déjà assez risquée comme cela sans nous exposer à des risques personnels. Je connais Eva, mais ce n'est pas le cas de Case Reed. Et de toute façon, à quel point connaît-on vraiment ses amis, surtout quand on ne les a pas vus depuis huit ans ? Je ferais n'importe quoi pour éviter cette situation, mais c'est exclu.

Il la laissa vider son sac, cachant son inquiétude derrière la sienne. Elle finit par lui demander :

— Qu'est-ce qui ne va pas ?

— Ce que tu me racontes. Ça te tracasse, ça me tracasse.

Elle tendit le bras par-dessus le bureau et serra sa main dans la sienne.

— C'est délicat. On tâchera de se débrouiller tant bien que mal.

Il se tut un moment.

— Tu pourrais confier l'enquête à quelqu'un d'autre. Un peu de distance ne serait que bénéfique.

Considéré et attentif — c'était une suggestion plausible. Il espérait en vain.

— Non, si quelqu'un doit s'en charger, je veux que ce soit toi.

Il soupira malgré lui.

Cassie leva des yeux inquiets. Ils échangèrent ouvertement un regard troublé.

— Qu'est-ce qui t'ennuie, Owen ? De ton côté aussi il y a un problème, je le sens bien. Qu'est-ce que c'est ?

— Rien. Rien à part ce que tu m'as dit. C'est largement suffisant, tu ne trouves pas ?

Elle secoua la tête. De toute façon, elle n'en tirerait rien. Ce n'était pas la première fois qu'elle voyait Owen se fermer comme une huître.

Il s'empressa de poursuivre.

— Tu ferais bien de me parler de ce dossier. Tu affirmes qu'il est risqué. Ils le sont tous. C'est ton métier. Le risque fait partie des accords tacites, or tu y as fait allusion, même si c'est en passant. Explique.

— Tu as raison. En l'occurrence, mieux vaut te mettre au courant. Nous songeons à co-investir dans un projet en Extrême-Orient avec un homme d'affaires basé à Hong Kong — tu le connais peut-être, il s'appelle Robie Frazer. Pour plus de précisions, il s'agit d'une mine de diamants au Vietnam.

Elle s'interrompit, guettant sa réaction. Il attendait, les yeux rivés sur elle. Elle lui brossa un topo de l'affaire : Eva, Granger McAdam, toute l'histoire. Quand elle eut achevé, il ne parla pas tout de suite.

— Bordel de merde ! s'exclama-t-il enfin. Quel putain de deal c'est, ce truc ?

Elle répondit avec la même force.

— Un deal très prometteur, potentiellement très rentable. Il pourrait faire passer pour des cacahuètes tout ce que nous avons fait dans le passé.

— Et tu veux aider une vieille copine. Comment diable a-t-elle mis la main sur une mine de diamants au Vietnam ? Qu'est-ce qu'elle fichait là-bas ?

— Cela ne nous regarde pas vraiment, n'est-ce pas ?

— Tu sais bien que si. Comment puis-je te livrer une analyse qui tienne debout si je ne sais rien de son passé ? Qu'est-ce que tu veux au juste ? Eva Cunningham s'est levée aujourd'hui, elle a pris son petit déjeuner, elle a passé quelques coups de fil, elle s'est rendue chez son coiffeur puis a acheté une paire de chaussures ?

Ils échangèrent un regard furieux. Puis, d'autres sentiments surgirent et ils éclatèrent de rire à l'unisson.

— Bon sang, quelle tuile, lança Cassie.

— Ça, on peut le dire !

Une nouvelle fois, Cassie perçut l'éclair fugitif de quelque inquiétude cachée. Il se tut un long moment.

— Cette affaire, c'est important pour toi, n'est-ce pas ?

— Oui.

— Bon, alors voici ce que nous allons faire. J'enquête sur Eva Cunningham. Je te fournis un rapport oral et écrit. Je t'épargnerai tous détails personnels hors sujet, tout ce qui serait embarrassant mais inutile pour toi. Ça te va ?

Elle acquiesça d'un signe et attendit, sentant quelque chose flotter entre eux.

— Mais sois prudente. Il faut qu'on le soit tous les deux.

— Pourquoi ? Que veux-tu dire ?

— Tu ne tiens pas à ce qu'elle s'aperçoive que tu l'espionnes, n'est-ce pas ?

— Non, bien sûr.

— On ne peut donc courir le risque qu'elle me surprenne à la filer ou qu'elle nous voie ensemble.

L'espace d'un instant, Cassie eut un cafard noir. Elle n'avait jamais imaginé que Quaid pût prendre ses distances.

— Ne t'inquiète pas, ajouta-t-il en voyant son expression. Nous pourrons continuer à nous voir. Il nous faudra être extrêmement discrets, voilà tout.

Une fois dans la rue, il se maudit. Pour leur bien à tous les deux, il devrait prendre le large, ne jamais la revoir, lui fournir un rapport bidon qui anéantirait Eva et le dossier. Mais Cassie l'attirait irrévocablement, dans un cauchemar d'amour, de souci, de désir de la protéger de choses dont elle n'avait pas idée. Il eut la pensée soudaine que peut-être il n'aurait pas à inventer quoi que ce fût pour détruire Eva. Avec un peu de chance, elle était pourrie. Peu probable, se dit-il. Eva était l'amie de Cassie. Il ne fallait pas rêver.

Cassie refoula tout sentiment de malaise et tenta de se débarrasser de toute passion. Elle se concentra sur sa tâche, s'absorbant dans l'excitation irrépressible de cette nouvelle affaire, général aux ongles vernis planifiant depuis son bureau une guerre financière. Elle y voyait surtout un jeu. La plupart du temps, la victoire revenait à qui tournait la réglementation avec le plus de succès tout en donnant l'impression d'agir dans les limites de la loi. Il y avait tant de place pour l'esprit inventif, la créativité, les agissements à la dérobée. Ce n'étaient pas simplement des chiffres sur du papier. Bien des choses dépendaient de l'anticipation correcte des réactions des autres. L'élément humain lui conférait un côté imprévisible, augmentait le risque et le champ d'action de la manipulation. Le jeu était la moitié du plaisir ; l'autre était l'argent, sous divers déguisements — la vénalité sous l'éclat d'une pierre. Encore sous terre, les diamants aveuglaient.

Cassie décrocha le téléphone et appela Sam Brimton.

Une assistante lui passa la communication. La voix de l'homme était traînante, ironique.

— Ainsi vous êtes la protégée de John Richardson ?

— Exact.

— Et vous voulez vous amuser avec la Bourse de Vancouver ?

— Encore exact.

— En quoi puis-je vous aider ?

— J'ai besoin d'un agent de change sur place. Case Reed va peut-être prendre une petite participation dans une compagnie minière. Cela pourrait se faire dans les jours qui viennent. Nous aurons peut-être également besoin des conseils d'une banque d'affaires. Il n'est pas exclu qu'à un moment nous lancions une OPA.

— Vous êtes en train de me dire que vous ne m'avez rien dit du tout. Que vous ne m'avez donné aucune information de type initié.

— Vous savez lire entre les lignes. Je suis aussi en train de vous demander si vous accepteriez d'être notre agent.

— J'en serais honoré.

— Parfait. Voilà une chose réglée. Bien, pouvez-vous maintenant me dire, tout à fait officiellement, si le plan qui suit est kasher ?

Sur quoi, Cassie brossa rapidement la stratégie qu'elle avait mise au point avec l'accord de Richardson et Eva, sans jamais citer le nom de la société.

— Cela me paraît bien.

— Je réunis toutes les personnes concernées dans les prochains jours. Il me faudra alors le nom de la société ainsi qu'un ordre de vente. Entre-temps, nous aurons besoin d'une ligne de compte avec vous. Peut-être pouvez-vous demander à votre assistante de régler ces détails avec la mienne.

— Pas de problème... Ecoutez, miss Stewart, si tout se déroule comme prévu, vous devrez faire preuve d'une extrême prudence. On n'est pas à la Bourse de Londres, ici. L'ambiance est plutôt déchaînée et on trouve toute sorte d'opérateurs sans scrupules et de la manipulation à la pelle. Il ne faudrait pas vous brûler les ailes. Vous devrez vous assurer que vous savez vraiment tout ce qu'il y a à savoir sur cette société. Il ne faut pas que des tiers en sachent plus que vous, qu'ils puissent déclencher des rumeurs et manipuler le cours. Ils n'ont pas besoin de faits en béton pour cela. Il suffit de chuchoter à partir de rien. Mais quand on publie les chiffres, c'est souvent déjà trop tard. Débrouillez-vous pour tout connaître jusqu'au moindre détail, y compris la couleur du papier toilette.

Il s'interrompit avant de reprendre d'un ton plus léger.

— Naturellement, ce ne serait pas un mal si vous possédiez une petite mauvaise nouvelle qui serait dévoilée avant que vous ne lanciez votre OPA.

— Vous n'êtes pas en train de me suggérer une manœuvre baissière, n'est-ce pas, Mr. Brimton ?

Quand des spéculateurs répandent délibérément de fausses mauvaises nouvelles sur une société dans le but d'acheter ses actions à bas prix, après les avoir cédées à un cours supérieur, on appelle cela une attaque des baissiers. Cette pratique contrevient à toutes les réglementations boursières, mais les profits dégagés ont tôt fait d'étouffer les scrupules.

Brimton partit d'un grand rire, mais cela ne dissimulait pas un sérieux avertissement.

— Rien de la sorte. Je vous tiens au courant des

pratiques courantes, rien de plus. Je vous mets au parfum de l'ambiance. On ne compte plus les cow-boys, ici, miss Stewart. Difficile d'être blanc-bleu si on veut rester dans le coup.

— Merci de l'avertissement.

— Si vous tenez à travailler sérieusement, vous aurez besoin d'amis sur place. Il faudra être prête.

— Merci de votre proposition, Mr. Brimton. C'est pour cela que vous êtes là.

— Je ferai mon possible. Vous pourriez tomber plus mal. Nous pourrions tous tomber plus mal.

Cassie raccrocha. Désormais, il existait entre eux un marché en puissance qu'elle pouvait saisir à tout moment. Elle ne savait exactement lequel ni quel en serait le prix, mais elle ne doutait pas que le jeu en valait la chandelle. En outre, elle croyait Brimton lorsqu'il affirmait qu'elle aurait besoin d'amis. Elle acceptait également le bien-fondé de l'avertissement selon lequel dans un marché où ça magouillait à outrance, jouer franc-jeu constituait un sacré handicap. Si quelqu'un devait se salir les mains, mieux valait que ce fût Sam Brimton que Case Reed, même s'ils étaient liés.

Elle constata avec étonnement à quel point elle avait évolué ; la jeune diplômée naïve était devenue une professionnelle lucide. Sans connaître la nature exacte des pratiques, elle percevait un biais, elle sentait s'étouffer ses scrupules. Jamais elle n'aurait tenu pareille conversation il y a huit ans. Mais dans ce monde-là, inutile de faire la fine bouche. Si on voulait réussir, il fallait obéir aux règles, ce qui, bien souvent, revenait à les enfreindre ou à regarder ailleurs tandis que quelqu'un s'en chargeait à votre place. Seulement cette fois, elle ne voulait pas regarder ailleurs. Elle voulait tout voir depuis le centre. Elle reconnaissait ce même désir en Eva, le même héritage, une énergie débridée, une excitation mêlée de peur.

18

Pour son rendez-vous avec Frazer, Eva revêtit une robe droite de lin bleu pâle et enfila des chaussures à talon découvert en cuir naturel. Elle se mit du rouge à lèvres et se parfuma. Tout maquillage était superflu, elle était bronzée, ses yeux et sa peau étaient limpides et lisses, ses cheveux brillants. Elle sourit à son reflet en évoluant devant son miroir. Excellent appât, rivale de taille.

Elle parvint à Wilton Place à vingt et une heures dix. Frazer l'accueillit avec un baiser et une coupe de champagne puis l'emmena dans le jardin derrière la maison. Ils s'installèrent à une table en bois aux fauteuils assortis. Frazer laissa courir ses doigts le long du bras d'Eva, qui masqua son malaise.

Soudain, il s'interrompit au milieu de son geste et scruta des yeux l'intérieur de son bras, au niveau du poignet.

— Qu'est-ce que c'est ? Qu'est-ce que tu t'es fait ?

Il passa le doigt sur les taches légèrement décolorées à l'intérieur de ses deux avant-bras.

Eva s'obligea à ne pas frémir.

— Tu as de bons yeux.

— Alors ?

Une bouffée de colère s'empara d'Eva. Elle avait envie de s'arracher le bras et de hurler : *Chirurgie plastique ! Greffes de peau pour recouvrir mes traces de piqûres. Ça n'a pas bien pris et une année je me suis brûlée la peau au soleil. Ça ne bronze pas normale-*

ment. Satisfait ? Elle se contraignit au calme avant de répondre, indifférente.

— J'ai eu un accident de ski à Val d'Isère. Je suis tombée sur une épouvantable piste noire. De la neige tôlée a déchiré ma combinaison ; ça m'a arraché la peau et un peu de chair... Ils ont dit que j'avais eu de la chance de ne pas mourir vidée de mon sang. Apparemment, c'était arrivé à quelqu'un la semaine d'avant sur la même piste. La glace lui avait tranché des artères.

Elle eut un haussement d'épaules ennuyé, comme si elle racontait cette histoire pour la centième fois.

Il grimaça.

— Ça t'a laissé ces cicatrices.

— Oui. C'était il y a deux ans. Elles ne partent pas. N'empêche, je m'en tire bien.

Il vit ses yeux assombris. On aurait dit qu'elle venait de revêtir un manteau de tristesse.

Il lui effleura le visage.

— On a tous peur de la mort.

Elle détourna le regard sans un mot. Il se pencha et posa les lèvres sur son bras, laissant courir sa langue sur la peau plus sombre, doux à hurler. La tête d'Eva lui tournait ; tant d'émotions contradictoires. Au bout d'un moment, Frazer s'arrêta, tenant toujours le bras d'Eva. Il lui sourit. Elle toucha sa main puis se pencha pour prendre ses cigarettes dans son sac.

Elle alluma une cigarette et se détourna pour souffler la fumée. Ils venaient de partager un moment d'intimité intense et complexe, au-delà du royaume de l'amour simple et pratique fait selon des règles éprouvées.

— Tu aimes la laideur, n'est-ce pas ? demanda-t-elle.

— Elle a un aspect intrigant, tu ne trouves pas ? La beauté parfaite est souvent bien fade.

— Que penses-tu de Cassie Stewart, alors ? Est-elle une beauté parfaite ?

— Elle est très belle, répondit Frazer en plantant

ses yeux dans ceux d'Eva. Je n'ai pas eu l'occasion de l'étudier de près pour voir si elle dissimulait des cicatrices. En tout cas, nul ne songerait à la qualifier de fade.

— C'est vrai. Elle possède une beauté intelligente, quasi sauvage. C'est nouveau, étrange même. A Oxford, elle n'était pas comme cela.

— Qu'est-ce qui l'a changée ?

— Comment le saurais-je ? Huit ans ont passé. Ça fait de l'eau sous les ponts, pour nous tous.

Eva s'aperçut qu'elle dérivait dangereusement. Elle poursuivit d'un ton désinvolte.

— Bah ! c'est sans doute moi. J'ai changé, je vois les choses autrement.

Elle se pencha pour l'embrasser avec lenteur et sans retenue. Quand elle recula, elle lut dans ses yeux soif et désir. Elle sourit de le voir sous sa coupe.

— Quand dîne-t-on ? Je meurs de faim.

— D'un instant à l'autre. Nous restons ici. Ma gouvernante fait la cuisine. Elle ne va pas tarder à nous appeler, ajouta-t-il après avoir consulté sa montre.

La soirée se déroula dans une brume agréable de vin et de bonne chère. Il ne fut pas question du dossier. Eva avait le sentiment qu'il tenait à ne pas mélanger les genres. Elle pouvait être une amante et une associée, mais pas les deux en même temps. Il faisait l'amour à la femme, parlait affaires à l'associée. Quant à elle, cela lui convenait parfaitement.

Frazer était un hôte parfait : il possédait ce charme aisé de l'amant qui tient son rôle avec confiance, sans s'encombrer d'un excès d'émotions. Oubliée, leur intimité de tout à l'heure. Eva luttait moins contre elle-même, se laissant aller à la douceur du soir, se régalant d'un excellent dîner dans le jardin, accompagné de bons vins. Tour à tour ils se racontaient d'amusantes histoires.

Frazer ne lui dit rien de directement utile, anecdotes anodines sur Hong Kong et Londres, conversation d'homme d'affaires à la fois cynique et complaisante. C'était amusant, mais délibérément sans intérêt, Dieu sait pourtant qu'il détestait cela. Il était sur ses gardes, mais pas contre elle précisément. Eva y voyait plutôt la prudence inhérente de tout homme possédant des secrets et le souci d'éviter l'intimité qu'impliquait naturellement le fait de se dévoiler. On ne faisait pas mieux en matière de conversation de table, et cela en aurait satisfait plus d'un, dans le cercle de Frazer, qui demandaient uniquement qu'il se montrât tel qu'ils l'aimaient et l'admiraient. Eva, elle, restait sur sa faim ; cependant, agacée qu'elle était, elle n'osait encore gratter sous la surface. Elle n'était pas encore assez sûre d'elle et craignait de formuler ses questions avec trop de brutalité. Un instant, elle aurait voulu posséder la délicatesse de Cassie, mais c'était plus facile quand on n'avait rien à cacher. Cassie ne ployait pas sous le fardeau de secrets multiples, elle n'avait pas à agir.

Le corps d'Eva se tendit, la contraignant à oublier Cassie, à exclure de son esprit tout ce qui n'était pas Frazer. Il avait la main légère, pourtant, son caractère malfaisant sortait par tous les pores de sa peau. Eva l'observa. Peut-être était-ce autre chose. Il pouvait être tout simplement amoral, avec le total manque de conscience d'un psychopathe. Ou encore il jouait la comédie à la perfection. Eva porta son regard au loin, se demandant ce qui était le pire.

Elle s'interrogeait aussi sur ce qu'il voyait en elle — une femme gaie et désinvolte, sans rien à cacher, ou bien la soupçonnait-il de posséder quelque chose d'enfoui, et de tenir un rôle, bien ou mal ? Elle devrait lui donner un os à ronger, car il chercherait forcément la vérité sur sa personnalité, ne serait-ce que pour le plaisir de savoir. Il ne dévoilerait rien de lui-même, mais voudrait immanquablement lui extirper quelque chose, une dépendance émotionnelle. Les ego comme le sien se nourrissaient de leur habileté à obtenir d'autrui ce qu'ils refusaient eux-mêmes de donner : un jeu zéro-addition. Ils prenaient ce qu'on abandonnait. Cette idée calma Eva qui tendit la main à Frazer par-dessus la table.

— Montons.

Cette comédie-là était facile à jouer, presque inutile. Son corps prit le relais avec une terrifiante facilité.

Elle s'éveilla à sept heures le lendemain matin, se glissa hors du lit et prit une douche. De retour dans la chambre de Frazer, elle eut un œil dégoûté pour sa robe de lin froissée sur le sol. Frazer dormait toujours. Elle gagna le dressing-room contigu à la chambre. Des penderies flanquaient deux murs. Sur le troisième, deux grandes commodes. Elle ouvrit d'abord les penderies : rangées de costumes, pantalons et vestes. Sur les étagères, des jeans, des chemises et des pulls. Elle prit un jean qu'elle enfila sur son corps nu avant de serrer la ceinture au dernier cran. Elle fouilla une nouvelle fois les piles du regard à la recherche d'un tee-shirt. Elle se raidit en entendant Frazer derrière elle sans s'interrompre pour autant. Appuyée sur une jambe, la tête légèrement penchée, elle donnait l'impression de chercher quoi mettre.

— Qu'est-ce que tu fabriques ? demanda-t-il d'un ton sec comme jamais.

Elle se tourna vers lui.

— Impossible de mettre la main sur le moindre tee-shirt. Et j'ai horreur de porter les mêmes vêtements deux jours de suite.

Apparemment indifférente à sa froideur, elle s'avança vers lui à demi vêtue et posa un baiser sur ses lèvres.

Il sourit mais reprit sur le même mode.

— Tu aurais dû me demander. Je t'aurais trouvé quelque chose.

— Je ne voulais pas te réveiller. J'avais peur que ça te mette de mauvaise humeur. On dirait que je ne m'étais pas trompée, dis ? ajouta-t-elle, mutine. Tu es de sale poil. Que craignais-tu ? Que je trouve des vêtements féminins dans un coin ?

Elle se détendit en surprenant l'éclair d'amusement dans les yeux de Frazer.

— Tu n'as pas à t'inquiéter, j'ai l'esprit large. Je sais très bien que je ne détiens pas le monopole.

Il éclata de rire.

— Bon, ce tee-shirt ? Je ne peux pas rentrer chez moi comme ça.

Il alla à la commode d'où il en sortit un blanc qu'il lui tendit.

— Merci, dit Eva en l'enfilant.

Il l'observait tandis qu'elle le fourrait dans son jean. Malgré ses vêtements trop grands, sa silhouette aux muscles fermes était visible. Il pensa à la douceur de sa peau. Eva était encore plus belle dans ces habits trop grands. Il l'attira contre lui, la caressa puis baissa son jean avant d'allonger Eva à même le sol.

Une heure plus tard, il la regardait enfiler son jean une nouvelle fois.

— As-tu faim ? Margaret va nous préparer le petit déjeuner.

— Un vrai, avec du bacon, des œufs au plat et tout ? demanda-t-elle pleine d'espoir.

— C'est ce que je prends tous les matins. Au diable le cholestérol.

Dix minutes plus tard, ils s'attablèrent, ravis et détendus. Eva engloutit bacon, œufs, saucisses et champignons. Impassible, Margaret leur servit du café, visiblement accoutumée à de la compagnie féminine au petit déjeuner. Eva ne doutait pas qu'il s'agissait d'un véritable défilé. Cela constituait sa meilleure couverture.

Les femmes étaient curieuses. Hormis les scrupuleuses ou les indifférentes, toutes fouinaient dans les dressings et dans les placards de salle de bains, cherchant des traces d'autres femmes — crème hydratante, parfum, chaussures, robes. Frazer associerait sa petite virée dans sa garde-robe à un schéma classique. D'autant qu'Eva avait l'excuse de vouloir se changer. Si elle n'avait rien découvert, elle avait établi un précédent utile allant de pair avec les faiblesses de son sexe.

Frazer était plongé dans la lecture du *Times*. Eva ne voyait que ses yeux. Il dévorait joyeusement les plats préparés par la gouvernante.

Celle-ci entra presque sans bruit. Elle demeura près de la porte, attendant que Frazer se tournât vers elle.

— Téléphone.

Il se leva et la suivit. Il ferma la porte de son bureau et prit l'appareil.

— Oui ?

— Ici Li Maï. Je suis à Heathrow.

— Venez directement.

Quand Frazer retourna à la salle à manger, toute trace de sa nonchalance matinale avait disparu. Eva percevait son impatience. Il acheva son repas à grands bruits de fourchette, repoussa son assiette et regarda Eva, comme s'il l'attendait. Elle mangeait toujours. Il se leva et se dirigea vers la fenêtre pour regarder dans le jardin. Eva prit son temps, insouciante, feuilletant le *Daily Telegraph* avec une indifférence ennuyée. Elle se leva enfin, s'avança vers lui et l'embrassa sur la joue.

— Au revoir.

Au grand amusement d'Eva, Frazer fut estomaqué de la voir s'en aller avec autant de simplicité.

Dans sa voiture de location, une banale Mondeo rouge foncé, Owen Quaid vit Eva quitter la maison de Frazer. Il s'attendait à ce qu'elle prît un taxi. Elle habitait à une demi-heure de marche et serait forcément fatiguée ce matin. Elle quitta Wilton Place et traversa Wilton Crescent en direction de Belgrave Square. Il fit le tour de la place tandis qu'elle attendait et revint à temps pour la voir grimper à l'arrière d'un taxi. Il était sûr qu'elle rentrerait chez elle, seulement il tenait à vérifier. Il laissa trois voitures s'infiltrer puis reprit sa filature.

Le taxi s'arrêta dans King's Road devant un marchand de journaux. Quaid recula de quelques mètres et regarda Eva ressortir du magasin avec un sac en plastique rempli de journaux et de quelques articles encombrants qui ressemblaient à un litre de lait et un pain de mie en sachet. Facile.

Il la suivit assez longtemps pour voir le taxi tourner dans Langton Street, après quoi il rentra à son bureau situé à Notting Hill.

Une fois là, il téléphona à une petite société qui vendait les renseignements courants : dossier médical, notes de téléphone détaillées, relevés de carte de crédit, relevés bancaires.

— C'est pour quand ? demanda l'homme à l'autre bout de la ligne.

— Pour hier, répondit Quaid.

— Ben voyons ! fit l'homme en raccrochant.

Eva fit sa gymnastique quotidienne puis appela Stormont. Ce fut sa secrétaire qui répondit.

— Il est en réunion. Mais Giles Aden est là. Il veut vous parler.

Aden prit l'appareil avant qu'Eva n'eût le temps de protester.

— Eva, cela tombe bien. Que se passe-t-il ?

— Faites sortir Stormont de sa réunion, Giles, voulez-vous ?

— Euh, j'aimerais bien, Eva, mais il est avec...

— Ses rendez-vous ne m'intéressent pas, Giles.

Aden ravala sa réplique et disparut en quête de son patron, lequel fut en ligne une minute plus tard.

— Eva, que se passe-t-il ?

— Il me faut une écoute téléphonique, Stormont. J'ai l'impression que Frazer trame quelque chose, mais je ne saurai pas quoi si je me contente de passer de temps en temps. Et un micro ne serait pas de trop. Faute de quoi nous perdons notre temps.

— D'accord, Eva. Jusque-là j'ai résisté parce qu'aucun secrétaire des Affaires étrangères n'aime signer pareil document pour un homme de cet acabit. Mais vous avez raison, nous perdons du temps.

Je transmets dès aujourd'hui une demande de mandat à Carew.

— Super. Du moins cela aidera-t-il à établir un fait.

— Lequel ?

— Que Frazer a quelque chose à cacher. Je doute que nous tombions sur quoi que ce soit de réellement compromettant, Frazer est trop malin pour cela. Sous une apparence d'honnêteté, il ne se livre jamais. Je parie qu'il travaille avec l'hypothèse qu'il est sur écoutes. Nous n'aurons sans doute que de vagues conversations, mais qui sait, on pourrait trouver un début de piste. Combien de temps cela prendra-t-il ?

— Avec un peu de chance, je pourrais obtenir l'autorisation aujourd'hui. Restera à choisir le bon moment de poser le micro.

— Voulez-vous que je m'en charge ? J'ai l'accès, moi.

Stormont ne répondit pas tout de suite.

— C'est un peu risqué. Si vous vous faites surprendre, c'en est fini de votre couverture. Mais vous êtes bien placée.

— Faites-moi passer le truc. J'en fais mon affaire.

— D'accord, dit Stormont après une nouvelle hésitation. Je vous fais porter cela maintenant. Entretemps, arrangez-vous pour que Frazer continue à s'intéresser aux diamants. Et soyez prudente.

— Ne vous faites pas de bile.

— Je suis sérieux, Eva.

— Pour l'amour du ciel, Stormont ! Comme si j'étais jamais imprudente !

— C'est vrai. Mais nous savons tous deux de quoi il est capable.

19

Dans son bureau, Owen Quaid était agité. Il fuma la moitié d'un paquet de cigarettes puis bondit sur ses pieds et fonça voir son associé. Paul Black était un type anguleux et calme. Trente-cinq ans, cheveux noirs et ondulés, un grand nez osseux avec une bosse au milieu, des yeux bleus aux aguets, un visage ridé prématurément. Le whisky, les cigarettes et une vie dans l'ombre avaient laissé des marques.

Les deux hommes avaient uni leurs forces quatre ans auparavant, histoire de tenter l'expérience. Indépendants l'un et l'autre, ils étaient débordés. Ils savaient peu l'un de l'autre, du moins le prétendaient-ils. Chacun s'appuyait sur ce qu'il avait pu glaner et sur son instinct.

Quaid savait que Black avait travaillé plus de dix ans en Extrême-Orient. Ce qu'il avait fait exactement, il n'en avait nulle idée et se gardait bien de poser la question. Ni l'un ni l'autre n'étaient enclins à échanger des confidences. Autant éviter que la compétitivité ne l'emporte sur la raison et la réserve. Dans leur métier, la discrétion était une règle qu'ils avaient choisi de ne pas rompre. S'ajoutait une autre raison, quasi congénitale après plus de dix ans de pratique : la discrétion virait imperceptiblement à la dissimulation chronique. Ce n'était pas uniquement leur terrain de chasse. Dans bien des vies, la discrétion abritait des maîtresses, des comptes en banque, des mensonges. Mais dans leur cas, elle était professionnellement nécessaire et constituait une excellente couverture, si bien que les frontières étaient floues. A l'intérieur de ces contraintes, ils se faisaient mutuellement confiance et travaillaient bien ensemble.

Leur affaire était rentable. Ils travaillaient pour un petit nombre de clients. En général, un associé ou un partenaire leur demandait d'enquêter sur un autre. Ils investiguaient sur la probité personnelle et financière. La psychologie individuelle était aussi importante que les comptes en banque et ils devaient être maîtres dans l'art d'avoir accès aux deux et de les déchiffrer. Pour la surveillance, ils faisaient appel à des free-lance car, en l'occurrence, c'était surtout une question de nombre. Ils ne possédaient pas les ressources des grandes sociétés opérant au niveau mondial, comme Kroll par exemple, mais ils procuraient un anonymat que ce dernier, malgré toute sa discrétion, ne pouvait offrir. Kroll était presque une institution en soi, ou peut-être une contre-institution. Quaid et Black pouvaient être utilisés par des gens qui choisissaient de ne pas avouer devant une équipe comme Kroll qu'ils avaient besoin de pareils services.

Black et Quaid étaient suffisamment petits pour demeurer quasi invisibles. Leur entreprise s'appelait Black Property Services. Excepté leur montant, les factures étaient relativement anodines. Situé dans le quartier résidentiel de Notting Hill, le bureau était spacieux et l'atmosphère détendue, ce qui soulignait l'efficacité de ses occupants. En dépit de toute sa grâce à la fois désinvolte et retenue, Quaid était un enquêteur ingénieux qui pouvait, par le charme et la ruse, obtenir les renseignements les mieux protégés. Il connaissait mieux que personne le réseau des secrets à vendre, les employés de banque véreux, les fonctionnaires affectés aux dossiers de santé faciles à soudoyer, les petits génies de l'informatique qui ne demandaient qu'à étaler leur science. Quaid savait aussi comment rechercher les trous noirs dans la vie des gens, quand farfouiller sous un manteau d'innocence. Il en possédait l'instinct naturel et profond.

Lorsqu'il arriva dans son bureau, Black leva les yeux, but une grande gorgée de café et prit une cigarette. Chaque geste était désinvolte et pondéré. Il attendait avec le sourire la mauvaise nouvelle que signifiait la tension qui régnait dans la pièce depuis l'intrusion de Quaid. L'attitude de Black suggérait que rien ne le troublait.

Quaid s'assit sur le coin du bureau et lança, abrupt :

— Problème. Je suis dans la merde jusqu'au cou, de ma faute, et au point où j'en suis, je rame ou je coule.

Black leva un sourcil, son sourire s'effaça, mais il ne dit rien.

— Conflit d'intérêt — deux parties qui enquêtent l'une sur l'autre. J'ai accepté les deux commissions.

— Qui ?

— Robie Frazer et Cassie Stewart.

— Là, tu fais fort, Owen. Ton cerveau s'est fait la malle ou tu cherches à mettre un peu de piment dans ton existence ?

Quaid sourit pour la première fois de la journée.

— Quel est l'enjeu ? s'enquit Black.

— Une mine de diamants au Vietnam. Cassie a une amie d'Oxford, Eva Cunningham, qui a passé huit ans en Extrême-Orient. Hippie, semble-t-il.

Les yeux de Black étaient interrogateurs, mais il ne broncha pas.

Quaid poursuivit.

— Eva Cunningham s'est acoquinée avec un géologue américain persuadé d'avoir découvert des diamants au nord d'Hanoï. Elle a payé sa caution pour le sortir de prison, un mic-mac local, et a récolté en échange dix pour cent de la concession. Elle apporte l'affaire à Case Reed. Il lui faut des fonds pour pratiquer des tests supplémentaires. Case Reed propose un partenariat à Frazer. Cassie m'a demandé, presque à son corps défendant, d'enquêter sur son amie Eva. Visiblement, ils croient Frazer à l'abri de tout soupçon.

Black hurla de rire.

— On est en plein délire, non ? approuva Quaid. Mais à la décharge de Cassie, elle s'est peut-être dit que si un homme du gabarit de Frazer avait des secrets, il les cacherait si bien qu'il était inutile que j'aille fouiner.

— Arrête ton char. Tout le monde s'en fout. Il y a des milliers d'institutions financières qui brûlent de traiter avec Frazer. Ils ne s'intéressent qu'à son prestige, à sa capacité de faire des tonnes de fric. Tous espèrent qu'il leur transmettra un peu de son don de transformer en or tout ce qu'il touche. Comme quoi Midas fait encore rêver ! Quand on atteint le niveau de Frazer, tout le monde se fiche de la façon dont il a gagné son argent. Ça s'appelle la sainteté de la fortune. Personne ne tient à aller voir plus loin. Ils sont pétris de respect, fascinés par l'appât du gain.

— Je ne discute pas. Cassie n'est pas du genre pétrifié, mais il ne lui viendrait pas à l'esprit de douter de Frazer. Ils ne jouent pas dans la même division. Pareil pour Case Reed. Cassie n'a jamais croisé quelqu'un comme Frazer. Elle est totalement dénuée d'expérience. Elle est persuadée de se montrer prudente en faisant enquêter sur Eva. Alors j'ai accepté. Mais quelques heures auparavant, Frazer m'a appelé pour me demander d'enquêter sur Case Reed. John Richardson — le patron de Cassie — Cassie et Eva Cunningham. J'ai dit oui automatiquement.

— Avec Frazer, tu n'avais guère le choix.

— C'est le moins qu'on puisse dire. Refuser équivalait à se priver d'un sacré volant de clientèle.

Il se tut un moment, sentant les yeux de Black sur lui.

— Et je dois admettre, reprit-il, que je voulais trouver ce qui se tramait. Je me disais que je pourrais être en mesure de protéger Cassie un tant soit peu. Alors quand elle m'a parlé du gisement au Vietnam, d'Eva et de Frazer, qu'est-ce que je pouvais dire ? Comment justifier un refus ? Expliquer qu'il s'agissait d'un conflit d'intérêt, que j'enquêtais déjà pour le compte de Frazer ?

Black écrasa sa cigarette et en alluma une autre.

— Tu aurais pu. C'est déjà arrivé qu'un investisseur veuille en savoir plus sur ses partenaires.

— C'est vrai. Mais cela en aurait dit long sur la mentalité de Frazer. Si elle entend faire affaire avec lui, j'aime autant qu'elle ignore tout de sa véritable façon d'opérer. Elle pourrait commencer à lui poser des questions maladroites. Tu sais à quel point elle est curieuse et perspicace. Elle est bien plus en sécurité en ne soupçonnant rien, en considérant Frazer comme un client ordinaire, plus riche et plus doué que les autres.

— Bon. Contre tous nos intérêts professionnels, ta position s'appuie sur des considérations personnelles. On l'a tous fait. Tu devines ce que j'en pense, mais je ne mettrai pas ta décision en cause. Nous ne sommes pas des robots. Nous posons des actes déraisonnables pour des motifs personnels. C'est pourquoi toi et moi faisons ce boulot. Mais ça ne va pas être une mince affaire que de le contrôler. Tu veux protéger Cassie, mais si Frazer nourrit le plus infime soupçon que tu agis dans les deux camps, ce sera dangereux pour nous tous. Et s'il découvre que Cassie et toi sortez ensemble...

— J'en ai parfaitement conscience, dit Quaid, saisissant l'avertissement implicite. Je l'ai déjà avertie qu'il nous faut jouer profil bas — qu'on ne peut prendre le risque qu'Eva établisse un lien entre nous.

— Elle a avalé le morceau ?

— Oui.

— Tu comprends que pour protéger Cassie, la manœuvre la plus sûre consiste à trancher l'affaire, à amener Case Reed à laisser tomber.

— J'y ai songé, mais Cassie s'excite comme un beau diable, et je peux difficilement déboulonner Frazer. Elle me demanderait ce que je sais.

— Que vas-tu raconter à Frazer à propos de Cassie ?

— Je vais rédiger un petit rapport anodin avec les renseignements d'usage. De toute façon, elle est blanche comme neige.

— Tout le monde a quelque chose à cacher. Sa liaison avec toi, par exemple. As-tu pensé aux notes de téléphone ? Il y aura ton numéro partout.

— Si Frazer tient à les vérifier — et je doute qu'il s'embarrasse de tels détails quand il aura lu mon rapport — il faudra que je lui révèle que nous traitons parfois de petits dossiers pour Case Reed. C'est un risque, mais cela n'amènera pas Frazer à penser que nous agissons contre lui.

— Non, approuva Black. Il ne lui viendra pas à l'idée que nous soyons fous à ce point.

Il s'interrompit, le regard perdu, puis poursuivit.

— Eva Cunningham me tracasse. J'aimerais bien savoir ce que tu vas dénicher. Hippie ? Huit ans en Extrême-Orient ? Voilà qui soulève quelques questions, pour le moins. Puis elle sort quelqu'un de prison. Quel était le montant de la caution ? Où a-t-elle trouvé l'argent ? Que fabrique-t-elle au juste ? Il y a un monde entre une hippie et une femme d'affaires. Sans compter qu'elle n'investit pas dans la boutique du coin de la rue. Dieu sait comment la voilà dans la cour des grands. Je te soutiendrai de bout en bout, Owen, mais je ne peux pas prétendre que ça me plaît.

20

Li Maï prit un taxi de Heathrow jusqu'à Belgravia. Une fois arrivé à Belgrave Square côté sud, il régla la course et finit à pied. Il ne portait qu'un petit sac boudin en toile — c'était pratique et son séjour serait court. Chaque fois que Frazer lui demandait quelque chose, c'était rapide et urgent. D'ailleurs, il avait parlé avec une telle sécheresse que le doute n'était pas permis.

Margaret lui ouvrit, le salua d'un signe de tête et s'effaça pour le laisser entrer.

— Dans le bureau ? demanda Li Maï.

— Oui.

Li Maï toqua à la porte et entra dès qu'on l'en pria.

Frazer était debout, comme souvent, regardant le jardin sans le voir, scrutant des horizons lointains. Il se tourna vers Li Maï et le contempla avec un mélange d'admiration et d'assurance.

— Nous avons un problème avec notre ami Xu Nan.

— Pas fiable ?

— Exact, dit Frazer tout en sortant une clef de sa poche. Coffre-fort — vous savez où. Les plans, les clefs. Trouvez quelqu'un à Chinatown si vous avez besoin d'aide. Venez me voir quand vous aurez terminé. Restez à l'hôtel entre-temps.

— Urgent ?

— Urgent.

Giles Aden quitta son bureau à douze heures quarante-cinq pour acheter un bon sandwich dans le quartier désert de Vauxhall Cross. Il ne voulait pas manger au restaurant de la direction, préférant la quiétude de son bureau dans l'espoir de calmer son malaise. Pris d'une impulsion soudaine, il fit un détour par le bureau d'Andrew Stormont.

Ce dernier était au téléphone. Apercevant Aden, il lui fit signe d'entrer et abrégea sa conversation.

— Alors ?

Aden s'installa dans un fauteuil, prenant le temps de rassembler ses idées.

— C'est Eva. Je me demande s'il est avisé de la laisser placer les micros. Elle pourrait tout gâcher.

Stormont le dévisagea avant de répondre. Aden avait l'air faux comme un jeton ; son masque d'inquiétude cachait quelque chose.

— Si elle est découverte, ça ne fera qu'annuler l'opération, dit enfin Stormont. Et je ne me contenterai pas d'une écoute téléphonique. Il me faut quelque chose chez lui. Il faut bien que quelqu'un les place, ces micros. Le risque est plus grand avec des étrangers, ce qui ne dédouane pas Eva, j'en conviens. C'est un risque calculé. Qu'est-ce qui vous tracasse vraiment ?

— Comme si vous ne le saviez pas. C'est Eva. Je sais, je sais, elle est excellente, et vous êtes persuadé qu'elle joue franc-jeu... à moins que vous n'ayez mis sur pied un plan de secours sans m'en parler.

Stormont rit. Aden était de plus en plus audacieux et nerveux.

— Effectivement, lança Stormont, le sourire aux lèvres, je vous cache quelque chose.

Aden grimaça devant cette humiliation délibérée.

— Non que je m'attende à ce que cela vous rassure, ajouta Stormont.

Aden cessa de contempler ses chaussures pour lever des yeux étonnés. Il attendit des précisions.

— Cassie Stewart et Eva sont très proches. Elles le seront davantage encore à travailler sur ce dossier.

Cassie est très brillante — et sans doute excessivement perspicace.

Aden se demanda ce qui permettait à Stormont d'émettre pareil jugement.

— Mais il y a autre chose entre ces deux femmes. Une sorte de tension.

— Quel genre ? De la jalousie ?

— Ce serait l'explication la plus simple. Mais de la jalousie réciproque ? En général, c'est plutôt à sens unique.

— Si l'une est jalouse de l'autre, l'autre le sentira et réagira d'une façon ou d'une autre.

— Bien souvent, l'objet de la jalousie l'ignore totalement — syndrome du dernier à savoir. Mais il existe bel et bien un problème entre elles. Elles sont amies de longue date, leurs caractères fort différents les ont conduites dans des voies divergentes depuis Oxford, mais les circonstances les poussent une fois encore dans la même arène. Elles tournent l'une autour de l'autre. Elles s'observent attentivement. Les choses ne sont pas aussi légères et spontanées qu'elles pourraient l'être. Eva est entrée dans le territoire de Cassie, et les voilà rivales malgré elles.

— Une minute. Vous ne voulez pas dire que vous les avez vues ensemble ! Vous vous êtes rencontrés tous les trois !

Il lut la réponse dans les yeux durs et souriants de Stormont qui affichaient un amusement retenu.

— Vous devez être fou pour vous immiscer dans l'affaire. Si Cassie Stewart raconte à Frazer qu'elle a fait votre connaissance et si Frazer vous fait suivre jusqu'à cet immeuble — dont tout Londres sait que c'est le QG de la Firme — cela pourrait faire voler en éclats la couverture d'Eva.

— Ni Frazer, ni quiconque ne peut me filer jusqu'ici. Premièrement, et vous le savez, Munro me conduit partout et nous vérifions systématiquement que nous ne sommes pas suivis. Jamais nous ne nous approcherions de cet endroit sachant qu'on nous file. Deuxièmement, je compte utiliser une base extérieure durant toute cette opération. Dès demain, je m'installe Tooley Street.

— De toute façon, vous ne devriez pas rencontrer Eva, sauf dans une maison sûre. Et certainement pas Cassie Stewart.

— Je connais le règlement, Aden. Si je ne le suis pas toujours, ce n'est pas par oubli.

— Pourquoi, alors ?

— Parce que je dois voir Eva et m'assurer qu'elle va bien.

— Personne ne pourrait s'en charger ?

— Vous, moi et le patron sommes les seuls à connaître son rôle dans cette opération. Elle refuse de vous voir, vous le savez pertinemment. Quant à demander au patron de traiter un agent, cela n'est guère facile. Reste moi. Et j'aime autant m'en charger moi-même. Comment la connaître, la comprendre, tout savoir de son passé en si peu de temps ? D'ailleurs elle n'accepterait pas. Elle n'aurait pas confiance et ils ne sauraient pas s'y prendre ni que chercher.

— Vous voulez dire qu'elle a repiqué à l'héroïne ?

— Je pense au contraire que c'est fort improbable, mais je dois m'en assurer. Et je dois tout suivre de près afin d'être certain qu'elle ne prend pas de risques inutiles.

— A quel titre le ferait-elle ?

— Sa tolérance au risque excède de beaucoup la normale. Elle adore ça, ou c'est tout comme. Je ne vous apprends rien. Il faut lui serrer la bride et ça ne se fait pas à distance.

— Ce qui me ramène à ma première question. Pourquoi faire appel à elle si elle est aussi délicate à manier ?

— Parce que je veux Frazer et qu'Eva l'aura.

— Soit. Impossible de vous persuader du contraire, c'est évident. Mais pourquoi voir Cassie ? Comment justifier cela ?

— C'est un autre moyen d'avoir l'œil sur l'opération et sur Eva. Cassie est loyale envers Eva. Eva n'est pas particulièrement loyale envers Cassie, mais comment le pourrait-elle sans se couper en deux ? Cela posé, je crois que Cassie verra bientôt Eva sous un autre jour ; elle s'en rapprochera et s'en éloignera en même temps. Puis elle commencera à parler d'elle plus librement. Cassie est notre plan de secours involontaire.

— En avez-vous parlé au patron ?

— Il sait ce qu'il a besoin de savoir. Si je brise les règles, j'en prends l'entière responsabilité.

— De mettre Cassie et votre précieuse Eva en péril ?

L'amertume dans la voix d'Aden surprit Stormont. Il pouvait comprendre les réticences professionnelles. Mais cette note-là, nouvelle et quasi personnelle, résonna en Stormont comme un signal d'alarme qu'il enregistra et remisa dans un coin de son esprit. Il vit Aden reprendre le masque du respect prudent, conscient d'être allé trop loin.

— Eva et Cassie sont déjà en péril. Mon intervention est conçue dans le but de réduire le risque global, même si cela induit d'infimes risques supplémentaires. C'est inévitable, Aden. On ne peut toujours diriger des gens et des opérations en suivant le manuel à la lettre. J'ai toujours agi de la sorte, vous le savez fort bien.

— Exact.

Il en connaissait aussi les implications. Jusqu'alors, Stormont avait réussi de façon spectaculaire, mais cette fois, c'était différent. Cette opération comprenait des risques que même Stormont ignorait. Cela procurait à Aden une satisfaction perverse. Il s'aperçut qu'il souriait. *Espèce d'arrogant salopard,* pensa-t-il en se levant de son siège. Il souhaitait presque que Stormont, cet esprit supérieur qui régnait en maître et en douceur sur les différentes facettes de son personnage, eût un jour l'occasion de faillir, de s'apercevoir qu'il s'était peut-être trompé, que sa vision avait été brouillée par ses propres désirs.

Stormont le regarda disparaître. Aden ne ferait jamais un opérateur. Il était complètement transparent, facile à provoquer. Stormont avait beau savoir que rien n'était plus facile que de mettre en boule son adjoint, il ne pouvait résister. Chassant Aden de son esprit, il appela Cassie.

— Cassie, ici Andrew Stormont.

— Andrew. Voilà qui me fait plaisir.

Elle était à la fois charmée et taquine, comme toujours lorsqu'ils jouaient ce jeu éprouvé. Qui appelle le premier, quel laps de temps entre deux coups de fil ? Stormont avait conscience d'avoir téléphoné plus tôt que le détachement l'exigeait et la surprise délibérée de Cassie confirmait qu'elle aussi analysait les choses ainsi.

— Si nous dînions ensemble ce soir ?

— Ça m'aurait fait plaisir, mais je ne suis pas libre.

— Demain, alors ?

Stormont s'aperçut avec étonnement qu'il était en train de briser une autre règle en insistant sans fard pour revoir une femme qui lui plaisait.

— Demain. Avec joie.

Si elle s'en était tenue aux strictes règles qu'elle s'imposait, elle aurait feint d'être prise pendant des semaines et n'aurait jamais avoué être libre un vendredi soir. Au mieux, elle aurait marmonné quelque chose sur l'éventualité d'essayer de s'arranger. Elle avait sans doute quelque chose de prévu qu'elle annulerait. Le fait qu'elle eût accepté d'emblée sans faire de manières lui procura un immense plaisir.

— Quelle heure vous convient ?

— Vingt et une heures ?

— Parfait. Voulez-vous que je passe vous prendre ?

— Oui, je vous remercie.

— Où habitez-vous ? s'enquit-il.

Il le savait parfaitement mais était habitué à mentir. Elle lui donna son adresse avant de raccrocher.

Les complications émoustillaient Cassie. Les

hommes des autres. C'était comme jouer avec l'argent des autres. On pouvait le faire avec davantage de détachement et, lorsqu'il fallait en payer le prix, quelqu'un d'autre s'en chargeait. Stormont n'était pas censé appartenir à Eva. Tous deux protestaient de l'innocence de leur amitié, peut-être avec un peu trop de conviction. Des échos lui revinrent. Cassie avait déjà joué avec les hommes d'Eva, mais à l'époque cela n'avait pas porté à conséquence. Eva était si posée. Rien ne la touchait.

21

Cassie ne tint pas en place de tout l'après-midi. Elle tentait de rédiger un rapport préliminaire sur le projet d'Eva mais son esprit vagabondait et elle s'interrompait sans cesse pour bavarder avec sa secrétaire ou prendre un café à la machine. A dix-huit heures, elle abandonna la partie et s'en alla à pied à Knightsbridge. Il faisait encore chaud. Le soleil de ce début de printemps avait suscité l'apparition d'un bouquet de robes courtes. Cassie eut un regard pour son tailleur strict dont la jupe, à dix centimètres de la cheville, était branchée mais malcommode. Elle glissa discrètement la main le long de sa taille et de sa hanche afin d'en sentir les contours, curieuse, comme s'il s'agissait de quelqu'un d'autre.

Arrivée devant Harvey Nicols, d'où provenait l'essentiel de sa garde-robe, elle pénétra à l'intérieur et opta pour Miss Selfridge. Agressée par de la musique hurlante, elle se dirigea vers des portants remplis de robes courtes. Elle en choisit une pleine brassée et gagna l'unique cabine d'essayage. Elle se déshabilla pour ne garder que ses sous-vêtements, observant dans les miroirs les coups d'œil discrets des autres clientes. Souriante, elle enfila une succession de robes et opta pour trois, deux à manches courtes et une à fines bretelles, toutes à mi-cuisse. Armée de ses achats, elle héla un taxi et rentra chez elle.

David Wilson faisait tinter les casseroles dans la

cuisine. Elle lança un « Salut ! » et fonça se servir un verre de vin blanc. David la suivit alors dans le salon, un verre de vin à la main. Il s'affala dans le canapé à son côté.

— J'ai besoin d'une petite pause. J'ai été un peu trop ambitieux, je crois. En tout cas, c'est au four, alors trop tard... On peut toujours passer chez le traiteur, ajouta-t-il, l'air vaguement inquiet.

— Ça ira très bien, ne t'en fais pas.

David sirota son vin dans un silence réjoui. Il regarda Cassie boire un peu, se lever, arroser les plantes, revenir, allumer et éteindre la télévision deux fois de suite.

— Cass, pour l'amour du ciel, assieds-toi. On dirait une chatte sur un toit brûlant.

— Je sais. Désolée. Je suis comme ça depuis ce matin.

David la dévisagea et s'aperçut qu'elle évitait son regard.

— Allons bon. C'est quoi, cette fois ? Le boulot ? Un homme ?

— Toi, tu sais j'ai du mal à te croire, parfois.

— Oh que si ! Surtout quand j'ai raison. Alors c'est quoi ?

— D'accord, d'accord, je vais te le dire, c'est sans doute le seul moyen qu'on ne passe pas la soirée là-dessus.

Il se carra dans le sofa, bras croisés, l'air satisfait.

Cassie but un peu de vin, souriant pour elle-même. David voyait bien qu'il était étranger à ce sourire-là.

— Voilà. On dirait que tout tourne autour d'Eva, commença-t-elle.

Les yeux dans le vague, elle ne perçut pas le regard d'appréhension de David. Elle poursuivit donc avec le même enthousiasme plein de gaieté.

— Son projet est très excitant. J'ai vraiment un bon feeling.

— Et ? Quoi d'autre tourne autour d'Eva ?

— L'autre jour, j'ai rencontré un de ses amis. Nous

avons déjeuné ensemble, hier. Et je dîne avec lui demain.

— Je croyais que tu sortais avec ce crétin de James trucmuche demain ?

— J'ai annulé.

— Ça ne te ressemble pas. Tu ne décommandes que lorsque tu ne peux pas faire autrement.

— C'est vrai.

— Alors qui est-ce ?

— Il s'appelle Andrew Stormont.

— Que fait-il ? demanda-t-il d'une voix trahissant l'angoisse.

Habituée à ses inquisitions sur les autres hommes, Cassie ne se formalisa pas.

— Je n'en ai pas la moindre idée. Nous n'avons même pas évoqué la question.

— Mais c'est un type bien et gentil. Tu le trouves sympa ?

— Je ne sais pas si c'est quelqu'un de bien et gentil. Il est plein de charme, intelligent, avec une sorte d'intégrité à toute épreuve. Il dégage une sacrée puissance, troublante d'une certaine façon.

— En quoi ?

— Il y a des tonnes de choses sous la surface. C'est presque comme si l'intégrité dissimulait un caractère impitoyable. Je n'aimerais pas l'avoir pour ennemi.

— Et tu songes à avoir une aventure avec lui ?

— Je ne crois pas qu'il montrerait cette autre facette en présence des femmes. Il n'est pas du genre à voir les femmes comme des adversaires, même si elles le trouvent attirant. Ce n'est pas un play-boy misogyne.

— Sois prudente, Cass. Ce type m'a l'air difficile à contrôler.

— C'est fort probable.

— Où est passée ta prudence coutumière ? Ton « coupable tant qu'il n'a pas apporté la preuve de son innocence » ?

— J'en ai marre de jouer la sécurité. D'ailleurs, ça ne marche pas à tous les coups. On peut consacrer un temps fou à connaître quelqu'un et se bercer d'un sentiment de sécurité parce qu'on croit le cerner. Mais on ne le connaît vraiment que lorsqu'une catastrophe fait craquer le vernis et que l'homme est brutalement mis à nu, ouvert de l'intérieur. Et là, ce qu'on découvre n'a rien à voir avec ce qu'on imaginait.

Elle eut un petit sourire disant qu'elle était soudain devenue lucide.

— Les véritables garanties n'existent pas. On prend des risques, on tente sa chance.

Le téléphone sonna au moment où David allait répliquer. Il décrocha l'appareil.

— Pour toi. C'est Owen.

— Owen ? Salut, comment ça va ?

Elle fut ébranlée par le ton de sa voix.

— Il faut qu'on se parle. Pas au téléphone. Puis-je passer ?

Secouée, elle attendit un instant avant de répondre.

— Naturellement. Je t'attends.

Elle raccrocha, vida son verre et s'en versa un autre. David l'observa, le front plissé d'inquiétude.

— Qu'est-ce qui se passe encore ?

— Aucune idée. Mais on ne va pas rigoler, ça c'est sûr.

— Tu lui as demandé d'enquêter sur Eva, n'est-ce pas ?

David savait que Case Reed faisait appel à des détectives privés. Cassie avait toujours eu besoin d'un confident et elle disait presque tout à David. Il était au courant de son amitié avec Quaid, qu'il avait rencontré à plusieurs reprises et qu'il trouvait plutôt sympathique. Comme il n'aurait pas apprécié leur liaison et aurait alors changé d'avis au sujet d'Owen, elle la lui avait cachée.

— Je n'avais pas le choix. Ça me déplaît au plus haut point. La plupart des gens sauteraient sur l'occasion de découvrir les secrets si bien préservés de leurs amis, mais j'aimerais autant tout ignorer. Je préfère leur accorder le bénéfice du doute. Tout le monde a sa face cachée. Si on la connaissait, les relations en seraient modifiées. C'est comme d'écouter aux portes — on n'entend jamais rien de bon sur soi. N'empêche, je dois trouver, cela fait partie des vérifications d'usage. Pas question de faire une exception sous prétexte qu'Eva est une amie.

David approuva d'un hochement de tête. Elle était si manifestement gênée qu'il ne pipait mot. Cassie trouvait répugnant d'utiliser Quaid pour Eva, et rien ne pourrait la convaincre du contraire.

Lorsque Quaid arriva, ils avaient fini la bouteille de vin. Il entra sans faire preuve de son exubérance coutumière. Cassie le conduisit au jardin. Ils s'installèrent sur l'herbe.

— Que se passe-t-il ?

— Je commence à recevoir des informations sur Eva. Ce n'est facile à dire, Cass. Voilà. Elle se drogue à l'héroïne.

— Eva ? C'est ridicule, voyons.

— C'est un fait, que tu le veuilles ou non. Elle a subi une cure de désintoxication il y a quatre ans dans une clinique spécialisée située dans l'ouest de l'Ecosse. Elle est guérie, pour l'instant, comme tous les camés.

— Comment le sais-tu ?

— J'ai lu son dossier médical, les notes de son médecin.

— Mince ! Mais comment les as-tu obtenus ?

— Comme d'habitude, Cass. Procédure standard. Ce n'est pas nouveau.

— Au diable la procédure standard. Je déteste tout ça ! Merde ! Tu es absolument sûr, Owen ? Aucune chance d'erreur ?

— Aucune.

— Je ne veux pas le savoir. Je préférerais ne pas avoir cette conversation.

— Inutile de jouer les autruches, Cass. Je ne pourrai pas soustraire ces renseignements. C'est du concret, même si elle est clean maintenant, ce qui semble être le cas.

— Mais pourquoi se serait-elle droguée ? Elle avait tout pour être heureuse.

— Tu plaisantes, n'est-ce pas ?

— Pas vraiment. Elle est belle, riche, intelligente et sûre d'elle. Elle possède une grande maison à la campagne, ou bien sa famille, elle a un frère délicieux — je suis sortie avec. Nous étions dans la même année à Oxford. Ils étaient très proches. Mère superbe, j'ai vu des photos. La panoplie du bonheur parfait. Peut-être est-ce cela. Peut-être tout était-il trop parfait. Il ne lui restait qu'à tout gâcher.

— Je crains que les choses ne se soient passées ainsi.

Cassie leva sur lui des yeux interloqués. Il parlait avec une étonnante douceur et ses yeux étaient empreints de patience et de tolérance, comme ceux d'un père qui vous corrige.

— Comment était-ce, alors ?

— Tu as en partie raison. Elle a effectivement mené une existence idyllique. Jusqu'à l'âge de douze ans. Là, sa mère est partie en Afrique du Sud avec un autre homme. Neuf mois plus tard, le frère aîné d'Eva, qui avait vingt-deux ans, s'est suicidé. Le père s'est alors complètement retiré, s'assurant toutefois qu'Eva et son autre frère, Johnnie, avaient de l'argent — Johnnie beaucoup plus qu'Eva, incidemment. On s'attendait à ce qu'elle fît un beau mariage.

Cassie gardait les yeux rivés au sol.

— J'ai tout faux, c'est ça ? Je n'ai rien compris. Je n'avais pas idée. Elle n'a jamais fait la moindre allusion à tout cela, pas plus que son frère, d'ailleurs. Si tu les avais connus, jamais tu n'aurais deviné. Tout semblait si parfait, elle avait l'air si lisse, si invulnérable, comme s'il ne lui été jamais rien arrivé.

La colère se mêla au remords.

— Comment diable as-tu déniché tout cela ?

— Aujourd'hui, je me suis rendu dans la propriété familiale. J'ai déjeuné au pub du village, parlé à la propriétaire. Elle adorait Eva, disait que c'était une gosse délicieuse, profondément amicale, pas fière, enfin, tu vois. Après tous ces événements, ils ne l'ont pratiquement plus revue. Johnnie et elle passaient le plus clair de leur temps ensemble et ne se rendaient plus jamais au village comme par le passé.

— Je n'arrive toujours pas à le croire. Quand j'ai fait sa connaissance, elle était si bouillonnante, si gaie. Elle faisait les trucs les plus incroyables, les plus choquants.

Cassie était ailleurs. Elle s'exprimait d'une voix mécanique, plus pour elle-même, semblait-il, que pour Quaid.

— Une fois, nous sommes allées au ski. Jamais elle n'a reculé devant la moindre piste. Nous étions dans un groupe de dix, tous très bons skieurs. Bientôt, plus personne ne voulait l'accompagner. Je calculais mes risques. Elle s'illuminait, se jetant sur des pistes qui en étaient à peine. Elle faisait du hors-piste dans des endroits qui ressemblaient plutôt à des escarpements. Elle était aux anges.

— Pour moi, c'est plutôt le comportement de quelqu'un qui essaie désespérément d'oublier que celui d'une femme heureuse. On dirait qu'elle faisait un sacré numéro.

— Ce n'était pas un numéro. Pas du tout. Elle s'était forgée ainsi, si forte.

— Ça vaut mieux que de craquer.

— Pourquoi l'héroïne, alors ? Elle semblait si entière, comme si elle avait repris le dessus.

— Se remet-on jamais de ce genre de chose ? Je crois qu'au mieux, on espère trouver le moyen de continuer.

— Ainsi la drogue était une fuite et un peu de rébellion ? Elle a toujours eu cette tendance. Elle aimait les risques, l'excitation, s'exclure de la société. C'est très excitant d'être sur le fil du rasoir, de marcher sur la corde raide, de se mesurer à soi-même, voire d'essayer de se détruire, de mesurer ses limites. J'ai toujours senti cela en elle. Rien ne m'a jamais permis de le prouver, mais je le savais. Il me suffisait de la voir à l'autre bout d'une pièce pour savoir que c'était une casse-cou. C'est une des choses qui la rendent si attirante, cette vitalité éclatante, sa façon de jeter son bonnet par-dessus les moulins.

Cassie s'adressait aux nuages. Puis elle se tourna vers Quaid.

— Quand cela a-t-il commencé ?

— D'après mes renseignements, une huitaine d'années. Environ six mois après son départ d'Oxford.

— Et cela fait quatre ans qu'elle est clean ?

— On dirait.

— Tout a commencé en Extrême-Orient, je suppose. C'est facile de devenir accro, là-bas. En certains endroits, ça fait partie de la culture, dit Cassie, songeuse.

— Que vas-tu faire ? En parler à Richardson ?

Cassie se mordit l'intérieur des joues.

— Elle était droguée. Elle est clean. Elle essaie visiblement de changer de vie. Je ne peux pas lui faire ça.

— Tu comptes donc mentir à Richardson ?

Elle hocha la tête en signe d'assentiment.

Quaid se décida. Il devrait aussi mentir à Frazer.

22

Eva passa le jeudi soir seule à écouter un enregistrement de *Don Giovanni.* A vingt heures, elle téléphona à un restaurant indien du coin pour se faire livrer un tikka masala au poulet qu'elle accompagna de deux Heineken. Après quoi elle prit café et cigarettes.

Malgré la musique et le parfum d'épices et de tabac, le vide s'incrustait dans la maison. Eva était assise, immobile et centrée sur elle-même. Elle ne se servit pas du téléphone, lequel, d'ailleurs, ne sonna pas. Elle avait averti peu de monde de son retour à Londres. Elle refusait de se laisser distraire par les amis, les inévitables verres obligatoires et autres soirées de bienvenue. Elle voulait éviter tout effort superflu visant à maintenir sa couverture devant une cour d'amis curieux et de nouvelles connaissances demandant : « Que faisiez-vous en Asie ? Et maintenant ? Vous vous lancez dans les affaires ? Comme c'est intéressant. Racontez-nous cela. » A l'instar de tout agent secret, elle ne savait trop où se situait la frontière entre sa couverture et la vie réelle. Chez Eva, les deux s'entremêlaient. Sa vie était couverture ; son accoutumance à l'héroïne l'avait été aussi. Mais c'était allé trop loin, trop profond. Cela se produisait souvent avec une bonne couverture, on avait souvent du mal à s'en débarrasser une fois devenue inutile. Comment vivre dans le mensonge sans être contaminée ? La tension qu'entraînait le masque porté en permanence — cacher son intelligence derrière les banalités de la conversation ; prétendre être triste malgré sa joie ; feindre la faiblesse pour mieux dissimuler sa force — était parfois si insoutenable qu'il était presque plus facile de se remodeler entièrement dans le moule requis. Le problème était alors de le casser.

Eva alluma une cigarette et s'aperçut qu'elle transpirait légèrement. Le printemps anglais se chargeait soudain d'humidité. Ses quatre ans de drogue lui revinrent, l'extase, le désespoir : à peine quelques secondes après que l'héroïne eut pénétré dans ses veines elle savait qu'elle serait accro, et ce que sa vie future deviendrait — elle en avait suffisamment vu autour d'elle. A chaque instant hormis ces heures bénies où l'héroïne entrait en force, apaisante, bannissant tout souci, elle éprouvait de façon aiguë la menace de la catastrophe, le combat qu'elle aurait à mener ; elle s'y préparait presque. Elle n'avait pu deviner ce que déclencherait sa désintoxication. Pas une seconde elle n'avait perçu que cela constituerait une autre catastrophe, que du même coup elle en aurait deux à affronter en même temps.

Elle eut un sourire grimaçant. L'héroïne était vaincue. Les ondes de choc de la deuxième catastrophe ondulaient encore. Elle se battait maintenant pour regagner l'épicentre, la source du choc. Robie Frazer ne savait rien d'elle à part le déguisement qu'elle s'était fabriqué pour lui. Il ne savait rien du danger qui dormait près de lui, dans son lit.

Le téléphone sonna. Eva sursauta puis se pencha pour décrocher.

— Eva, ici Robie.

— Salut, Robie, dit-elle d'une voix agréablement surprise.

— Je me demandais quels étaient tes projets pour demain soir. Je dois partir à la campagne samedi matin, mais nous pourrions peut-être festoyer vendredi soir, parler de diamants et célébrer la fin de la semaine. Tu vois.

— Excellente idée. Ça va si je passe vers vingt et une heures ?

— Parfait. A demain, donc.

Frazer raccrocha, soulagé à l'idée de se changer les idées. Il n'avait aucune nouvelle de Li Maï depuis leur entrevue de l'autre matin. Il détestait attendre. Li Maï ne l'avait jamais déçu, mais n'empêche...

La froide logique ne constituait pas un baume à l'émotion. Frazer décida de songer plutôt à Eva, dont le corps somptueux invitait à l'oubli. Le sexe repoussait toute pensée rationnelle, toute inquiétude irrationnelle. La seule compagnie d'Eva le transportait et, en son absence, s'il ne revivait pas ses sensations physiques, il se surprenait à spéculer à son sujet. Son autosuffisance tranquille était frustrante. Elle semblait dénuée de toute vulnérabilité féminine. Jamais elle ne lui demandait quand ils se reverraient, jamais elle ne lui téléphonait, jamais elle ne cherchait à clarifier sa place dans sa vie. La plupart des femmes auraient cherché à savoir, même si leur liaison n'en était qu'à ses débuts. Mais non. En surface, elle était satisfaite de le laisser ; une telle passivité était surprenante chez cette femme si forte, si déterminée.

Il se demandait ce qu'elle cherchait. Son argent, sans doute, pour sa mine de diamants. C'était l'explication la plus simple et la plus convaincante. Il essaierait de l'asticoter demain, histoire de voir ce qu'il en tirerait. Entre-temps, il aurait reçu le rapport préliminaire de Quaid.

Après sa brève conversation avec Frazer, Eva sortit faire un tour. Neuf heures du soir. Le ciel s'assombrissait mais les rues étaient éclairées par les vitrines illuminées et les lampadaires. Chelsea était chaud et réconfortant, Eva eut l'impression d'appartenir à la foule grouillante des promeneurs. L'incohérence et le détachement qu'elle avait si longtemps éprouvés semblaient reculer. Les contraintes de sa couverture se relâchaient. Certaines parties d'elle-même, parfaites pour cette tâche, affleuraient la surface, bien réelles. Cet exercice ne concernait pas uniquement Frazer. C'était pour Stormont, bien sûr, mais Stormont le savait, Eva en faisait une affaire personnelle. Frazer serait sa catharsis. Elle le piégerait et le livrerait à Stormont et ce serait la fin pour elle, la fin de Frazer, qui n'entacherait plus son avenir comme il avait entaché son passé.

Soudain elle brûla d'impatience. Si seulement les choses pouvaient s'accélérer, si elle pouvait tout actionner elle-même. L'excitation du risque, la perspective de ce qu'elle y gagnerait, rien ne justifiait ce qu'elle perdrait si cela tournait à l'aigre. Cependant, elle avait pris sa décision de gaieté de cœur et s'y tiendrait, le cas échéant jusqu'à ce que mort s'ensuive.

23

Le vendredi matin, Stormont appela Eva avec son Vodaphone à transmission digitale, ce pour des raisons de sécurité. Ce système convertit les mots en chiffres transmis électroniquement aux centraux locaux qui les intègrent aux circuits classiques. Les chiffres sont automatiquement brouillés. Quiconque balaie les ondes afin d'intercepter les conversations ne recueille que des bips. Le système Vodaphone est extrêmement ardu à décrypter. Si ni Stormont ni Eva ne se seraient risqués à parler librement dessus, il permettait néanmoins une conversation de base.

Eva achevait sa gymnastique ; elle décrocha, légèrement essoufflée.

— Je n'interromps rien, j'espère ? demanda Stormont.

— Seulement ma gymnastique, répondit Eva en reprenant son souffle.

Stormont l'imagina seule chez elle, sa peau veloutée, ses muscles vivants. Il repoussa vite cette vision avant qu'elle ne fût envahissante.

— Comment se déroule l'affaire ?

— Pas mal. Mon amie a tout arrangé. J'attends la prochaine réunion officielle. Je l'encouragerai à monter le dossier dans son intégralité.

— Bien. Vous apprendrez avec plaisir que notre ami a signé l'autorisation de mise sur écoutes. Avec quelque réticence — il m'a appelé directement pour me demander si j'avais de bonnes raisons de m'en prendre à un personnage de cette importance.

— Mais vous l'avez convaincu.

— Effectivement. Ça devrait fonctionner cet après-midi. Par ailleurs, tout est en place pour vous soutenir quand vous poserez le micro. L'enregistrement sera vérifié deux fois par jour.

— Bon. Le matériel est arrivé hier après-midi. Jolie camelote. Si tout va bien, je l'installe ce soir.

Stormont se tut un moment. Puis il s'exprima avec une étonnante douceur.

— Soyez prudente, ma belle.

Owen Quaid téléphona à Frazer son rapport préliminaire juste avant le déjeuner. Il appelait de son bureau sous l'oreille attentive de Paul Black.

— Jusque-là, tout va bien tous azimuts, dit Quaid. Rien de marquant. Rien d'anormal. Aucune irrégularité financière. Rien de personnel — tabac, alcool, amants en quantité raisonnable, et pas de fauteur de trouble.

— Histoire de satisfaire ma curiosité, qui sont-ils ? Et que sait-on de leur passé ?

— Cassie Stewart vient d'un petit village de l'ouest de l'Ecosse. Origines modestes. Elle s'est constitué un joli pécule à la City et possède une charmante maison dans Chelsea. Elle a réussi, mais pas trop. Gentille fille, les gens ont l'air de bien l'aimer. Je n'ai trouvé aucun squelette dans le placard.

Il se hâta de poursuivre.

— Quant à Richardson, exactement ce qu'on s'attend à trouver : ferme à la campagne, maison Trevor Square. Eton, régiment de la Garde, puis la City. Là encore, plutôt apprécié, avec cependant quelque chose qui revient à l'occasion. Il serait beaucoup plus malin qu'il n'en donne l'impression et son esprit serait très aiguisé.

Frazer s'esclaffa.

— C'est un morceau de lard avec un fragment de

cervelle collé dessus. La seule chose qu'il a d'aiguisé c'est son rasoir. A d'autres, Quaid !

— Vous savez, moi je ne fais que répéter ce que j'entends de la bouche de ses congénères.

— Ils en sont encore à croire qu'il suffit de bosser pour être futé. Parlez-moi plutôt d'Eva. Je n'attends rien d'intéressant sur Cassie et Richardson, mais elle, c'est une autre pointure. Je suis sûr qu'il y a quelque chose.

Quaid et Black échangèrent un regard inquiet.

— En fait, le plus important est qu'elle a disparu en Asie pendant huit ans après avoir obtenu son diplôme haut la main à Oxford. Elle a enseigné l'anglais à des gamins dans des villages reculés du Vietnam, du Laos et de la Thaïlande. Elle est issue d'une famille fortunée, ça n'a donc pas posé de problèmes. Le père partage son temps entre la lecture, la chasse et la pêche. Ils ne se fréquentent plus. Pas fâchés, mais distants. La mère vit en Afrique du Sud. Elle a fichu le camp il y a des lustres. Il y a un frère, qui héritera l'ensemble des biens. Eva possède une maison dans Chelsea, enregistrée au nom de sa mère. A part ça et une petite pension, elle doit se débrouiller toute seule. Elle fume et elle boit, mais sans excès. Elle semble plutôt solitaire.

— C'est l'eau tiède, votre truc.

— Je veux bien pimenter la sauce, mais vous ne payez pas pour que j'écrive un roman.

Frazer ne répondit pas tout de suite.

— Et si vous mettiez une équipe dessus, histoire de la filer pendant huit jours ?

— Si vous y tenez.

Frazer sourit.

— J'y tiens.

Sur quoi, il raccrocha.

— Merde, merde ! éructa Quaid. Il va sans doute falloir qu'on invente quelque chose de juteux.

Il n'avait pas mentionné la drogue à Black, qui ignorait donc que Quaid venait de mentir à Frazer.

— Il cherche quelque chose, non ? remarqua

Black. On dirait presque qu'il considère cela comme un sport. Cela dépasse l'enquête de routine sur un éventuel associé.

— Ils ont une liaison.

— Ça pue l'affaire personnelle, lança Black avec un regard dur pour Quaid. Trop de mensonges. Cette histoire va de mal en pis.

Quand Black quitta le bureau pour prendre l'air, Quaid s'empara du combiné et entreprit d'appeler ses free-lance. Il mit sur pied une équipe de douze détectives pour une surveillance de sept jours vingt-quatre heures sur vingt-quatre. Ils se relayeraient six par six dès le lundi suivant.

Frazer était étrangement déçu. Eva ne correspondait pas à ce portrait conventionnel. Quelque chose d'autre l'avait modelée.

La sonnerie du téléphone l'interrompit dans ses réflexions. Li Maï fut bref, la voix légèrement inquiète.

— Notre ami est parti à la campagne. On ne sait pas où. On nous a dit qu'il reviendrait lundi ou mardi.

— Essayez le mettre la main dessus. Laissez quelqu'un sur place pour le cas où il reviendrait plus tôt que prévu.

Frazer alla déjeuner. De méchante humeur, il ne but que de l'eau.

Assise à son bureau, Cassie essayait de décider si elle avait faim, si elle allait se forcer à sortir marcher et avaler un sandwich. Elle repensa avec ironie aux événements de la veille. Elle était arrivée chez elle les bras chargés de robes neuves, dans un esprit de joyeuse innocence. L'excitation qu'elle avait éprouvée avait trait aux défis et aux risques futurs, concernant tant le deal que Stormont. Mais cela lui avait paru contrôlable. Elle avait eu le sentiment de connaître les paramètres et était capable de prévoir et anticiper les événements. Apprendre qu'Eva s'était droguée à l'héroïne avait remis tout cela en cause.

Cette nouvelle révélait chez Eva une fureur sauvage bien au-delà de ce qu'elle avait imaginé, bien au-delà de son expérience. Et cela la contraignait au schisme. Elle devrait mentir à Richardson. De surcroît, elle avait l'impression que, comme la plupart des mensonges, celui-là ferait des petits.

Cassie avait toujours mené une existence limpide, sans nulle nécessité de dissimuler quoi que ce fût. Cela lui conférait une certaine liberté et une certaine impunité. Elle avait désormais l'impression de perdre l'une et l'autre. Comme si elle traversait un territoire étranger, dont elle aurait toujours su l'existence tout en l'ayant consciemment évité.

Elle avait cru s'engager lucidement vis-à-vis d'Eva et de son projet, mais désormais tout s'obscurcissait. Elle pouvait faire traîner le dossier. Cela ne lui ressemblait guère et Richardson aurait des soupçons. Cassie agissait toujours selon un mode simple : soit elle refusait l'affaire, soit elle s'y investissait à plein. Il lui faudrait désormais masquer ses mensonges — mensonges par omission, mais mensonges tout de même. Si ses motivations étaient honorables, les conséquences devenaient imprévisibles. A l'inquiétude face à cette situation, se mêlait l'excitation. Et il y avait autre chose : les prémices d'un sentiment de culpabilité vis-à-vis d'Eva. Culpabilité de l'avoir mal jugée, de n'avoir pas agi envers elle et son frère avec plus de générosité. Elle n'avait jamais deviné leur chagrin, ni songé à les consoler. Elle avait profité de leur aura sans chercher à approfondir.

Elle alla retrouver John Richardson et s'assit en face de lui.

— Il faut qu'on fasse avancer cette histoire de diamants.

— De quoi avez-vous besoin ?

— D'informations supplémentaires. Je dois en savoir plus sur le marché des diamants.

Richardson réfléchit.

— J'ai un ami qui pourrait peut-être vous aider.

Laissez-moi lui passer un coup de fil afin de voir s'il accepterait.

Cassie repartie, Richardson appela Aubrey Goldstein. Ils échangèrent quelques banalités puis Richardson en vint au but de son appel.

— Aubrey, j'ai besoin d'un service. Nous envisageons un investissement en capital-risque dans une mine de diamants. C'est ma collaboratrice, Cassandra Stewart, qui est chargée du dossier. Elle aimerait en connaître davantage sur ce secteur. Je me disais...

Il laissa volontairement sa phrase en suspens.

— Vous savez que j'ai pour règle de ne parler à personne. Vous connaissez mon goût de la discrétion.

— Je sais. Je ne vous demanderais rien si je n'avais pas une confiance totale en Cassie. Elle est discrète.

— Puisque c'est vous qui me le demandez et que vous me rassurez de la sorte, j'aurais mauvaise grâce à vous le refuser. Cela dit, je ne sais pas dans quelle mesure je pourrai lui être utile.

Tu parleras, se dit Richardson.

— Merci, Aubrey. J'apprécie vraiment.

— Comment est-elle ? s'empressa de demander Goldstein. Vais-je la trouver sympathique ?

— Elle est intelligente, chaleureuse et drôle. Vous ne résisterez pas.

— Mm, fit Goldstein, impassible.

— Elle est également très belle.

— Vraiment ? dit Goldstein en souriant pour lui-même. Eh bien, donnez-lui mes coordonnées et dites-lui que j'attends son appel.

Ce qu'il fit.

— Il accepte de vous parler, dit-il à Cassie, à titre confidentiel.

— Doux Jésus, il m'a l'air bien mystérieux.

— Ils le sont tous dans ce milieu.

— Qui est-ce ? Que fait-il ?

— Son nom est Aubrey Goldstein. Il a publié plusieurs ouvrages sur les diamants. Il sait tout ce que vous pouvez désirer et le reste. C'est tout ce que je puis vous dire.

— Pouvez ou voulez ?

Richardson prétendit ne pas avoir entendu. Il consulta son carnet d'adresses et inscrivit le nom et le numéro de téléphone sur un Post-it qu'il tendit à Cassie.

— Il attend votre appel.

Cassie observa attentivement Richardson. Il était volontairement détendu. Elle empocha le numéro, décidant de ne pas questionner son patron plus avant.

— J'envisage d'organiser une réunion lundi — vous, Eva, Frazer et moi, dit-elle. J'ai parlé à Brimton. Mon plan lui convient. Je l'ai choisi comme agent de change officiel. Il n'attend que mes ordres d'achat.

— De combien avons-nous besoin ? s'enquit Richardson.

— Pour la première étape — l'achat de cinq pour cent de la participation, cent mille actions à six dollars l'une — il nous faut six cent mille dollars canadiens. Le compte de courtage est en place. Il ne nous manque que les fonds, répondit Cassie avec un sourire.

— L'heure de la décision a sonné, si je comprends bien.

— Oui.

— Bon. Maintenant, dites-moi comment vous voyez l'affaire. Selon vous, pourquoi devrions-nous foncer ? Si tant est que nous le devions, bien sûr.

Cassie resta songeuse puis plongea.

— Je crois que nous devrions foncer, mais en sachant clairement dans quoi nous nous lançons.

Elle s'interrompit, se demandant si son visage trahissait le mensonge et la dissimulation. Richardson l'observait sans réaction.

— La prospection de diamants est très très risquée. Investir au Vietnam est très très risqué. Autrement dit, le secteur et le pays sont dangereux jusqu'à la moelle. D'un autre côté, quand les joint-ventures de diamants vont bien, les bénéfices sont colossaux, en rien comparables à ce que nous avons fait jusqu'ici. Et le Vietnam pourrait bien devenir le nouveau marché à forte croissance. L'argent arrive à flots dans ce pays. Sans compter ce qui attend en coulisses. Si notre entreprise fonctionne et que le Vietnam demeure stable, les investisseurs s'arracheront les actions.

« En outre, nous avons Robie Frazer, l'homme aux doigts d'or. Quand on saura qu'il investit là-dedans, cela suffira à augmenter la valeur du deal et, qui plus est, nous profiterons de son expérience et de ses contacts. Il connaît probablement des tas d'investisseurs qui ne rêvent que de monter dans tous les trains qu'il prend. Et puis il y a Eva, qui semble placer tout ce qu'elle a dans l'affaire. Elle y met une passion qui va loin. Cette entreprise sera extrêmement complexe. Il y aura sûrement des problèmes sans nombre. Il faudra sur place quelqu'un qui possède l'énergie et le dynamisme d'Eva pour aplanir les difficultés. Je dirais donc que les côtés positifs l'emportent nettement sur les côtés négatifs mais que chacun doit accepter l'idée que nous nous engageons dans une partie de poker. Si on en accepte l'augure, on doit lancer cette affaire.

— Moi, je l'accepte. Jusqu'ici, les rapports miniers paraissent prometteurs. Et pour Eva et Frazer, je vois les choses comme vous. Je suis au courant des problèmes. Allez, on fonce. Je vais m'assurer que l'argent est là.

Cassie sourit.

— Fantastique !

Tant d'enthousiasme réchauffa le cœur de Richardson.

— A propos, je suppose qu'Eva et Frazer approuveront votre plan.

— Oh, pas de doute là-dessus.

— Si j'étais vous, je serais prudente avec ces deux-là, Cass. Il ne faut rien tenir pour acquis, ajouta-t-il en quittant son fauteuil. Je file déjeuner. Mettez cette réunion au point pour lundi. J'y serai.

Comme il quittait son bureau, il se retourna et l'observa un instant.

— Tout va bien, n'est-ce pas ? Vous aviez l'air tellement bizarre, pendant une seconde.

— J'ai souvent l'air bizarre, John, ce n'est pas nouveau. Tout va bien, rassurez-vous.

Cassie regagna son bureau, jouissant de l'instant présent, comparable au départ d'une course. Déchaînée, elle composa en jubilant le numéro de Frazer et lui promit de lui faire porter dans l'après-midi une proposition écrite, précisant qu'une réunion aurait lieu dès le lundi matin. Après quoi, elle appela Eva.

Cette dernière mordit à l'hameçon, comme Frazer. Sous le ton lisse et poli perçait l'avidité.

Enfin Cassie téléphona à Aubrey Goldstein.

— Bonjour. Pourrais-je parler à Mr. Goldstein, je vous prie ?

— De la part de qui ?

— Cassie Stewart, de chez Case Reed.

— Ah ! miss Stewart, Goldstein à l'appareil. Vous aimeriez parler de diamants ?

Le ton était vaguement désabusé, la voix sage et plus toute jeune.

— Oui, avec plaisir.

A l'autre bout, il y eut un silence mêlé d'un froissement de papiers.

— Je dois m'absenter lundi. Faut-il que ce soit avant ?

— Idéalement, oui. Si vous pouviez me caser...

— Ecoutez, je m'apprêtais à déjeuner. Je suis sûr que ma cameriste saura faire pour deux. Voulez-vous vous joindre à moi ?

— Avec joie. C'est très aimable à vous.

— Du tout, du tout.

Il lui donna son adresse, impatient de la voir. Comme la plupart des femmes belles, elle ne s'inquiéterait pas de ce service rendu, le considérant comme un hommage rendu à la beauté.

[illegible]

— Comme il [illegible]

[illegible]

[illegible] de [illegible] pour [illegible]

[illegible] d'une [illegible]

[illegible]

— [illegible]

— [illegible] Ce [illegible]

[illegible]

— Comment [illegible]

[illegible]

— [illegible] avec [illegible]

[illegible]

— [illegible]

[illegible] Cela [illegible]

[illegible]

24

Cassie arriva à Holland Park à treize heures quinze. Aubrey Goldstein occupait une grande maison à la façade de stuc dans une avenue tranquille bordée d'arbres. Ses livres et ses consultations devaient rapporter gros, songea Cassie. Tout en sonnant à la porte, elle remarqua deux caméras fixées au deuxième étage. Elle se sentit observée. Puis une voix parla dans l'interphone.

— Oui ?

— Cassie Stewart.

Quelques secondes plus tard, la porte s'ouvrit. Un homme petit et râblé, cheveux gris et yeux bleus brillants, se tenait en face d'elle.

— Miss Stewart. Je suis Aubrey Goldstein.

Cassie lui tendit une main qu'il serra avec fermeté.

— Entrez, je vous prie. Souhaitez-vous boire quelque chose ? Il y a du vin blanc au réfrigérateur.

— Très volontiers.

Goldstein la précéda dans la cuisine et servit le vin avec la charmante maladresse d'un homme habitué aux maîtres d'hôtel et aux femmes de chambre. Ils gagnèrent ensuite une terrasse dallée qui précédait un grand jardin entretenu à la perfection. On avait dressé le couvert pour deux sur une table de bois. Ils s'installèrent et la caméristе apporta poisson grillé et salade.

— J'espère que vous aurez suffisamment, dit Goldstein avec un petit sourire gêné.

— C'est parfait.

Goldstein ne la quittait pas des yeux. Cassie se tint brusquement sur ses gardes. Elle but une gorgée de vin.

— Ainsi, vous voulez vous renseigner sur les diamants, dit-il.

— C'est exact.

— Pierres proprement fascinantes.

Il repoussa son assiette et se carra sur le dossier de sa chaise. Toute trace de dureté dans son regard disparut, il s'exprima avec une douceur avunculaire.

— Le mot « diamant » vient du grec *adamas,* qui signifie « j'apprivoise » ou « je soumets ». Au cours de l'histoire, l'idée de combat a souvent été liée à celle de diamants, de vainqueurs et de vaincus. En Inde, on vénère les pierres comme des talismans depuis aussi loin que 800 avant Jésus-Christ. On prétend que les diamants procurent force, courage et invincibilité, fidélité et pureté en amour. Certaines légendes affirment que les diamants perdent leurs pouvoirs magiques entre les mains d'un pécheur et qu'en signe de malédiction ils sont alors porteurs de péché.

Goldstein eut un sourire songeur avant de poursuivre.

— Les histoires de pierres célèbres sont autant de récits d'aventures et de contes de fées — meurtres et malédictions, hommes intrépides et femmes de grande beauté. Rien n'a changé, sauf peut-être l'arrivée de femmes aussi audacieuses que belles.

Ce commentaire déconcerta Cassie, car il sonnait comme une menace.

— Vous vous lancez dans une entreprise plutôt risquée, enchaîna Goldstein.

— C'est notre métier.

— Je ne le pense pas. Je ne voudrais pas paraître grossier, mais ce que vous avez fait jusqu'ici n'a rien à voir et ne vous y prépare en rien.

Cassie lui lança un regard interrogateur.

— Ecoutez, je ne sais quelles questions précises

vous avez à me poser, mais le mieux que je puisse faire pour vous est de vous armer, de faire pencher la balance très très légèrement en votre faveur.

— Ce me serait fort précieux.

— Vous manquez d'amour-propre, ce me semble. Pas au mauvais sens du terme, remarquez. La plupart des costumes rayés auraient protesté de leur savoir-faire et m'auraient assommé avec mille exemples de leurs hauts faits.

— J'ai autant d'amour-propre que les autres, je sais me contrôler, c'est tout.

Goldstein s'appuya au dossier de sa chaise et finit son verre.

— Bon, allons-y. Il existe une image officielle des diamants — meilleur ami de la femme, excellent investissement, objet le plus ancien que vous tiendrez jamais au creux de votre main.

Il marqua une pause puis reprit, vaguement hésitant.

— Saviez-vous que certains sont vieux de plusieurs millions d'années ? C'est la raison pour laquelle ils symbolisent l'amour éternel. Ils ont l'âge de l'éternité. Quoi qu'il en soit, ajouta-t-il d'un ton plus professionnel, il ne faut pas oublier pour autant le côté rentable, parfaitement officiel — c'est un marché colossal. Les ventes annuelles de diamants atteignent plus de quarante milliards de dollars. Un investissement réussi peut dégager des profits gigantesques, le rendement peut dépasser cent pour cent. Et puis il convient d'ajouter, en arrière-plan aux bénéfices, la C.S.O., centrale d'achat communément baptisée le cartel. Environ quatre-vingts pour cent de la production annuelle mondiale passe par cette unique filière. Ces diamants sont triés, calibrés et vendus Charterhouse Street, dans la City de Londres, principal pied-à-terre de la De Beers en dehors de l'Afrique du Sud. C'est un immeuble moderne de six étages, tout en verre, conçu comme une forteresse. Tous les cinq lundis — soit dix fois par an — ont lieu les « vues ». Un groupe fermé de diamantaires est invité au deuxième étage de Charterhouse afin d'y prendre un sachet noué d'un ruban. Dedans, une boîte en carton. Dedans, une sorte d'enveloppe appelée « pli ». Les diamants bruts contenus dans un « pli » sont identiques et appartiennent à une des centaines de catégories dans lesquelles la C.S.O. fait entrer sa production. Chaque « vue » contient des pierres d'une valeur située entre deux et cinq millions de dollars. L'acheteur achète — ou non — au prix indiqué sur la boîte. Il n'y a pas de négociation et il est malavisé de refuser une « vue ». En fait, on peut refuser une fois, la deuxième entraînant l'exclusion du diamantaire. C'est un système extrêmement efficace et parfaitement discipliné. Indispensable, d'ailleurs. Les réserves mondiales sont considérables et l'excédent énorme. Si la C.S.O. ne restreignait pas l'approvisionnement et ne fixait et contrôlait les prix, le cours de la plupart des catégories chuterait de façon spectaculaire.

Cassie écarquilla les yeux.

— Il s'agit d'une opération fort ingénieuse. Au cours des soixante dernières années, la C.S.O. a fait pour le diamant quelque chose qui a échappé aux producteurs de pétrole de l'OPEP et même aux barons de la cocaïne du cartel de Medellin. Elle a eu le cran et la force d'imposer son ordre sur le marché ; elle a constitué un syndicat non pour des semaines ou des mois mais pour des décennies. Bien sûr, il y a eu des défaillances — la fois où un diamantaire londonien a décidé d'acheter ses pierres en Angola, en dehors du cartel ; celle où le Zaïre a tenté de faire cavalier seul ; celle où Moscou a inondé le marché pour payer son intervention en Afghanistan. Mais à l'intérieur de ce club, les crises ont été de courte durée. Jusqu'à aujourd'hui. De magnifiques diamants d'origine russe pour une valeur de plusieurs millions de livres sterling continuent d'apparaître sur le marché en dehors de cette filière unique.

— Dans quel but les Russes agissent-ils de la sorte si cela fait baisser les cours mondiaux ?

Goldstein sourit.

— Ils veulent un siège au conseil d'administration de la De Beers en Afrique du Sud ainsi que leur mot à dire dans la gestion de la C.S.O. à Londres.

— L'obtiendront-ils ?

— Nous verrons. En tout cas, c'est déstabilisant et cela constitue pour vous un risque supplémentaire dont vous devez tenir compte.

Goldstein remplit les verres.

— Quels sont les autres ? s'enquit Cassie.

Goldstein attendit avant de répondre. Son petit sourire l'aurait fait passer pour inoffensif, n'étaient ses yeux scrutateurs. Avec son habitude de lire en autrui, Cassie devinait en lui cette même habileté. Une fois encore, elle en fut déconcertée. Mais il but une gorgée de vin et son regard se fit moins pesant. Comme s'il venait de prendre une décision.

— Il y a bien d'autres choses qu'il vous faut savoir au cas où vous tomberiez dessus, ce qui est fort probable.

La familiarité naturelle avec laquelle il évoquait les ennuis à venir ne faisait qu'augmenter le malaise de Cassie. Elle se rappela que cet écrivain, ami de John Richardson, était là pour l'aider.

— Le commerce des diamants existe pour maintes raisons hormis l'évidente. Par exemple, la manipulation du cours de l'action si la société concernée est cotée. Pendant des mois, voire des années, le cours est soutenu par l'espoir tandis que l'on pratique les tests. Il est aisé de détourner l'espoir. Et puis il y a ceux qui sont censés se trouver du côté des anges mais utilisent le marché des diamants à leurs propres fins.

Il remarqua son regard interloqué.

— Les services de renseignement. Ils sont proches de la De Beers — échanges de bons procédés.

— Comment cela ?

— Facile. Les prospecteurs de diamants ont une bonne raison de parcourir le monde, d'aller en Russie, en Angola, en Afrique du Sud, partout. Ils ont de longues périodes d'inactivité, peut-être attendent-ils les résultats des tests. Ils ont donc du temps pour faire ce que bon leur semble. Et quelle meilleure couverture ?

— Et dans l'autre sens ?

— Les services secrets peuvent aider à s'assurer que certains circuits de diamants qui pourraient prendre la tangente repassent bien par le contrôle de la C.S.O.

— Par exemple ? Qui serait hostile au cartel s'il est dans l'intérêt de tant de gens de veiller à ce que cela continue ?

— Les Américains, répondit-il simplement. La C.S.O. est illégale, là-bas, à cause de la loi antitrust. Je vous ai déjà parlé des Russes. Ils veulent un quota plus important des ventes mondiales et une plus grande influence à l'intérieur de la C.S.O. Sans oublier les contrebandiers, qui ne peuvent emprunter les voies officielles.

— Comment les services de renseignement pourraient-ils remettre les diamants sur la bonne voie ?

Goldstein rit.

— Cela, il vous faudra le découvrir vous-même. Faites appel à votre imagination et il en faut. Cherchez la logique et appliquez-la à une cause différente. Cherchez la faille, l'ouverture. Il y en aura presque toujours une. Cherchez l'imprévisible, l'illogique, j'allais dire l'autodestructeur — c'est encore la meilleure couverture. Et ma chère, faites attention à vous. C'est le meilleur conseil que je puisse vous donner.

Une fraction de seconde, ses yeux trahirent presque de la douceur.

Le repas était achevé. Goldstein se leva, fouilla dans la poche de sa veste et en sortit une carte de visite.

— Voici le numéro de ma secrétaire. Elle saura toujours me trouver.

Il tendit le bristol à Cassie qu'il raccompagna à la porte.

— Appelez-moi si vous avez besoin d'aide. Oh ! incidemment, demanda-t-il en ouvrant la porte, où se situe votre affaire, un endroit intéressant ?

— Oui, répondit Cassie, distraite par les sous-entendus de sa proposition de l'aider. Au Vietnam.

Elle se demanda si elle avait eu raison de répondre. Sans savoir pourquoi, elle sentit qu'elle avait fait une bêtise. Il lui disait au revoir. Ils se serrèrent la main puis elle marcha dans Holland Park Road, obsédée par les avertissements prodigués de toutes parts, Richardson, Brimton et maintenant Goldstein.

Goldstein la regarda disparaître puis, dès qu'il eut refermé la porte, décrocha le téléphone. Il appelait à l'étranger. Il ne s'annonça pas.

— Du nouveau sur ce projet vietnamien. L'affaire est arrivée à Londres, dans une société de capital-risque du nom de Case Reed.

Il y eut un silence puis une voix décidée répondit.

— Suivez cela de près. Nous attendrons. Rien ne presse. Vous êtes notre consultant exclusif en la matière. Conditions habituelles.

25

A dix-neuf heures, Eva partit courir une heure autour de Battersea Park. Les arbres en fleurs le long de la Tamise répandaient leurs pétales en un long ruban parfumé qu'elle foulait. Il avait fait chaud et le parc était constellé de promeneurs avec leurs chiens, de coureurs, de joueurs de tennis et de boules. D'autres encore étaient allongés sur l'herbe. La banalité de la scène était étrangement rassurante.

Elle rentra chez elle en sueur, trouvant agréable cet effort facile, ce corps qui lui obéissait à volonté. Elle effectua quarante pompes et cent abdominaux. Puis elle fit des étirements de relaxation et prit son pouls. Elle aimait bien vérifier. Cela remontait à des années, lorsqu'elle suivait l'entraînement spécial d'armes à feu, peu après son recrutement par le SIS. A l'époque, elle avait dû acquérir une forme parfaite. Tenir fermement une arme de poing était beaucoup plus facile avec un pouls qui battait lentement. L'idéal se situait autour de cinquante-cinq pulsations/minute. Puis Eva avait réduit à cinquante-quatre. Aujourd'hui, elle en était à cinquante et une.

Elle se doucha puis se vêtit avec soin en vue de son rendez-vous avec Frazer. Elle opta pour une robe de soie noire courte et tourbillonnante et des chaussures noires. Après tant d'années passées en jean et en short, elle s'amusait de ces tenues élégantes. Elle se regarda dans le miroir, étonnée de son reflet, s'interrogeant sur la façon dont Frazer la voyait.

Elle vérifia le petit paquet arrivé la veille du SIS par coursier : un émetteur à brancher sur secteur. Parfaitement identique à une prise multiple standard du Royaume-Uni, il fonctionnait comme tel mais était muni d'un système électronique miniature. Une fois installé, l'émetteur opérerait continuellement grâce au secteur. Opérant sur une bande FM étroite, sur une fréquence UHF située entre 365 et 455 megaherz, il enregistrerait toute conversation se déroulant dans la pièce où il était posé.

Eva l'enveloppa dans un mouchoir qu'elle mit dans son sac. Elle referma son sac d'un coup sec, boucla sa maison et vida son esprit de toute préoccupation. Ne devaient rester que les petites banalités quotidiennes afin que Frazer ne perçût ni nervosité, ni excitation, ni peur.

Elle arriva chez lui à vingt et une heure dix. Il l'embrassa.

— Tu es superbe, rayonnante.

— Merci. J'ai couru pendant une heure. C'est sans doute cela.

— Une heure ? Quelle idée ! Rappelle-moi de ne jamais courir avec toi.

Il la conduisit au jardin où du champagne attendait au frais. Il lui tendit une coupe et l'observa tandis qu'elle buvait, debout, parmi les roses épanouies.

— Tu as une sacrée forme, hein ? Cela m'a frappé la première fois que je t'ai vue, tu me tournais le dos. Je me rappelle m'être fait la réflexion que tu ressemblais à une athlète sur le point de courir. Tu es prête au combat, en quelque sorte.

Eva s'assit sur une chaise en bois.

— Prête au combat ? Oui, je suppose. J'ai largement de quoi m'occuper.

— Ah bon ! Comment cela ?

Elle le regarda avec surprise.

— Mais le deal, quelle question ! Les diamants. Ça pourrait être un truc géant. Je n'y connais rien, en fait. Mais avec ton aide et celle de Case Reed, je crois qu'on peut réussir, pas toi ?

— Je t'aiderai, ne serait-ce que par intérêt personnel. En l'occurrence, moi aussi je crois que ce pourrait être énorme. Mais je veux savoir pourquoi tu te lances là-dedans.

Il s'assit en face d'elle et posa les mains sur la table. Il se pencha vers Eva.

— Je veux savoir ce que tu mijotes, Eva. Pourquoi ce deal — pourquoi y tiens-tu à ce point ? Et que fais-tu de moi ?

Elle rit.

— Tu parles comme une ingénue ! Nous sommes amants. Je croyais que tu avais remarqué.

— C'est à peu près la seule chose que j'ai comprise. Tu m'intrigues. Presque toutes les femmes cherchent autre chose qu'une simple aventure. Il est vrai qu'il existe encore des femmes d'une nuit — c'est de plus en plus rare, d'ailleurs — qui s'éteignent au petit matin. Mais ce n'est pas ton cas. Puis il y a les simples relations. Et les femmes, aussi subtiles soient-elles, cherchent des signes, me posent la question que je viens de te poser. Mais toi, tu ne poses jamais ce genre de questions. Tu commences allègrement une aventure avec moi, au risque de compliquer cette affaire qui signifie tellement à tes yeux. Pourquoi ?

Eva soupira.

— Ecoute, tu ne sais presque rien de moi. C'est normal que tu demandes, surtout si nous avons des chances d'être associés. Bon, je vais essayer de répondre.

Elle fouilla dans son sac à la recherche de son paquet de cigarettes. Juste à côté, il y avait le mouchoir contenant le micro. Elle en sortit une avec précaution. Elle aspira profondément puis souffla la fumée dans l'air du soir.

— Je pense rarement à ces choses. Je déteste l'introspection. J'agis presque toujours par instinct, spontanément. J'ai confiance en mon jugement et, si j'ai envie de faire quelque chose, je le fais sans guère réfléchir aux conséquences. Je les gère au fur et à mesure. Les gens s'inquiètent trop, ils passent des heures à parier sur l'avenir, à s'imaginer comment le négocier. Ils se trompent presque toujours. Ils sont tellement obsédés par ce qui peut advenir que si les choses tournent autrement, ils sont complètement désemparés et tombent en vrille.

Elle s'arrêta et dévisagea Frazer.

— Tu comprends ?

Il resservit un peu de champagne, la regarda avec une expression nouvelle, de plaisir, de curiosité et de considération, cette fois.

— Je crois que oui. Tu vis dans l'instant, tu as confiance en toi, tu ne t'occupes pas des autres. Mais ce deal ne rentre pas dans le cadre, tu es d'accord. Il faut que tu prévoies, que tu tentes de contrôler l'avenir, d'éviter les problèmes avant qu'ils ne surgissent.

— Exactement. C'est une de mes motivations. Tu vois, je n'ai jamais rien fait de ce genre, avant. Je n'ai rien accompli au sens conventionnel. J'ai enseigné l'anglais à des gosses dans tous ces petits villages reculés qu'on trouve partout. Ça m'a plu, c'était amusant, mais je ne vais quand même pas y passer ma vie. J'ai trente ans et je me sens prête pour d'autres aventures. Et pour dire les choses crûment, j'ai besoin de me faire du fric.

Elle eut un haussement d'épaules.

— C'est toujours la même histoire. Ma famille était relativement fortunée, mais mon père s'est montré d'une négligence folle. Mon frère héritera la maison et ce qu'il reste d'argent. Mon père avait pris ses dispositions en ce qui me concerne, mais ça ne va pas loin. Comme je suis une fille, je suis censée me marier et attendre que mon mari me prenne en charge. Ce scénario ne me convient pas, mais alors pas du tout. C'est sans importance, d'ailleurs, j'aurais pu vivre simplement grâce aux intérêts du capital qu'il aurait dû mettre de côté, mais manque de chance mon père a été touché par la déconfiture de la Lloyd's. Comme il était dans un mauvais syndicat, il a perdu des sommes folles. Je ne connais pas le montant exact mais il a dû prélever sur les parts qu'il avait prévues pour mon frère et moi. Résultat, je me retrouve pratiquement à sec. Tu vois, c'est enfantin. L'argent ne m'a jamais préoccupée. Maintenant, c'est le contraire, surtout depuis que j'ai trouvé quelque chose qui pourrait rapporter beaucoup. C'est une sacrée veine pour moi. Je me sens incapable de travailler dans un bureau. Je ne suis pas faite pour la routine. Alors si tu te demandes pourquoi je ne pense qu'à ça, pourquoi je ne suis pas collante comme les autres semblent l'être, c'est parce que j'ai l'esprit occupé par mon projet. C'est tout ce qui m'intéresse. Tu vois ?

Il tendit la main pour lui caresser le bras. Curieusement, ses yeux dégageaient de la chaleur et de la compassion. Comme s'il comprenait vraiment.

— Oui, mieux que tu ne saurais l'imaginer. Je suis moi-même un cadet. A la mort de mon père, mon frère aîné a hérité la totalité des biens. Je menais une existence particulièrement privilégiée dont on m'a brutalement exclu. Je suis devenu l'ombre désargentée de mon frère. Toi et moi voulons la même chose. Notre putain de fric. J'en ai, c'est vrai, mais jamais assez, tout juste de quoi assouvir mon appétit. Toi, tu commences à peine. Attends, tu verras. C'est comme une drogue.

Ils échangèrent un sourire. Eva mit dans son regard complicité et compréhension, comme s'ils se trouvaient soudain partenaires, du même bord. Elle se leva.

— Excuse-moi un instant, je vais me laver les mains.

Elle s'empara de son sac et pénétra dans la maison, respirant à fond afin de garder son calme. Elle entra dans le bureau de Frazer et s'arrêta un instant, l'oreille aux aguets. Puis, d'un geste rapide et sûr, elle sortit de son sac la prise et un minuscule tournevis et procéda en un rien de temps à l'échange de prise multiple sous le bureau. Elle effaça ses empreintes à l'aide de son mouchoir avant de mettre la prise restante dans son sac. Puis elle monta à l'étage, entra dans la chambre de Frazer, se déshabilla et se glissa entre les draps.

Au bout de cinq minutes, il partit à sa recherche. Quand il la trouva, il sourit.

— Qu'est-ce que cette histoire ?

Elle repoussa les draps.

— Ce n'est pas vraiment de dîner que j'ai envie. Et toi ?

Il se dévêtit à son tour, sans la perdre des yeux. La passion vint naturellement, surprenante, les exaltant au-delà de ce qu'ils en étaient venus à espérer.

A minuit, la sonnerie du téléphone les réveilla. Frazer décrocha en grognant.

— Allô. Oui. Un instant.

Il reposa le combiné et se tourna vers Eva pour l'embrasser.

— C'est Hong Kong. Ça risque d'être long et ennuyeux. Rendors-toi. Je prends en bas.

Eva répondit d'une voix endormie.

— Dépêche-toi.

Quand il revint, elle feignit de dormir. Elle constata sans remords qu'il se tournait en tout sens. Elle sourit dans le noir. Dans quelques heures, si l'écoute fonctionnait comme promis par Stormont, elle connaîtrait la teneur exacte de ce coup de fil long et ennuyeux.

26

Cette nuit-là, au moment où Eva arrivait chez Robie Frazer, Andrew Stormont se garait devant chez Cassie. Il observa la belle façade. La maison semblait faite pour elle. Lorsqu'il sonna à la porte, il perçut de furieux aboiements suivis des admonestations de Cassie.

— Nesta, suffit ! Cesse ce vacarme.

Elle ouvrit la porte en riant.

— Désolée. Ma chienne prend son rôle très au sérieux.

— Elle a raison.

Il se pencha pour embrasser la jeune femme, humant un parfum délicieux, plus capiteux que celui de l'autre jour.

— Entrez.

Nesta sautillait autour de Stormont, qui lui caressait vigoureusement le cou.

— Un peu de champagne ? proposa Cassie.

— Avec plaisir.

En principe, il aurait dû rouler en direction de sa maison de campagne, comme tous les vendredis soir. Il trouvait étrange de se trouver à Londres en compagnie de cette très jolie femme, si jeune dans sa robe courte, si douloureusement désirable.

— Voici David Wilson, qui partage ma maison, dit Cassie en lui présentant un homme dégingandé qui s'extirpa du canapé en se dépliant avant de tendre une main alanguie.

Il affichait une expression à mi-chemin entre la politesse et l'examen en règle.

— David, je te présente Andrew Stormont.

Les deux hommes se saluèrent brièvement.

Cassie déboucha le champagne et remplit les trois coupes. Stormont eut un œil approbateur pour l'étiquette de la bouteille. Il prit le verre que lui tendit Cassie, s'installa dans un fauteuil confortable et étendit les pieds sur un tapis persan, tout en balayant la pièce du regard. Cassie était omniprésente. Dans la finesse des objets, dans l'air de joyeuse normalité, dans une maison où il faisait bon vivre. Nulle trace de décoration anonyme et stéréotypée. Stormont ne doutait pas que Cassie eût tout choisi elle-même.

Il envia soudain cette franchise souriante, cette légèreté sans entraves. Une fois encore il en fit son deuil. Quelle que soit la tournure que prendrait cette opération, Cassie ne devrait pas en être affectée. Stormont était incapable de prédire ce qui allait advenir ; il lui faudrait concevoir les événements au fur et à mesure de leur déroulement. Il ne pourrait non plus la protéger, tel le chien qui aboie face à ses ennemis.

David Wilson se voyait manifestement dans ce rôle, mais il ne la protégeait pas tant que cela, songea Stormont en l'observant en douce. Partie prenante, oui, mais probablement inefficace. Cassie devrait mener ses combats elle-même. Se disant cela, il la compara naturellement à Eva. Eva était une bagarreuse redoutable, parfaitement entraînée, prête à la lutte. Si les choses tournaient à l'aigre, Cassie ne saurait pas d'où viennent les coups, elle manquerait d'expérience.

A la demande de Cassie, ils allèrent dîner au Rakes, ce restaurant en sous-sol qui évoquait toujours chez elle le boudoir d'une putain — charmant boudoir, au demeurant, offrant des mets exquis, mais quand même un lieu pour les rendez-vous galants et les couples illégitimes. Elle rit intérieurement en se demandant ce que voulait Stormont — à part un petit tour entre ses draps, bien sûr. On sentait qu'il nourrissait des plans plus vastes.

Il était assis en face d'elle, costume sombre et chemise bleu pâle. Ses vêtements étaient aussi parfaits que le corps qu'ils abritaient. Tout en lui était solide — corps, voix, visage, esprit. Et volonté. Elle transparaissait sous la surface, latente, aux aguets, opérant en ce moment sous l'armure de charme, les manières parfaites, l'intérêt chaleureux qu'il lui témoignait. Sa volonté n'était pas masquée par la vanité ou l'arrogance — qu'elle méprisait plus que tout chez un homme — mais elle était bien là, dans son sourire, dans sa confiance en soi tranquille, dans son intérêt.

Ils lurent la carte, commandèrent puis échangèrent mille questions. Stormont les posait sous prétexte de mieux la connaître. C'étaient des interrogations amicales, classiques, mais Cassie y lisait un but, une détermination. D'ordinaire, elle détestait les indiscrétions car elle y voyait un raccourci à la découverte de l'autre. Maints hommes s'informaient, persuadés de témoigner ainsi leur intérêt, d'offrir aux femmes l'occasion de parler d'elles, ce qu'ils tenaient pour leur passe-temps favori. Elle préférait, quant à elle, les méthodes moins directes. Si elle n'avait pas été aussi attirée par Stormont, apaisée par son immense séduction, elle aurait éludé ses questions avec un bâillement et aurait changé de sujet. Au lieu de cela, elle l'observa en train de chercher à reconstituer un puzzle.

— Drôle de compagnon, que vous avez là. Plutôt agressif. Il a l'air de vous surveiller comme un dragon.

— Pourquoi intéresse-t-il tout le monde ?

— Tout le monde ?

— Eva aussi m'a interrogée à son sujet, elle voulait savoir si c'était mon amant.

— Et ?

— Non, c'est juste un ami. Est-ce bizarre à ce point ?

— Visiblement, vous êtes indépendante et vous avez du succès. Je n'aurais jamais imaginé que vous eussiez besoin de partager votre maison.

Cassie haussa les épaules.

— J'ai toujours détesté vivre seule.

— Pourquoi ?

Elle détourna les yeux comme si elle cherchait la réponse à donner. Puis elle l'affronta de nouveau et répondit d'une voix grave.

— Je ne supporte pas d'être allongée dans le noir à me demander l'origine des bruits. J'ai horreur d'entendre mes propres pas résonner dans une maison vide. Je me sens en sécurité avec une présence dans la maison. Et je trouve cela réjouissant. Au surplus, David est d'agréable compagnie. Pouvez-vous comprendre ?

— Oui, répondit Stormont avec gentillesse.

Il voulait lui demander d'où émanait cette peur, mais une fois encore, elle fuit son regard, comme pour couper court à tout interrogatoire.

— C'est un peu surprenant, voilà tout, ajouta-t-il en la ramenant à lui au seul son de sa voix. Cela ne ressemble guère à l'image que vous donnez de vous-même, vous, la fine mouche de la City.

— Comme vous dites, c'est une image.

— Qu'est-ce qui vous a poussée à travailler à la City ? C'est un vrai nid de vipères, non ?

— Seulement si on se laisse faire. Les grandes banques sont pires que Case Reed. Je ne suis restée à la City proprement dite que quatre ans, cela m'a suffi pour acquérir d'excellentes connaissances en bien des domaines. Puis, je suis entrée chez Case Reed. L'ambiance y est beaucoup plus civilisée. J'ai les mains libres, je fais plus ou moins ce que je veux sans risquer de froisser un directeur ou un autre.

— D'accord, mais cela demeure la City, même si ce n'est pas situé dans le périmètre carré. Qu'est-ce qui vous attire ?

— Le risque.

— Vous aimez cela ?

— Je ne devrais pas ?

— Votre vie paraît si bien ordonnée, si transparente. Le risque semble vous être étranger.

— Voilà pourquoi je puis me l'offrir. Je l'accueille à bras ouverts.

— Pourquoi ?

— Il me donne quelque chose à quoi me mesurer. Je peux prévoir, prédire, jouer. Il ne s'agit pas de hasard. Tout est calculé. Risque, rendement — la maxime du banquier.

— Vous ne prendriez jamais de risques pour le risque ?

— Quel serait l'intérêt ?

— C'est très rationnel, très lucide.

— Ecoutez, il y a des tas de gens qui aiment jouer à ce jeu, et se fourrent dans le pétrin juste pour voir s'ils arrivent à s'en sortir.

— Et vous n'avez pas besoin de cela. Vous savez que vous en êtes capable, le jeu n'en vaut donc pas la chandelle.

— C'est à peu près cela. Ou peut-être que je ne tiens pas à me mettre à l'épreuve sans une bonne raison.

Les serveurs débarrassèrent avant d'apporter la suite. Cassie profita de cette interruption pour regarder autour d'elle, laissant délibérément la conversation tomber. Elle avait eu son compte d'analyse.

— Comment va l'affaire avec Eva Cunningham ? s'enquit Stormont avec naturel.

Cassie le dévisagea un long moment avant de répondre.

— Il ne s'est pas encore passé grand-chose. J'ai organisé une réunion pour lundi. Les choses devraient commencer à bouger à ce moment-là.

— Vous allez la financer ?

— Elle, la concession... Nous allons faire quelque chose.

— Comment vous y prendrez-vous ?

— Andrew, voyons ! C'est confidentiel. Vous

n'imaginez tout de même pas que je vais répondre à une question pareille !

Il secoua la tête. En réalité, il voulait juste tester sa discrétion.

Tout le temps qu'il parlait, ou écoutait, une part de son esprit était avec Eva. Il s'inquiétait, il espérait. Comment s'en sortait-elle avec Frazer ?

— Bon, lança Cassie en achevant son agneau. Vous m'avez fait subir un véritable interrogatoire, mais moi, je ne sais presque rien de vous.

— Qu'aimeriez-vous savoir ?

— On pourrait commencer par ce que vous faites.

— A votre avis ?

Elle l'observa avec soin et garda le silence. Dieu sait s'il était habitué à agir ainsi avec les autres, pourtant, Stormont fut surpris par sa propre déconfiture. Il comprit ce que voulait dire Eva : Cassie était terriblement attentive.

Elle parla enfin.

— Je vous vois dans plusieurs branches. Vous pourriez être dans la City, ou homme d'affaires. Vous pourriez être psychiatre, ou journaliste de haut vol. Ou encore, vous pourriez combiner le tout, d'une façon ou d'une autre. Vous me faites l'effet d'un dilettante, sauf que vous possédez trop de ferveur pour cela. Vous faites quelque chose qui compte beaucoup pour vous, et seule mon hypothèse du psychiatre colle avec cela. Mais vous n'êtes pas psychiatre non plus. Vous êtes bien trop vicelard.

Il rit.

— Alors que suis-je ?

Cassie eut soudain à l'esprit sa conversation avec Aubrey Goldstein.

— Je ne crois pas que vous souhaitiez une réponse.

— Pourquoi cela, grands dieux ?

— Parce que je crois que vous êtes un agent secret.

Stormont rit de nouveau avec gaieté. Cassie se fit la réflexion que c'était la réaction soit d'un homme qui n'a rien à cacher, soit d'un homme qui se sent bien dans le mensonge, même lorsqu'il est confronté à la vérité.

— Vous me faites un grand honneur de me trouver fascinant à ce point. La vérité est hélas plus prosaïque. Je m'occupe d'immobilier. Désolé.

— Je suis déçue.

— Navré. Je ferai mon possible pour me rattraper.

Son regard glissa de son visage à sa gorge, puis à ses seins. Il leva les yeux et s'aperçut qu'elle l'observait avec un air à la fois satisfait et vaguement méprisant : Stormont était si prévisible.

— A propos, d'où diable tenez-vous l'idée que je pourrais être un espion ? Vous en connaissez ? Je vous fais penser à quelqu'un ?

— Exactement.

— Qui ça ? Et qu'ai-je en commun avec eux ?

— Quelque chose en vous, dans vos yeux. Ils ont l'air sincères mais ils sont circonspects au possible et scrutateurs en diable. Vous êtes aux aguets et ne révélez que ce que vous voulez bien. J'ai déjà connu ce genre de comportement. On fait tous cela quand on ment, mais cela s'allume et cela s'éteint avec le mensonge. Chez vous, c'est allumé en permanence, comme s'il vous fallait masquer votre vie.

— Ingénieux. Mais faux.

— Bon. Je suis futée mais cette fois, je me trompe. Oublions cela. Continuez d'être un spéculateur immobilier et essayez d'y trouver votre compte. J'essaierai quant à moi de ne pas être trop maligne.

Ils échangèrent un regard, conscients de la nouvelle ambivalence de leurs sentiments, l'hostilité le disputant au désir.

A minuit, Stormont la raccompagna. Il se rangea devant chez elle sans couper le contact. Il posa sur ses lèvres un petit baiser.

— A bientôt.

Elle descendit de la voiture.

Il éprouva une frustration inhabituelle. Elle était tout à la fois distante et intime, évasive mais perspicace de façon déconcertante.

De retour chez lui, Stormont s'installa dans son bureau avec un whisky sans cesser de penser à Cassie, qui l'avait qualifié d'espion. Etait-elle perspicace à ce point ou bien était-ce pure devinette, ou taquinerie ? Cette opération était dangereusement insaisissable. Et il avait l'étrange impression que Cassie Stewart se révélerait plus menaçante pour lui qu'il ne pouvait le savoir. Cependant, malgré toute son intuition, il y avait beaucoup de choses qu'elle ne découvrirait jamais. Si elle constituait une menace, il pouvait l'affronter sans difficulté.

27

C'était samedi. Cassie s'éveilla délicieusement tard. Il était dix heures du matin. Elle enfila en hâte un jean et un tee-shirt et se rendit chez le nouveau traiteur qui venait d'ouvrir dans King's Road près de World's End. Elle acheta deux croissants ordinaires et deux aux amandes, du lait et du jus d'orange. Quand elle revint, David était dans la cuisine en culotte de pyjama.

Elle passa les croissants une minute au grill puis les empila sur une assiette qu'elle emporta au salon. David la suivit avec le café.

— Bonne soirée ? s'enquit-il.

Cassie hocha la tête, la bouche pleine.

— Super. Que penses-tu de lui ?

Elle savait la question imprudente. David assassinait sans y être invité amis et prétendants. Mais elle était curieuse et il se trompait rarement.

Il finit tranquillement son croissant avant de répondre.

— C'est un loup. Il a dissimulé ses crocs tant qu'il était là. Mais il te chasse sérieusement. Je détesterais voir son regard quand il est seul avec toi dans le noir. Je le tuerais sans doute.

Cassie éclata de rire.

— Un loup... Mm. Quel est son métier, à ton avis ?

— C'est sans doute un de ces mecs de la City. Il émane de lui une sorte de cruauté impitoyable et raffinée. Pourquoi me poses-tu la question ? Ça ne te ressemble pas. Tu fais une drôle de tête, Cassie.

— Moi ?

Elle eut soudain l'air absent. Son visage s'éclaira d'un sourire trouble.

— Cass, on dirait que tu trames une exécution.

Stormont appela Eva à onze heures. Elle rentrait juste de chez Robie Frazer. Elle décrocha avec sa brusquerie coutumière.

— Allô.

C'était plus un défi qu'un salut.

— Comment cela s'est-il passé ?

— A l'aise. Tout en place à vingt et une heures trente. On lui a téléphoné à minuit, il est allé prendre dans son bureau. Ce pourrait être prometteur.

— Parfait. Je vais demander qu'on nous adresse à vous et à moi copies des cassettes et transcriptions dans les meilleurs délais. Aden et une équipe d'écouteurs sont dessus et filtrent ce qui pourrait avoir de l'importance.

— Et vous ? Du nouveau ?

Stormont marqua une pause. Il devait lui dire au sujet de Cassie. Elle le saurait, de toute façon. Cassie n'avait aucune raison de le lui cacher. Autant que cela vînt de lui.

— Oui. Et du bizarre. J'ai vu Cassie Stewart hier soir.

Il laissa à Eva le temps de réagir. Elle ne pipa mot. Il poursuivit, trépidant.

— Nous avons dîné ensemble. Nous devisions de choses et d'autres quand elle m'a demandé ce que je faisais dans la vie. J'ai dit « devinez ». Ce qu'elle a fait.

— Comment cela ? Que voulez-vous dire ?

— Elle m'a affirmé tranquillement que j'étais sans doute un agent secret.

— Quoi !

— Ne vous inquiétez pas, j'ai joué cela en finesse. Mais par quel miracle a-t-elle mis dans le mille ?

— Je n'y suis pour rien, si c'est là votre question.

— Cela ne m'a même pas effleuré. Mais comment diable a-t-elle établi le lien ?

— A votre avis ?

— Que je sois pendu si je le sais. Je la crois remarquablement intelligente, ce qu'elle dissimule la plupart du temps. Et tout à coup, c'est arrivé, pleins feux sur moi.

— Je vous avais prévenu, elle voit tout.

— Elle m'a dit que je lui rappelais quelqu'un qui était un espion.

— Qui cela ?

— Elle n'a pas voulu le dire.

— Elle ne parlait pas de moi, quand même ? Nous ne nous ressemblons guère.

— Justement, elle aurait pu songer à vous. Elle a décrit mon regard comme un masque permanent, conçu pour tout dissimuler, pour couvrir ma vie.

— Merde. Elle est pile dans le mille.

— Vous aussi avez ce regard-là, Eva. Nous l'avons tous, d'ailleurs, pour qui sait où chercher.

— Mais bon sang comment pourrait-elle le savoir ?

— Cela me dépasse. Je crois que nous l'avons sous-estimée.

— Alors que fait-on ?

— On continue, il n'y a pas trente-six solutions. Sauf qu'en plus on l'observe avec un œil de lynx. Vous savez, j'ai le sentiment qu'elle a dit cela exprès, comme en signe d'avertissement.

— A quel propos ?

— Aucune idée. Peut-être me méfier à son sujet — vous savez, ne pas la traiter par-dessus la jambe, parce qu'elle est trop fine pour cela, qu'elle couperait les ponts au premier signe d'inconduite.

— Et ?

— Je lui ai demandé des nouvelles de votre affaire commune. Elle m'a rétorqué très poliment qu'elle se demandait comment, connaissant le caractère confidentiel de ce dossier, je pouvais poser la question. Je crois qu'il s'agissait d'une semonce pour vous et moi, au sujet du deal. Vous représentez le lien avec moi. Elle sait que nous sommes amis.

— Andrew, allez-vous me dire comment le fait que vous voyez Cassie entre dans cette opération ? J'espère que vous n'entendez pas l'utiliser pour m'espionner.

— Pourquoi ferais-je cela ? J'ai confiance en vous, Eva. Je n'ai nul besoin de vous espionner.

Eva garda le silence.

— Soyez prudente avec elle, Eva. Je ne sais pas exactement à quoi elle joue, mais il me semble qu'elle est beaucoup plus retorse que nous ne le supposions.

— Nous sommes du même bord, vous en souvenez-vous ? Nous voulons tous nous enrichir avec cette affaire. D'ailleurs, s'il vous faut mettre les points sur les I, c'est plutôt à vous d'être prudent. C'est vous qu'elle prend pour un espion. Couchez avec si cela vous chante. Mais laissez-moi en dehors. Et pour l'amour du ciel ne fichez pas tout en l'air, ajouta-t-elle, mordante.

Elle raccrocha avant qu'il n'ait eu le temps de répliquer.

Transcriptions et copies arrivèrent à midi ; on fit porter un jeu à Eva et un à Stormont. Ce dernier reçut également le rapport de Giles Aden qui supervisait cette partie de l'opération.

La qualité de l'enregistrement était parfaite. Les deux intéressés l'écoutèrent immédiatement, s'imprégnant de la moindre nuance comme s'ils écoutaient cette conversation en direct.

La première voix était celle de Frazer.

— Où étiez-vous passé, Chin ? Cela fait des jours que je vous cherche.

— Les affaires. Quel est le problème ?

— Nan est inutilisable désormais. Vous devrez patienter encore un peu pour vos renseignements.

— Que s'est-il produit avec Nan ?

— Il refuse de coopérer.

— Que comptez-vous faire ?

— Nous nous en occupons.

— Voulez-vous dire que ce n'est pas réglé ?

— Ce sera fait.

Long silence. Puis la voix de Ha Chin parla, glaciale, décidée.

— Cela vaudrait mieux. Vous avez cafouillé, Frazer. Vous avez mal choisi votre homme.

— C'était un risque. Cela arrive.

— Pas à moi. Cette conversation ne devrait même pas avoir lieu.

— Aucun danger.

— Comment pouvez-vous en être certain ? Surtout maintenant. Vous mollissez, Frazer.

— Non, c'est vous qui devenez paranoïaque. Vous perdez la main, Ha Chin. Tout est passé au crible chaque semaine. Il se trouve que ce sera fait aujourd'hui.

Stormont appela immédiatement. Les mots se bousculaient.

— Débrouillez-vous pour ôter ce micro dare-dare. Vous risquez de sauter, sans cela. Vous avez quelques heures maximum.

— Il doit s'absenter pour le week-end. Je pourrais appeler afin de m'assurer qu'il est parti puis raconter à sa gouvernante que j'ai oublié quelque chose.

Eva était parfaitement calme ; l'imminence du danger lui clarifiait les idées. Elle avait pleine conscience des conséquences qu'aurait la découverte du micro.

— Faites-le maintenant, dit Stormont.

Eva téléphona chez Frazer. Margaret répondit qu'il venait de partir.

— Dieu soit loué, vous êtes là ! s'exclama Eva. J'ai oublié quelque chose, ce matin. Je suis vraiment désolée, mais cela vous ennuierait beaucoup si je passais le récupérer ?

— Je ne bouge pas, répondit Margaret d'un ton pincé.

Eva raccrocha, prit son sac de la veille et grimpa dans un taxi direction Wilton Place.

Margaret lui ouvrit et la pria d'entrer avec un sourire réfrigérant. Elle me déteste, songea Eva. Elle est sans doute persuadée que je ne suis qu'une traînée de plus qui court après la fortune de son patron.

— Je crois que je l'ai laissé en haut, dans la salle de bains.

Margaret la toisa de haut.

— Qu'est-ce que c'est ?

— Mes pilules. Elles sont dans une longue boîte grise et..

— Je sais à quoi ça ressemble. Allez-y. Cherchez vous-même.

Margaret tourna les talons et se retira à l'arrière de la maison.

Eva la regarda disparaître et gagna rapidement le bureau. Elle se déplaçait sans bruit, espérant qu'il ne serait pas fermé à clef. C'était le cas. Elle referma doucement la porte derrière elle puis, accroupie, procéda à l'échange des prises. Elle ressortit, courut à l'étage et redescendit tranquillement. Elle atteignait l'entrée quand Margaret reparut.

— Je ne les trouve pas. Elles ont dû tomber sur le trottoir.

Margaret la gratifia d'un petit sourire narquois indiquant clairement que c'était leur place, comme certaines personnes, à ce compte-là.

Eva arriva à la porte, Margaret la lui tint ouverte et la claqua vigoureusement derrière elle.

Dès son retour, Eva téléphona à Stormont.

— C'est réglé. La gouvernante était là et m'a laissée entrer en grommelant.

— Bien, mais cela ne fait que limiter les dégâts. Elle va répéter à Frazer que vous êtes passée reprendre quelque chose. S'il est peu probable qu'il établisse le lien avec la vérification d'aujourd'hui, ce n'est pas exclu pour autant.

Eva se mit à rire.

— Qu'y a-t-il de si drôle ?

Elle répondit entre deux gloussements.

— C'est juste que j'ai raconté à sa cadériste que j'avais oublié mes pilules. Elle va certainement en conclure que c'est une manœuvre destinée à piéger Frazer.

— C'est le cas. Et vous ne devriez pas prendre la chose à la légère.

— Détrompez-vous. Ce qui m'amuse c'est que du coup ils vont chercher dans la mauvaise direction.

— Vous aimez porter des coups bas, n'est-ce pas, ma chère ?

— Je pensais bien que vous apprécieriez.

Le silence s'installa, étrange. Eva eut la sensation inhabituelle d'avoir pris Stormont au dépourvu. Il poursuivit d'un ton quasi officiel.

— Votre micro a enregistré une conversation avec un associé à onze heures trente ce matin. Aden vient d'en envoyer une cassette en urgent. Vous devriez la recevoir d'une seconde à l'autre. Ecoutez-la et rappelez-moi.

Cinq minutes plus tard, Eva se passait l'enregistrement. Elle entendit d'abord le bruit d'une porte qu'on refermait puis la voix de Frazer.

« Toujours aucun signe ? »

La seconde voix avait un fort accent chinois de Hong Kong.

« Non. Mais nous sommes prêts. »

Après une brève pause, Frazer parla de nouveau.

« A quoi songez-vous ?

— Existe-t-il une possibilité qu'il ait laissé une lettre à son avocat, à n'ouvrir qu'après sa mort ? Une vengeance d'outre-tombe, où vous seriez nommé ? »

Frazer éclata de rire comme s'il s'agissait d'une énorme plaisanterie.

« Jamais il ne lui viendrait à l'esprit d'être déloyal. Il me croit un ami. De toute façon, c'est moi, son avocat... Si vous êtes vraiment inquiet et que vous êtes sûr qu'il n'y a aucun risque, vous pouvez toujours pénétrer chez lui cette nuit. Jetez un coup d'œil à ses papiers, voyez s'il n'y a pas trace d'un autre avocat, cherchez tout ce qui peut vous paraître bizarre.

— D'accord. Ce sera fait.

— Et ne vous approchez pas de chez moi. Autant qu'on ne vous voie pas. De toute façon, je file à la campagne. Appelez-moi en cas de besoin, mais soyez prudent. »

Grattements de chaises qu'on déplace. Silence.

Eva téléphona immédiatement à Stormont.

— Intéressant.

— Tout à fait. Vous ne reconnaissez pas cette voix, par hasard, l'homme de confiance de Frazer ?

— Non, répondit Eva en fouillant dans sa mémoire. Première fois que je l'entends.

Elle disait la vérité, telle qu'elle la connaissait.

— Comment interprétez-vous cette conversation ? demanda Stormont.

— Le Chinois est manifestement un tueur, ou alors il est là pour superviser une exécution. La question est : de qui ?

— En tout cas, ce ne peut être vous. Il s'agit d'un homme qui se planque.

Il y eut une longue pause avant que Stormont ne poursuivît.

— C'est à la fois une bonne et une mauvaise nouvelle. Nous détenons un petit début de piste... et un avertissement. Frazer est toujours un tueur. Votre petit numéro avec Margaret pourrait le distraire, mais il se méfie toujours de vous. Pas question de le laisser penser une seconde qu'il pourrait avoir raison.

— Je sais.

— Le pire est que dorénavant, vous devrez entrer chez lui complètement nue : pas de protection, pas de matériel. Vous devrez obtenir vos renseignements de première main. Plus vous aurez besoin de protection, moins nous pourrons vous en fournir. Nous ne pouvons courir le risque que Frazer trouve quoi que ce soit de compromettant.

Nouveau silence, interminable.

— Les risques augmentent, Eva. Je m'en voudrais de paraître alarmiste, mais vous savez que vous pouvez laisser tomber à tout instant si vous avez des inquiétudes.

Eva sursauta d'étonnement. Pas un instant elle n'avait imaginé que Stormont lui eût laissé une porte de sortie à ce stade. Elle se montra immédiatement soupçonneuse.

— Que se passe-t-il, Andrew ? Je n'ai aucune intention d'abandonner en cours de route. Vous le savez parfaitement. Et agir toute nue, comme vous dites, me convient à merveille. Je n'en suis pas à mon coup d'essai. Je serai prudente.

— Vous avez intérêt, rétorqua-t-il d'un ton résolu. Vous et Frazer. Vous me reprochez de ne jamais vous donner les tenants et les aboutissants d'une affaire ni le topo global. Eh bien, je vais le faire, cette fois. Savez-vous qui est Ha Chin ?

— Je suis toute ouïe.

— En surface c'est un homme politique très haut placé doublé d'un homme d'affaires plus que prospère — hôtels, immeubles entiers de bureaux, software informatique.

— Et en dessous.

— Tout ce que vous pouvez imaginer. Espionnage industriel, drogue, armes. Il possède une sacrée organisation. Il ne recule devant rien. Il assassine à la moindre menace. C'est plus pratique. Cela place Frazer dans la ligne de mire. Et si Frazer croit que vous êtes au courant pour Ha Chin, vous devenez vous aussi une cible.

— Parfait, alors nous sommes tous deux dans le champ de tir. Si je peux me débrouiller de Frazer, ça marche aussi pour Ha Chin. Tous deux ont du sang sur les mains. Je n'en ferais pas un drame si chacun versait le sang de l'autre.

— Cela ne fait pas partie du plan, Eva. Nous voulons Frazer vivant. Nous avons réussi à établir qu'il faisait des affaires avec Ha Chin. C'est une énorme brèche. Si nous trouvons une preuve en béton que

Frazer fait commerce de secrets, de drogue ou d'armes avec Ha Chin, il pourrait se montrer coopératif. N'oubliez pas l'enjeu de tout cela. Et quand nous aurons obtenu de Frazer ce que nous voulons, qui sait ce qu'il adviendra, ce que les Chinois feront de lui. Mais en attendant, il nous le faut vivant.

En attendant, se dit Eva — comme si le moment viendrait jamais où Stormont et la Firme lâcheraient volontairement prise.

28

Cassie s'éveilla à six heures du matin. Elle prit sa douche, se lava les cheveux et s'habilla en hâte. Après quoi, elle descendit à la cuisine, mit la machine à expresso en route puis nourrit Nesta et les chats. La chienne la suivit, étonnée de l'excitation qu'elle percevait chez sa maîtresse.

Cassie emporta son triple expresso sur la table de bois du petit jardin derrière la maison et s'installa dans la lumière douce des premières heures du jour. C'était si agréable d'être seule au calme dans le jardin, quand les gens dorment encore, indifférents à la beauté du monde. Cela lui donnait le sentiment de marquer un point dans un jeu invisible.

Elle resta une heure au soleil, se resservant du café de temps à autre. Quand elle se rendit à son travail, à sept heures trente, elle était comme une pile électrique.

Elle arriva chez Case Reed en taxi à huit heures moins le quart. Elle passa les deux heures qui suivirent à travailler avec une efficacité pointilleuse, vérifiant son plan dans les moindres détails, s'assurant qu'elle n'avait commis aucune erreur légale, tactique ou financière.

A dix heures moins le quart elle se rendit dans le bureau de Richardson. Il sourit en la voyant franchir le seuil et la dévora des yeux. Elle portait une jupe souple de soie à motifs bleus qui lui arrivait bien au-dessus du genou, un chemisier en lin blanc empesé, une large ceinture bleue et des souliers à talons assortis. Ses bijoux ajoutaient au sérieux de sa tenue — bracelet et boucles d'oreilles saphir et or. Ses cheveux attachés en queue de cheval révélaient les contours nets de son visage, sculpté comme du verre ciselé.

— Vous m'avez l'air en pleine forme, commenta Richardson, qui préféra user d'une litote. Prête pour la réunion ?

Elle lui offrit un sourire étincelant.

— Oui. Je veux mettre Eva et Frazer devant le fait accompli. Je n'ai pas l'intention de perdre du temps à discuter des mille façons de réaliser cette opération. Ils font les choses à mon idée, ou pas du tout. Si on traite avec ces deux-là, il faut que ce soit à nos conditions.

— Vous me semblez bien réticente à leur égard.

— Non, prudente, voilà tout. Ce sont de sacrés caractères. Ce sera assez difficile sans les laisser n'en faire qu'à leur tête.

— Nous devons leur faire confiance, Cass.

— Naturellement. Mais il n'y a pas de mal à prendre un peu de recul et à se protéger le mieux possible.

— On pourrait croire que vous parlez d'adversaires. Qui combattons-nous donc, en la matière ?

— Personne. Nous sommes tous du même côté de la barrière. Nous voulons tous faire du fric. Je tiens seulement à m'assurer que nous agissons avec le maximum d'efficacité.

L'interphone retentit.

— Robie Frazer est là, annonça la réceptionniste.

— Faites-le monter, je vous prie. Les fonds sont débloqués, ajouta Richardson à l'adresse de Cassie. Tout est en place. Bonne chance.

— Merci.

Il venait de lui tendre la corde pour se pendre. Ils échangèrent un sourire tranquille et se levèrent.

Robie Frazer les attendait dans la salle du conseil, debout, dos à la porte. Cassie observa de la tête aux pieds cet homme grand et souple dont l'attitude affichait indifférence et confiance en soi. Il se tourna au bout d'un moment, d'abord vers Cassie, retenant son regard, se sachant observé. Puis il gratifia Richardson d'un bref salut de la tête.

La porte s'ouvrit sur Eva Cunningham. Les trois autres se tournèrent vers elle. Tout en embrassant Cassie puis serrant la main de Richardson, Eva concentrait son attention sur Frazer, jaugeant la façon dont il réagissait vis-à-vis d'elle alors qu'il la croyait occupée ailleurs. Elle avança vers lui, lui tendit la main tout en plongeant son regard dans ses yeux bleus. Il serra ses doigts un peu trop fort. Ses yeux disaient le désir, l'admiration, la dureté coutumière, mais pas le soupçon, analysa-t-elle.

Eva prit un fauteuil et alluma une cigarette. Frazer s'installa à côté d'elle. Nul ne bronchait.

Cassie s'assit en face, à côté de Richardson ; *bataille rangée,* pensa-t-elle. Au cours de telles réunions, il lui arrivait de s'installer délibérément de l'autre côté, mais cela ne faisait qu'augmenter la tension et la confusion. L'importance de la géographie humaine dans une salle de réunion la fascinait immanquablement. La société, l'affaire en cours pouvaient être de la plus haute sophistication, les schémas comportementaux n'avaient pas évolué depuis l'Age de la Pierre. S'y ajoutait une couche de vernis, rien de plus.

La secrétaire de Cassie entra avec du café et de l'eau minérale. Cassie continua d'observer Eva et Frazer. Ils semblaient à leur aise mais tendus, électrisés. Cassie croyait déceler entre eux de la complicité, un silence entendu. Leurs corps étaient penchés l'un vers l'autre, même si la tête d'Eva paraissait tirer dans l'autre sens, comme si Eva était à la fois attirée et repoussée. Leurs mouvements étaient infimes, quasi imperceptibles, mais Cassie y voyait des indications, comme autant de fragments d'une toile invisible qu'elle tentait de discerner.

Elle l'avait expliqué à Richardson, leur point commun à tous était la soif de s'enrichir. Cela, c'était perceptible. Cependant, l'atmosphère ne laissait pas transparaître ce but commun, mais plutôt des motivations divergentes, sources de conflit. Peut-être était-ce qu'elle-même cherchait des buts secrets qui n'existaient pas en réalité. Peut-être Aubrey Goldstein et Sam Brimton lui avaient-ils empoisonné l'esprit de vains soupçons. Elle dévisagea une fois encore les deux personnages qui lui faisaient face, avec leur expression dure, déterminée, leur sourire charmant, qui lui paraissait à cet instant tout sauf convaincant.

On servit le café, on but, on s'installa. Cassie prit enfin la parole.

— Voici ma proposition. Si vous l'acceptez, nous pouvons démarrer aujourd'hui.

Elle tut sa menace implicite : soit vous acceptez ma proposition, soit nous laissons tomber. Elle poursuivit, connaissant son affaire, s'exprimant avec aisance, manifestant sa sérénité.

— Je propose la création d'une nouvelle société pour lancer une OPA sur Genius. Eva injectera ses dix pour cent dans cette nouvelle société en échange de cinq pour cent de la participation. Celle d'Eva sera diluée parce que Case Reed et Robie Frazer mettront chacun dix millions de livres sterling dans la nouvelle société. Cela devrait nous mener jusqu'à l'échantillonnage volumétrique. S'il nous faut davantage, nous financerons en cours de route. Puis, à l'aide de cette société, Case Reed et Robie achèteront chacun une participation de cinq pour cent dans Genius — quatre virgule neuf pour cent, pour être exacte. Le prix de l'action est de quatre dollars. Je suggère que nous fassions une offre à six. A ce prix, la participation ne nous reviendra qu'à six cent mille dollars canadiens.

« Nous agirons de concert, et nos avoirs seront rassemblés. A nous quatre nous posséderons juste en dessous de vingt pour cent. Le fait de détenir vingt pour cent ou plus nous oblige à lancer une OPA. Une fois notre participation en place, nous ferons une offre. Je recommanderais, pour ma part, une OPA boursière. Nous notifierons nos intentions au Service des cotations de la Bourse de Vancouver. Une fois qu'ils auront accepté notre projet, l'offre démarrera. Cette méthode exige un paiement comptant, autrement dit nous devons être en mesure d'apporter la preuve de nos capacités financières. Une lettre de nos banquiers respectifs devrait suffire.

« En supposant que l'OPA se déroule sans encombre et que nous ayons verrouillé le capital, nous entamons l'échantillonnage volumétrique. Cela accompli, avec l'hypothèse de résultats favorables, nous pouvons envisager de prendre un associé dans notre joint-venture qui nous aidera à financer la construction de la mine. Nous pourrions souhaiter vendre en totalité. Ou encore, nous pourrions décider de lancer une offre, de telle sorte que cela nous laisse suffisamment d'actions de Genius pour nous permettre de maintenir une cotation. Nous pourrions nous en servir pour récolter des fonds pour le projet, ou réduire notre participation si nous escomptons un profit suffisant. De cette façon nous pourrions effectuer une sortie partielle ou totale à tout moment, si le prix de l'action le justifie. J'ai ici tous les documents pour le lancement de la nouvelle holding, une société en commandite. Nous en serons les quatre directeurs.

Cependant qu'elle parlait, Cassie entendait les rouages cliqueter dans l'esprit de ses interlocuteurs. Frazer et Eva échangèrent un regard vaguement surpris quand elle poussa vers eux les papiers à signer.

— Vous pouvez consulter vos avocats si vous le désirez, mais la documentation est ce qu'il y a de plus simple. C'est le risque sous-jacent qui ne l'est pas — des diamants au Vietnam. Cela posé, je crois que nous avons eu tout loisir de peser ce risque. C'est un pari à prendre. Nous ne pouvons prévoir les aléas que jusqu'à un certain point. Nous ne pouvons les prendre en compte qu'au fur et à mesure de leur émergence.

Elle marqua une pause tandis que son regard allait de l'un à l'autre.

— Case Reed aime les risques. Nous sommes prêts à foncer.

Elle laissa la question en suspens. Elle n'exercerait aucune pression : c'était à prendre ou à laisser.

Eva se pencha vers Cassie.

— Admettons que nous signions tes papiers et que nous démarrions ta société — notre société. Que se passe-t-il après ?

— Réunir l'ensemble des documents nécessitera deux ou trois jours. Il faudra s'entendre sur la nomination d'une banque d'affaires canadienne à Vancouver qui organisera l'OPA. Nous ne pouvons le faire nous-mêmes — il nous faut quelqu'un de versé dans les pratiques locales du marché. Nous aurons aussi besoin d'un agent de change, pour le cas où nous voudrions acheter en prélude ou conjointement à l'offre.

Autour de la table, nul ne soufflait mot. Finalement, Robie Frazer brisa le silence.

— Vancouver est un marché dont il convient de se méfier, lança-t-il en se carrant dans son fauteuil, l'œil rivé sur Cassie.

— Ce n'est pas un problème, répondit la jeune femme dans un sourire. Faites-moi confiance.

Elle sentait trois paires d'yeux sur elle, des yeux intrigués qui se demandaient ce qu'elle avait trafiqué en secret. Ses interlocuteurs savaient que toute question était vaine — du moins pour l'instant, alors que leur conversation serait notée. Mais cette petite phrase n'était pas dénuée d'ironie. Dans le jargon de la City, « Faites-moi confiance » signifiait « Faites-moi confiance si vous l'osez ; acheteur, gare à vous » ou, pis encore « Allez vous faire foutre ».

Tous regardaient les yeux bleu clair qui leur souriaient innocemment. Il émanait de Cassie Stewart une aura de pureté, de grand scrupule. Nul ne douterait d'elle. Pourtant, ses mots trahissaient la promesse, la certitude, mais aussi comme une indiscernable menace.

Frazer reprit la parole, d'abord à l'adresse de Cassie.

— J'aimerais autant verrouiller le capital. Pas de titres non amortis. Sans oublier que les actionnaires minoritaires ne font que compliquer les choses.

Puis il se tourna vers Eva, revenant au « vous » par prudence.

— Je voulais vous demander : qui gère le côté technique des choses à la concession ?

— Une société contractante australienne du nom de ConCo. Ils s'occupent de toute la partie technique. Granger McAdam et moi supervisons l'ensemble.

— Granger prend-il beaucoup de décisions au jour le jour ?

— Plus maintenant. Il parle trop à sa bouteille pour cela.

— Et vous tenez beaucoup à votre société contractante ?

Eva essaya de deviner ce que cachait exactement cette question.

— Pas nécessairement. Pourquoi ?

— Oh, je me demandais seulement si vous envisageriez de faire appel à une société contractante que je connais. Elle opère dans toute l'Asie. Réputation de premier ordre. Je pourrais peut-être vous obtenir de meilleures conditions que celles auxquelles vous traitez pour l'instant.

Eva le considéra un moment sans répondre.

— Parlez-en à Michael Rise, c'est le comptable à Vancouver. Il a le détail de tous les coûts.

Elle consulta son carnet d'adresses et nota un numéro sur un papier qu'elle tendit à Frazer.

Cassie s'étonna de voir Eva aussi accommodante. Elle s'était attendue à ce qu'elle défendît âprement son bien.

Frazer revint à Cassie.

— Avez-vous votre propre agent de change à Vancouver ?

— Oui. Sam Brimton, de chez Brimton, Dixon. En connaissez-vous un ou souhaitez-vous une introduction ? enchaîna Cassie en souriant.

Eva grimaça presque devant l'impudence de Cassie.

— Vous êtes très aimable, mais j'ai le mien, rétorqua Frazer.

— Naturellement, dit Cassie.

— Vous ne doutez pas de conclure cette affaire, n'est-ce pas ? dit Frazer.

— Ai-je tort ?

Frazer ne répondit pas. Il la dévisagea un moment puis sortit un stylo-plume de sa poche intérieure, signa les documents et les poussa vers Cassie. Eva tourna son regard vers lui, puis vers son amie. A son tour, elle signa et poussa les exemplaires de Case Reed vers Cassie qui les rassembla comme autant de trophées.

La première manœuvre était achevée — déclaration d'intention, acte de constitution de la société, les réunissant vers un but commun. Tel était le point de départ. S'il existait des buts divergents, ils se définiraient ici.

29

Eva et Frazer quittèrent la réunion de conserve.

— Si on déjeunait ensemble, aujourd'hui ? proposa-t-il une fois dehors. J'ai deux ou trois choses à régler avant. Nous pourrions nous retrouver à treize heures au Savoy. Ça te va ?

Comme toujours, ses yeux étaient voilés. S'il nourrissait des soupçons — ce qui n'était pas exclu — ils étaient indétectables.

— Avec joie. A tout à l'heure, alors.

Ils s'embrassèrent sur la joue et partirent dans des directions opposées.

Au bout de trente secondes, Eva jeta un coup d'œil par-dessus son épaule. Frazer s'éloignait, de sa démarche souple et confiante. Même à des centaines de mètres, il détonnait. Au milieu de tous ces costumes rayés, il ne s'intégrait pas. Il avait beau être impeccable, il ne parvenait jamais à se mêler à la foule.

Son arrogance et sa désinvolture étaient saillantes. Plus que ses caractéristiques physiques, c'était son air décidé, combiné à une indifférence pour ce qui l'entourait, qui le classait à part. Il occupait plus d'espace que les autres. Jamais il ne rentrait les épaules ou ne se faufilait entre les passants. Il marchait droit, obligeant les autres à rompre leur rythme, à naviguer autour de lui. Il avançait, faisant fi d'autrui.

Eva eut un regard pour sa robe verte, bien coupée,

voyante. Elle aussi détonnait. Mais elle pouvait tout aussi aisément s'effacer ; personne alors ne remarquerait son passage. Elle savait se fondre, devenir invisible. Frazer, lui, ne voyait pas les choses ainsi. Il se posait en cible, persuadé à tort d'être invulnérable. Peut-être une infime partie de son subconscient le poussait-elle au défi. Eva n'aurait su le dire. Elle l'observa jusqu'à ce qu'il disparût dans une rue adjacente. Puis elle se dirigea vers Bond Street.

Deux heures à perdre. Des jours, des semaines... Elle détestait attendre. Elle voulait voir surgir les choses. Il se produirait fatalement quelque chose, au-delà du plan prescrit par Stormont. Les opérations finissaient toujours par mener leur propre vie. Le tout était de tourner l'inattendu à son avantage.

Elle quitta Bond Street pour prendre Brook Street et remonta vers Hanover Square. Elle entra dans le parc au centre de la place et s'installa sur un banc à l'ombre d'un platane. A onze heures, il n'y avait que deux poivrots affalés sur leurs bancs, leur canette de bière serrée contre la poitrine. De rares employés de bureau, des personnes faisant leurs courses traversaient rapidement, en quête d'un peu de verdure.

Eva resta là une heure, magnifique, équilibrée, concentrée, toutes pensées imperceptibles aux yeux du monde. Les poivrots l'observèrent un moment, curiosité perçant leur brume éthérée ; puis leurs yeux s'habituèrent et ils l'oublièrent bientôt.

A midi, elle s'en alla. Surpris de ce frémissement soudain, les clochards la virent de nouveau, sourirent à son sourire, puis la regardèrent disparaître. Un second mouvement brusque les fit regarder autour d'eux. Un homme qu'ils n'avaient pas remarqué s'était levé d'un autre banc et suivait la femme d'un pas lent et tranquille.

Ils froncèrent les sourcils quand il passa devant eux.

— Bizarre, murmura l'un d'eux.

Ils l'avaient trouvée sympathique, ils l'avaient devinée de leur bord. Mais ce type-là, ils ne l'aimaient pas, et ils savaient qu'il n'était pas dans le même camp que la femme.

— Salaud ! hurla l'autre.

Eva perçut le cri lointain et l'hostilité qu'il recelait. Elle ne se retourna pas, mais poursuivit son chemin, passa devant Fenwick's, puis une rangée de vitrines éclairées. Elle jeta un coup d'œil à l'intérieur et observa son reflet parmi les mannequins de cire.

Elle regardait les gens aller et venir autour d'elle. De l'autre côté de la rue, elle vit une marée de visages en marche. Elle revint dans Bond Street et entra chez Fenwick par l'entrée principale. Elle s'attarda devant le comptoir Chanel. Elle essaya des rouges à lèvres sur sa main, les tenant près de sa bouche et vérifiant dans un miroir à main. Elle en acheta deux qu'elle régla avec une carte de crédit et regarda autour d'elle d'un air las tandis que la vendeuse enregistrait la vente. Mine de rien, elle dévisagea les gens, l'espace d'une seconde. Puis elle se retourna, prit ses achats et sortit dans la rue.

Plus loin, elle répéta l'exercice ; chez Fogal en achetant des bas, chez Smythson en achetant du papier à lettre, en face, chez Yves Saint Laurent, avec un rapide coup d'œil aux portants. Cette fois, pas de doute. On la filait. Elle poursuivit son chemin au soleil ; Mayfair, Piccadilly, le Strand.

Elle arriva à treize heures précises au Grill du Savoy. Le maître d'hôtel s'avança avec empressement. Quand elle annonça qu'elle avait rendez-vous avec Robie Frazer, une approbation silencieuse enveloppa chaque geste. Dissimulant son amusement, elle suivit sa progression solennelle jusqu'à une table au centre du restaurant, où Frazer avait déjà pris place. Elle sentait les têtes se tourner discrètement, accompagnées de murmures quasi imperceptibles. L'attention dont on l'abreuvait était sans nul doute due à la personne avec qui elle déjeunait plus qu'à son sexe et à sa beauté. Elle était la seule femme. Elle en fit la remarque à Frazer cependant qu'il se levait pour l'embrasser.

— Je suis un véritable point de mire.

— N'est-ce pas ? Mais depuis le temps, je t'aurais crue habituée.

— Je suis habituée à attirer l'attention, mais pas parce que je déjeune avec toi.

— Cela ne change rien. Ils te regardent parce que tu es magnifique. Je n'y suis pour rien.

— C'est de la fausse modestie. Ouvre les yeux. Tu es le centre d'attraction, Robie, ne prétend pas le contraire.

Il sourit en secouant la tête.

— Tu sais, je ne m'étais pas rendu compte que j'avais pour amant une telle vedette. Il n'y a que du beau linge ici, et pourtant, c'est à toi que tout le monde s'intéresse. Tu es une star, ici, leur homme d'affaires à eux, le milliardaire du jour. Pourquoi perds-tu ton temps avec une petite mine de diamants au Vietnam ?

Il s'appuya au dossier de son fauteuil et la scruta du regard tout en lui souriant.

— Mais c'est un véritable discours, que tu m'as fait là !

— Si tu me répondais ?

— Pourquoi me poser la question maintenant qu'on a tout signé ?

— Je suppose que ça ne m'avait pas frappé avant. Je n'ai jamais observé cette réaction à ton égard.

Il but une gorgée de vin.

— Ce n'est pas un petit projet de rien, et ce n'est pas pour l'argent. Désormais, l'argent est secondaire.

— Alors c'est quoi ?

Il soupira lourdement, détestant l'introspection mais attiré par le miroir de la vanité, par le besoin latent d'être compris. Il répondit comme s'il lui faisait une fleur.

— C'est le risque, l'inconnu, une occupation. Je n'ai plus besoin de gagner de l'argent. Mais cela m'amuse. C'est un test, comme de courir le cent mètres à l'école. On ne gagne jamais trop souvent. Mais il faut se battre avec le hasard pour tirer le même plaisir. Désormais, l'argent facile m'ennuie. Il faut qu'il y ait un élément hors du commun, un risque au-delà du banal, de l'ordinaire. Et pour contrebalancer cela, il me faut la perspective d'un intérêt substantiel. Je n'ai pas déchu au point de pisser mon fric par la fenêtre pour le plaisir. Je ne suis pas vaniteux au point de penser que tout ce que je touche fait de l'or. Tant d'hommes d'affaires prospères sont victimes de ce travers ; ils sont persuadés de leur invulnérabilité au point de prier pour qu'on leur prouve leur erreur. Je ne joue pas à tort et à travers. Je recherche le risque maximum auquel correspond la récompense maximum. Ton truc de diamants colle avec ce topo. Tu sais aussi bien que moi que si cela marche, on se retrouvera assis sur des centaines de millions de dollars par an.

Il s'interrompit avant de reprendre.

— Et il y a autre chose.

— Quoi ?

— Les diamants, le Vietnam, toi, Cassie Stewart. Cette combinaison m'intrigue. Prends aujourd'hui, par exemple. Cassie Stewart entre dans la salle de réunion, elle nous met devant un fait accompli qu'elle déguise en défi, un peu comme si elle nous disait : « Investissez si vous l'osez, faites-moi confiance si vous l'osez. » Elle joue une sorte de jeu. C'est sans doute aussi ton cas.

— Et toi ?

— J'attends de voir ce que Cassie et toi avez en tête.

— Tu prétends qu'elle joue une sorte de jeu. Lequel, à ton avis ?

— Je ne sais pas encore. Mais je trouverai. Préviens-la.

— Fais-le toi-même. Je ne suis pas son ange gardien.

— Non, tu as raison. A propos, Margaret m'a dit que tu étais passée samedi. D'après elle, tu aurais perdu quelque chose.

Sa voix et son visage n'affichaient qu'une attention

toute naturelle, mais ses yeux étaient inquisiteurs. *Son orgueil le perdra,* se dit Eva. *Il est incapable de résister à l'envie de montrer qu'il n'est pas un imbécile. Allez, mets-moi à l'épreuve, observe mes réactions. Ça me va. Mais garde-toi, ce faisant, de te livrer.*

— J'ai effectivement perdu quelque chose.

— Tes pilules, semble-t-il.

— Exact.

— Les as-tu retrouvées ?

— Non, répondit Eva, les yeux plantés dans ceux de Frazer.

— Qu'as-tu fait, alors ?

— J'ai appelé ma gynéco. Elle a téléphoné directement l'ordonnance à mon pharmacien.

— Alors tout va bien, n'est-ce pas ?

Eva inclina la tête.

— Et dans le cas contraire, demanda-t-il, curieux, ferais-tu un enfant, Eva ?

Elle détourna doucement le regard.

— Eh bien ?

Elle le regarda de nouveau.

— Hypothèse d'école, Frazer. Hors de propos.

— Fais-moi plaisir, insista-t-il en la déshabillant du regard. Ça t'irait bien, non ?

Eva s'obligea à fixer ses yeux sur son visage. Elle considéra les traits sensuels, les yeux qui l'avaient vue révélée dans la passion.

— Ne joue pas à ce jeu, Frazer. C'est lassant. Tu pourrais un jour tomber sur une femme que tu ne peux acheter. Tu risquerais alors de trouver que tes petits amusements ne sont pas si drôles. Dis-toi seulement que tu as de la chance de ne pas avoir à payer un énième avortement.

— Tu supposes que c'est ce que je voudrais.

Elle se pencha vers lui.

— Peu m'importe ce que tu veux. Plus tôt tu le comprendras, mieux cela vaudra.

— Je te trouve bien véhémente, Eva. Je suis persuadé que tu n'es pas aussi insensible que tu essaies de l'être, loin de là.

30

Il était quinze heures lorsque John Richardson et Cassie rentrèrent de déjeuner. Elle s'installa à son bureau et but son sixième expresso de la journée. Devant elle, un bloc de papier et un stylo plume. Elle tournait les éléments du dossier dans sa tête. Mieux valait ne pas inscrire certaines choses. *Scripta manent.* Les suppositions, les calculs, les prédictions du comportement humain, les petits coups de pouce tactiques qui tôt ou tard se muaient en profits si on avait raison, en pertes si on avait tort. Tout cela se transformerait en chiffres, mais jamais en mots.

Elle s'occupa à de la paperasse puis, à seize heures, appela la Bourse de Vancouver sur son ordinateur par l'intermédiaire d'un nouveau service auquel elle s'était abonnée la semaine précédente. C'était aujourd'hui sa mise en service. L'écran défila sous ses yeux. Elle trouva enfin Genius. Quatre dollars l'action. Elle vérifia dans le courrier interne l'avis de virement que Richardson lui avait transmis. Elle disposait pour jouer de six cent mille dollars canadiens. Il était temps d'acheter.

Les nerfs à vif comme à chaque fois qu'elle achetait ou vendait, elle décrocha le téléphone et appela Sam Brimton à Vancouver.

— Sam, ici Cassie Stewart.

— Cassie ! Ça roule ? On la fait, cette affaire ?

— Je l'espère, Sam. Quelle est la cote de Genius, disons dix mille titres ?

— Genius, hein ? Vous n'y allez pas par quatre chemins, dites donc !

Elle rit.

— J'essaie.

— J'imagine que vous achetez.

— C'est moi qui sais, c'est vous qui trouvez.

— Merde, Cassie. Ce n'est pas le plus liquide des titres. Dix mille actions, ça va faire bouger le marché, vous le savez.

— Dommage.

Dans les milieux professionnels, il est de coutume de s'enquérir d'un prix sans préciser si l'on vend ou si l'on achète, afin d'éviter que l'agent de change, à l'autre bout, modifie en conséquence le prix à son avantage. Cassie savait qu'elle obtiendrait un meilleur prix en demandant à Brimton de coter à l'aveugle.

En homme averti, Brimton devina.

— Je parie qu'on est acheteurs. Entre trois soixante et quatre soixante.

— Sacrée fourchette. On est à quatre sur l'écran, Sam.

— Pas si on achète la moitié de la société. Et si j'ai bonne mémoire, vous cherchez à acquérir cinq pour cent pour commencer. Attendez-vous à payer beaucoup plus que quatre dollars l'action si vous voulez une participation de cette taille.

— Nous verrons bien. Je prends la température, pour l'instant. Peut-être traiterai-je à nouveau, peut-être pas.

— Quatre soixante, Cass.

— Je ne marche pas. Quatre quarante-cinq, c'est mon dernier prix.

Long silence à l'autre bout de la ligne. Sachant qu'elle marchanderait à la baisse, ne fût-ce que par principe, Brimton avait haussé de dix pour cent en vue de cela. Mais elle avait pigé le truc et baissé de cinq pour cent supplémentaires. Il rit. Il pouvait faire main basse sur les titres de Genius pour une bouchée de pain, ou presque. La société n'avait rien fait depuis un bon bout de temps et le marché s'était lassé.

— OK. Ça marche. Vous achetez dix mille Genius à quatre quarante-cinq, règlement habituel.

— OK.

— Bienvenue à Vancouver, Cass.

Elle raccrocha et donna à sa secrétaire les détails de la transaction. Puis elle attendit. Elle se demandait combien de temps mettrait la nouvelle à se répandre, d'abord de Brimton à une liste de personnes à qui l'on doit un service, puis de plus en plus bas dans l'échelle, graissant le marché jusqu'à ce qu'il n'y eût plus de services à rendre. Elle avait les yeux rivés à l'écran. En quelques minutes, le titre passa à quatre dollars et demi puis à cinq. Elle rit intérieurement en voyant le cours grimper comme elle l'avait prévu cependant que les initiés mordaient à l'hameçon.

Elle donna quelques coups de fil et peaufina ses plans. L'après-midi se déroula sans qu'elle le vît passer. A dix-neuf heures, heure de Londres, elle vérifia son écran juste avant de partir.

Le titre Genius, inscrit en vert tout l'après-midi, autrement dit en hausse, venait de virer au rouge. Pendant dix minutes, Cassie regarda atterrée et folle de rage le titre dégringoler à deux dollars.

Elle appela Brimton.

— Qu'est-ce qui se passe, bon sang ?

— Pas la moindre idée, mais je n'y suis pour rien, ça c'est sûr.

— Non, je m'en doute. Pas d'annonces ?

— Aucune.

— Quelqu'un opère-t-il une manœuvre baissière ?

— Effectivement, ça pue l'attaque des baissiers.

— Je veux savoir qui et pourquoi, et si ce n'est pas ça, qu'est-ce que c'est bordel ? Je suis au courant de vos contacts sur le marché, Sam. Pourquoi vous ai-je choisi, à votre avis ? Si quelqu'un peut dénicher ce qui se passe, c'est vous.

— Je me remue dare-dare. Il y a un paquet de fric, là-dedans.

Si les calculs de Cassie étaient justes, Brimton aurait acquis Genius aux alentours de quatre dollars le titre, dans l'attente que Case Reed organise tôt ou tard une OPA, faisant décoller le titre. Pour leur bien commun, il voudrait savoir ce qui se cache derrière la chute du titre.

— Heureusement que vous n'avez pas acheté la totalité de vos cinq pour cent.

— On peut le dire.

— Très malin, voilà ce que je dis, moi.

— Vous n'êtes pas en train de suggérer que j'y suis pour quelque chose, n'est-ce pas, Sam ? Vous avez affirmé que j'étais un outsider qui ne connaissait rien au fonctionnement de ce marché. Or une manœuvre baissière, si c'est bien de cela qu'il s'agit, ne peut s'opérer que de l'intérieur.

— Soit, mais ce n'est pas exactement une mauvaise nouvelle pour vous, hein ?

— Je viens de perdre vingt-cinq mille dollars dans ma première incursion sur votre marché. Ma crédibilité en prend un coup, vous ne trouvez pas ?

— Ça dépend de qui s'y intéresse.

— Et de leur esprit plus ou moins tordu ? Ecoutez, Sam, on pourrait poursuivre cette conversation toute la nuit. Appelez-moi à la maison si vous avez du nouveau.

Elle lui donna son numéro personnel puis raccrocha.

Elle ferma la porte de son bureau à clef, évita John Richardson et rentra chez elle.

Brimton lui téléphona à vingt et une heures, heure de Londres.

— C'est bien une attaque des baissiers, et ça fait du grabuge, dit Brimton d'un ton sec. Vous avez bien une amie du nom d'Eva Cunningham ?

— Possible.

— Ouais, eh bien on raconte qu'elle vous appâte

avec des renseignements bidon, qu'elle vous pousse à accepter de prendre le contrôle de son entreprise. C'est un truc pour faire monter le cours de l'action, lui permettre de vendre sa participation, de faire du blé et rembourser ses dettes. Apparemment elle a mis tout son fric dans un projet nul et elle est fauchée comme les blés.

Cassie se tut.

— Ça tient debout, non ? s'enquit Brimton.

— Ne soyez pas grotesque. C'est un scénario suffisamment plausible pour que le marché y croie. Celui qui est derrière est un petit malin, mais je vous promets que ce n'est pas Eva Cunningham. Croyez-vous vraiment qu'elle nous utiliserait, moi et Case Reed, comme ça ?

— Si vous me donniez un *cent* pour chaque fois que j'ai vu ça, je serais un homme riche.

— Vous l'êtes déjà.

— Je ne vous le fais pas dire.

Cassie raccrocha et appela immédiatement Eva.

— Eva, Cassie à l'appareil. Il y a comme un problème. J'aimerais qu'on en discute, tout de suite si possible.

— OK. Vas-y.

— Pas au téléphone. Je serai chez toi dans cinq minutes.

— De quoi s'agit-il ?

— Manipulation du titre. Quelqu'un traficote avec le cours de Genius, et avec nous. Voilà.

Une fois chez Eva, Cassie jeta autour d'elle un regard étonné. Les pièces étaient meublées du strict nécessaire. Les seuls signes de vie, de passion, étaient les nombreux tapis persans éparpillés partout et la collection de CD. Cassie remarqua qu'Eva était équipée d'une chaîne très sophistiquée. Aucun désordre, pas de photos.

— Où sont tes livres ?

Elle avait posé la question sans s'en apercevoir, se rappelant qu'à Oxford Eva possédait des rangées d'ouvrages sur des tas de sujets qui n'étaient pas à son programme.

— Ah, mes livres. Toujours au garde-meubles.

Eva n'avait nulle envie d'expliquer que les livres, plus que tout, constituaient l'essence d'une maison à soi, et qu'à Londres elle n'était pas chez elle — pas maintenant, pas en de telles circonstances.

Elle servit deux grands whiskys.

— Raconte.

Elle considéra Cassie à qui elle trouva une froideur inconnue.

— C'est très simple, dit Cassie après avoir bu une grande gorgée. Quelqu'un a répandu une rumeur qui a entraîné la chute du cours de Genius de cinq à deux dollars. Pour moi, l'auteur a vendu à cinq pour racheter à deux. On appelle cela une manœuvre baissière. C'est une manipulation artificielle d'un cours, et c'est illégal.

— Une minute. La dernière fois que j'ai vérifié, il y a quelques jours, il cotait à quatre dollars. Brusquement il monte à cinq pour dégringoler ? Au risque de paraître naïve, j'ai toujours cru qu'il existait une valeur objective impossible à manipuler.

Cassie grimaça.

— Ça, c'est la théorie, au plus pur sens du terme, mais ça ne marche pas en Bourse. La valeur est une notion fort subjective. Les gens ne sont pas toujours logiques ou rationnels. Les marchés ne sont qu'une assemblée de psychologies individuelles ; ils sont tout aussi susceptibles d'auto-illusion, de panique et d'hystérie que n'importe quelle foule. Regarde le scandale avec Polly Peck. Un jour cela valait des milliards de livres sterling, et le lendemain plus rien. Même chose avec Maxwell. Les signes extérieurs d'une valeur ne sont guère difficiles à créer. Les gens aiment les réussites spectaculaires. Si quelque chose se présente qui s'en rapproche, on saute dessus, on rajoute et vogue la galère. Tu peux même savoir que tu es sur une galère. C'est sans importance, du moment que tu y montes et que tu en redescends à temps, du moment qu'il y a encore des gens qui font la queue pour sauter après toi et te racheter tes actions à un cours inflationniste.

— Mais les gens ne sont tout de même pas idiots à ce point ! La combine ne doit pas marcher longtemps !

— Il ne faut jamais sous-estimer la capacité d'aveuglement volontaire face à l'avidité. Tu ne saurais imaginer combien de fois je l'ai constaté. Fais miroiter la perspective de dix millions de livres aux yeux de quelqu'un, il perdra tout sens critique. C'est presque comme si le rêve était plus important que la réalité. Il ne permet pas qu'on se mette en travers. Telle est la tournure d'esprit de ce pays. Et les vieux routiers de la City sont tout aussi vulnérables.

— Comment contournes-tu cet obstacle, toi ?

— Cela exige un cynisme professionnel de chaque instant — ne jamais accorder à rien ni personne le bénéfice du doute. Coupable tant qu'on n'a pas prouvé son innocence. Mais je m'écarte du sujet. Réussite spectaculaire, train en marche, cours de l'action qui grimpe jusque dans la stratosphère — finalement quelqu'un regarde les choses de près, entrevoit les défauts et les désigne peu à peu du doigt. Soudain ce même quelqu'un essaie de vendre, l'instinct grégaire s'en mêle et le cours s'effondre. Tout cela peut ne prendre que quelques minutes.

Elle eut un air désabusé et poursuivit.

— Quel est le véritable cours d'une action ? Ce qu'on est prêt à la payer. Il ne s'agit pas toujours d'une décision rationnelle, néanmoins elle est souvent prévisible à condition de connaître la psychologie du marché. En ce cas, on peut le manipuler. Pour un temps.

— Je suis sidérée. Tout le monde est persuadé que les marchés financiers sont rigoureusement techniques et scientifiques avec tous ces ordinateurs, téléphones, écrans et Dieu sait quoi.

— Non. Tu ne décris là que l'apparence et l'infrastructure. En fait, ils n'ont rien de froidement technologique. Ils sont menés par l'instinct et l'émotion.

— Comment cela se passe-t-il pour Genius ? Quelle est cette rumeur à laquelle tu faisais allusion ?

— On prétend que tu as dupé Case Reed, qu'en réalité ce gisement au Vietnam n'existe pas. Que tu as monté cela de toutes pièces dans le seul but de faire grimper le cours, vendre tes parts et tirer les marrons du feu. Tu serais tellement fauchée et désespérée que tu serais prête à tout pour te refaire.

Eva étendit les mains et se perdit dans la contemplation de ses ongles. Cassie voyait une veine battre sur sa tempe.

— Si je comprends bien, quelqu'un que je ne connais pas invente une histoire à mon sujet, traîne mon nom dans la boue...

— Et le mien avec.

— Tu crois qu'il pourrait y avoir du vrai et que je pourrais être derrière tout cela.

— Je ne sais que penser. Il m'arrive de me demander si je te connais vraiment. Que faisais-tu au Vietnam, Eva ? Maintenant que j'y songe, ton histoire de hippie me paraît tirée par les cheveux.

— Tu étais prête à y croire tant que tu entrevoyais l'argent à venir. C'est ainsi que tu réagis à un petit hoquet, Cassie ? Je ne t'aurais jamais crue paranoïaque.

— N'essaie pas de noyer le poisson, Eva. Je ne suis pas le moins du monde paranoïaque. Peut-être cet infime contretemps m'a-t-il donné un peu de recul, peut-être y vois-je un peu plus clair.

— Si un problème de cet ordre suffit à te troubler, il serait peut-être préférable de reconsidérer l'ensemble du dossier. Je te croyais habituée aux transactions à haut risque. Si tu entends me harceler d'accusations hystériques chaque fois que survient une légère difficulté, autant ne pas faire affaire ensemble. Je n'ai pas l'intention de te materner.

— Cela tombe bien, je n'en ai nul besoin. J'ai

besoin de la vérité, rétorqua Cassie en plongeant ses yeux dans ceux d'Eva.

— Doux Jésus, c'est bien la dernière chose qu'il te faut. Tu n'as jamais prisé les vérités désagréables à entendre, n'est-ce pas, Cassie ? Tout est toujours si évanescent, plein de bulles et de mousse. Comment peux-tu discerner la vérité avec cette atmosphère sirupeuse que tu répands autour de toi ?

— Tandis que toi, tu es si dure, si coriace. Eva, qui a tout vu, tout fait, tout affronté.

A peine se fut-elle tue que les mots de Quaid lui revinrent en mémoire. Elle se rappela trop tard l'enfance d'Eva et ce qu'elle savait de sa vie.

Cassie fut choquée de constater à quel point la colère avait facilement surgi entre elles deux. Mais tout aussi vite, Eva recouvra son calme.

— Si cela t'aide de le penser, ne te gêne pas, répondit cette dernière.

Eva resta alors assise patiemment, tout à fait à l'aise dans ce silence interminable. Cassie ne le supporta pas.

— Pardonne-moi, Eva. Je suis ébranlée, sans doute. Les mots m'ont échappé.

Eva sourit.

— Oui. A ta place, moi aussi je me serais enquise à propos du Vietnam. J'ai vécu huit années hors normes. Je m'étonne que tu ne m'aies pas posé tes questions plus tôt.

— J'étais ton amie. Je ne pensais pas y être autorisée.

— Tu es aussi banquière.

Contre toute attente, Cassie cessa de résister.

— Bon, d'accord. Oublions le côté personnel, dit-elle en reprenant peu à peu contenance. Reprenons à zéro. Je t'ai parlé de cette histoire de manœuvre baissière pour voir si cela te donnait des idées sur l'auteur. Ce pourrait être ton ami Granger McAdam, après tout.

Eva répondit comme si rien de fâcheux ne s'était produit.

— Mais pourquoi ? Il veut que ce soit le plus cher possible !

— Peut-être. Comment diable puis-je savoir qui est derrière tout cela ? Cela n'a aucun sens. Mon agent de change à Vancouver aurait soupçonné que Case Reed prévoyait de prendre le contrôle de Genius dès que j'ai fait appel à ses services puis donné un ordre d'achat. Cela aurait filtré rapidement. Cela aurait fait monter le cours et l'aurait maintenu. La cote a effectivement monté comme prévu, mais pour chuter brusquement.

— Attends. Et le côté confidentiel ? Tu semblais indifférente au fait que des renseignements d'initiés filtrent et entraînent des transactions d'initiés. C'est presque comme si tu l'avais toi-même orchestré.

— Vancouver vit de pratiques d'initiés. Je savais qu'il existait une bonne chance pour que tout agent de notre choix diffusât la nouvelle à ses amis. Donner ce genre d'affaire à quelqu'un est lui faire une énorme faveur. J'ai fait ainsi avec Brimton en échange des services futurs qu'il va me rendre. Et ne prends pas cet air outré ! Cela ne va pas être du luxe si nous voulons mener les choses à bien. Brimton m'a avertie que Vancouver était pourri et qu'on laisserait des plumes dans ce deal.

— Cassie, qu'est-ce que tu mijotes, saperlotte ? Tu parles d'échanges de bons procédés. N'est-ce pas illégal ?

— Qu'ai-je fait ? J'ai pris un agent de change, point. Je ne puis endosser la responsabilité de ce qu'il advient après, de ce qu'il fait d'une information. Et tu peux être certaine que je serai tout aussi prudente avec les services qu'il me rendra en échange. Inutile de pousser des petits cris effarouchés. C'est autant pour ton bénéfice que pour le mien. Qu'est-ce que tu t'imaginais ? Que tout serait bien propret, bien gentil et bien net ?

Eva eut pour son amie un regard frisant l'admiration, ce qui ne laissa pas de la surprendre.

— Non, rien de tel. C'est une vraie jungle, où tu

évolues à merveille. Mais, ma petite, malgré toute ton intelligence, il y a quelqu'un qui a un coup d'avance sur toi. Ce qu'il fait n'a pas de sens pour nous, mais tu peux parier jusqu'à ton dernier sou que cela en a pour lui. Quant aux faveurs que tu as dispensées jusqu'ici, on ne peut pas dire que cela aide notre affaire.

— Tu n'as qu'en partie raison, dit Cassie, pensive. Je n'y ai pas songé en apprenant la nouvelle, mais cela pourrait finalement nous être très utile. Cela pourrait signifier que nous reprenons la société pour un montant considérablement inférieur à ce que nous avions prévu.

— Tu essaies de me dire très poliment que si ce n'est ni toi ni moi, ce pourrait être Frazer.

— Non, pas vraiment. Je ne crois pas que ce soit son style. Il est trop transparent et trop maladroit.

— Alors nous revoici à la case départ. Quelqu'un dont l'intérêt manifeste est de faire quelque chose qui n'a pas de sens manifeste.

— C'est cela, en gros, dit Cassie en se levant. Mais nous trouverons qui c'est. Ce genre de type n'est pas éternellement invisible.

31

Dans une voiture grise garée devant un parcmètre, Li Maï attendait. A son côté, un Chinois recruté parmi la communauté hongkongaise de Soho scrutait le trottoir opposé. Les deux hommes portaient des casquettes de base-ball qui dissimulaient leur visage. Nul ne parlait. Seuls leurs yeux bougeaient.

Li Maï reconnut, à vingt mètres, la BMW rouge de Xu Nan qui remontait Sloane Avenue vers lui. Après avoir vérifié la plaque d'immatriculation, il donna un coup de coude à son compagnon. La voiture vira à gauche et se faufila dans l'entrée du parking souterrain. Nan inséra la carte magnétique qui actionnait l'ouverture de la barrière, puis la voiture s'engouffra.

Au bout d'une dizaine de minutes, ils descendirent de voiture, traversèrent la rue et empruntèrent la rampe d'accès au parking, baissant la tête pour se protéger des caméras. On ne verrait que deux hommes au visage dans l'ombre.

Ils prirent l'ascenseur de service jusqu'au septième étage, sortirent et longèrent le corridor, l'œil aux aguets. Il était vingt-trois heures. Le couloir était désert. Ils s'arrêtèrent devant chez Nan, tout ouïe. A l'intérieur, la musique retentissait suffisamment fort pour étouffer le bruit de la clef dans la serrure. Lorsque Frazer avait acheté l'appartement pour Nan, il avait conservé un jeu de clefs... au cas où.

La porte s'ouvrit avec violence. Debout dans le salon, Nan blêmit sous le choc. Il n'eut pas le temps de crier ; Li Maï avait déjà traversé la pièce et le bâillonnait d'une main moite. Nan se débattit un moment mais bientôt, la peur le paralysa. Le deuxième homme lui attacha les mains dans le dos avec de la soie. Il opérait avec une douceur surprenante qui visait en réalité à éviter que la police ne pût trouver la moindre trace de violence ou de fibre.

Les deux hommes agissaient avec une étrange économie de mouvements. Li Maï ôta sa main de la bouche de Nan et lui enfonça un chiffon de soie bouchonné qui lui coupa le souffle. Les yeux de Nan trahissaient terreur et incompréhension. Les deux hommes portaient des gants d'un jaune presque fluorescent dans la pièce à demi éclairée. Nan les regarda avec horreur.

Li Maï sortit un pistolet de l'intérieur de sa veste et le pointa sur Nan. Nan sentit une chaleur soudaine et incontrôlable dans son pantalon. Il urinait.

— Nan, nous voulons que tu écrives une lettre, dit Li Maï tout en fouillant le salon du regard.

Il repéra du papier et un crayon sur une table proche du téléphone et les apporta.

— Ceci fera l'affaire. Je dicte, OK ?

Nan secoua la tête comme un fou en signe de refus.

— Si tu as besoin d'un petit encouragement...

Li Maï fit un signe de tête à l'autre homme qui sortit de son sac une paire de pinces. Li Maï suivait le regard terrifié de Nan.

— Tu ferais mieux de coopérer. De toute façon, tu es un homme mort, alors autant éviter d'horribles souffrances. Que préfères-tu ? Pour moi, c'est pareil.

Nan dévisagea successivement les deux hommes et ne douta pas un instant de leur détermination. Ils donnaient l'impression de faire cela tous les jours. Devant tant d'indifférence, il réagit. Il fonça sur Li Maï, qui recula avec agilité. Nan perdit l'équilibre et tomba en renversant une plante qui se trouvait sur une étagère le long du mur. Le pot de porcelaine se brisa sur le parquet.

Li Maï jura et fouilla dans son sac tandis que l'autre homme immobilisait Nan.

— Vas-tu écrire ? répéta Li Maï en lui collant une seringue sous le nez. Pour ton information, il y a de l'acide sulfurique dedans. L'aiguille sera une caresse à côté du liquide.

Nan commença à gémir. Il prit le papier et le stylo qu'on lui tendait.

— Où est ton portefeuille ? demanda Li Maï.

Nan désigna de la tête une table basse à l'autre bout du salon. Li Maï prit le portefeuille et en extirpa la carte de crédit.

— Arrange-toi pour que la signature corresponde.

Li Maï commença à dicter. La main tremblant furieusement, Nan obtempéra.

« Il n'y avait pas d'autre solution. Pardonnez-moi. »

A peine Nan eût-il signé que Li Maï s'empara du bout de papier, l'examina avec un hochement de tête. L'autre homme ramassa la plante cassée ainsi que le pot et remisa le tout dans un sac. Il sortit un mouchoir avec lequel il épongea les taches de terre. Puis les deux hommes s'emparèrent de Nan et le tirèrent sur le balcon. Au dernier moment, ils lui ôtèrent lien et bâillon. Puis ils le poussèrent dans le vide, tête la première.

Le corps atterrit avec un bruit mat et écœurant. Les deux hommes rentrèrent à l'intérieur de l'appartement, s'assurèrent que le corridor était vide et sortirent. Personne ne les vit regagner l'ascenseur de service ni déambuler dans le garage. Quatre minutes après avoir assassiné Xu Nan, ils roulaient dans Sloane Avenue. Devant l'immeuble, une foule s'assemblait autour du corps gisant, désarticulé, sur le trottoir. Un filet de sang s'échappait du coin de la bouche du cadavre, fêlure rouge sur le bitume craquelé.

32

Après le départ de Cassie, Eva resta tranquillement assise dans son fauteuil à siroter son whisky tout en considérant leur conversation sous tous ses angles. Puis elle appela Stormont.

— On peut se voir ?

— Bien sûr. Mais pas d'entorse à la règle, cette fois. Il faut être prudents.

— Vous avez raison. Le club ?

— On s'y rejoint.

Il s'agissait de la maison sûre de Stormont. Non contrôlée, elle était réservée à son usage exclusif hormis, avec son autorisation expresse, celui d'une ou deux autres personnes.

Stormont sortit de chez lui pour prendre un taxi Old Church Street. Il changea deux fois de véhicule sans oublier de faire un tour à pied pour s'assurer qu'il n'était pas suivi. Il parvint enfin dans une rue sombre de Soho. Il descendit la volée de marches qui menait à un club de jazz en sous-sol, puis traversa la grande salle en direction des toilettes au fond du bâtiment. Là, une porte s'ouvrait sur une ruelle au bout de laquelle se trouvait une autre porte peinte de couleur foncée. Stormont extirpa une clef de sa poche, ouvrit et se faufila par l'entrebâillement. Il alluma la lumière qui révéla un salon, une petite salle de bains et une cuisine au bout d'une petite entrée. Il s'installa dans un canapé poussiéreux au fond de la pièce et attendit.

Pendant ce temps, dans sa chambre, Eva choisissait des vêtements appropriés : jupe courte de daim noir, chemisier de soie blanche, collants noirs, chaussures noires à talons aiguilles. Elle enduisit ses lèvres de rouge et souligna fortement ses yeux de noir. Elle vérifia son allure dans le miroir, non sans se demander l'effet qu'elle ferait sur Stormont. Puis elle s'empara de son sac à main et de ses cigarettes et sortit.

Elle marcha d'un pas tranquille dans King's Road, cherchant un taxi en maraude. En chemin, elle s'interrompit souvent pour lécher les vitrines, fondue parmi les passants et ses suiveurs. Ils étaient deux, un homme et une femme, qui se faisaient passer pour un couple. Eva ne doutait pas qu'il y en aurait d'autres, un peu plus loin, sans compter une voiture. Tous attendaient des instructions. Elle devait les semer à leur insu car seuls les professionnels repéraient les filatures. Or elle devait impérativement passer pour un amateur.

Elle réfléchit à toute allure, puis héla un taxi à qui elle donna l'adresse d'un club privé dans Mayfair. Dix minutes plus tard, elle sonnait à la porte d'une maison de cinq étages. Un homme ouvrit.

— Salut, dit-elle avec un sourire étincelant. Je suis vraiment embarrassée. J'ai rendez-vous avec un membre pour prendre un verre. Je suis sûre de le reconnaître dès que je l'apercevrai, mais je ne sais plus son nom. En fait, j'ai fait sa connaissance hier soir très tard. Vous savez ce que c'est, ajouta-t-elle avec un petit air gêné.

L'homme rit et la contempla sans vergogne.

— Ouais, inutile de me faire un dessin.

Et il ouvrit grand la porte.

— Merci.

Eva savait que ses anges gardiens n'appartiendraient pas à ce club et se verraient refuser l'entrée. Elle se rendit en hâte aux toilettes du sous-sol. Une fois enfermée, elle remonta sa jupe et sortit par la fenêtre. Elle grimpa en courant l'escalier qui menait à la rue arrière et marcha aussi vite qu'il était possible sans attirer l'attention. Elle prit le premier taxi et demanda au chauffeur de la conduire Regent's Park. Tout le long du chemin, elle s'assura qu'elle n'était pas filée. Rien. Pour plus de sûreté, elle régla la course, descendit et prit un autre taxi. Une fois certaine que c'était sans danger, elle donna l'adresse d'Old Compton Street.

Là, elle emprunta le même chemin que Stormont. Eva frappa doucement à la porte peinte. Son contrôleur la fit entrer, referma, s'appuya contre la porte et contempla la jeune femme.

— Vous avez le costume de l'emploi.

Elle tournoya lentement devant lui, main sur les hanches.

— Je vous plais ?

Il voulut rire de sa taquinerie, mais en fut incapable. Il ne cherchait pas à dissimuler son approbation. Ses vêtements promettaient ce que son allure interdisait. Tout était beauté, grâce féline.

— Oui. Beaucoup.

Elle alla s'asseoir au fond de la pièce.

— Nous avons un problème, dit-elle, substituant une tension à une autre.

Stormont poussa une chaise en face d'elle.

— Cassie est passée ce soir, plutôt chamboulée. Il semble que quelqu'un opère une manœuvre baissière sur Genius. Aujourd'hui, le cours de l'action est monté à cinq dollars pour dégringoler à deux.

Elle relata à Stormont les rumeurs, le délit d'initié et l'acception optimiste de Cassie. Elle passa leur colère sous silence.

— Nous aimerions tous savoir qui est derrière cette manœuvre, conclut-elle.

Stormont prit ses cigarettes dans sa poche et en offrit une à Eva. Puis il alla chercher sur une étagère une bouteille de Glenlivet et deux verres. Il les essuya avec son mouchoir et lui en tendit un.

— L'ennui, avec ces maisons sûres, c'est qu'elles sont à l'abri de tout sauf de la poussière.

Il servit deux whiskys, tendit à Eva la flamme de son briquet puis alluma sa propre cigarette.

— Qui est derrière, à votre avis ?

Eva haussa les épaules.

— Pas la moindre idée. Cassie, Case Reed, Frazer, tous ont intérêt à faire baisser le cours. Ce n'est pas moi. Ce pourrait être Cassie. Aussi ahurissant que cela puisse paraître, ce n'est pas à exclure. Plus je la vois, plus je la trouve intelligente. Malgré son air de petite bergère, elle est rouée comme pas deux.

Stormont éclata de rire.

— Elle n'est pas aussi innocente qu'elle voudrait le faire croire, reprit Eva. Pourtant, je ne l'imagine pas à l'origine de l'affaire, non plus que Frazer. Je m'en ferai une idée plus précise quand je lui en aurai parlé. Je surveillerai ses réactions. Ça n'est pas son style, mais qui d'autre ce pourrait être, nom de nom ? Je ne vois aucune bonne raison.

— Cherchez sous tous les angles. Quelqu'un entend faire du vilain et nous ne devons pas négliger le fait que l'attaque est centrée sur vous.

— Oui. Ça ne me plaît guère. J'accepte volontiers les reproches mérités, mais quand je suis innocente... Bon, c'était la première chose.

— Ce n'est pas tout ?

Eva but un peu de whisky et dit d'une voix blanche :

— On me suit. Je l'ai découvert ce midi, après ma réunion chez Case Reed. Je crois que cela a débuté aujourd'hui, mais je ne puis l'affirmer. Ils sont six, une équipe au complet. Des pro, mais en rien invisibles. Ils agissent avec prudence mais je ne crois pas qu'ils sachent que moi aussi, je suis une pro. Ils n'ont pas pris davantage de précautions qu'ils ne l'auraient fait avec Pierre, Paul ou Jacques. Je les ai donc repérés sans mal. Ne vous inquiétez pas, ils ne s'en doutent nullement. Ils étaient encore à mes basques, ce soir.

Stormont ouvrit la bouche pour parler mais elle leva la main pour l'en empêcher.

— Je les ai semés. Ils me croient dans un club privé dans Mayfair. J'y retournerai par le même chemin une fois que je vous aurai quitté et j'en ressortirai par la grande porte. Ni vu ni connu.

Elle vit Stormont se détendre un peu, mais son visage, lui, demeurait contraint. Elle poursuivit.

— Mais qui sont-ils, bon sang, et que cherchent-ils ?

En compagnie d'Eva dans cette pièce délabrée, Stormont éprouvait un curieux sentiment d'intimité. Il était fortement attiré par la jeune femme et percevait une étincelle de réciprocité, même si elle la dissimulait. S'ajoutait à cela l'excitation à l'idée que la partie avait commencé. Ils avaient toute la nuit pour organiser leur contre-attaque, seuls au rythme du jazz qui cognait aux murs, exacerbant tous leurs sens.

Le visage d'Eva était lumineux. Il lut dans son regard la même exaltation, le frisson du combat invisible.

— Ça n'a pas traîné, dit-il en tirant sur sa cigarette.

Eva hocha la tête.

— Qu'en pensez-vous ? demanda Stormont.

— Qu'en l'occurrence, la réponse la plus évidente est la bonne.

— Frazer.

— Oui.

— Ses raisons ?

— Il a quelque chose à cacher. Il sait qu'il s'expose à mes yeux en traitant avec moi, en ayant une liaison avec moi ; il décide donc de vérifier rapidement. Soit il y trouve quelque chose de pas normal et poursuit la filature, soit il trouve ce que nous, ou quelqu'un d'autre, veut qu'il trouve — rien. Il décide que cela ne colle pas avec l'idée qu'il se fait de moi, alors il creuse plus profond.

— Votre verdict ?

— Je travaille dans l'hypothèse que ma couverture est bonne. Sinon, je ne serais pas là. Je pense que l'ego démesuré et la curiosité de Frazer le poussent à croire qu'il en sait plus que les rapports vierges sur moi. Et vous, qu'en pensez-vous ?

— Je pense que c'est sa vanité, sa curiosité et son penchant naturel à se montrer soupçonneux. Comment comptez-vous jouer ça ?

— Sans rien changer, comme si de rien n'était. Je vais m'aiguiser de façon invisible, tout couvrir par le sexe.

— Cela vous plaît de faire l'amour avec Frazer ?

Il avait parlé d'un ton sec, dénué d'émotion.

Elle se pencha sur lui.

— J'aime faire l'amour, Andrew. Cela pourrait même me plaire avec vous.

Cette fois, le rire jaillit. Stormont acheva son whisky d'un trait, sans quitter Eva des yeux. Il se leva et alla lentement remplir les verres. Il replaça la bouteille sur l'étagère puis se pencha sur Eva, ses lèvres effleurant son oreille.

— Peut-être devriez-vous essayer.

Elle tourna le visage de façon que sa bouche fût dangereusement proche de celle de Stormont.

— Peut-être. Un jour.

Elle porta son verre à ses lèvres. Il recula et alla se rasseoir.

— Nous pourrions surveiller vos anges gardiens, suggéra-t-il comme si rien ne s'était passé, avec le risque non négligeable de nous faire repérer. Ils se découvriront tôt ou tard. Il s'agit presque certainement de Frazer. Continuez d'être vigilante.

— Frazer trame certainement quelque chose. J'ai le sentiment qu'il place ses pions. Pendant la réunion, ce matin, il m'a demandé si j'étais satisfaite de la boîte qui gérait la concession. Je lui ai fait une réponse ouverte, pour voir ce qu'il allait dire. Il m'a demandé si j'envisagerais de faire appel à une société qu'il connaît, prétendant qu'ils étaient excellents, suggérant qu'il pourrait peut-être m'obtenir de meilleures conditions.

— Et qu'avez-vous répondu ?

— Que je serais ravie et qu'il prenne contact avec le comptable. Je ne serais pas étonnée qu'il me propose un taux très compétitif.

— Et après ?

— Il faudra que je vire l'actuelle société contractante et que j'engage les types de Frazer.

— Sans doute une société-écran.

— C'est mon avis. Il n'y aurait aucun lien entre eux et lui sur les listes d'actionnaires diffusées. Tout serait fait par l'intermédiaire de jolis petits comptes de sociétés-écrans aux îles Caïmans, quelque chose de ce genre. Quoi qu'il en soit, cela signifie que Frazer bouge et qu'il a ses propres plans.

— C'est l'impression que cela donne.

— Il va sans doute se rendre sur place à un moment ou à un autre.

Stormont se redressa sur son siège.

— Nous en discuterons avant que vous n'alliez où que ce soit. Vous seriez en grand danger au Vietnam. Je ne suis même pas sûr que je vous l'autoriserai.

— S'il trame quoi que ce soit de moche, c'est là qu'il le fera. Je me vois mal rester chez moi.

— Nous verrons cela en temps utile. Mais tenez-moi au courant. Il ne manquerait plus que vous partiez avec Frazer sans tambour ni trompette.

Eva sourit, lui offrant un regard soumis qui le déconcerta. Elle semblait lui dire qu'elle était prête à tout. Il ne s'agissait pas de confiance aveugle ; cela émanait d'une autre source, indétectable pour Stormont. Il l'observa en silence avant de parler.

— Vous devez parvenir à ce que Frazer baisse sa garde. Je vous suggère un comportement illogique, imprévisible.

Eva eut un regard interrogateur.

— Etes-vous froide et cynique dans vos relations avec lui ?

— Je suppose, oui. Il m'en a fait la remarque. Il affirme que je ne suis pas comme les autres.

— Justement. Agissez comme elles. Rassurez-le.

Appelez-le à une heure du matin. Tiens, appelez-le tout de suite, dites-lui que vous arrivez.

— Impossible. Je n'ai jamais fait cela de ma vie... courir après un homme, je veux dire.

Stormont partit d'un grand rire.

— Vous seriez surprise du nombre de femmes qui n'hésitent pas. Il faut le rendre content de lui, Eva. Si vous vous comportez comme les autres, il pensera qu'il vous tient. C'est à ce prix que vous endormirez sa méfiance, faute de quoi vous constituez une menace.

— Une fois satisfait, il se lassera. Il cherchera une nouvelle conquête, plus passionnante.

— C'est un équilibre délicat, je l'admets. Mais pour l'instant, vous vous situez trop dans le côté défi, danger.

Stormont consulta sa montre.

— Lui avez-vous parlé de l'attaque des baissiers, Cassie ou vous ?

— Pas moi. Cassie était folle de rage. Elle l'aura sans doute fait.

— Appelez-le maintenant. Débrouillez-vous pour le rejoindre. Parlez-lui de cette manœuvre tout en exerçant votre charme. Vous l'attaquerez ainsi sous deux angles différents. Voyez si cela révèle quelque chose.

Eva quitta son fauteuil, s'empara du combiné et composa un numéro. Il était minuit et demi. Frazer répondit à la troisième sonnerie.

— Robie, c'est Eva. Je suis dans un club et je m'ennuie à mourir...

Stormont entendit le rire de Frazer. Il observa Eva, paupières mi-closes, lèvres charnues, sourire rusé. Il n'entendit que la réponse d'Eva.

— J'arrive.

Elle raccrocha, avança vers Stormont, se pencha vers lui, mains sur les cuisses. Elle posa un baiser sur ses lèvres qu'elle macula de rouge.

— Je ferais mieux d'y aller et d'obéir à vos instructions.

Il resta assis.

— Eva, nous devons cesser de nous voir, sauf urgence. Vous le savez, n'est-ce pas ?

Cette fois, son regard impénétrable la trahit, l'espace d'une seconde.

— Je sais.

Elle s'en alla. Il la regarda disparaître.

Stormont resta trois longues heures dans la pièce lugubre, dans l'éventualité où l'équipe de filature l'aurait suivie jusqu'au club de jazz et décidé d'observer tous ceux qui sortiraient après elle. Il quitta son fauteuil à trois heures et demie, emportant avec lui l'odeur d'Eva — de sa peau, de son parfum — et le goût ténu de son rouge encore sur ses lèvres.

33

Robie Frazer était installé dans son petit salon dont les portes-fenêtres donnaient sur le jardin. Sur une table basse, une bouteille de whisky. Il buvait avec lenteur, savourant la chaleur onctueuse du liquide dans sa gorge. Il songeait à Eva, en route pour le retrouver, sans invitation, sans le prétexte d'un dîner ou d'un verre. C'était la première faille dans sa façade lisse. Chez une autre, cela l'aurait agacé car ç'aurait été prévisible. Chez elle, l'inattendu ajoutait à l'excitation, au besoin qu'il avait d'elle.

Assis en face de lui, Li Maï l'étudiait. Frazer ne lui avait jamais paru aussi vivant. Curieusement, il semblait à la fois affamé et repu. Confortablement installé dans son fauteuil, jambes étendues devant lui, on sentait pourtant ses muscles prêts à bondir à tout instant.

— Faites-vous discret, cela vaudrait mieux, lui dit Frazer. J'attends une femme. Prenez la chambre bleue et ne vous montrez pas.

Li Maï se leva.

— Spéciale, cette femme ?

Frazer parut intrigué par la question. Il observa Li Maï tout en réfléchissant.

— Oui, à sa façon.

— Belle ?

— Très belle. Mais c'est accessoire.

Frazer se redressa lentement sur son siège. Saisissant l'allusion, Li Maï quitta la pièce et monta dans la chambre bleue où, debout à la fenêtre, il attendit d'apercevoir cette femme si extraordinaire. Un taxi se gara, une femme en descendit. Elle régla la course puis se dirigea vers la maison. Quand la femme eut disparu à l'intérieur de la maison, le regard de Li Maï demeura fixé sur l'endroit où elle s'était tenue. Son image se gravait dans son esprit.

Eva se tenait devant Frazer, en tenue sexy, comme une promesse. Il l'attira contre lui, la maintint contre le mur et l'embrassa. Il plongea ses yeux dans les siens. Eva semblait habitée par un autre homme. Cela se lisait dans ses yeux, comme une raillerie, l'incitant à en effacer toute trace. Il lui fit l'amour debout dans l'entrée, ses yeux cloués dans ceux de la femme jusqu'à ce que, visage tourmenté, elle baissât les paupières. Puis il la conduisit à l'étage, l'allongea sur le lit, la recouvrit d'un drap et se glissa près d'elle. Ils s'endormirent presque instantanément, le visage éclairé par les rayons de lune qui filtraient par les fenêtres ouvertes.

Au deuxième étage, Li Maï était assis sur le rebord de la fenêtre. Il avait tout écouté. Il imagina la femme, vêtue de la seule fraîcheur de l'air. Il imaginait ses yeux, se demandant comment ils considéraient Frazer. Avec passion, ou avec haine ?

Le lendemain matin, Frazer s'éveilla à sept heures. Eva dormait, le dos légèrement tourné, les traits au repos. Il la dévisagea, surpris comme à chaque fois de la vigueur qui émanait d'elle. Même endormie, son visage était tendu. Aucune placidité. La satisfaction physique lui procurait un sourire triomphant, un bien-être félin. Cela ne la calmait pas, ni ne l'adoucissait, ni ne l'assouplissait. Toujours elle résistait, se détournait, même dans son sommeil. Malgré tout le désir qu'elle avait de lui, malgré tous les plaisirs qu'elle tirait de lui, Frazer ne doutait pas qu'elle pourrait lui tourner le dos, lui cracher au visage, le planter là en une seconde, le laissant blessé, aussi étonnant que cela pût paraître. Il devinait en elle le désir de faire mal. C'était le cas de maintes femmes, surtout de celles dont on avait souvent abusé de la beauté. Elles cherchaient à contrebalancer les choses. Mais ce schéma ne collait pas avec Eva. Il ne parvenait pas à l'imaginer abusée par quiconque, ni de quoi elle aurait à se venger. Pourtant, elle dégageait une violence. Non que cela l'inquiétât ; cela mettait ses sens en alerte, rien de plus.

Elle se réveilla brusquement. S'apercevant qu'il l'observait, elle écarquilla les yeux, puis ferma à demi les paupières et attira Frazer contre sa poitrine. Il sentit sous ses lèvres le velouté de ses seins. Bientôt, monta en lui la sensation tourbillonnante du désir et du contentement, cependant que se mêlaient le bien-être sexuel et maternel.

Ils restèrent une demi-heure allongés. Puis la sonnerie du réveil rompit le silence et l'immobilité. Eva s'assit sur son séant.

— J'ai encore besoin d'un jean et d'un tee-shirt, je ne rentre pas comme ça, précisa-t-elle en désignant les vêtements épars.

Frazer se leva en riant. Elle le regarda se rendre dans le dressing, remarquant avec surprise que Stormont et lui avaient la même allure. Cela allait au-delà de l'aspect physique ; c'était quelque chose qui dominait l'ensemble — le brio, le talent, la vigilance. La différence résidait dans leur façon de l'utiliser. Frazer revint avec des vêtements pour elle qu'il laissa tomber à ses pieds. Soudain, elle le saisit, l'attira par terre, ne résistant nullement à la domination physique qui, un temps, oblitéra tout le reste.

Quand ils eurent pris leur douche et leur petit déjeuner — ce dernier sous le regard désapprobateur de Margaret — il était onze heures. Ils étaient encore à table à lire les journaux lorsque la camériste annonça Cassie Stewart au téléphone. Frazer revint au bout de cinq minutes. Eva l'observa puis sourit en s'apercevant qu'il en faisait autant.

— Tu as entendu parler de la manœuvre baissière ?

— Cassie m'en a parlé hier soir.

— Pourquoi ne m'as-tu rien dit ?

— J'aurais pu, c'est vrai. Hier soir, ou ce matin. Mes paroles auraient été entrecoupées de soupirs et d'exclamations, mais à part cela, il n'y a aucune raison à mon silence. Désolée. Je m'en souviendrai la prochaine fois.

Son regard piteux le surprit.

— Réservons les affaires à la salle de réunion.

— Puisque tu as mis le sujet sur le tapis, dit Eva, imaginons un instant que ta salle à manger est une salle de réunion.

— D'accord.

— Cela t'ennuierait-il beaucoup de m'expliquer ce qui se passe ? C'est vrai quoi, tu es un vieux routier et Cassie est du métier. Mais moi, je suis à des lunes. Je trouve pour le moins déconcertant de signer un contrat le matin et de voir un tas d'embrouilles l'après-midi, avec quelqu'un qui s'amuse à répandre des rumeurs sur mon compte et qui descend ma société en flammes.

— Je suis dans le flou autant que toi. Il est vrai que j'ai l'habitude de ce genre de petit jeu, mais honnêtement je n'ai pas la moindre idée de qui s'y amuse, ni de ses intentions. Tu sais le plus bizarre ? On dirait presque qu'on nous rend service. Plus le cours chute, mieux cela vaut pour nous et pour notre OPA — tant que ça dégringole pour de mauvaises raisons.

— Mais je me tue à te le répéter, c'est une affaire aussi juteuse que risquée ! Cette rumeur, c'est du bidon. Tu peux vérifier mes titres auprès de ma banque. Je n'ai fait aucune transaction avec Genius.

— Ne te tracasse donc pas. Je te crois. En général, je sais quand on me ment.

— Cela tombe bien parce que moi non plus je ne crois pas que tu me mentes. L'ennui, c'est que cela ne nous mène pas loin. Ce n'est pas toi, ce n'est pas moi, ce n'est pas Case Reed. Alors qui ? Et pourquoi ?

— Comment es-tu si sûre que ce n'est pas Case Reed ?

— Tu trouves vraiment que c'est leur style ? Tu t'imagines John Richardson en magouilleur ?

— Non. Mais je ne suis pas persuadé que ton amie Cassie Stewart soit la jolie petite chose innocente et pure qu'elle prétend être.

— Tu la surestimes.

Eva espérait que Cassie s'était gardée de toute allusion devant Frazer à l'échange de bons procédés avec l'agent de Vancouver. Elle avait le sentiment qu'il était dans l'intérêt de Cassie de cacher à Frazer à quel point elle était futée. Il lui faudrait trouver le moyen de le lui suggérer.

— Peut-être. Cela dit je pencherais plutôt pour ton analyse. Je ne crois pas que ce soit Case Reed.

— Tu peux savoir ? Il existe sûrement un moyen.

Frazer l'observa longuement.

— Effectivement. Je mène ma petite enquête. C'est ton bébé, je comprends que tu t'inquiètes. Et j'ai horreur qu'on s'amuse à mes dépens, qui plus est.

34

Cassie affronta Richardson dès son arrivée, le mardi matin.

— Nous avons un ennui sur les bras. Genius subit une attaque des baissiers.

Richardson leva légèrement le sourcil, seule entrave à son impassibilité. Il attendit des explications. Cassie lui ayant tout raconté, il demeura silencieux.

Son self-control avait sur Cassie un effet apaisant. Richardson avait toujours agi comme si tous les problèmes pouvaient se résoudre par le calme de la réflexion. Jamais de colère, jamais d'amertume, jamais d'irritation à propos des erreurs commises. Rien qu'une immense concentration tandis qu'il cherchait la parade.

— Eva et Frazer assistent à la réunion et l'attaque démarre presque aussitôt, dit-il enfin. Je ne puis croire que Frazer manquerait de subtilité au point de s'incriminer de la sorte. J'en conclus qu'il n'est pas à l'origine de l'affaire. Quant à votre amie Eva, cela paraît un peu au-delà de ce que nous savons d'elle. Néanmoins, je ne lui ferais pas entièrement confiance. Cela va pour cette transaction parce que nous avons les mêmes intérêts. Mais Frazer et elle possèdent toutes les raisons du monde d'opérer cette manœuvre s'ils croient pouvoir s'en tirer indemnes.

— Frazer se sent peut-être à l'abri de tout soupçon, rétorqua Cassie. Personne ne l'imaginerait capable de se mouiller ainsi, nous le présumons donc innocent.

— C'est tout à fait possible... Avez-vous vu Aubrey Goldstein ?

— J'ai déjeuné avec lui. Il m'a été fort utile.

— Je m'en doutais.

Richardson l'observa, comme s'il attendait.

Cassie réfléchit à toute allure et parla d'une voix posée.

— Juste au moment où je partais, il m'a demandé où était le gisement.

— Et vous le lui avez dit.

— J'ai répondu au Vietnam, mais il n'y a pas que Genius, là-bas. Je n'ai pas cru me montrer trop bavarde, je n'ai pas pensé qu'il en ferait usage. Zut ! John, je suis désolée si j'ai tout fichu par terre, mais je ne voyais pas Goldstein sous cet angle. Et j'ai été prudente — je ne lui ai fourni que ce petit indice, ça m'a échappé, je le reconnais.

— Et il s'est jeté dessus.

— Vous ne pensez pas sérieusement que c'est lui, si ?

Richardson l'étonna en souriant.

— C'est un candidat de plus à notre liste de suspects. Nous ne pouvons exclure personne.

— Sauf nous, dit Cassie en riant malgré son visage de glace. Qu'allons-nous faire ? s'empressa-t-elle d'ajouter. Comptez-vous parler à Goldstein et à Frazer ?

— Goldstein... un tombeau, aussi fermé qu'une huître si nécessaire. Frazer, coupant et glissant comme de la glace. Une confrontation ne mènerait à rien.

— Je vais y réfléchir.

Peu après, Richardson passa un coup de fil.

— Peter ? Ici, John. Je sais que je m'y prends à la dernière minute, mais je me demandais si je pourrais passer. Dès que possible. Parfait. Merci.

Il raccrocha et quitta son bureau. Il prit un taxi et

ne tarda pas à descendre face à un grand immeuble anonyme qui abritait une des plus grosses agences de détectives privés du monde. Il s'annonça à la réception puis emprunta l'ascenseur jusqu'au cinquième étage où se situait le bureau de Peter Bawden, le directeur.

Bawden l'accueillit d'une poignée de main.

— Café ?

— Volontiers.

Richardson attendit d'être servi, but une petite gorgée puis reposa délicatement la tasse dans la soucoupe.

— J'aimerais te confier une mission. Il me faut un rapport urgent. Je ne puis me permettre le luxe d'attendre. Inutile de rassembler tous les faits. Même si nous avions le temps, ça ne donnerait pas grand-chose. Cet individu est un dissimulateur professionnel.

— Que veux-tu, alors ?

— Ton opinion. Intuition, hypothèse. Tout ce que tu peux trouver comme faits ou ragots.

— Tu vas agir en fonction ?

— Ce n'est pas exclu.

— On dirait que tu as déjà pris ta décision.

— Non. Il s'est produit un événement qui m'incite à la prudence. Comme si cela ébranlait toute l'idée que je m'étais faite de cet homme. J'ai comme une vague lueur, une sensation. Ecoute ça, ajouta-t-il en balayant l'air d'un revers de la main, je commence à m'exprimer comme Cassie Stewart avec sa fichue intuition.

— Elle ne se trompe pas, pourtant, n'est-ce pas ? Quel est son avis ?

— Je ne lui ai pas demandé, mais ces derniers temps, elle se comporte bizarrement. J'ai l'impression qu'elle me cache quelque chose.

— John, qui est cet homme ?

Richardson soupira, sûr d'être confronté à de l'incrédulité.

— Robie Frazer.

Bawden ne pipa mot. Il but son café tout en regardant Richardson par-dessus la tasse. Les deux hommes étaient de vieux amis. Ils avaient fait leurs études ensemble et la société de Bawden enquêtait souvent pour Case Reed.

— Tu ferais bien de me révéler la nature exacte du problème. Personne ne poserait de questions sur Robie Frazer à tout hasard.

— Acceptes-tu le contrat ?

Bawden réfléchit avant de répondre.

— C'est d'accord.

Cassie vit Richardson revenir chez Case Reed. Il paraissait étrangement calme. Il entra dans son bureau tête baissée, perdu dans ses pensées. Elle s'apprêtait à aller lui parler mais se ravisa devant son expression concentrée.

Elle se rendit donc au café de Clifford Street acheter son troisième expresso de la journée. Elle remonta le boire tout en appelant Owen Quaid.

— Owen, emmène-moi déjeuner, ou dîner, n'importe quoi, mais fais quelque chose pour moi, tu veux bien ? Je deviens folle, ici.

— Pauvre petit ange. Que fait ton foutu colocataire, aujourd'hui ?

Le visage de Cassie s'illumina.

— Il a vaguement parlé de recherches à effectuer à la bibliothèque de Kensington. Je crois que c'est son lieu de drague. C'est courant, là-bas, apparemment.

— Tu parles ! Ta maison est libre, alors ?

— Je préviens ma secrétaire que mon déjeuner risque de se prolonger.

— A très vite, ma belle.

Cassie arriva chez elle cinq minutes avant Quaid. Elle lui ouvrit la porte et l'attira dans l'entrée avec un baiser. Il la serra contre lui. Elle sentait les coutures du jean d'Owen contre la soie de sa jupe, son corps épousant le sien, lisible comme du Braille. Il l'embrassa comme s'il avait soif d'elle. Elle répondit.

Elle répondait toujours mais jamais elle ne prenait d'initiative. Elle n'exigeait rien de lui hormis ce qu'il donnait de son plein gré.

Il enfonça ses doigts dans les bras de Cassie et l'observa tout en l'embrassant. Ses yeux papillonnaient ; elle avait l'air d'une chatte et était sans doute tout aussi inconstante, mais il était là. Il l'emmena en haut, dans son lit. Il l'allongea, sentant ses yeux sur lui. Masquait-elle, comme lui, le désir et l'amour par la gaieté ? Comme par un accord tacite, leurs heures ensemble étaient toujours nimbées d'un bonheur léger. Il se demandait si c'était naturel ou si cela émanait de quelque refus de la douleur. Se contenter de plaisir et d'éclats de rire. Il la dévêtit, s'émerveillant de la pâleur de son corps. Bientôt, l'interrogation le céda au désir.

Une heure plus tard, ils étaient installés dans le jardin devant une bouteille de Chablis, qui émoustillait agréablement leur palais desséché. Nesta et les chats paressaient au soleil.

— Tu m'avais l'air plutôt secouée au téléphone, tout à l'heure, et, à mon grand regret, je sais pertinemment que ce n'était pas seulement à cause de moi.

— Tu me manquais, tu sais. Je ne me sens pas bien quand on est longtemps sans se voir.

Toujours ces yeux malicieux quand elle évoquait ses sentiments.

— Mais tu as raison, il y a autre chose.

Elle évoqua la manœuvre baissière et ajouta :

— J'ai horreur de ne pas maîtriser les choses.

— As-tu parlé à Eva et à Frazer ?

— Oui. Mais je suis persuadée qu'ils n'y sont pour rien.

— Mm, dit Quaid en fronçant les sourcils.

Cassie eut un regard interrogateur.

— Owen, tu me caches quelque chose... sur l'affaire proprement dite, sur Eva ou sur Frazer. Tu aurais de bonnes raisons pour cela et je n'ai aucun droit de te poser de questions. Mais je n'arrive pas à rester sans broncher alors que je sais que tu joues les dissimulateurs. Me diras-tu ?

Quaid extirpa son paquet de cigarettes de sa poche de jean et en alluma une. Il souffla la fumée au-dessus de la tête de Cassie.

— Cass, tu deviens vraiment infernale. La curiosité et l'intuition de génie, ça a ses limites. Parfois il vaut mieux éviter de soulever tous les lièvres sur son chemin.

— Je ne puis m'en empêcher. Après deux ou trois lièvres, l'imagination se met à galoper.

— Je sais. Méfiance professionnelle. J'ai dû te filer le virus.

— Sans doute. Alors ?

— Je devrais me taire, Cassie. Envisager l'éventualité de parler contrevient déjà à toutes les règles du métier. Ce n'est pas une plaisanterie. Les conséquences sont graves, plus que tu ne saurais l'imaginer. Tu t'amuses avec quelque chose que tu ne devrais même pas effleurer.

Sa voix s'était emplie de colère puis, soudain, il s'exprima avec douceur, résigné.

— Si tu insistes, je vais tout t'expliquer. C'est tout ce que je peux faire pour te protéger.

Il n'ajouta pas qu'il mettait Paul Black et lui en péril.

— Pour l'amour du ciel, Owen ! Ne sois pas aussi mélodramatique ! Je ne sais si je dois hurler de rire ou crever de trouille.

Elle tendit la main et lui caressa la joue.

— J'ai conscience que ce peut être difficile et embarrassant. Mais tu peux me faire une absolue confiance. Je suis inquiète pour cette transaction, surtout maintenant, avec cette attaque à la baisse. Il se passe quelque chose de pas catholique et ce n'est pas seulement cette manœuvre. Je ne sais pas exactement de quoi il s'agit. Peut-être pour une fois mon imagination me joue-t-elle des tours. Mais j'ai la curieuse intuition qu'il y a les diamants, et un autre schéma qui n'a rien à voir. J'en perçois vaguement les contours mais pas les détails.

Les mots s'échappaient à toute allure, les idées se formaient comme elle parlait, les intuitions se précisant par le fait de les formuler.

Quaid s'empara de sa main et la serra.

— Eh ! ma belle, tout doux. Raconte exactement, même si cela te paraît bizarre.

— Il n'y a rien de plus que ce que je viens de dire. C'est ça, l'ennui. Juste des tonnes d'intuitions qui tourbillonnent. Et un sentiment de malaise, d'être dans le noir. J'ai horreur de ça.

— Bon. Je vais te dire ce que je sais. Je ne répondrai pas à toutes tes questions, mais cela pourrait remplir quelques blancs. Si je me suis montré d'emblée aussi hésitant sur ce dossier, c'est qu'avant que tu ne me demandes de travailler dessus, Robie Frazer m'a appelé pour me demander d'enquêter sur Eva, John Richardson et toi.

— Moi ? Mais quelle idée ! Richardson aussi ?

— Pourquoi pas ? Tu enquêtes bien sur tes partenaires. Travailler pour une institution financière d'apparence respectable plutôt qu'à ton compte te place à l'abri des soupçons tout en te permettant de dissimuler plus commodément les petites choses louches ou inavouables.

Cassie était folle de rage.

Quaid reprit.

— Quand Frazer m'a demandé d'enquêter sur toi, je n'avais pas le choix. Je suppose que j'aurais pu refuser, mais c'est un de mes plus gros clients et il a horreur des contrariétés. Je voulais également tenter de contrôler le processus. Si je disais non, quelqu'un d'autre s'en serait chargé. Je savais que c'est une violation et que tu serais furieuse. Mais si quelqu'un devait enquêter sur toi, j'aimais autant que ce fût moi.

— Je me demande si je n'aurais pas préféré un total étranger. Il n'existe pas pire cauchemar qu'un amant au courant de tous vos secrets.

— Pas quand on n'a rien à cacher.

— Enfin quoi, Owen, tout le monde a son jardin secret !

Elle réfléchit un moment avant de demander avec détermination :

— Bon. Qu'as-tu trouvé sur mon compte ? Qu'as-tu raconté à Frazer ?

— Pas grand-chose. Qu'il n'y avait rien de moche ni de compromettant. Pas d'anguille sous roche.

— C'est tout ?

— Ouais.

Elle partit d'un grand rire soulagé, sembla-t-il à Quaid.

— Je suis donc bien ennuyeuse.

— Les squelettes dans les placards ne sont fascinants que pour qui n'en a pas. Ils signifient uniquement qu'on a pris des risques à tort. Toi, tu les as pris à juste titre. C'est ça, la différence.

— Merci, Owen. Charmante façon d'exprimer les choses. Je ne suis pas plus douée que les autres, j'ai eu de la chance, c'est tout, et je n'ai jamais eu à risquer gros. Inutile d'embellir le tableau.

— Si cela peut te faire plaisir, Cass. Bref, Frazer était satisfait du rapport que je lui ai remis sur toi, et sur Richardson, incidemment. Mais il a refusé d'avaler mon rapport vierge concernant Eva. Comme tu n'avais pas l'intention de parler à Richardson de son ancienne dépendance à l'héroïne, je ne pouvais rien dire à Frazer. Or c'est tout ce que j'avais sur elle. C'est une fille peu conventionnelle, mais pas pour autant sujette à caution. Néanmoins, Frazer n'a rien voulu savoir. Ils sont amants, c'est peut-être pour ça qu'il est plus soupçonneux que nature.

— Quoi ! Ils couchent ensemble ?

— Ça n'est pas surprenant outre mesure, si ?

— Non, non, murmura-t-elle. Je comprends parfaitement cette attirance.

— Ouais, je m'en doute, mais laisse-lui Frazer.

— Pourquoi dis-tu cela ?

— A ton avis ? Je suis jaloux, c'est tout. De toute

façon, s'empressa-t-il d'ajouter, Frazer était si convaincu qu'il y avait du louche chez Eva qu'il m'a demandé de la faire surveiller vingt-quatre heures sur vingt-quatre histoire de voir ce que je pouvais trouver.

— Et alors ?

— Bougrement intéressante, cette jeune dame.

— Qu'est-ce qui te permet d'affirmer cela ?

— Pas tant ce qu'elle fait, encore que cela ne manque pas d'intérêt, que la manière dont elle le fait. Sa personnalité dans son ensemble.

— Raconte. Et sois précis.

— Bon, je me lance. A six heures trente hier matin, elle se lève pour courir une heure dans Battersea Park. Elle rentre chez elle d'où elle ressort à huit heures trente, pimpante, ravissante. Elle se rend dans une pâtisserie de King's Road, s'installe dehors au soleil, prend deux gâteaux, un jus d'orange et deux cappuccinos. Puis elle file chez Case Reed où elle reste une heure. Après quoi elle va se promener et s'assoit pendant une heure dans un parc d'Hanover Square, fait quelques courses dans Bond Street puis déjeune au Savoy Grill avec Frazer. Elle retourne chez elle pour plusieurs heures. Puis elle se rend dans cet endroit appelé le Biedecome ou je ne sais quoi, c'est un club de judo près de Fulham Road. Elle pratique le judo pendant une heure et demie. Et du judo sérieux.

— Je ne comprends pas.

— En clair : elle m'envoie au tapis d'une chiquenaude. Ça te va ?

— Mon Dieu ! Et après ?

— Elle repasse chez elle pour quelques heures. Après, tu déboules chez elle, ça urge, apparemment. Puis tu t'en vas. Une demi-heure plus tard, il est alors près de vingt-trois heures, elle émerge, attifée comme une vraie bombe sexuelle, et se rend seule dans un bar privé de Mayfair. Impossible de savoir qui elle y retrouve — on nous refuse l'entrée. Elle quitte le bar après plus de deux heures et file chez Frazer où elle passe la nuit.

Quaid guetta la réaction de Cassie.

— Incroyable. Cette vie remplie dans ses moindres instants — une heure solitaire, l'autre avec des gens. Elle semble revêtir tant d'apparences différentes, réserver tant de surprises. Certains aspects de son existence sont quasi spartiates — la course, le judo, les heures dans le parc. Et à côté de ça, le somptueux petit déjeuner, le repas au Savoy, les courses, le club privé, l'amour avec Frazer... Tant de facettes.

— Je sais. C'est ahurissant. Elle agit avec calme et élégance. Comme si elle donnait un spectacle.

— Peut-être était-ce le cas. Peut-être se savait-elle suivie.

— Je ne crois pas. Elle n'a rien laissé paraître.

— C'est évident, voyons ! Si elle est vraiment douée, elle s'en garderait bien.

— Qu'est-ce que tu sous-entends ? demanda Quaid d'un ton sec.

— Je ne sais pas. Rien, sans doute.

— Mais si, tu as quelque chose derrière la tête. Ne t'imagine pas que je vais me montrer franc avec toi si tu fermes ton clapet dès que ça t'arrange.

— Mais ce n'est pas comme si je savais quelque chose ! J'ai des tas de soupçons, rien de plus.

Il attendit, buté.

— Soit. Mais je t'interdis de rire même si cela te paraît débile, lança-t-elle avec une fausse désinvolture. L'autre jour, j'ai eu une conversation avec un expert en diamants, un ami de John Richardson. Bref, il m'a brossé ce qu'il appelle le tableau officiel, puis j'ai eu l'impression qu'il me donnait une sorte d'avertissement.

— Explique-toi.

— En fait, je n'en suis pas sûre moi-même. Il a commencé à évoquer tous les aspects parallèles du marché du diamant. Il a parlé des gens qui l'utilisent comme couverture.

— Exemple ?

— Les services secrets.

Le silence s'infiltra entre eux et s'attarda, longtemps. Enfin, Quaid demanda :

— Et où établis-tu le lien ?

— Aucune idée. Je ne puis m'empêcher de me demander si Eva n'a pas quelque chose à voir avec le monde du renseignement.

— Quelle raison aurait-elle ?

Cassie ne répondit pas tout de suite. Elle allait mentionner les soupçons qu'elle nourrissait à l'égard d'Andrew Stormont, mais quelque chose l'en empêcha. Elle préféra parler d'Eva.

— Je suis persuadée qu'Eva n'est pas si claire. Ces huit années en Asie, son côté hippie, son accoutumance à l'héroïne, une mine de diamants sur laquelle elle tombe comme par enchantement. Et la voilà qui devient brusquement rangée.

— Ce n'est pas si extraordinaire. Ça ne colle pas avec ton monde, avec le monde conventionnel. C'est inhabituel mais pas nécessairement de mauvais augure.

— Je sais. Je ne la juge pas, je t'assure. En outre, je me contrefiche des conventions.

Elle ne broncha pas pendant un moment, puis reprit.

— Et il ne faut pas oublier Frazer. Il est peut-être dans le renseignement.

Quaid hurla de rire.

— Oh non, jamais de la vie !

— Comment peux-tu être aussi affirmatif ?

— Ecoute, tout ce qui intéresse Frazer, c'est l'argent et l'excitation, les deux ensemble de préférence. Il est parfaitement amoral, jamais il ne s'impliquerait pour quoi que ce fût. Les services secrets peuvent parfois avoir besoin de ce genre de types. Mais pas dans le cas de Frazer. Pas fiable pour deux sous.

Cassie reposa son verre et foudroya Quaid du regard.

— Eh, là, une minute. On parle bien du même Robie Frazer ? Il est censé...

— Réveille-toi, Cass. Oublie les apparences. Comment crois-tu qu'on se fait des milliards de dollars aussi vite et aussi discrètement que lui ?

— Explique, puisque tu es si malin !

— A ton avis, pourquoi m'a-t-il demandé d'enquêter sur Eva, Richardson et toi ?

— Je te le demande.

— Très simple. Parce qu'il a quelque chose à cacher et qu'il veut s'assurer que ses éventuels associés ne sont que cela. Dis-moi, Cass, ajouta-t-il en changeant de ton, qu'attends-tu exactement de cette affaire avec Eva et lui ?

Elle leva sur lui des yeux étonnés, ahurie de tant de froideur et de pragmatisme.

— Du fric, je suppose. Je m'intéresse au projet, aux diamants, au Vietnam et, je l'admets, je veux gagner de l'argent.

— Concentre-toi là-dessus. Oublie Frazer et Eva. Oublie ce qu'ils ont pu faire ou ce qu'ils pourraient faire. Si tu mènes ce dossier au bout — et j'ai la nette impression que rien de ce que je pourrai te dire ne te freinera — pense au fric, rien qu'au fric. Frazer ne serait probablement pas dans le coup s'il ne flairait pas l'odeur de l'argent, tu devrais donc avoir une chance de t'en faire aussi. Prends l'oseille et tire-toi. Le plus tôt sera le mieux. Tu comprends ?

— Quelle autre raison aurait Frazer de marcher dans ce deal ?

— Qui sait ce qui se passe dans la tête de Frazer. Avec lui, les choses ne sont jamais nettes.

Il tomba dans le silence. Cassie avait les yeux dans le vague, son esprit allait d'une pensée à l'autre.

— Pourquoi diable les services secrets voudraient-ils s'impliquer dans une affaire de ce genre, de toute façon ? lança-t-elle brusquement.

— Qui sait ? Aucune raison. Ton imagination. Mais écoute-moi bien, Cass, s'ils sont dans le coup pour quelque raison que ce soit, ne te berce pas d'illusions. Ils agiront sans la moindre considération pour toi. Au premier signe bizarre, prends tes jambes à ton cou. C'est ce que tu as de mieux à faire. En attendant, pour l'amour du ciel, fais semblant de n'avoir aucun soupçon d'aucun ordre. Joue-la naïve. Et dégage dès que tu entrevois la possibilité de gagner de l'argent. OK ?

Ses yeux s'attardèrent dans ceux d'Owen. Elle réfléchissait, mais ne souffla mot.

Cassie dit au revoir à Quaid et retourna au bureau. Elle avait l'impression de marcher dans le brouillard. Elle vérifia sur son écran le cours de Genius ; toujours deux dollars. Elle appela Brimton.

— Du nouveau ?

— Non. Toujours la même histoire mais ça n'empire pas. Le cours ne décolle pas ; on dirait du sirop d'érable.

— Parfait. Je vais acquérir le reste de ma participation. Quel prix pour quatre-vingt-neuf mille actions ? Désolée si ça ne fait pas un compte rond, mais pas question que je possède plus de cinq pour cent.

— Qu'est-ce que vous fabriquez, Cassie ? En tant que votre agent de change, je suis censé vous conseiller autant qu'opérer pour votre compte.

— Très juste. Et j'ai pris ma décision. Donnez-moi votre prix, Sam.

— J'espère que vous savez ce que vous faites. Vous pourriez finir par le regretter.

— C'est mon problème.

— C'est votre fric que vous jouez. Deux et demi.

— OK. J'achète quatre-vingt-neuf mille Genius à deux dollars et demi.

Elle savait que pour se constituer une part aussi considérable, elle allait payer beaucoup plus cher que le prix affiché à l'écran, mais deux dollars et demi était bon marché comparé aux six dollars qu'elle était prête à payer au début. Avec la manœuvre baissière, la situation avait changé, mais elle ne pouvait se départir de l'idée qu'il s'agissait d'un écran de fumée. Elle reposa le téléphone avec un sourire. Les bénéfices potentiels venaient de grimper en flèche. Les risques aussi.

35

Le déjeuner achevé, Eva et Frazer lisaient dans le salon quand Margaret apparut.

— Quelqu'un demande à vous voir.

A moitié allongé sur le canapé, Frazer se redressa et la suivit sans un mot. Eva entendit murmurer de l'autre côté de la porte. Une autre porte s'ouvrit. Silence.

Li Maï attendait dans le bureau. Il observa le Taï Pan entrer et s'asseoir.

— Qu'y a-t-il ? s'enquit Frazer.

— Je ne suis pas sûr. C'était il y a longtemps et les gens changent. Mais si j'ai raison, nous avons un problème. Enfin, vous avez un problème.

— Où ? Qui ? Cessez de parler par énigmes, Li Maï.

— Ici, à Londres.

Frazer écouta Li Maï lui faire part de ses soupçons. La colère brilla dans les yeux de Frazer. Il sembla se fermer à toute sensation ; ne restait qu'une froideur intense. Il quitta son fauteuil et retourna au salon.

Eva leva les yeux sur lui. Il la regarda, puis tourna la tête. Il s'assit, s'empara de son journal, tourna rapidement les pages et lut. Elle voyait bien qu'il n'enregistrait pas un mot. Malgré le mal qu'il se donnait, il ne dissimulait en rien la rage qui le tenaillait depuis son retour. Eva sentit une chaleur l'envahir. Elle aussi lut un journal, priant que sa propre peur fût mieux contenue que la colère de Frazer. L'effort de rester assise sans broncher avec un sourire de ravissement la faisait presque transpirer. Elle s'obligea au calme, respira lentement, profondément et sans un bruit. Du coin de l'œil, elle vit Frazer se lever et s'avancer vers elle. Il tendit la main et lui serra fortement le bras. Sa main était comme un tison. Frazer tira Eva pour la mettre debout.

— Que dirais-tu d'un petit voyage ?

Elle posa son journal.

— Ça dépend où, quand et avec qui.

— Hong Kong, cet après-midi, avec moi.

— Ça alors, pourquoi cette idée soudaine ?

— J'y possède une affaire et j'ai été absent trop longtemps. Et puis je me suis dit que nous pourrions en profiter pour faire un petit détour par le Vietnam et voir ta concession.

Encore un moment décisif, encore une erreur qu'elle allait commettre.

— D'accord. Donne-moi une heure pour faire mes bagages et je te retrouve ici.

— Pas le temps. Si on part maintenant on peut attraper le vol de l'après-midi. Tu trouveras tout ce dont tu as besoin à Hong Kong. Sur le chemin d'Heathrow, mon chauffeur s'arrêtera devant chez toi le temps que tu prennes ton passeport.

Et je n'aurai aucune possibilité de prévenir de mon départ. L'avertissement de Stormont lui revint en mémoire. Soudain, cette mission prenait un tour réel. Consciente du danger, en alerte, Eva conserva son ton léger.

— J'aurai plein de choses à acheter, Frazer, j'espère que ta carte de crédit le supportera.

— Il y a des chances. Nous partons à Hong Kong, cria-t-il à l'adresse de Margaret.

— Je crois que je ferais mieux d'appeler Cassie, dit Eva en s'étirant. Elle est déjà assez paniquée comme ça à cause de cette manœuvre baissière. Si on disparaît par-dessus le marché, elle va piquer sa crise. Il faudrait que tu lui parles, d'ailleurs... Au fait, qu'est-ce qu'on lui dit ? On file tous les deux, sans crier gare, elle pourrait trouver cela bizarre.

Frazer alla regarder par la fenêtre.

— Quelle importance ce qu'elle pense, après tout ?

Eva s'approcha de lui, le touchant presque.

— Ça en a pour moi, figure-toi. J'essaie de me faire financer. Je ne puis me permettre le luxe de faire fi de son opinion.

— Tu essaies aussi de te faire financer par moi. Pourquoi as-tu besoin d'elle ?

— C'est évident, voyons. C'est elle qui nous a présentés. Je lui dois une certaine loyauté et je n'aurais jamais su m'y prendre sans les conseils d'une banque d'affaires.

— Mais tu n'en as pas besoin en cet instant précis, Eva, n'est-ce pas ? Et si je te disais que je te commandite de A à Z et que mes banquiers te conseilleront ?

— N'est-ce pas ce qu'on appelle un conflit d'intérêt, Robie ? Ne crois-tu pas que moins tu me protèges mieux ça vaut ?

Ils se jaugèrent du regard, sans souffler mot. Frazer se détourna.

— Bon, appelle tes protecteurs, pour ce qu'ils valent.

Eva composa le numéro. Frazer mit le haut-parleur. Eva demeura impassible.

— Cass ? Eva à l'appareil. Ecoute, Frazer et moi on part au Vietnam voir la mine. Je crois qu'il veut s'assurer qu'elle existe vraiment.

Après un lourd silence, Cassie demanda, d'un ton pincé :

— Quand partez-vous ?

— Euh, cet après-midi, pour Hong Kong.

— Et le Vietnam ?

— Le Vietnam ? répéta-t-elle avec un regard en coin en direction de Frazer. Sans doute demain.

— Tu n'en as pas l'air certaine.

— Je n'ai pas appris les horaires des vols internationaux par cœur. Je te tiens au courant dès mon arrivée.

— Mais bon sang, Eva, qu'est-ce que tu mijotes ? On essaie de monter une affaire, ici ! On a des choses à discuter, dont la manœuvre baissière, qui n'est pas des moindres ! C'est indispensable, ce voyage ?

— Frazer veut connaître l'endroit. C'est le moins qu'il puisse exiger, tu ne trouves pas ? Je ne cherche pas à compliquer les choses à plaisir, Cass, je t'assure, ajouta Eva avec plus de douceur.

Après une nouvelle pause, Cassie répondit, d'un ton vaguement étonné.

— Moi non plus. Et la requête de Frazer est on ne peut plus raisonnable. Mais tout cela est si brutal. On est tous censés être associés, maintenant. Tu ne dois pas décamper sans nous consulter.

Frazer intervint.

— Cassie, ici Robie Frazer. Je suis navré, mais j'ai des affaires à régler dans le monde entier. Vous n'imaginez tout de même pas que je vais vous demander une autorisation chaque fois que je dois m'en occuper, non ?

— Ce qui m'intéresse, c'est notre affaire commune, Robie, peu m'importe le reste de votre portefeuille. Nous avons un gros problème avec cette baisse sauvage. Je ne veux pas d'autres surprises désagréables, sinon l'affaire pourrait nous filer entre les doigts.

— Peut-être ma petite visite sur place vous rassurera-t-elle, alors. Incidemment, avez-vous du nouveau sur cette attaque ?

— Non. Toujours la même histoire. Nous allons laisser courir pour le moment. A long terme, c'est en notre faveur, à condition que le sens du courant s'inverse. Mais n'oubliez pas que nous sommes tous dans le rouge. J'ai acheté avant la chute du cours. Je suppose que vous aussi. Ce n'est pas tant le montant des pertes qui m'importe que le fait qu'on nous manipule. J'ai horreur de ça, et je suis sûre que vous aussi.

— Pas mon passe-temps favori.

Cassie n'émit aucun commentaire.

— Ecoute, Eva, pars s'il le faut, mais gardons le contact. Où que tu sois, appelle-moi, d'accord ?

Sans le savoir, Cassie lui avait lancé une bouée.

— C'est promis. Tu es contente ?

— Pas vraiment, non.

Eva et Frazer étaient assis côte à côte dans la Bentley conduite par le chauffeur.

— Direction ?

— Langton Street.

Eva respira une fois encore en silence, haïssant chaque centaine de mètres qui rapprochait Frazer de sa maison.

— Je te suis, dit-il en sautant de la voiture derrière elle. Elle se figea sur place, faillit se retourner violemment pour le fusiller du regard mais poursuivit son chemin et poussa la clef dans la serrure. Sentant Frazer dans son dos, le désir violent lui vint de lui coller son talon dans le tibia. Elle ouvrit la porte.

— Je prends juste mon passeport.

Ils pénétrèrent dans le salon. Frazer la regarda ouvrir un bureau et en extraire son passeport. Il observa autour de lui, s'étonnant de ne rien retrouver de la forte personnalité de sa maîtresse. Comme son histoire, comme les rapports de Quaid, le vide.

— On y va ? proposa-t-elle.

Ils quittèrent la maison qu'Eva referma à double tour. Pas le temps d'appeler Stormont. Restait à espérer que Cassie lui dirait, que cela glisserait dans la conversation, d'une manière ou d'une autre.

Ils étaient installés en première, à l'avant de l'appareil. Maintenant que Frazer l'avait avec lui à bord, il semblait quasi indifférent. Il lisait, mangeait, buvait, dormait, lui adressant à l'occasion quelques mots insouciants, comme si elle constituait un auditoire captivé. Eva sentait croître sa colère, pas tant pour elle que pour celle qu'elle aurait pu être, qui aurait pu s'asseoir à côté de Frazer, le cœur débordant d'espoir et l'esprit sans souci.

36

Ils arrivèrent à Hong Kong le mercredi soir. Avec les fuseaux horaires, c'était déjà la nuit. Frazer traversa l'aéroport comme s'il n'avait aucunement souffert de ce vol interminable. Les bruits de l'Asie s'élevaient autour d'eux, non pas le gémissement de la pauvreté aux abois, mais la voix assurée de la richesse et de l'ambition. Diamants, émeraudes et carrousels de bagages luxueux les saluaient de droite et de gauche.

Eva marchait à côté de Frazer, un tantinet derrière lui, notant au passage les regards qu'il attirait, indifférent, quant à lui, à l'attention dont il était l'objet. Elle sentait aussi les regards sur elle : curieux, hostiles, envieux. Elle était l'épouse consort du Taï Pan, cela se voyait à l'indifférence qu'il affichait à son égard. Frazer était le Taï Pan, il avait revêtu cette personnalité dès qu'ils avaient embarqué, ou presque. A Londres, il avait manifesté un semblant de réserve, d'humour. A Hong Kong, le masque était tombé, révélant la dureté, la *noblesse* sans l'*oblige*. Tout en le méprisant du fond de l'âme, Eva contraignit son corps à suivre cet homme, ses pas à s'accorder aux siens.

Son chauffeur attendait dans une Rolls-Royce d'un ancien modèle, gris métallisé. Il s'infiltra dans la circulation, doubla Rolls, Mercedes, Porsche et autres BMW, chevaux scintillants en un défilé unique au monde.

Eva leva les yeux vers les gratte-ciel bordant la route. Pour elle, Hong Kong était le Manhattan asiatique, plus extrême dans sa pauvreté, sa richesse, son esprit d'entreprise, l'éclat du métal sur le métal et le bruit sourd et triste d'une balle sur un mur de brique tandis que les immeubles montaient et descendaient presque sous ses yeux. L'obscurité faisait comme une toile de fond sur une scène, conçue pour souligner l'effet et la pulsation des néons, exacerber l'éclat des centres commerciaux en bord de route comme autant d'éclairs d'électricité statique qui éclairaient les flèches des gratte-ciel dans le Central. Hong Kong n'avait rien à envier à New York. Ici, un seul but : l'argent. Il était aussi tangible que les remugles qui montaient du port ou la chaleur qui les agressa dans le bref espace entre l'air conditionné de l'aéroport et celui de la voiture.

Eva se tourna vers Frazer qui, assis à quelque distance, regardait par la vitre.

— Pourquoi pas d'hélicoptère ?

— Je préfère la route. J'aime quitter l'aéroport en voiture. C'est une sorte d'acclimatation.

Il balaya du regard les immeubles d'habitation aux fenêtres éclairées par le néon d'un bleuâtre sinistre ; les somptueux buildings surmontés d'une piscine ; et, cependant qu'ils grimpaient en direction du Peak, les grandes demeures illuminées comme des gâteaux d'anniversaire. Tout ce temps, ses yeux et sa mâchoire serrée trahissaient la même excitation, l'appétit et l'impatience.

Ils arrivèrent chez lui — l'immense maison blanche accrochée à la colline, celle que Stormont avait observée à distance. Une gouvernante et un majordome, tous deux chinois de Hong Kong, accueillirent Frazer dans l'allée. Il conduisit Eva à l'intérieur.

— Kim va te montrer tes appartements.

La gouvernante la devança sans un mot dans l'escalier tournant. Eva regarda autour d'elle :

marbre, lustres, acajou, tapis, tableaux — panoplie complète de la richesse, ostentation orientale à peine mâtinée d'austérité britannique. Partout, des fleurs et des lampes. Mais l'ambiance était sinistre. Kim s'arrêta au fond d'un long corridor.

— Vos appartements.

Eva franchit la porte ouverte qui menait dans un salon. Elle nota immédiatement le parquet ancien au bois foncé, les tapis chinois usés jusqu'à la trame par endroits et les peintures à l'huile représentant des fleurs, des nus et des jardins. C'était le salon d'une maîtresse. Cette atmosphère était encore plus marquée dans la chambre à coucher aux murs ocre, au grand lit de bois sculpté et aux placards vides.

Eva se retourna brusquement au bruit qui parvenait du salon. Frazer parut dans l'encadrement de la porte de la chambre. Elle fut prise de nausée en voyant son expression, pourtant, elle s'y attendait depuis longtemps. Il s'avança vers elle, la saisit par les épaules et la poussa sur le lit. D'une main, il releva sa robe tandis que l'autre se pressait sur sa poitrine. Eva fixa Frazer du regard et lut froideur, possession, plaisir malsain du sale gosse qui arrache les ailes des mouches.

Eva ménagea un espace sous lui. Soudain, elle lui donna un petit coup de genou dans le bas-ventre. Il recula d'un bond, plié en deux. Elle se releva, lissa sa robe et attendit qu'il se remît du choc. Quand il fit un pas vers elle, sa respiration revenue à la normale, elle leva la main et le frappa au visage. L'unique coup qu'elle porta ébranla le silence qui régnait.

— Ne me touche plus jamais ainsi. J'imagine sans peine que c'est ta façon traditionnelle d'introduire tes femmes à ta vie hongkongaise. Il y en a sans doute pour apprécier. Ce n'est pas mon cas. Est-ce clair ?

Elle s'exprimait d'une voix détachée, parfaitement maîtrisée, ponctuant chaque syllabe avec une force qui gela en lui tout désir. Il la regarda un moment comme s'il la voyait pour la première fois. Puis il s'éloigna.

Eva attendit le claquement de la porte, puis recouvra progressivement son calme. Elle ne perçut aucun écho de pas dans l'escalier. Elle traversa le salon et trouvant la porte béante, la claqua avec une telle violence que le chambranle trembla et qu'une fine craquelure se dessina de haut en bas.

Cette nuit-là, il la laissa tranquille. Le majordome lui fit monter son dîner. Elle n'y toucha pas.

Dans la chambre, Eva se tenait devant la fenêtre et regardait le Central, les gratte-ciel et la mer de Chine méridionale au loin. Elle se demandait ce que Frazer avait détruit, cette unique fois où il l'avait touchée avec haine, cherchant à l'humilier.

Le lendemain matin, un petit coup frappé à la porte l'éveilla.

— Entrez.

Kim apparut avec un plateau de petit déjeuner qu'elle posa sur une table près du lit.

— Ned, le chauffeur, sera à votre disposition dans une heure. Mr. Frazer lui a donné ordre de vous emmener faire des courses. Il semble que vous ayez besoin de vêtements.

Le regard qu'elle posa sur Eva disait assez que cette dernière était torse nu.

Eva prit son petit déjeuner, menu traditionnel et dangereusement gras de Frazer, suivi de mangues et de papayes, le tout arrosé de café, toujours excellent. Puis elle prit une douche et enfila ses vêtements de la veille avec une grimace de dégoût. A dix heures moins une elle quittait son salon, descendait l'escalier qui menait dans le grand hall et sortait de la maison.

Un Eurasien était appuyé contre une Aston-Martin vert foncé.

— Ned ?

Il hocha la tête.

— On part en courses.

Ils quittèrent le Peak pour la foule confuse du Central où Ned se gara dans un parking souterrain. Ils prirent l'ascenseur jusqu'au rez-de-chaussée.

Une fois dehors, sous une chaleur de plomb, Eva se tourna vers lui.

— Vous m'accompagnez et vous réglez, c'est ça ?

Et vous ne me lâchez pas d'une semelle, histoire de vous assurer que je ne file pas à l'anglaise et que je ne passe aucun coup de fil. Elle observa son allure athlétique, la vigueur de son corps musclé et s'imagina en train de se mesurer à lui.

— C'est ça.

— Autant s'amuser un peu.

Elle fit une première escale chez Chanel où elle acheta une tenue complète, chaussures et sac compris, avec laquelle elle ressortit, nue dessous. Après quoi elle se procura des sous-vêtements et des maillots de bain, des produits de toilette et de beauté, une autre tenue de ville, trois robes du soir chez Valentino, des bagages chez Vuitton, des jeans, des tee-shirts et des chaussures de chez Gap avec lesquelles elle pouvait courir. Ned posait un regard persistant et scrutateur sur ses acquisitions.

L'heure du repas venant, Eva consulta sa montre.

— J'ai faim. Avez-vous l'autorisation de m'emmener déjeuner ?

Ned eut l'air déconcerté.

— Tout, Mr. Frazer dit. Il dit de vous donner tout. Déjeuner, c'est tout. Oui ?

— Déjeuner est incontestablement tout.

Eva se dirigea vers le restaurant chinois de la péninsule de Kowloon. Rayonnante dans son tailleur Chanel, elle fut l'objet de soins aussi attentifs qu'immédiats. Ned suivit, son appétit l'emportant sur sa gêne en cet endroit inaccoutumé.

Eva acheva son repas à quatorze heures trente.

— Voilà qui était exquis. Bon, encore quelques courses.

Ned hocha la tête, résigné. Son malaise revint subitement quand Eva s'arrêta une seconde devant la vitrine de Bulgari puis entra chez le joaillier. Il lui emboîta le pas.

Elle se pencha et lui murmura à l'oreille :

— Voyons ce que cette carte de crédit a dans le ventre, d'accord ?

Il paraissait inquiet. Ecarquillant les yeux, il la vit choisir une montre au bracelet en or et en platine, un bracelet assorti, une bague et des boucles d'oreilles. Elle se tourna enfin vers lui.

— Voilà qui devrait faire l'affaire.

Le montant total était de deux cent quatre-vingt-dix mille dollars de Hong Kong, soit environ vingt-neuf mille livres sterling. Ned s'avança avec la carte de crédit qu'il tendit. Eva se pencha sur le comptoir et observa le spectacle avec intérêt. Le vendeur prit la carte avec un sourire et s'affaira. Au grand amusement d'Eva, tout passa comme une lettre à la poste. Elle se demanda quelle était la limite de Frazer.

Le vendeur présenta le bon à Ned qui le signa d'une main tremblante. Eva sortit avec ses emplettes. Elles constituaient une mesure de sécurité, une petite caisse d'urgence qu'elle pourrait échanger contre du liquide, même si c'était à moindre prix. Elle avait eu le temps de repérer un prêteur sur gages qu'elle saurait retrouver.

— A la maison, dit-elle à Ned.

A leur retour, aucune trace de Frazer. Eva regarda Kim déballer et ranger ses affaires. Puis elle enfila un de ses quatre nouveaux maillots, traversa la maison une sortie de bain à l'épaule et se dirigea vers la piscine sur la terrasse inférieure.

Elle laissa tomber négligemment la serviette sur les dalles chaudes et plongea dans la fraîcheur de l'eau bleue. Elle nagea pendant une heure, jusqu'à sentir son corps aussi fluide que l'eau. Puis elle sortit et s'étendit sur le sol, une demi-heure de chaque côté, goûtant avec ravissement la chaleur sur sa peau.

A dix-huit heures, elle remonta chez elle et dormit

une heure. Ensuite elle prit une douche, passa une de ses nouvelles tenues, un long fourreau de soie gris argenté, et mit ses bijoux flambant neufs. A vingt heures, elle attendit, assise sur son lit.

Quelques minutes plus tard, elle entendit grincer la porte du salon et crisser des souliers sur le parquet.

Eva se leva avec lenteur et s'avança à la rencontre de Frazer. Elle s'arrêta afin de lui permettre de l'admirer. Les yeux d'Eva étaient souriants tandis que ceux de Frazer se promenaient sur son corps et son visage. Il était ému par sa beauté. Elle l'embrassa sur la joue.

— Merci pour tout cela.

— Sommes-nous quittes à présent ?

Plus elle dépensait, moins il aurait besoin de se faire pardonner. Elle avait résolu l'équation.

— Nous sommes quittes.

Il prit son bras. Cette fois, ses doigts se firent doux sur sa peau nue.

— Descendons prendre un verre.

Ils burent du champagne dans le salon et devisèrent gaiement, échangeant des propos sans conséquence. Pourtant, Eva percevait toujours cette tension. Kim annonça que le dîner était servi. Frazer se leva et se rendit dans le hall, suivi d'Eva. Alors qu'ils gagnaient la salle à manger, un homme sortit d'une autre pièce. Ses yeux se fixèrent immédiatement sur Eva. Frazer se tourna vers la jeune femme, son visage de marbre.

— Eva, je ne crois pas que tu connaisses Li Maï. Li Maï, voici Eva Cunningham.

Li Maï s'avança. Ils échangèrent une poignée de main. Avec ses talons, elle mesurait quinze centimètres de plus que lui. Elle posa les yeux sur lui tandis qu'il lui serrait la main ; elle plia à peine les doigts autour des siens. Elle donnait l'impression que tout mouvement vers lui était sans intérêt. Puis elle regarda Frazer d'un air las, pressée d'en finir. Ses talons étaient comme des échasses prêtes à la faire basculer.

Frazer se tourna de nouveau vers l'homme.

— Bonne nuit, Li Maï.

Lentement, Li Maï détacha son regard d'Eva, souhaita bonne nuit à Frazer et se retira.

Eva joua son rôle tout au long du dîner. Elle bavardait, souriait, mangeait comme si de rien n'était. Elle déployait toutes ses armes pour chasser la peur de ses yeux. Elle contempla ses habits. Elle caressa la soie argentée, songeant aux haillons, à son corps ratatiné. Elle était encore capable de se reconnaître, mais elle avait vécu chaque jour sa transformation. La camée et la grande dame. Avant et après. Li Maï ferait-il le rapprochement ?

A vingt-deux heures trente, Frazer quitta la table.

— Un verre dans la bibliothèque ?

— Oui, merci.

Frazer s'effaça pour laisser sortir Eva.

— Mon rouge à lèvres, dit-elle, souriant par-dessus son épaule tout en empruntant l'escalier.

Il acquiesça d'un signe et poursuivit son chemin en direction de la bibliothèque.

Eva se dévisageait devant le miroir de la salle de bains. Elle se concentra sur ses retouches de maquillage. Sa main tremblait. Elle dut s'y reprendre à deux fois. Elle aurait toujours le même air. Elle aurait dû savoir que rien ne pouvait déguiser ses yeux. Li Maï l'avait reconnue. Elle avait lu la haine et le plaisir dans son regard.

Elle quitta la salle de bains et alla à la fenêtre. Il y avait bien dix mètres de haut. Au moment où elle libérait la clenche, elle entendit un bruit et se retourna. Frazer était là.

Elle entendit sa propre voix, luttant pour la garder basse.

— C'est fou ce qu'il fait chaud ici. J'ai besoin d'air.

Il s'avança et la prit par le bras.

— Nous nous installerons sur la terrasse, tu pourras respirer.

Il l'accompagna en bas.

— Nous partons au Vietnam demain. Ça te va ?

37

Huit heures en arrière, Londres prenait le thé cependant qu'Eva Cunningham se couchait à Hong Kong.

— Je m'inquiète pour Eva.

Andrew Stormont reposa sa tasse sur sa soucoupe. La tasse versa. Le café turc se répandit sur le rapport.

— Merde, murmura Stormont en essuyant les dégâts avec son mouchoir. Cela fait presque trois jours, maintenant, et pas le moindre signe.

Giles Aden leva un sourcil, traduisant ainsi sa suffisance, sa gêne et le côté inévitable des événements. Les désagréments étaient incontournables.

— Pour l'amour du ciel, abandonnez cet air supérieur ! Téléphonez à Angus Fawley, qu'il nous trouve où est Frazer. Ce sera un début.

— Que comptez-vous faire ? s'enquit Aden.

— Voir Cassie Stewart, elle sait peut-être où est Eva.

Cassie décrocha à la première sonnerie.

— Oui ?

— Cassie ?

— Qui est à l'appareil ?

— Andrew Stormont.

— Oh, Andrew. Salut.

— C'est bien vous ? Vous avez une drôle de voix.

— Sale journée. Sale semaine, pour tout dire.

— Et si je vous remontais le moral avec un somptueux dîner quelque part ?

Cassie jeta un œil torve à son agenda dont les pages étaient peu coopératives.

— On dirait que je suis tout le temps prise.

— Et ce soir ? Si chaque nuit est aussi mauvaise que la suivante...

Cassie fronça de nouveau les sourcils devant son planning bourré. Aucun réconfort, aucune distraction à l'horizon. Elle éprouvait le curieux besoin de voir Stormont.

— D'accord. Passez me prendre à vingt et une heures.

Stormont raccrocha avec soulagement.

Aden entra.

— Fawley vient de me rappeler. Il a parlé à Frazer. Il est à Hong Kong.

Il marqua une pause avant de lâcher la chute.

— Il part demain au Vietnam. Une affaire en cours.

— Je parie qu'Eva l'accompagne, lança Stormont. Il l'a manifestement placée en position de ne pouvoir téléphoner.

— Peut-être est-elle seulement plus prudente que jamais.

— Je suis persuadé qu'elle a toutes les raisons de l'être.

— Alors à quoi joue-t-il ?

— Vous voulez la liste des possibilités ?

Aden fit oui de la tête. Il se carra dans son fauteuil, mains croisées devant lui.

— Il pourrait la mettre à l'épreuve, comme tout homme le ferait. Essayer de l'enlever, la couper du monde, la rendre encore plus dépendante. C'est relativement plausible. Eva est tout à fait le genre de femme avec qui les hommes rêvent de se comporter ainsi. Son indépendance représente un véritable défi. Elle doit agir comme un gant jeté à un homme aussi arrogant que l'est Frazer. Ça, c'est la meilleure interprétation.

— Et la pire ?

— A votre avis ? Appelez nos antennes de Hong

Kong, Saïgon et Hanoï. Qu'ils se mettent à la recherche d'Eva et de Frazer. Pas de surveillance rapprochée, une simple observation discrète. Prenez garde de les avertir. A moins qu'ils n'aient pas le choix, ils ne doivent rien entreprendre qui puisse attirer l'attention de Frazer. Nous ne pouvons pas risquer qu'il les aperçoive, qu'il comprenne ce qui se passe... Si ce n'est déjà fait, ajouta-t-il presque en aparté.

— Vous pensez que c'est le cas ?

— Je crois qu'il pourrait se méfier de quelque chose. Cela posé, il est d'un naturel soupçonneux et il a beaucoup à craindre. Je ne pense pas qu'il sache quoi que ce soit, ni qu'il nourrisse des doutes précis. Dans cette dernière éventualité, je n'aurais d'autre solution que d'escamoter immédiatement Eva.

Il y eut un long silence. Puis il reprit.

— Nous poursuivrons dans l'hypothèse qu'il n'a rien deviné.

— Entre-temps, vous mettez Eva en danger. Il n'existe aucun moyen de s'assurer qu'il n'est pas tombé sur quelque chose. L'évidence suggère que si.

— L'évidence suggère qu'Eva craint qu'il ne se doute de quelque chose mais qu'elle n'en est pas certaine. Elle est probablement partie pour Hong Kong de son plein gré. Elle ne s'est pas sauvée, ce qui me réconforte un peu.

— Et si elle ne peut pas s'échapper ?

Stormont secoua la tête.

— Je vais lui faire encore confiance quelque temps. Elle est capable de régler son comportement de façon à infléchir les soupçons de Frazer d'un côté ou de l'autre. Mais nous devons être prêts à la tirer d'affaire. Avertissez les antennes. Ne donnez aucun détail. Qu'ils se tiennent prêts, c'est tout.

— Vous pensez qu'on pourrait en arriver là ?

Stormont ne répondit pas.

38

Sam Brimton appela Cassie au moment précis où elle consultait son ordinateur pour connaître le dernier cours de Genius. Grâce à son achat, l'action avait monté à 2,55 dollars mais refusait de décoller davantage.

— Du nouveau ? s'enquit-elle.

— Pas un murmure, ma belle. Aucun responsable parmi la faune habituelle, c'est tout ce que je sais. Ça vient donc d'un mec étranger au marché. C'est pour ça que c'est si bizarre.

— En quoi est-ce bizarre ?

— Eh bien, les initiés se serrent les coudes. Normalement, ils adorent dénoncer un outsider — vous voyez, donner le nom du type qui a lancé la rumeur, façon de nous dire ce qu'ils ont dans la manche. Mais là, rien.

— Et ? insista Cassie avec un malaise accru.

— On est dans la merde. Le mec qui est derrière tout ça n'est pas le genre de type qu'on dénonce. Vous me recevez ?

— Vous voulez dire est-ce que je comprends ? Oui, parfaitement.

— On est de sale poil à ce que je vois.

— Pas d'humeur à plaisanter. Qu'est-ce que vous imaginez ? Vous m'alarmez, avec votre cerveau agissant dans l'ombre.

— C'est une sale affaire. Je vous ai prévenue.

— Voilà qui me console. Que suis-je censée faire en attendant ?

— Il n'y a pas grand-chose à faire. Attendre qu'il dévoile son jeu.

— J'attends, c'est tout ?

— Ouais.

— Je déteste rester passive.

— Vous n'avez guère le choix, hein ?

— Détrompez-vous. Votre cerveau n'a pas le monopole de la surprise.

— Eh, ça veut dire quoi, ça ?

Brimton parlait dans le vide. Cassie avait déjà raccroché.

Elle alla trouver sa secrétaire.

— Emma, pouvez-vous me trouver les coordonnées de Granger McAdam à Vancouver, je vous prie ?

Emma revint quelques minutes plus tard avec la réponse. Cassie s'empara du combiné et composa immédiatement le numéro.

Une voix masculine et agressive répondit au bout de la dixième sonnerie.

— Ouais ?

— Granger McAdam ?

— Qui le demande ?

— Mon nom est Cassie Stewart. Je suis une amie d'Eva Cunningham.

— Cette garce ! Ça commence mal, ma jolie.

Cassie s'appuya brutalement sur son dossier, chancelant sous la méchanceté du ton. Du moins était-ce le McAdam qu'elle cherchait.

— Je croyais que c'était une de vos amies.

— Une amie ? cracha-t-il. Tu parles d'une amie. C'est le baiser de la mort, cette nana.

Le silence atterré de Cassie sembla l'aiguillonner.

— Vous voulez mon avis ?

Le ton monta, frisant l'hystérie, trahissant un goût prononcé pour la bouteille.

— Fuyez-la.

— Trop tard. Nous sommes associées.

— Ne me dites rien. Ça sent le brûlé, je parie !

Cassie commençait à s'affoler.
— On peut dire cela.
— Qu'est-ce que vous voulez ?
— Des renseignements.
— Et en quel honneur est-ce que je parlerais ?
— Avez-vous consulté le cours de l'action Genius récemment ?
— A votre avis, qu'est-ce que je fais toute la journée ? Foutu, deux dollars et des plumes.
— Ça vous dirait de me vendre toutes vos actions à quatre dollars l'unité ?
La réponse vint comme une fusée.
— Cinq et elles sont à vous.
Cassie ne s'attendait pas à ce qu'il lâchât prise aussi facilement. Elle n'arrivait pas non plus à croire qu'elle allait acquérir les actions de McAdam avec son propre argent. D'ailleurs, elle n'en avait pas. Elle poussa son pion, refusant de réfléchir à ce qu'elle faisait.
— D'abord mes informations. Et ça marche. A quatre cinquante.
Longue pause. Granger regarda autour de lui. L'appartement répugnant, le corps et les vêtements négligés. L'espoir perdu s'insinuait en lui. La mine, tous ses rêves, tout cela ne lui avait apporté rien de bon. Il répondit enfin d'une voix blanche.
— OK.
Il avala une gorgée de café froid de la veille. Temps de dessoûler.
— Allez-y, posez vos questions.
— Je sais que vous allez mentir, je vais donc diviser ce que vous dites en conséquence, mais parlez-moi de la concession. Existe-t-il véritablement des diamants dont l'extraction serait rentable ?
Il ricana.
— Oui et oui. Il y a des diamants. Je le sais. Je n'ai jamais vu d'indicateurs aussi bons. Mais c'est le cadet de vos soucis.
— Que voulez-vous dire ?

— Je veux dire le Vietnam et Eva Cunningham. Je veux dire les attaques des baissiers et les mensonges.

— Vous parlez par énigmes.

— Je ne peux pas expliquer, dit-il d'une voix plaintive. les choses arrivent par énigmes. Quand j'ai trouvé le gisement, c'était comme un rêve. Après, c'est le début de l'horreur. Eva Cunningham déboule et les catastrophes s'enchaînent. Elle arrive comme un ange sauveur, mais c'est pas l'effet qu'elle fait, vous savez. C'est en elle, ça. Elle me sauve la mise pour cette histoire qui ressemble à un cauchemar puis elle repart avec une part de ma participation dans la concession. Dès lors, la valeur de ce qui me reste est divisée en deux et, surprise, surprise, revoilà Eva. Les rumeurs disent qu'elle est fauchée et qu'elle a fomenté cette entourloupe. Alors vous voyez, cette histoire de diamants ça ne compte presque pas. Il y a cette autre histoire qui se passe, et c'est plus important que les diamants. Ils pourraient faire une tonne de fric, mais tout ce qu'ils ont fait c'est de m'en faire perdre... Jusqu'à aujourd'hui, ajouta-t-il avec un petit rire amer.

— Parlez-moi d'Eva, dit Cassie.

— Eva, souffla-t-il. Dieu seul sait. C'est tout ensemble. Le bien et le mal réunis. Je ne sais pas ce qu'elle fabrique. Mais c'est quelque chose, pas de doute.

— De l'argent, peut-être ?

— Possible. Mais je crois qu'il y a plus que ça.

— Comment cela ?

— Aucune idée, répondit-il, impuissant. Ecoutez, j'ai mieux à faire qu'à parler d'Eva. Vous m'achetez mes actions ou pas ?

— Oui. Trois cent mille actions à quatre dollars cinquante. Un million trois cent cinquante mille dollars canadiens. Ma banque réglera ça. Paiement à trente jours, à la liquidation. OK ?

— Vous ne pouvez pas plutôt payer au comptant ?

— Mr. McAdam, je n'ai pas une somme pareille qui dort sur mon compte chèque.

Ni nulle part ailleurs.

— Mais vous pouvez l'avoir, cet argent, hein ?

— Je le peux. Mais dans le cas contraire, accrochez-vous simplement à vos actions. Ainsi vous n'avez rien à perdre. Mais ne vous inquiétez pas. Vous aurez jusqu'au dernier *cent* dans un mois. Où voulez-vous être payé ?

Il retint son souffle un instant, ayant du mal à croire qu'elle irait au bout, refusant de renoncer à son rêve, même terni.

Cassie attendit sans piper mot. Enfin, il soupira longuement comme s'il abandonnait tout espoir.

— Banque de Nouvelle Ecosse, dit-il d'une voix lasse avant de préciser le numéro de son compte. Mes certificats d'action sont déposés chez eux. Demandez Mr. Robert Thomson.

— Je n'y manquerai pas.

Granger McAdam reprit la parole, doux-amer.

— J'espère que vous avez un porte-bonheur, ma belle. Vous allez en avoir besoin pour régler cette affaire.

— Ça ira.

— Ouais, sûr. Mais au cas où vous vous trompez, ne dites pas que je ne vous ai pas prévenue.

Cassie raccrocha. L'avertissement de Granger lui tintait aux oreilles. Cette transaction verbale avait force de loi. Dès cet instant, elle était effectivement propriétaire des actions. Si elle avait déjà misé gros et fort pour le compte de Case Reed, c'était la première fois qu'elle mettait en jeu son propre argent. Au risque de tout perdre, surtout avec ce qu'elle savait. Mais le cours de l'action pouvait grimper en flèche dans le mois à venir et elle pourrait vendre et dégager un bénéfice substantiel. Ces chances-là étaient infimes. Son instinct — tenace — lui soufflait que c'était envisageable. Elle éprouvait la folle excitation du joueur impénitent, où la perspective de tout perdre n'a d'égale que celle des gains potentiels. Au fond, l'argent n'était pas tout dans la vie, ce n'était pas une question de vie ou de mort. L'argent, ça va, ça vient. Eternellement.

Elle bondit sur ses pieds et fonça dans le bureau de Richardson où elle se percha sur le bras d'un fauteuil. L'arrivée de Cassie, dont le corps cognait d'excitation, parut l'étonner. Il abrégea son entretien téléphonique.

— Je viens d'acheter trois cent mille actions de Genius.

— Quoi ? Mais à qui ? A quel prix ?

— J'ai racheté les parts de McAdam. Le tout, à quatre dollars cinquante l'action.

Seuls le passé de Cassie chez Case Reed et le respect qu'il avait pour elle empêchèrent Richardson de faire un éclat. Assis à son bureau, les mains croisées, il la contemplait en silence.

— J'ai du mal à saisir la logique. Il y en a sûrement une, mais elle m'échappe.

— Comme cela, on est deux. Je ne comprends pas davantage. Mais je sais qu'elle existe, ajouta-t-elle avec un petit sourire.

Richardson commença à sortir de sa réserve.

— Je crois que vous feriez mieux de me dire ce que vous tramez, Cassie.

Elle se pencha sur le bureau, les yeux brillants.

— Je sais que tout cela doit vous paraître un peu fou.

Fou, songea-t-il, sourcil levé, le regard concentré et attentif.

Elle reprit.

— Ma seule défense est dans mon instinct. Je sais, je sais, s'empressa-t-elle d'ajouter en levant les mains avant qu'il ne l'interrompît, j'ai toujours été la plus logique, celle qui croit à l'alignement des chiffres et oui, ça a payé. J'ai pris les bonnes décisions et gagné beaucoup d'argent.

Inutile de faire le bilan, songea-t-il, *on sait tous les deux qu'il est excellent.*

— Je ne raconte pas cela pour plaider ma cause, j'essaie seulement d'expliquer ce qui se passe dans ma tête. Je suppose que j'ai décidé que nous n'aboutirions à rien par la raison et la logique. Soudain, ce jeu-là m'a semblé éculé, stérile et timoré. Et je me suis persuadée que si nous jouions effectivement le coup de cette façon, nous perdrions tous les fonds déjà investis. Comme je n'aimais pas la répartition des cartes, je me suis employée à la modifier, à entreprendre quelque chose d'inattendu, d'imprévisible, histoire de les retourner en notre faveur.

— Et comment est-ce censé fonctionner ?

— Pas la moindre idée. C'est en partie un défi, en partie un stratagème. Quelqu'un manipule le cours de l'action et tire les ficelles. Comment ? En répandant des rumeurs vraisemblables. En montrant le sérieux nécessaire pour que ces bruits soient plausibles un certain nombre de jours. Pourquoi ? Pour se faire de l'argent, je présume. Si nous restons assis là à ne rien faire, nous jouons son jeu. J'ai donc décidé de créer l'illusion que nous avions nous aussi un plan. Cela devrait embrouiller le cerveau du manipulateur — ou de la manipulatrice, ajouta-t-elle après une brève hésitation, parce que apparemment ce n'est pas rationnel. Il va donc croire que nous savons quelque chose qu'il ignore. On lui dame le pion, commenta Cassie en souriant. Sans oublier que quand le public apprendra que Robie Frazer a investi dans l'affaire et qu'on a découvert des diamants, le titre grimpera selon toute probabilité.

Richardson choisit un cigare dans l'humidificateur posé sur son bureau. Il le fit rouler entre ses doigts, en coupa l'extrémité et prit tout son temps pour l'allumer. Après quelques divines bouffées, il le reposa dans l'étouffoir d'un cendrier.

— Cass, vous n'étiez pas censée jouer votre joker. Qu'est-ce qui vous a pris ?

— Mon joker ? Oui, c'est exactement cela. Et non, je n'étais pas censée le jouer. C'est ce sur quoi tout le monde a parié. Et tout le monde s'est trompé.

— Et maintenant ?

— On attend.

Il se tut longuement.

— Incidemment, qui est tout le monde ?

— Si seulement je le savais, soupira-t-elle... Et vous ? Avez-vous trouvé quelque chose sur la manœuvre baissière ?

— Donnez-moi du temps.

Richardson était d'une patience exemplaire. Lorsqu'il s'agissait d'attendre, il n'avait pas son pareil. Il épuisait tout le monde.

— Qu'allez-vous dire à Frazer et Eva ? s'enquit-il. Nous avons un sacré problème, maintenant. Nous détenons à nous seuls juste un peu moins de vingt pour cent. Si on ajoute les parts d'Eva et de Frazer, on arrive juste en dessous de trente-cinq pour cent. Or, franchir le seuil de vingt pour cent nous oblige à lancer une OPA. Maintenant, nous sommes obligés d'offrir.

— Pas nécessairement. On ne peut agir de concert avec quelqu'un qui est injoignable. Frazer et Eva sont à Hong Kong, sans doute déjà au Vietnam. Eva m'a appelée mardi pour me dire qu'ils partaient. Elle a promis de me tenir au courant.

— Une minute. Ils sont tous deux en Extrême-Orient, effectivement injoignables.

— Je lui ai dit que ce n'était pas une bonne idée de partir maintenant.

— Ils ont une liaison, n'est-ce pas ?

— Oui.

— Quelle idée de filer dans un moment pareil ?

Il jeta soudain un regard appréhensif autour de lui.

— Il faut que je prévienne les autres partenaires qu'ils détiennent trois cent mille actions de Genius de plus à presque le double de la cotation.

— Non, pas question.

— Voyons, Cass, ma bonne volonté a des limites !

— Ce n'est pas Case Reed qui possède les titres. C'est moi.

— Comment diable pouvez-vous vous le permettre ? Vous n'avez pas l'argent.

— Exact. Mais j'espère les revendre avec bénéfice avant la liquidation, dans trente jours.

— Et qu'est-ce qui vous rend si sûre que vous vendrez à profit à temps ?

— Je l'ai dit, les nouvelles de la découverte des diamants et l'investissement de Robie Frazer. L'homme aux doigts d'or. Et une idée comme ça. Il va se passer quelque chose.

— Seigneur, Cass ! Je me demande ce qui vous prend. Vous mettez soudain beaucoup de foi en l'intuition féminine. Et pourquoi diable avoir agi en votre nom ? Pourquoi n'avoir pas tenté de me persuader d'acquérir les titres pour Case Reed ? J'espère que vous ne faites pas de tout cela une affaire personnelle.

— Qu'entendez-vous par là ? demanda Cassie d'un ton sec.

Il prit le temps de formuler une réponse diplomatique.

— Eva Cunningham et vous — une sorte de jeu entre vous.

— Drôle de jeu.

— C'est bien mon avis.

— Il n'y a pas de jeu. Les affaires sont les affaires. J'ai acheté ces actions directement parce que je n'avais aucun droit de vous impliquer, vous et Case Reed, de quelconque manière. J'étais au téléphone avec McAdam et le moment m'a paru opportun de traiter avec lui. Je n'avais pas le temps d'en référer à quiconque. Je savais que si je faisais mon offre à cet instant précis, il l'accepterait. Ce qu'il a fait.

Elle s'interrompit avant de poursuivre.

— Par ailleurs, je doutais du bien-fondé d'accroître la participation de Case Reed dans Genius. Nous avons déjà perdu de l'argent. C'est mon affaire. J'en suis responsable. Je me refusais à augmenter les pertes.

— Vous avez donc décidé de prendre ce risque sur vous.

— Quitte ou double.

— A ceci près que ce n'est pas double, n'est-ce pas ? Ce serait plutôt décuple. Et si cela tourne mal, vous n'avez pas le premier sou pour payer les actions.

— J'ai ma maison.

— Pour l'amour du ciel, Cassie !

— Ne vous inquiétez pas. Nous n'en arriverons pas là.

Il s'abstint de répliquer, se contentant de la dévisager, le regard pesant. Elle n'avait pas encore essuyé le feu, elle n'avait pas idée de ce qu'était se trouver du mauvais côté d'un risque excessif. Pour elle, c'était une excitation dont elle n'aurait jamais à payer le prix. Malgré toute sa perspicacité, elle possédait encore l'omnipotence d'une enfant.

— Et maintenant, Cass ? Nous avons en main tous ces titres et, quoi que vous disiez sur l'aspect technique, nous agissons potentiellement de concert avec Eva et Frazer et nous sommes obligés de faire une OPA officielle. Pourtant, vous n'y semblez pas prête. Qu'attendez-vous ?

— Je ne sais trop. Il existe quelque chose en arrière-plan. Disons que je donne un coup de pied dans une fourmilière invisible.

— Si vous avez raison, peut-être vaut-il mieux ne toucher à rien.

— Pas sûr. Il me faut juste un peu de temps. Et si Case Reed et vous voulez une partie des actions, je vous les céderai à prix coûtant. J'en offrirai au prorata à Robie Frazer, au prix coûtant plus une prime convenable.

Richardson se leva de son fauteuil et alla s'asseoir sur le bras du fauteuil de Cassie.

— Vous prenez la chose allègrement, Cassie. Méfiez-vous. Ne fricotez pas avec Robie Frazer. Et tant que vous y êtes, méfiez-vous aussi de votre amie Eva.

— Comment cela ?

Il leva un sourcil.

— Vous savez parfaitement ce que je veux dire. Il

suffit de la regarder. Elle pourrait tous nous tailler en pièces, Frazer compris, s'il lui en prenait l'envie.

Il la considéra un long moment en silence. Il aurait voulu être aussi confiant qu'elle.

— Je vous donne quelques jours, Cass. Mais faites attention à vous.

39

Andrew Stormont sonna à la porte de chez Cassie à vingt et une heure précises. Nesta l'accueillit avec force sauts, jappements et aboiements. Cassie eut l'impression qu'il caressait la chienne par réflexe. Le cœur n'y était pas. Son visage parfait était calme, ses yeux absents. C'était un très bel homme. Jamais elle ne l'avait remarqué avec cette acuité. Ce soir, il donnait l'impression de s'être débarrassé de quelque chose. Sentant le désir l'envahir, elle décida de ne pas se montrer rétive.

Elle lui sourit comme il l'embrassait sur la joue.

— Aimeriez-vous entrer prendre un verre ? proposa-t-elle.

— C'est très gentil, mais j'ai réservé pour neuf heures. On ferait mieux d'y aller.

— Je prends mon sac.

Pourquoi tant de hâte ? se demanda Cassie en s'emparant de son sac et de ses clefs.

Ils dînèrent dans un nouveau restaurant de Fulham Road que Stormont voulait essayer. Il paraissait indifférent à Cassie, ayant visiblement l'esprit ailleurs.

— Pourquoi cette mauvaise humeur, tout à l'heure ? Des problèmes de boulot ? demanda-t-il lorsqu'ils eurent commandé.

— Oui. Un de mes titres se comporte bizarrement. A la suite d'une manipulation, me semble-t-il.

— Pouvez-vous y remédier ?

— Légalement ?

Il éclata de rire.

— Si vous préférez.

— Eh bien, légalement, pas grand-chose. Difficile de prouver le tripatouillage.

— Alors que faire ?

— Pourquoi faire quelque chose ? C'est manifestement un *fait accompli.*

Pour la première fois de la soirée, le regard de Stormont se réchauffa.

— Vous ne semblez pas du genre à vous laisser impressionner par un *fait accompli.*

— J'ai tenté une manœuvre illogique.

— Dans quel but ?

— L'expérience. Et parce que cela me paraissait la seule solution.

— Ça concerne votre transaction avec Eva ?

— Oh, oh, on fait le curieux !

Silence. Cassie était tendue à craquer.

— Non, rien à voir, mentit-elle.

— Comment ça se passe, cette affaire avec Eva ?

— Je ne sais pas, en réalité. Elle m'a appelée mardi pour me dire qu'elle partait à Hong Kong et au Vietnam avec notre investisseur afin de jeter un coup d'œil à la mine.

— Et il est satisfait, l'investisseur ?

— Aucune idée. Eva a promis de garder le contact mais je n'ai aucune nouvelle. Voici deux jours, maintenant, et je suis dans le brouillard. Cela tombe rudement mal, en fait.

— Pourquoi ne lui téléphonez-vous pas ?

— J'ai essayé, mais sans succès. J'ai demandé à la gouvernante de l'investisseur à Londres où je pourrais le joindre. Elle m'a répondu qu'elle le croyait sur le point de quitter Hong Kong pour le Vietnam. J'ai appelé là-bas et demandé à la femme de chambre s'il m'était possible de parler à Eva. Elle m'a dit qu'elle ne pouvait prendre l'appareil mais qu'elle lui ferait part de mon appel. Pas un mot depuis.

Stormont se sentait cloué sur place. Il voyait les

plats se succéder, mais son esprit était ailleurs, enchaîné à Eva.

Cassie l'observa.

— Que se passe-t-il ?

— Ce qui se passe ?

— Ne faites pas l'innocent.

— Sincèrement, je ne vois pas.

Ils échangèrent un long regard, lourd de défi, chacun refusant de céder. Cassie parla enfin.

— Il est tard. J'aimerais rentrer.

— Je vous raccompagne.

Stormont demanda la note, puis ils roulèrent direction Markham Street. Il lui dit bonsoir et posa un petit baiser sur sa joue. Ils s'affrontaient encore, muets, obstinés, retenant leurs interrogations, leurs craintes. Il regagna sa voiture avec l'impression de transporter de la nitroglycérine — le plus infime mouvement et l'air exploserait.

De retour chez lui, Stormont appela Giles Aden.

— Eva est avec Frazer. Il semble que Frazer s'apprête à partir au Vietnam, fort probablement avec Eva. Elle a téléphoné à Cassie avant de quitter l'Angleterre et lui a promis de la tenir au courant. Mais Cassie n'a pas de nouvelles depuis deux jours. Elle s'inquiète et a laissé un message à Hong Kong. Eva n'a pas rappelé.

— J'ai parlé aux antennes. Ils surveillent discrètement. Mais aucun signe d'Eva.

— Sont-ils prêts ?

— Ils sont prêts. Vous voulez qu'ils interviennent ?

— Non. Pas encore. Nous sommes toujours dans le coup.

40

Eva dormit mal. Brusquement, elle s'éveilla. Frazer était debout au pied de son lit et la regardait. Elle s'assit sur son séant.

— Nous partons au Vietnam dans une heure. Dans mon jet privé.

Frazer s'apprêtait à quitter la chambre quand il se tourna vers Eva.

— J'espère que tu es préparée.

— Préparée ?

— Pas commode de crapahuter en tailleur Chanel.

Eva sentit la nausée monter.

— Je suis chez moi, là-bas, ne l'oublie pas.

Il posa sur elle un long regard moqueur et s'en alla.

Eva sauta à bas du lit. Elle demeura un moment nue au centre de la pièce, comme si elle prenait ses marques. Puis elle marcha à longues enjambées jusqu'à la fenêtre et regarda au-dehors. Elle aperçut Ned debout sur la terrasse en contrebas et un autre homme qui faisait les cent pas ; visiblement, il patrouillait. Eva mesurait ses chances. L'évasion, qui démontrerait sa culpabilité, échouerait probablement. La seule solution consistait donc à suivre Frazer, guetter une meilleure occasion de s'enfuir, et en découvrir le plus possible en attendant. Décidée, elle fila dans la salle de bains. Après une rapide douche, elle revêtit une de ses nouvelles tenues, tailleur de lin crème à jupe fendue très haut et mules de daim à talons. Elle mit ses bijoux et se ravisant, envoya balader ses mules.

Nu-pieds, elle descendit l'escalier de marbre et se dirigea vers la partie de la maison réservée aux domestiques. Elle ouvrit brusquement la porte de la cuisine, s'attirant le regard noir de Ned et Kim qui prenaient le thé.

— Puis-je avoir un peu de café, s'il vous plaît, Kim ? En fait, j'aimerais un énorme petit déjeuner, ajouta-t-elle en notant l'expression indignée de Kim.

Il était prudent de manger tant qu'elle le pouvait encore.

Kim se leva lentement de sa chaise.

— Il y a du café au chaud. Prenez-en si vous voulez. Je vous apporterai votre petit déjeuner tout à l'heure.

— Merci.

Kim emplit une cafetière et versa du lait dans un pot, puis elle prit une tasse et une soucoupe et posa le tout sur un plateau qu'elle tendit à Eva.

— Soyez gentille de monter le reste dès que possible. Je ne veux pas faire attendre le Taï Pan.

Sur quoi Eva franchit de nouveau la porte verte matelassée.

Tandis qu'elle approchait du grand escalier, des voix s'échappaient d'une pièce adjacente. Elle s'arrêta pour écouter.

— Nous avons trouvé une vieille base militaire où nous pouvons habiter, c'est à environ trois kilomètres de la concession. Elle est abandonnée. Nous avons payé qui de droit pour l'occuper pendant un an. C'est l'emplacement idéal.

— Excellent. Je ne veux pas trop de gens là-bas. Pas question d'attirer l'attention.

La voix de Li Maï et celle de Frazer. Eva s'éloigna prestement et regagna sa chambre. Elle posa le plateau sur son lit puis fixa longuement des yeux le téléphone sur la table de chevet, espérant qu'on ne l'avait pas débranché. Malgré sa certitude que toute conversation était enregistrée, elle devait courir ce risque.

Consciente de la précarité de sa situation, il lui fallait impérativement un cordon de sécurité, aussi ténu fût-il.

Elle décrocha l'appareil et composa le numéro. A Londres, il était minuit et quart. Espérant de toute son âme que Cassie était chez elle, elle laissa sonner, encore et encore. Elle s'apprêtait à abandonner quand Cassie répondit. Eva réprima un soupir de soulagement.

— Cass ? Salut. Désolée d'appeler à une heure pareille.

— Du tout. J'avais un dîner en ville et je sors du bain.

Rassurée, elle aussi, Cassie s'empressa de demander :

— Où es-tu ?

— A Hong Kong. On part au Vietnam d'un instant à l'autre, Frazer et moi. Tu ne peux pas savoir comme je suis impatiente de retourner là-bas. Et Frazer est bourré d'idées. Un de ses collaborateurs, Li Maï, a loué une vieille base militaire à environ trois kilomètres du site, tu te rends compte ! Il me manque un treillis et une jeep pour avoir tout de Rambo version femme, ajouta-t-elle en riant. Je n'ai que des ensembles Chanel que j'ai achetés hier. J'ai fait une véritable razzia, si tu voyais cela !

— Rambo styliste, dit Cassie dont le soulagement vira à la perplexité devant ce flot de paroles si peu caractéristique. Avant qu'elle ne pût ajouter quoi que ce fût, elle entendit Eva réprimer un cri, puis la voix de Frazer.

— A qui parles-tu ?

Cassie frémit au ton méprisant et glacial de Frazer. Elle perçut la peur d'Eva et trembla d'effroi.

— Que se passe-t-il, Eva ?

Eva répondit d'une voix ténue.

— Rien du tout. Il faut que j'y aille.

Clic. Plus personne.

41

John Richardson était seul au bureau quand Peter Bawden appela. Il était huit heures du matin. Il jeta un regard étonné au téléphone. Tout le monde savait qu'il ne fallait jamais le déranger avant neuf heures. Il décrocha, écouta et sortit en hâte tout en enfilant son veston.

Dix minutes plus tard il était dans le bureau de Bawden. Ce dernier était tendu à craquer, ce qui ne lui ressemblait pas.

— Ce que je m'apprête à te dire ne doit pas sortir d'ici. Si tu entreprends quoi que ce soit après m'avoir écouté, tu devras fournir une bonne explication. Rien que la vérité nous compromettrait toi, moi, toute mon organisation et plusieurs sources excessivement précieuses.

— C'est entendu.

Bawden réfléchit un moment puis commença d'une voix tranquille.

— Nous avons eu à effectuer une enquête pour le compte d'un des contractants du ministère de la Défense. Ils nous ont appelés parce qu'un de leurs employés vendait des informations sur leur système de guidage de missiles par ordinateur. Notre mission consistait à identifier l'acheteur et le vendeur. Nous avons abouti à un Chinois de Hong Kong nommé Xu Nan. Il a vécu quelque temps au-dessus de ses moyens. Ses relevés bancaires en Suisse confirment de gros paiements irréguliers. Nous n'avons pas réussi à identifier le ou les créditeurs tant ils ont bien recouvert leurs traces. Nous n'avions donc résolu que la moitié de l'affaire lorsque, voici quatre jours, Xu Nan a été trouvé mort sur le trottoir. Il avait apparemment sauté de son appartement du septième étage.

Bawden inspira profondément.

— La police enquête. Elle ne sait rien de nos propres investigations et il en demeurera ainsi. Pourtant, elle soupçonne un coup fourré. L'identité et le médecin légiste s'affairent sur les lieux. Nous ignorons s'ils ont trouvé quelque chose, et si oui, quoi, mais leur présence est suffisante pour imaginer la réponse. Or, la nuit dernière, un de mes hommes a obtenu ceci.

Bawden tendit à Richardson la photocopie d'une lettre manuscrite.

Je ne sais qui lira cette lettre, à part mon avocat, ni si on pourra en tirer quelque chose de bon. Pas pour moi, en tout cas, car je serai déjà mort, condition nécessaire à l'ouverture de cette enveloppe. Quoi qu'il en soit, je préfère tout raconter. Depuis des années — depuis mon enfance, pour être précis — Robie Frazer me donne de l'argent. D'abord, c'était pour payer mes études. J'étais doué et il s'est assuré que je bénéficiais d'une éducation parfaite. Je croyais qu'il agissait par pure charité jusqu'à ce que, il y a six mois de cela, il me demande de lui fournir des détails sur mon travail dans les systèmes d'armement à la General Engineering. J'ai refusé, mais Frazer m'a fait clairement comprendre que je devais obtempérer. Si bien qu'au cours des six derniers mois j'ai fourni à Frazer des renseignements sur nos programmes de développement d'armes et j'ai été largement récompensé en échange. Récemment, j'ai essayé de tout arrêter, mais je crains le pire si je ne me plie pas à la volonté de Frazer. J'ai choisi un nouvel avocat à qui j'ai remis ce pli, parce que depuis un certain temps je soupçonne Frazer de vouloir me tuer, ou me faire tuer. Et maintenant, je suis mort.

La lettre était signée « Xu Nan » et datée de trois semaines plus tôt. Richardson rendit le document à Bawden. Le silence s'installa, pesant.

Richardson se leva.

— Merci, Peter. J'ai conscience que tu as dû briser bien des règles pour me dire cela.

— Que vas-tu faire au sujet de ton affaire avec Frazer ?

— La faire échouer — de façon invisible afin qu'il n'apprenne jamais ce qui se passe. Sortir du jeu.

— Cela t'a coûté cher ?

— Pas tant qu'à Xu Nan.

Cassie était dans son bureau quand Richardson revint chez Case Reed. Il entra sans la saluer et s'installa en face d'elle, si près que leurs genoux se touchaient presque.

— Je vais vous dire quelque chose que vous ne répéterez jamais à personne. Vous n'aurez jamais l'air d'agir en conséquence. Vous ne laisserez jamais entendre que vous savez ou saviez quoi que ce soit, même si la chose est rendue publique.

Cassie l'observa avec alarme. Jamais il ne s'était exprimé de cette façon, jamais il n'avait été aussi raide.

— Vous me faites une peur bleue, John. Je ne sais pas de quoi il s'agit, mais je serai une tombe. Promis. Maintenant, dites-moi.

Cela prit cinq minutes. Chaque mot semblait l'arracher à elle-même, à ses repères au point qu'elle eut l'impression absurde que c'était une blague, que son imagination lui jouait des tours. Seule l'horreur était réelle. Et le regard de Richardson.

Elle parla enfin.

— Que va-t-il se passer, maintenant ? Ils se lancent aux trousses de Frazer, ces types avec la lettre ?

— Non. Ils n'ont aucun intérêt à mettre la police

dans le coup. C'est la dernière chose que souhaiterait leur client, qui ne tient sûrement pas à ce que s'évente la nullité de leurs mesures de sécurité, d'autant qu'il s'agit de secrets militaires. Et compte tenu des ressources de Frazer, aucun jury ne le condamnera avec si peu. Si Xu Nan a été assassiné, personne ne pourra établir de lien avec Frazer. Ses hommes de main s'en seront chargés et ils seront prêts à payer pour lui, si nécessaire.

— Mais qu'allons-nous faire ?

— Je veux y réfléchir calmement. Dès que possible, d'une manière insoupçonnable, nous tranchons les liens avec lui. Nous en reparlerons plus tard, ajouta-t-il en quittant son fauteuil.

Cassie le regarda s'éloigner. Elle resta assise, immobile, les sens anormalement en alerte. Elle pensait à Eva, quelque part au Vietnam avec un homme qu'elle ne connaissait pas, un homme extrêmement dangereux. Elle repensa à sa voix apeurée au téléphone la nuit dernière. Eva lui avait raconté qu'elle partait avec Frazer... une espèce de camp près de la mine.

Sans pouvoir s'en empêcher, se fermant à toute autre pensée, Cassie sortit le dossier Genius qu'elle feuilleta fébrilement jusqu'à ce qu'elle eût trouvé la carte de l'emplacement. Pendant cinq bonnes minutes, elle fixa la carte des yeux, avec ses contours, ses cotes, ses noms étrangers. Elle avait l'impression de réagir à quelque pression anonyme dont la voix tonitruante obstruait toute raison. Elle devait se rendre au Vietnam et avertir Eva, l'arracher des pattes de Frazer, s'il n'était pas déjà trop tard.

Elle téléphona à son agence de voyage à qui elle donna de rapides instructions. L'employé lui réserva une place sur le premier vol pour Hanoï et lui retint une chambre au Métropole.

Elle attendit qu'Emma fût partie puis prit ses affaires et s'en alla. Elle emprunta l'escalier dérobé afin d'éviter John Richardson et héla un taxi. Une fois devant chez elle, elle demanda au chauffeur de l'attendre et grimpa l'escalier quatre à quatre pour faire ses bagages.

Elle était dans l'escalier avec sa valise quand David Wilson sortit de sa chambre, traînant les pieds, frottant ses yeux ensommeillés.

— Eh, où vas-tu ? Pourquoi n'es-tu pas au boulot ?

— Vietnam. Hanoï.

— T'es folle ou quoi ? Pourquoi tu pars ?

Cassie s'assit sur une marche et laissa la valise descendre toute seule. David se glissa à côté d'elle.

— Je vais voir Eva au Vietnam.

— Elle est là-bas ?

Cassie acquiesça d'un hochement de tête.

— Où ça ? Où descends-tu ?

— Je n'ai pas encore fixé tous les détails, répondit Cassie, évasive.

— Eh ! C'est pas Brighton, là-bas, qu'est-ce que tu crois ? Suffit pas de se pointer la gueule enfarinée. Et pourquoi tant de hâte ? Hier, je t'ai entendue organiser ton week-end. Et voilà que tu files à l'autre bout du monde.

Il la prit par l'épaule et l'obligea à le regarder.

— Bon sang, Cass, qu'est-ce qui se passe ?

Elle lui lança un regard furieux sans pour autant esquisser le geste de se libérer.

— Je ne sais pas, justement. Je pars chercher la réponse.

— Ça n'en est pas une, de réponse. Pour l'amour du ciel, Cass, tu ne peux pas débouler comme ça au bout du monde.

Elle se leva.

— Ecoute, il faut que j'y aille, répliqua-t-elle, le visage durci.

Il perçut la détermination de Cassie et l'inutilité de toute tentative pour la dissuader.

— Laisse-moi au moins t'accompagner.

Elle s'arrêta, déconcertée par son inquiétude, et l'embrassa sur la joue.

— Tout ira bien, David. Ne te tracasse pas, je t'en supplie.

Elle s'empara de sa valise en bas de l'escalier.

David la dévisagea en soupirant.

— Je ne bouge pas, si c'est ça que tu veux.

— C'est ce que je veux.

Elle l'embrassa de nouveau. Il la serra contre lui et finit par lâcher prise.

Le téléphone sonna au moment où elle franchissait le seuil. Agacée, elle saisit le combiné.

— Oui, hurla-t-elle, furieuse.

— Cassie ? Bonjour. Ici Aubrey Goldstein.

— Oh, bonjour Aubrey.

— Je vous dérange ?

— Je file attraper mon avion.

— Ah ? Destination intéressante ?

— Le Vietnam.

Bref silence. Cassie attendait, agitée. Puis Goldstein parla, toute douceur et séduction dehors.

— A la mine de diamants de Genius.

— Pas difficile à deviner.

— Exact. Vous, le Vietnam, les diamants, Genius. Je ne crois pas aux coïncidences.

— Moi non plus.

Elle songea à la manœuvre baissière, à Case Reed dans le rouge ; sa voix se durcit.

— Que puis-je pour vous ?

— Je connais quelqu'un qui pourrait souhaiter acquérir des actions Genius.

Cassie ne répondit pas tout de suite ; elle voulait regagner sa peau de femme d'affaires.

— Il veut le contrôle ?

— Peut-être. Il a de la ressource.

Elle devait se débarrasser de ses titres. Si Case Reed rompait l'accord avec Frazer, le cours de l'action chuterait.

— Dites-lui que je serai au Métropole d'Hanoï. Si ça l'intéresse vraiment, on pourra en discuter là-bas.

— Je transmettrai.

Elle raccrocha.

Goldstein composa immédiatement un autre numéro.

— Je crois que nous pourrions avoir un deal sur Genius. Cassie Stewart veut rencontrer quelqu'un au Métropole d'Hanoï.

— Tiens donc !

La voix était ironique et désabusée, glaciale, distante, avec ce mépris constant de celui qui a toujours raison, qui sait le résultat d'avance.

— Alors vous feriez bien d'y aller. Elle s'adoucira peut-être là-bas. C'est loin et guère l'environnement idéal pour une femme seule. Faites ce que vous pouvez. Achetez ses actions. A ce cours-là, c'est le moment. Case Reed et elle ont sans doute pris une sacrée gamelle.

— Certainement.

— Je vous laisse le soin des détails. Faites le nécessaire.

— Ce que nous [illegible] qui [illegible]

[illegible]

— Mais vous savez bien [illegible]. C'est bon et [illegible] pour une femme [illegible]

[illegible]

42

Le rapport faxé d'Heathrow attendait sur le bureau d'Andrew Stormont quand celui-ci rentra de son QG provisoire de Tooley Street. Il était dix-sept heures. « Cassie Stewart a quitté le pays à onze heures par le vol TG915 en direction de Bangkok avec correspondance pour Hanoï. Arrivée à Hanoï à 12 heures 20 heure locale. Le sujet voyage seule. Une valise. »

Stormont avait alerté le Special Branch à Heathrow et à Gatwick dans l'éventualité où Cassie partirait en voyage. Cela s'était révélé concluant. Mais cette petite satisfaction n'était rien en comparaison des craintes que cette destination lui inspirait. Il froissa le fax et le jeta dans la corbeille à papiers. Puis il composa le numéro de Cassie chez Case Reed.

Sa secrétaire répondit.

— Bureau de Cassie Stewart, j'écoute.

— Pourrais-je lui parler, je vous prie ?

— Euh ! elle n'est pas là.

— Savez-vous où je pourrais la joindre ?

— Est-ce personnel ou pour affaires ?

— Personnel.

— Elle est peut-être chez elle.

— Peut-être ?

— Euh ! je ne suis pas tout à fait sûre.

— Je suis navré de vous importuner, mais c'est très important.

— Elle reviendra sans doute dans l'après-midi. Elle...

— Est-elle passée au bureau aujourd'hui ?

— Oui. Elle est arrivée très tôt, en fait.

— Je vous remercie.

Stormont raccrocha et appela Aden qui, à cause du déménagement temporaire de Stormont, était à l'étroit dans un minuscule bureau à dix pas de là.

Aden apparut, en émoi.

— Que se passe-t-il ?

— Cassie Stewart a pris l'avion pour le Vietnam en mission privée. Apparemment, elle est passée chez Case Reed de bonne heure ce matin. Puis elle a disparu sans rien dire. Ils ne savent pas où elle est.

Aden s'assit.

— Pourquoi ferait-elle cela ?

— Je parierais qu'elle a eu une autre conversation avec Eva, ou peut-être avec Frazer. Ils ont peut-être dit quelque chose qui lui a semblé peu catholique. Pas au point de l'effrayer, sinon elle ne serait pas partie. Mais elle a dû trouver quelque chose bizarre, d'autant qu'elle est partie sans prévenir sa banque qui, ne l'oublions pas, est censée gérer ce dossier.

Aden secoua la tête.

— Ça ne tient pas debout. Je crois que nous passons à côté de quelque chose.

Stormont réfléchit un moment.

— Vous avez probablement raison. Cependant on ne doit pas éliminer la possibilité qu'Eva a, d'une façon ou d'une autre, alerté Cassie. Elle ne l'a pas terrifiée, mais elle l'a inquiétée. Dans quel but ? Voulait-elle que Cassie déboule au Vietnam ? J'en doute. Il est beaucoup plus probable qu'elle espérait que Cassie me transmettrait quelque chose ou que j'appellerais Cassie pour apprendre discrètement ce qui lui était arrivé puisqu'elle n'avait pas réussi à établir un contact direct. Eva se sert de Cassie comme messager, seulement Cassie, qui a des idées de grandeur, décide de devenir partie prenante plus que nous ne l'avions prévu. C'est ça, le chaînon manquant. Pourquoi a-t-elle franchi la ligne ?

— Peut-être a-t-elle appris quelque chose chez Case Reed.

— Possible. Mais quoi ? Cassie ne s'implique pas. Elle observe, délibère, déchiffre ce qui se déroule avec une justesse ahurissante, mais pour autant que je le sache, elle reste toujours sur la touche.

— Objection. C'est une banquière, nom d'un chien ! Elle fait du venture-capital. Elle investit des fonds dans des transactions à haut risque. Moi, je n'appelle pas ça rester sur la touche.

Stormont lui lança un regard dédaigneux.

— C'est son boulot. Les fonctionnaires et les hommes politiques qui ferment des services d'urgence tuent des gens, mais ils ne les étranglent jamais de leurs propres mains. Cassie prend des risques pour gagner son pain dans un bureau à air conditionné avec de la moquette, mais elle rentre le soir dans sa jolie maison de Chelsea. Les risques ne l'atteignent pas. Elle ne les vit pas.

— D'accord, d'accord.

— Toutefois il y a du vrai dans ce que vous dites, ajouta Stormont, surprenant ainsi son collaborateur. Elle est partie au Vietnam. Ce n'est pas dans son caractère. Quelque chose l'y a poussée, servant de catalyseur.

— Quoi ?

Stormont se leva.

— On pourrait spéculer éternellement, dit-il en appuyant sur le bouton de l'interphone. Elsa, je veux me rendre à Hanoï. Le plus vite possible !

Elsa rappela quelques minutes plus tard.

— Vous devrez passer par les lignes normales, hélas. Les gars de l'aviation militaire se font tirer l'oreille. Apparemment, il n'y a rien de libre avant demain.

— Tant pis. Circuit normal.

— Si vous partez maintenant, le plus rapide est via Hong Kong. Je vous ai réservé une place sur le vol

Virgin de ce soir, départ d'Heathrow à vingt heures trente, arrivée à Hong Kong demain à dix-sept heures. A dix-neuf heures vous prenez le vol Cathay Pacific pour Hanoï.

— Merci, Elsa.

— Que comptez-vous faire ? s'enquit Aden.

— Je ne sais pas encore. Servir de deuxième catalyseur. Me jeter dans le bain.

— Quand vous arriverez, tout aura sans doute déjà explosé.

— Non, je ne pense pas. Tout le monde fait encore la queue à essayer de savoir qui est de quel côté. Je crois que j'arriverai à temps.

— A temps pour quoi ?

— Vous venez de le dire. L'explosion.

43

Tandis que l'avion de Cassie Stewart s'apprêtait à atterrir à Hanoï, celui d'Andrew Stormont survolait l'Arabie Saoudite et celui d'Aubrey Goldstein attendait sur la piste. On le préparait pour le vol qui décollerait d'Heathrow dans trois heures.

Cassie regarda par le hublot tandis que l'avion amorçait sa descente. Elle ne distinguait que de la terre rouge, couleur de sang séché. Par endroits, le terrain se gonflait de petites collines pointues. Bientôt, Cassie repéra des rizières, marais verts qui s'étendaient partout à l'horizon. Et, parsemés de-ci de-là, des gens, des bœufs, des arbres d'un vert triste dont les feuilles gigantesques formaient un dais protecteur contre la chaleur.

L'avion atterrit en douceur et roula jusqu'au terminal, construction basse, neuve, cimentée, fonctionnelle et affreuse. Cassie prit son sac dans le rack au-dessus de sa tête, ainsi que son livre *Un Américain bien tranquille* de Graham Greene. Etait-ce encore le Vietnam qu'il avait connu ? Ensorcelant tant pas sa beauté que par sa violence ?

La passerelle se fixa à la porte dans un claquement métallique qui fit sursauter la jeune femme. Les passagers sortirent à la queue leu leu. Elle attendait, impatiente. Elle sortit enfin de l'appareil, visage levé, œil aux aguets. L'air humide et vibrant l'enveloppa. Elle descendit et traversa le bitume brûlant avant de s'engouffrer, étonnée, dans l'aéroport climatisé.

BIENVENUE DANS LA RÉPUBLIQUE SOCIALISTE DU VIETNAM, disait un panneau. Cassie avait l'impression d'être le témoin d'un événement historique, un des derniers Etats à se proclamer socialiste. Elle se demanda combien de temps il faudrait au Vietnam pour accepter le capitalisme qui s'était déjà emparé de son économie, à défaut de sa politique. Les Américains venaient de lever leur embargo et les affaires étaient en pleine expansion. Cependant, le panneau était là, fier, proéminent : enclave de l'aéroport. Comme Berlin-Est avant la chute du mur ? Elle s'y était rendue en 1987 et avait perçu dans l'air le soupçon corrosif, le froid gris, l'hostilité des officiels, le sens de la méfiance, une excitation sombre et confinée. Ici, la culture et l'état d'esprit étaient différents, inconnus. Il existait peu de liens culturels comme avec les Européens.

Cassie ne connaissait strictement rien du Vietnam. Elle se sentit soudain vulnérable comme une enfant. Sa seule référence était Eva, et Frazer, supposait-elle. Elle se demandait ce qu'il était advenu au cours des longues heures qui avaient suivi son dernier entretien téléphonique avec Eva.

Elle attendit ses bagages. Un homme très mince coiffé d'un catogan attendait à côté d'elle.

— Où allez-vous ? demanda-t-il avec un mélange de détachement et de gentillesse.

— Hanoï... dans le centre, je pense.

Il jeta un regard à la façon dont elle était habillée.

— Ne vous laissez pas voler par les chauffeurs de taxi. C'est quinze dollars maximum.

— Merci, voilà qui me sera utile. Et vous, où allez-vous ?

— Je vais remonter le pays. Je suis photographe. Je me balade à la recherche de bons sujets.

— Passionnant.

— Ouais. Mieux que le métro.

Cassie se sentit déraisonnablement rasséréné par cette petite conversation. Elle revint au tapis à bagages, s'empara de sa valise et fit un signe de tête à l'homme au catogan.

A la douane et à l'immigration, un Vietnamien feuilleta son passeport sans un sourire ; son regard allait et venait incessamment des papiers à Cassie. Elle franchit enfin ces deux obstacles, puis tira sa valise jusque dehors.

Cela grouillait de monde. Certains attendaient patiemment, d'autres poussaient des cris perçants quand ils repéraient un parent ou un ami, d'autres encore piaillaient d'humeur joyeuse pour dégager le passage. Cassie n'entendait qu'une immense cacophonie. Rien d'hostile ; la note était plutôt fondamentalement amicale, mais pesante et envahissante, d'autant que la chaleur était accablante. Cassie était dépassée.

Au centre de la foule, deux Vietnamiens guettaient les arrivants. Dès qu'ils aperçurent Cassie, ils échangèrent un signe de tête et se frayèrent un chemin jusqu'à elle.

— Taxi, madame ? proposa l'un d'eux en s'apprêtant à prendre la valise.

— Combien pour le centre-ville ?

— Vingt dollars.

Son large sourire révélait deux dents noires et deux dents manquantes.

— Trop cher. Quinze.

— Quinze ? Je suis un homme d'affaires, madame. Quinze, pas assez.

— Alors non merci, dit Cassie en essayant de poursuivre son chemin.

— OK. OK. Quinze dollars, s'empressa de dire l'homme.

Cassie lui tendit sa valise. Ravie d'être aussi douée pour le marchandage, elle n'imagina pas une seconde que le chauffeur était là pour ça.

Les deux hommes la conduisirent à une Lada noire et rouillée. L'un ouvrit la portière pour elle puis la claqua violemment derrière elle.

— La porte. Ferme mal, expliqua-t-il devant son expression étonnée.

Il s'installa au volant tandis que son compagnon grimpait à côté. Ils se tournèrent et lui offrirent un sourire qu'elle eut bien du mal à leur rendre.

Les deux hommes se parlèrent en vietnamien. De temps à autre, ils se retournaient pour lui sourire, mais leur visage n'était guère rassurant.

Ils traversèrent un paysage qui ne ressemblait en rien à ce qu'elle avait déjà vu. Le chaos régnait partout. Voitures, camions, mobylettes, bicyclettes, bœufs et charrettes se pressaient sur la route de terre, se faufilant comme des fous. Les klaxons faisaient un vacarme incessant. Cassie n'osait regarder, craignant une collision imminente. Bizarrement, en frisant le bord de la route, parfois jusqu'à toucher les rives des deux côtés, les véhicules évitaient l'accident, mais Cassie avait les nerfs à vif.

De part et d'autre de la route, des champs de riz où travaillaient des femmes courbées en deux, la tête protégée par ces grands chapeaux coniques dont Cassie avait toujours cru qu'on ne les portait que dans les films. Des bœufs paissaient sur des carrés d'herbe, étrangement calmes compte tenu du brouhaha qui les entourait, comme s'ils ne s'intéressaient qu'à l'herbe, qui pousserait toujours, et au soleil, qui brillerait toujours.

La traversée de ce paysage dura des kilomètres. Cassie se demandait s'ils disparaissaient dans les profondeurs de la campagne ou si, tôt ou tard, les signes d'une métropole émergeraient au milieu de la pauvreté pastorale. Enfin, les rives pentues laissèrent place aux caniveaux et les champs aux maisons éparpillées qui se rapprochèrent au fur et à mesure. Dans les caniveaux coulait un liquide brunâtre, parfois endigué derrière des ordures. Accroupis, les gens bavardaient ou se perdaient dans la contemplation muette du capharnaüm environnant. Enfants et chiens jouaient. Des maisons longeaient la route, hautes, étroites, essentiellement de pierre, décrépies, avec de la peinture orange et jaune qui s'effritait. Partout, des tas de briques et de nouvelles constructions en masse. Des échoppes ouvertes sur la rue proposaient des bouteilles à l'alignement impeccable. Des vendeurs des rues étaient assis près de monticules de fruits : pommes, oranges, bananes et melons.

Par la vitre baissée, Cassie ne perdait rien du spectacle. Ses cheveux voletaient autour de son visage. Des camions hurlaient en passant, laissant dans sa bouche l'arrière-goût métallique du diesel. Sa peau était perlée de sueur et poisseuse. Ses vêtements froissés lui collaient au corps.

Elle se sentait dépassée, abandonnée en terre étrangère, culture étrangère, sans le moindre soutien de civilisation occidentale, dépouillée de ses propres ressources. Son manque de force l'affola et, surprise et horrifiée, elle sentit monter la panique. Elle s'obligea à respirer calmement, profondément, mais son souffle demeurait ténu et précipité. Elle était capable de mieux que cela. Forcément. Elle devait posséder une force intérieure à laquelle elle pouvait faire appel, mais elle était trop paniquée pour essayer.

La voiture roulait. La piste était encore plus défoncée, maintenant, la circulation moins intense. Une fois encore, ils furent entourés par la campagne : rizières, vaches, canards, rivières. Ils traversèrent une succession de ponts métalliques. Elle essaya de se retirer en quelque refuge intérieur, de couper court à toute autre sensation. Mais en vain. La panique était installée.

Elle consulta sa montre. Ils roulaient depuis plus d'une heure. Elle attendit, paupières closes. Elle sentit les bosses car la suspension était mauvaise. Elle entendit la marée croissante des klaxons et moteurs.

Soudain, la voiture s'arrêta. Cassie ouvrit les yeux.

— Hôtel Métropole, dit le chauffeur avec un sourire, considérant son malaise comme une vaste plaisanterie.

Vu de l'extérieur, c'était certainement le cas, se dit-elle. Soudain, elle eut envie de rire. Elle était saine et sauve. Cependant, son imagination l'avait un temps paralysée. A juste titre ?

Elle s'interrogeait à propos d'Eva. Que faisait-elle ? Cassie tenta de sentir sa présence, mais n'éprouva que le vide.

Le chauffeur confia la valise de Cassie au portier. Puis il remonta dans le taxi et s'en alla, son acolyte toujours à côté de lui. A cinq cents mètres de l'hôtel, ils se garèrent dans une ruelle et entrèrent dans une maison où le chauffeur passa un coup de fil dans un anglais parfait.

— On l'a chargée. Elle était au Métropole. Nerveuse comme une chatte.

— Surveillez-la. Et surveillez ceux qui la surveillent. Nous ne serons pas les seuls. Et on ne bouge pas ! Pas encore.

44

Le Métropole était un grand bâtiment blanc du plus pur style colonial, situé sur une rue en terre battue longée d'arbres. Dans le hall, une rangée de pendules hexagonales donnait l'heure de Paris, Moscou, Londres, New York et Sydney. Hormis le côté vaguement exotique suggéré par la pendule russe, l'hôtel était meublé comme tous les cinq étoiles du monde, à grand renfort de marbre et de lustres. Il y régnait une atmosphère affairée. Les clients affichaient des regards avides, impatients et décidés.

Une jolie Vietnamienne en pantalon de soie jaune pâle surmonté d'une longue tunique assortie fendue jusqu'à la cuisse accompagna Cassie à sa chambre. Il y faisait presque noir car des stores de bois foncé interdisaient l'entrée du soleil. Les murs et le plafond étaient peints en blanc. Un vaste lit aux draps brillants et immaculés était appuyé contre le mur, au centre de la pièce. En face, un grand miroir doré.

Cassie repoussa les stores et ouvrit les fenêtres. Le bruit et la lumière s'engouffrèrent. Elle se pencha au-dehors, souriant avec ravissement au spectacle de la mêlée qui régnait en bas. Taxis et pousse-pousse ramassaient et déposaient des clients en un flot quasi incessant. Les cyclo-pousse couraient le chaland en repérant les piétons à qui ils criaient « Pousse-pousse ? » « Oui ? », certains avec conviction, d'autres avec un faible espoir. Il était intéressant de remarquer qui réagissait à quel type d'invite. Elle aurait choisi les plus timorés, décida-t-elle. Enfants et chiens couraient en tout sens, indifférents à la chaleur. Des vieillardes accroupies sur les pavés branlants s'abritaient à l'ombre des arbres et, tout ce temps, on se serait cru dans un Grand Prix insensé où toutes sortes de véhicules le disputaient aux piétons dans un vacarme assourdissant de cris et de klaxons.

Cassie s'éloigna de la fenêtre, se débarrassa de ses vêtements et se doucha longuement. Elle passa une jupe longue imprimée et un tee-shirt blanc puis elle descendit à la réception.

— J'ai besoin d'une voiture avec chauffeur pour demain.

— Très bien. Où souhaitez-vous vous rendre ?

— Je ne connais pas l'emplacement exact, dit-elle au concierge qui lui offrit un regard compréhensif. C'est près d'un village appelé Lang-Son, à environ cent cinquante kilomètres au nord-est d'ici.

Cassie savait que la concession se trouvait près de ce village, et Eva lui avait expliqué que le camp était non loin de là ; Lang-Son était donc le meilleur repère possible.

— C'est un vieux camp militaire. Je ne sais pas comment il s'appelle, mais il ne doit pas y en avoir trente-six dans ce coin précis.

— Nous faisons appel à diverses sortes de chauffeurs en fonction des excursions ou des voyages précis. Je vais leur parler et voir si l'un d'eux connaît ce camp militaire.

Le concierge n'avait pu s'empêcher de prononcer ces deux derniers mots en détachant chaque syllabe, cependant que ses yeux l'observaient de près.

— Ce serait aimable à vous. J'aimerais partir dès neuf heures. Ayez donc la gentillesse de me confirmer tout cela au plus tôt.

— Naturellement, madame. Je ferai mon possible.

Cassie prit un guide d'Hanoï qui se trouvait sur le bureau de la réception et sortit dans la rue. Maintenant qu'elle était arrivée sans encombre, la peur de l'inconnu avait disparu aussi vite qu'elle était venue, laissant place à la curiosité.

La chaleur et le bruit des rues l'enveloppèrent. Elle marcha dans la rue Ngo Quyen, longeant un alignement de maisons sable et ocre foncé couvertes de verdure. Partout la peinture s'écaillait et les structures de pierre semblaient bien souvent dans un état précaire. Cassie était entourée d'images de beauté et de grandeur fanées, vestiges poignants d'un passé révolu.

Elle s'arrêta au bord de la route, se demandant comment elle parviendrait à franchir le véritable barrage que formait la circulation. A un moment donné, un vieillard noueux, tout ridé et souriant la saisit par le bras et la fit traverser, contraignant les véhicules à se débrouiller. Ils se retrouvèrent sains et saufs sur le trottoir opposé. Cassie remercia l'homme, furieuse de ne pas connaître un traître mot de vietnamien. Il poursuivit son chemin et fut absorbé par la foule sous le regard de Cassie.

Elle déambulait au hasard le long des boulevards, au gré de sa fantaisie, sans prêter attention à son chemin. Comme elle avait l'intention de prendre un cyclo-pousse pour rentrer, peu lui importait de se perdre. Elle marcha au bord d'un grand lac doté d'une petite île surmontée d'un temple. Un pont de bois rouge la reliait à la terre. Consultant son guide, Cassie reconnut la pagode de la colline de Jade. Elle était dédiée, lisait-on, à Van Xuong, dieu de la Littérature.

Cassie traversa le grand boulevard de style vietnamien pour se retrouver dans le labyrinthe des ruelles bordées de maisons hautes et étroites aux nuances ambrées avec leurs curieuses et surprenantes taches de turquoises lumineuses comme le ciel. La plupart des rez-de-chaussée étaient occupés par des boutiques. Les rues ou des parties de rue étaient classées par types de commerce — vêtements d'enfants, chaussures, sous-vêtements, bric-à-brac pour touristes, gâteaux, lecteurs de cassettes et machines à coudre dont la plupart étaient utilisées sur le tas. L'air offrait une profusion d'odeurs : égouts, nourriture, épices, chiens, bâtons d'encens, jasmin, pots d'échappement, poussière et réchauds à gaz. Les gens pique-niquaient dans la rue à l'improviste, faisant frire leur concoction sur leurs réchauds, emplissant l'atmosphère de relents de coriandre, gingembre et piments. Assises à des tables montées sur des tréteaux, les femmes buvaient du thé ou vendaient des melons et des épis de maïs joliment empilés.

Cassie dévisageait les gens autour d'elle. Elle avançait toujours avec la vague impression de tourner en rond. Elle se retrouva dans la rue des barbiers. Elle n'entendait que le *clip clip* des ciseaux. Les coiffeurs devaient bien être quarante ou cinquante, tous alignés sous des auvents bleus. Leurs clients, exclusivement masculins, étaient élégants la plupart portant un costume.

Cassie marchait depuis deux heures. Elle ne savait plus très bien où elle était ni où se situait son hôtel. Elle regarda autour d'elle à la recherche du cyclo-pousse le plus démuni. Distraite, elle ne remarqua pas les hommes qui la guettaient — deux groupes de quatre, éparpillés dans la foule. Et même si elle les avait repérés, jamais elle n'aurait soupçonné quoi que ce fût de sinistre. Elle était habituée à être remarquée. Elle choisit un cyclo-pousse à qui elle fit signe. Il s'arrêta.

— Au Métropole, dit Cassie.

Il hocha la tête, attendit qu'elle se fût installée sur le siège de bois devant lui puis pédala laborieusement. D'autres cyclo-pousse furent hélés en hâte, qui se lancèrent à sa poursuite, invisibles dans la foule.

Cassie se retourna pour observer son conducteur. Il était deux fois plus petit qu'elle, ou presque, mais maigre et nerveux, sans doute démesurément costaud. Nulle trace de graisse sur ses membres. Cassie se demanda avec un sentiment de culpabilité ce qu'il mangeait dans une journée. Mais lui, semblait indifférent ; aucune amertume, seulement de la résignation et de la dignité. Cassie descendit devant son hôtel et regagna sa chambre afin de prendre une douche et de se changer pour le dîner.

La voyant passer, le concierge s'inquiéta de la façon dont il allait s'excuser auprès d'elle. Il avait appelé plusieurs de ses chauffeurs usuels, mais nul ne connaissait le camp militaire. Au moment précis où il s'apprêtait à l'appeler pour lui demander d'oublier cette excursion fantaisiste, un inconnu lui téléphona.

— Ngo Long m'a suggéré de vous passer un coup de fil. Il paraît que vous cherchez un chauffeur pour emmener une cliente dans un camp militaire du côté de Lang-Son. Je connais. Je peux l'y conduire. J'ai une bonne voiture. Japonaise, cinq ans, excellente suspension, air conditionné.

— Vous êtes un ami de Ngo ?

— Appelez-le, si vous voulez. Il vous le dira.

Le concierge ne répondit pas tout de suite, se demandant s'il était vraiment avisé de laisser un inconnu prendre en charge une cliente. Mais ce type tombait à pic. Il se voyait mal avouer son échec à la belle Anglaise. De plus, c'était un ami de Ngo. Facile à vérifier.

— D'accord. Soyez là demain à neuf heures. Ma cliente s'appelle Stewart, Cassie Stewart.

— J'y serai.

Le concierge téléphona à Cassie. Dès que celle-ci apprit qu'elle se rendrait au camp, la peur surgit de nouveau. Soudain, sa chambre lui parut étroite, étouffante. Elle descendit au bar. D'un côté, des tables dans une semi-obscurité, près d'une cour, une piscine aux eaux scintillantes. De l'autre, de grandes tables éclairées et de confortables canapés. Cassie opta pour un sofa. Un serveur s'approcha, à qui elle commanda un whisky sour, cocktail de whisky et de jus de citron. Elle l'avala presque d'un trait et en commanda tout de suite un deuxième. Elle laissa ses yeux errer tandis qu'elle tentait de saisir des bribes de conversations.

Après son second verre, elle gagna la salle à manger où elle fit un repas qui se révéla excellent. Elle commença par une soupe de poisson aigre-douce dans un bol énorme qui tenait plutôt de la soupière. Dans le potage flottaient des morceaux de différents poissons, aucun reconnaissable mais tous succulents. Cassie huma mille parfums délicats. Elle se sentit vaguement coupable de ne pouvoir tout manger ; mais elle voulait garder de la place pour le poulet à la coriandre et le riz, le tout cuit à la vapeur.

Elle accompagna son repas d'un autre whisky sour, car il lui fallait quelque chose de fort et de décapant. Une fois sa faim apaisée, Cassie mangea plus lentement, prenant le temps d'observer autour d'elle. Il y avait quelques femmes seules, des hommes, aussi ; des couples dont un éclatant par la beauté de l'homme et de la femme. Tout le monde, ce couple compris, semblait s'intéresser à tout le monde ; regards en coin allaient et venaient.

Cassie n'était pas gênée de dîner seule. A travers la peur, elle commençait à éprouver un merveilleux sentiment d'anonymat, une des choses les plus séduisantes qu'elle eût jamais éprouvées. Car il s'y ajoutait un sentiment de liberté, comme si elle pouvait échapper à tout. Elle percevait enfin la force qui lui avait fait défaut plus tôt, tandis qu'elle roulait entre les rizières.

45

L'avion d'Andrew Stormont arriva à Hong Kong à 20 heures, avec trois heures de retard dues à des ennuis mécaniques à Heathrow. Il n'y avait plus de liaison avec Hanoï. Il lui faudrait attendre le lendemain matin. Furieux, mais sans se départir de son calme, il avait passé des coups de fil de Londres pour modifier ses plans. On lui avait envoyé une voiture à l'aéroport pour l'emmener dans une maison sûre à Wanchaï. Alerté, Colin McKenzie, chef d'antenne à Hong Kong, était là afin de le tenir au courant. Il accueillit Stormont d'une poignée de main et d'un gin tonic.

Stormont était assis dans un fauteuil, dos raide, sombre, le teint gris à cause du manque de sommeil. Il laissa parler McKenzie.

— Cela grouille d'activité chez Frazer et ses employés connus. Huit sont partis au Vietnam par avion. Frazer était accompagné par la jeune femme prévue, blonde, belle — Eva Cunningham. Il se passe quelque chose là-bas. Nous avons reçu un rapport de l'antenne d'Hanoï. Frazer et sa clique sont retranchés dans cette fameuse base militaire à cinquante kilomètres au nord-est d'Hanoï. Ils ont passé beaucoup de temps sur la concession, à quelques kilomètres de la base. La fille était avec eux hier matin, mais on ne l'a pas vue depuis.

— Ce camp au milieu de la jungle, pas l'endroit

rêvé pour une jeune fille. Frazer l'aura sans doute renvoyée chez lui.

— Aucune trace de cela dans un quelconque aéroport, rétorqua brutalement McKenzie.

Stormont porta son regard au-delà du chef d'antenne, sans piper mot. McKenzie l'observait qui, immobile, contenait son émotion.

C'est à peine si Stormont avait conscience de la présence de McKenzie. Il voyait Eva — son visage, son allure, forte, résistante. Il ferma abruptement les yeux pour chasser cette image.

Le lendemain matin, Cassie s'éveilla à sept heures. Après sa douche, elle enfila un pantalon flou en coton, des baskets et un tee-shirt puis prépara un petit sac dans l'éventualité où elle passerait la nuit dans le camp militaire avec Eva. Lorsqu'elle descendit prendre son petit déjeuner, elle remarqua à une table un groupe dont tous les membres portaient le même tee-shirt où elle lut : « Voyage éducatif des agents touristiques canadiens. Vietnam 1995 ». Autant pour l'exotisme.

Elle commanda des croissants, du café et du lait de coco mais effrita ses croissants au lieu de les manger. Elle avait les nerfs à vif et l'appétit coupé. A neuf heures moins cinq, elle se rendit à la réception pour demander son chauffeur. Un Vietnamien maigre et nerveux s'avança et se présenta. Il la scruta brièvement du regard.

Elle le suivit à la voiture. Il lui tint la portière ouverte. Elle grimpa à l'intérieur. Il claqua la porte sur elle, s'installa au volant, et démarra. Il conduisait en silence.

Au bout d'une demi-heure, de plus en plus mal à son aise, Cassie se pencha vers lui.

— Nous allons bien au camp militaire ? Vous le connaissez, n'est-ce pas ?

Il lui coula un regard par-dessus son épaule et répondit dans un anglais parfait.

— Oh ! oui, je le connais.

Il n'ajouta pas un mot.

Cassie n'était pas rassurée le moins du monde ; au contraire, la panique lui donnait mal au cœur. Elle décida de regarder par la vitre les rizières, les femmes courbées, les bœufs et les frêles passerelles qui tanguaient au passage de la moindre personne. Pourtant, les vaches les empruntaient, elles aussi.

Le Vietnamien conduisait, taciturne. La voiture gagnait lentement de l'altitude, laissant derrière elle l'humidité des rizières pour traverser un paysage d'arbres et de terre rouge. Cassie baissa la vitre. L'air chaud et poisseux enveloppa la jeune femme. Elle s'empressa de remonter la vitre, se coupant de ce monde dont toutes les sensations lui étaient étrangères. Elle s'adossa contre le siège collant et regarda la forêt s'épaissir devant elle.

La voiture suivait une vague piste. Cassie percevait la chaleur cogner contre le toit, plus tenace que l'air conditionné. Elle commença à transpirer. Sans remords, le soleil restait suspendu au-dessus de sa tête, projetant une lumière sans ombre.

Soudain, elle perçut un changement dans l'attitude du conducteur. Il ralentit et jeta à nouveau un regard par-dessus son épaule.

— Nous arrivons bientôt. Vous restez longtemps ?

— Je ne sais pas. Cela dépend.

— De quoi ?

Elle ne savait trop. Elle allait voir, se laissant guider par son instinct, espérant se tromper, s'apercevoir que finalement tout allait bien. Pourtant, elle savait que c'était impossible. Elle fronça les sourcils. Bizarre, ce chauffeur.

— De mon humeur, répondit-elle sèchement.

— Je vous attends, si vous voulez. Sinon, vous rentrerez comment ?

— D'accord, attendez un moment. Je vous dirai quand j'aurai discuté avec mon amie.

— Vous avez une amie ici, au camp ?

— Oui, elle m'attend, ajouta Cassie tant pour elle que pour lui.

Eva était debout, détendue, ses sens en alerte. Elle fumait une cigarette dont la fumée s'envolait nonchalamment pour se mêler à l'air bleu de la forêt avant de disparaître. Elle attendit jusqu'à ce que le dernier garde fût entré dans le bureau de fortune de Frazer, puis elle lâcha sa cigarette et se pencha pour nouer correctement les lacets de ses baskets. Elle jeta un dernier et rapide coup d'œil. Elle était dissimulée à sa vue par une grande guitoune pleine de sacs de toile, mais il la repérerait dès qu'elle se déplacerait. Quand il se tourna légèrement afin de surveiller les coins éloignés du camp, elle franchit en courant les huit mètres de terrain ouvert et pénétra dans la forêt alentour. Elle se cacha derrière un arbre et regarda en arrière pour voir si on la poursuivait. Rien. On aurait presque dit qu'ils cherchaient à la laisser fuir.

Toute la matinée, les gardes avaient été distraits, craintifs, à la fois tendus et négligents. Leurs yeux semblaient fixés au-delà d'elle. Au cours des derniers jours, pourtant, ils l'avaient regardée avec une arrogance de geôliers. Ils l'avaient laissée se promener le jour, mais elle savait que les issues étaient gardées et infranchissables. La nuit, elle était enfermée dans une chambre aux fenêtres munies de barreaux. Elle avait guetté sans relâche l'occasion de s'échapper. Mais aujourd'hui, à son grand étonnement, elle semblait quasi transparente aux yeux des gardes, comme si elle n'existait plus. Frazer l'observait avec sa froideur coutumière, le désir intact dans ses yeux. Leur statut, de gardien et de captive, était implicite.

Eva avait le corps tendu, en attente. Elle ne voyait pas le danger mais le sentait présent, partout. Elle courait vite, mais pas librement. La forêt constituait un piège autant que les espaces vierges. La sueur coulait le long de son corps. La colère la propulserait jusqu'à la mine de diamants, à trois kilomètres, par une température de plus de quarante degrés. Ils s'apercevraient de sa disparition. Peut-être l'intercepteraient-ils avant qu'elle ne parvînt au but, mais elle devait absolument le voir sans témoins. Le voir et s'enfuir. Elle comprit soudain l'étrange comportement des gardes : ils la regardaient comme si elle était déjà morte. Eva courait contre la montre, cherchant à gagner le temps de vitesse, à le prendre de court.

Selon les instructions de Frazer, elle avait donné congé à l'ancienne compagnie contractante et laissé le champ libre à ses hommes. La nouvelle équipe avait immédiatement entrepris les travaux d'échantillonnage volumétrique. Il régnait une activité si intense qu'on ne pouvait s'empêcher de penser que cela dissimulait quelque chose. Eva accéléra ; elle ne percevait que le bruit des oiseaux dérangés et celui de son propre souffle.

Il faisait plus clair, Eva approchait de la clairière qui abritait la mine. Elle ralentit, tomba à genoux et rampa. Elle s'arrêta derrière un arbre, à quelques mètres du terrain à découvert. Elle voyait tout. Des huttes de bois gémissaient sous des chaînes munies de cadenas. Aux quatre coins, des postes d'observation. Et des machines étaient arrivées, géants jaunes qui raclaient le sol.

Les géants creusaient fébrilement. Une véritable flotte de camions traversait le terrain en grondant ; les bennes renversaient cailloux et gravats pour former deux tas, un gros et un petit, à une quinzaine de mètres de l'endroit où était tapie Eva.

Un camion venant d'une autre direction approcha du petit monticule. Il charriait des pierres d'environ trente centimètres de diamètre. Bizarre, se dit Eva. Les pierres étaient propres. La benne bascula et les pierres roulèrent sur le tas de terre. Eva regarda avec ahurissement les pierres rebondir et s'entrechoquer presque en silence. Le camion fit demi-tour et s'éloigna.

Eva regarda autour d'elle. Le monticule lui servirait d'écran, la dissimulant aux yeux des ouvriers et des gardes qui allaient et venaient. Elle l'escalada centimètre par centimètre, à quatre pattes.

Elle repéra une des pierres que l'on venait de verser et s'en empara. Elle se figea sur place, glacée d'effroi à son seul contact : du caoutchouc, dur. Il y avait quelque chose d'enveloppé à l'intérieur. Elle fouilla dans l'éboulis à la recherche d'un caillou pointu. Ses ongles étaient maculés de terre et la sueur lui collait les cheveux sur le visage. Elle se coupa à l'arête d'un caillou tranchant et saigna un peu. Elle frotta l'arête vive contre le caoutchouc et réussit à pratiquer une fine cicatrice. Les lèvres de la plaie s'ouvrirent pour laisser échapper une fine poudre blanche. Elle la reconnut immédiatement dans un haut-le-cœur. Sans mouiller son doigt, elle prit une fine couche qu'elle goûta. Héroïne. Indubitablement. Frazer avait retourné le piège contre elle. Elle saisit instantanément le plan qu'il avait conçu. Il expédierait sans doute les pierres de caoutchouc bourrées d'héroïne et les prélèvements de sol en Australie, sous prétexte d'échantillonnage. Très ingénieux.

Les sens engourdis par la rage, elle n'entendit pas les pas qui s'approchaient, elle ne flaira le danger imminent que trop tard, au moment où la main se refermait sur son épaule, où le pistolet touchait son crâne.

Ne bougeant que les yeux, elle vit le regard torve d'une sentinelle munie d'une radio et d'une arme. Cran de sécurité ôté, sans conteste. La radio grésilla. Eva entendit que l'homme disait en vietnamien :

— La femme de Frazer est ici. Elle a trouvé l'héroïne.

Le temps ralentit, comme toujours au moment d'une capture. Tout semblait immobile et sinistre ; les sons parvenaient à distance. Eva n'entendait que le bruit de sa propre colère. Elle ne sentait que sa peur et le sentiment de défaite qui allaient de pair avec la main au collet, la fin d'un jeu qu'elle serait forcée d'abandonner alors qu'ironiquement elle le haïssait. Elle savait ce qui allait se passer, mais pas comment, ni où. C'étaient les petits à-côtés négligeables de sa mort assurée. Ses quatre dernières années avaient représenté un cadeau volé à Frazer. Maintenant, il lui reprendrait ce temps. Pendant un long moment, Eva regarda au loin. Puis elle se tourna vers le garde. Chaque seconde était un bonus.

Une jeep se gara à côté d'eux. Trois gardes descendirent. L'un tenait une corde avec laquelle il attacha les mains d'Eva dans le dos. Ils la firent grimper à l'arrière du véhicule, entre deux sentinelles. Il y en avait deux à l'avant. Ils roulèrent sur la piste pour retrouver le camp et Frazer.

Eva leva les yeux sur les arbres, détaillant chaque feuille géante dont elle admira la perfection. Elle regarda le ciel, immense et bleu au-dessus d'elle, étendu à l'infini, jusqu'en Angleterre, sa maison d'enfance, la sienne — coquille vide. Et Stormont. Elle vit son visage aussi clairement que s'il lui faisait face, elle entendait sa voix, percevait sa présence, consciente que son esprit distordu lui jouait des tours.

Frazer l'attendait dans son bureau de fortune. Un ventilateur au-dessus de sa tête faisait tourbillonner l'air chaud qui l'enveloppa comme le marasme dans lequel elle se trouvait. Frazer la regarda sans un mot. Eva était debout devant lui, stoïque. Il régnait entre eux la même intensité que lorsqu'ils faisaient l'amour. Mais cette fois, les yeux de Frazer disaient la mort. Pas de faux-semblant, pas de dissimulation doucement empoisonnée. Eva se tenait droite, prête à blesser. Frazer était debout, lui aussi, comme s'il avait tout son temps.

Il sourit enfin, et elle fut prise de nausée. Frazer garda les mains dans le dos. Il s'exprima d'un ton détaché qui augmentait l'horreur de la situation.

— Ainsi, Eva, tu as trouvé l'héroïne. Tu connais cela par cœur, n'est-ce pas — tu en as pris, je crois, quand tu travaillais pour moi. Il y a huit ans. Li Maï a eu l'impression de te reconnaître, à Londres. Une fois à Hong Kong, il était sûr. Sur le moment, j'ai eu du mal à le croire ; que tu aies été droguée, que tu sois guérie et que tu te sois acharnée sur moi après tant d'années ! D'autant que j'avais fait enquêter sur ton compte quand nous nous sommes rencontrés. J'ai confié l'affaire à un détective privé. Il t'a déclarée blanche comme neige, ha, ha ! Tu sortais de cette investigation exactement comme tu le souhaitais, professeur d'anglais au Vietnam qui a eu la chance incroyable de tomber sur une mine de diamants. Peu probable, mais pas improbable. Cependant une fois que Li Maï t'a reconnue, j'ai fait tout revérifier par un autre. Il a découvert que tu avais pris de l'héroïne et dès lors, ma petite Eva, tu étais morte. Toi et Owen Quaid, le privé, vous m'avez menti. Quaid avait une liaison avec ton amie Cassie, ajouta-t-il dans un haussement d'épaules. Ils se sont visiblement entendus pour te protéger. Ça n'aura pas servi à grand-chose, remarque bien.

Elle l'observait avec un mélange de peur et de perplexité. Comment avait-il réussi à trouver pour l'héroïne ? Ses dossiers auraient dû être expurgés et remplacés par des rapports vierges.

Il fit un pas vers elle. Il semblait tripoter quelque chose derrière son dos.

— Ah, Eva. Quel gâchis. Tu es si belle. Tu avais tant pour toi... Une grande force de volonté — peu de camés s'en sortent définitivement. Mais tu as réussi pour la bonne cause, c'est ça ?

Sa bouche se déforma en un rictus sarcastique.

— Alors tu reviens et tu essaies de m'alpaguer pour le compte du MI6, exact ? J'ai toujours su que quelque part dans mon organisation se cachait un agent. Elle a été arrêtée et pendue, alors ce ne pouvait être un agent, n'est-ce pas ? Ses acolytes l'auraient tirée de là. Je suppose que tu en as entendu parler. C'était une amie à toi, je crois.

Les yeux moqueurs, il la harcelait.

— Enfin, c'était un léger contretemps, et je t'ai eue, en fin de compte, ma petite espionne.

Il laissa courir son doigt sur la joue d'Eva, puis recula. Sa peau était de la glace.

Il recula encore et regarda dans le vide. Puis, brusquement, il partit d'un grand rire et ses yeux s'éclairèrent d'une fureur tranquille.

— La guerre privée du MI6. Contre moi. Comme il doit justifier son existence, il se mêle du commerce de la drogue et des armes, il essaie de nous avoir à l'œil et de se mettre en travers de notre chemin lorsqu'il estime que nous passons les bornes. Et ils t'ont envoyée pour me combattre. Et qu'étais-tu censée faire avec moi, Eva ? M'espionner et tout raconter ? Une victoire pour leur conscience ? « Nous savons qui fait quoi. Nous ne les stopperons pas. Seulement, être au courant est réconfortant. » C'est la théorie du vide, non ? On ne peut les supprimer, autrement quelqu'un remplira le vide. Qui sera peut-être pis. C'est ce qu'on appelle l'endiguement, n'est-ce pas ? Exercice de relativisme moral.

Il s'avança de nouveau, le regard tranchant.

— C'est pour ça que tu meurs, Eva. C'est ta guerre inutile, à toi et au MI6. Quel effet ça fait de savoir que tu as gâché ta vie ?

Il s'interrompit brusquement en remarquant le regard d'Eva, regard de haine, de fierté, de défi absolu. Incapable de le soutenir, il détourna les yeux.

— Tu étais persuadée d'être la plus forte, de pouvoir venir jusqu'ici me piéger et m'anéantir ? Ne t'inquiète pas. Je n'attends aucune réponse de ta part.

Il s'approcha encore.

— Nous allons te garder en vie jusqu'à l'arrivée de Ha Chin, dans la soirée. Tu aurais pu l'amuser, mais mieux vaut régler les choses sans traîner.

Deux gardes s'emparèrent d'Eva, un de chaque côté. Un troisième lui ligota les bras et les jambes. Puis il prit une ceinture de cuir dont il fit un garrot sur son bras nu. Une veine battit, saillante. Frazer libéra enfin ses mains de son dos, exhibant une seringue.

— Une jolie petite overdose pour Eva. L'ancienne camée a fini par replonger. C'est presque toujours le cas, précisa-t-il avec un sourire. Une mort plausible, non ?

46

Le chauffeur laissa Cassie à l'entrée du camp. Elle sortit de la voiture. Un générateur électrique ronronnait, des fumées et odeurs de cuisine montaient d'une cheminée, mais le silence régnait. Elle se dirigea vers un grand bâtiment situé au centre du camp, dont une porte béait. Tandis qu'elle s'approchait, une voix parvint à ses oreilles. Elle ne distinguait pas les mots, seulement le ton et le rythme, ignobles. Elle s'obligea à s'approcher, à pas feutrés. Elle franchit le seuil et avança sur la pointe des pieds dans le corridor, vers l'endroit d'où provenait la voix. Elle s'arrêta devant la porte, respirant bruyamment. La porte était entrouverte. Maintenant, elle saisissait les mots, qui lui parvenaient avec une affolante clarté. Il prononçait la sentence de mort d'Eva. Alors, tremblante d'effroi, Cassie passa le visage par l'entrebâillement.

Frazer enfonçait une aiguille dans la saignée du bras d'Eva qui, les yeux fermés, se débattait. Cassie hurla et fonça sur Frazer. La seringue tomba par terre. Un garde s'empara de Cassie.

Frazer reprit contenance. Eva ne quittait pas la seringue des yeux. Elle contenait encore presque tout le produit. Cela irait peut-être. Pourtant, elle sentait déjà la chaleur et l'indifférence se glisser en elle. Elle tenta péniblement de lutter. Des sanglots sans larmes déchiraient son corps tandis que l'effet nocif de la drogue opérait.

Cassie lutta contre le garde qui la maintenait. Rien

de ce qu'elle avait appris sur Frazer ne l'avait préparée à cela. Elle le dévisageait sans comprendre, muette de saisissement. Il lui parla avant qu'elle pût se reprendre.

— Cassie Stewart. Pourriez-vous m'expliquer ce que vous faites là, aussi loin de chez vous ?

Il s'exprimait avec ironie, imperméable à l'horreur, qui lui semblait familière.

Cassie avait planté ses yeux dans les siens. Peu à peu, elle recouvra l'usage de la parole.

— Qui êtes-vous, au juste ?

Il éclata de rire.

— Le même que d'habitude.

Comprenant que cet homme ignorait le doute, Cassie fut quasi paralysée devant l'inutilité de sa démarche. Pourtant, elle voulait poser sa question, comme si elle recherchait avec frénésie une parcelle de normalité.

— Comment pouvez-vous vouloir tuer Eva ?

— Peut-être ne connaissez-vous pas toute l'histoire. Elle en sait trop sur mon compte.

— Alors vous la réduisez au silence ?

— Il le faut.

Pour la première fois de sa vie, Cassie éprouvait la violence et la haine à l'état pur.

— Espèce d'ordure. Espèce de...

Frazer s'avança vers elle et la gifla.

— Ferme-la ! Dis-moi plutôt comment tu es arrivée jusqu'ici.

Cassie se sentait défaillir mais la rage et la douleur aiguillonnèrent son esprit.

— Qu'est-ce que cela change ? lança-t-elle amèrement. Un chauffeur m'a déposée.

— Il est parti ?

— Oui, répondit-elle en désignant le sac à ses pieds. Je comptais rester un jour ou deux. Je pouvais difficilement lui demander de m'attendre.

Frazer l'examina une minute, cherchant à détecter un éventuel mensonge. Cassie espérait qu'il allait la croire, que le chauffeur réagirait en ne la voyant pas revenir et les tirerait de là. Frazer se tourna vers les gardes.

— Allez jeter un coup d'œil. Si vous voyez un chauffeur qui traîne dans le coin, ramenez-le. Et bouclez-moi ces deux-là. Ha Chin arrive dans cinq heures. Nous réglerons cela avant.

Les deux amies étaient assises sur de la terre battue dans une pièce aveugle et puante. Elles se faisaient face, pieds et poings liés.

— Oh, Cass, qu'est-ce qu'il t'a pris de venir ?

Sous le choc, Cassie répondit d'une voix engourdie.

— J'ai appris quelque chose sur Frazer. Certains pensent qu'il a tué un chercheur qui lui vendait des secrets militaires. Je voulais t'avertir d'être prudente. Et puis ce que tu m'as dit au téléphone, ou ta façon de le dire... j'ai eu l'impression que Frazer t'effrayait.

— C'était le cas.

— Quand tu as précisé que tu serais dans ce camp, j'ai pensé que ce n'était pas par hasard, que tu voulais vraiment que je le sache.

— Encore exact. Mais ce n'était pas pour que tu débarques, toi.

— Mais qui, alors ? Ça y est, j'ai compris. Andrew Stormont.

— Tu lui as parlé du camp ?

— Non, je ne l'ai dit à personne. David Wilson sait que je suis ici, ainsi que mon agent de voyage, mais c'est tout... Il va nous tuer, hein ?

— Oui.

— C'est vrai ce qu'a dit Frazer ? Tu es un agent du MI6 ?

— Inutile de le nier maintenant, dit Eva en détournant les yeux. C'est un tel soulagement de ne plus avoir à mentir.

— Nous cachons tous quelque chose, Eva. Tu ne détiens pas le monopole des secrets sous prétexte que tu les crées pour ton métier. Pourquoi ne pas jouer ton rôle avec conviction si cela en vaut la peine, et laisser le monde te sous-estimer ?

— Tôt ou tard nous rêvons d'être compris.

— Je savais que tu t'étais droguée, si c'est ce que tu veux dire. J'étais au courant de cette parcelle de vérité.

Eva fixa le mur du regard.

— C'est cela qui me tracasse. Frazer a mentionné ce détective privé qui a trouvé que j'étais une ancienne droguée mais a omis de l'avertir. Il prétend que Quaid, le détective, et toi vous êtes amants et que vous avez tu cette histoire d'héroïne pour me protéger. Il m'a raconté par le menu tout ce qu'il avait déniché. Il tenait à me montrer à quel point il était malin. Il ne pouvait s'empêcher de chercher à m'impressionner alors qu'il s'apprêtait à m'éliminer.

— J'ai toujours considéré cette affaire de drogue sans importance.

— C'est gentil de ta part, mais ce n'est pas la question. Ton enquêteur a trouvé ce renseignement dans mon dossier médical, n'est-ce pas ?

— Je suppose.

— Cela n'aurait pas dû y figurer. La Firme était censée tout faire disparaître. Elle crée ce qu'on appelle une légende pour ses agents. On s'assure que leur couverture est aussi parfaite que possible. La mienne exigeait qu'il n'y eût aucun lien avec la drogue. J'étais censée être clean. Si ma dépendance figure toujours à mon dossier, cela signifie que quelqu'un l'y a laissée délibérément, sachant que Frazer tomberait dessus et que je serais grillée.

— Attends. J'ai du mal à comprendre.

— Quelqu'un à la Firme voulait ma mort.

Cassie était désespérée.

— Mais qui ? Et pourquoi ?

— Il ne peut s'agir que de trois personnes. Laquelle parmi les trois, nous ne le saurons jamais. Dans quel but ? Qui peut le dire ? Les gens ont toujours mille raisons d'agir. Je savais que je me battais contre Frazer. Je n'ai jamais imaginé que j'aurais dû me méfier de mon propre camp. Le pire, c'est que Frazer a raison, tout cela est une affaire de relativisme moral. La Firme n'a jamais eu l'intention de le tuer ; elle voulait juste obtenir des informations. J'étais un canal de transmission. Frazer aurait constitué un maillon de la chaîne. Il faudrait empêcher de nuire pareille engeance, mais ces hommes-là sont si importants, si corrompus, si imbriqués dans le système qu'ils sont intouchables. J'aurais réussi, ajouta Eva en regardant Cassie. C'est trop tard, maintenant.

— Comment cela fonctionnait-il ? Tu parles de canal de transmission, de renseignements. De quoi s'agit-il, au juste ?

— De deux choses, ce que veut le SIS et ce que je veux, moi. La Firme veut approcher Frazer. Tout en le sachant pourri, ils veulent le côtoyer d'assez près pour constituer un dossier et le faire chanter pour qu'il espionne les Chinois. Il traite de grosses affaires avec eux et connaît tous les gros bonnets. Tout cela au nom de la contre-prolifération. La Firme veut qu'il donne des renseignements sur le programme d'armement de la Chine, à qui elle vend des armes et du savoir-faire, principalement nucléaires et chimiques.

Elle marqua une pause avant d'ajouter :

— La mine de diamants était conçue pour piéger Frazer.

— Qu'est-ce qui t'a fait penser qu'il marcherait ?

— Tout le monde a ses faiblesses. Il fallait jouer sur la sienne.

— Et ?

— La curiosité et l'avidité. Il a fait fortune, mais cela ne compte pas. Faire de l'argent, c'est son truc. C'est plus fort que lui et les diamants ont un immense potentiel de rentabilité. Ajoute à cela que la concession servait un but supplémentaire, une sorte de service rendu. Je ne sais comment tout s'imbrique.

— Et Case Reed et moi, là-dedans ? On s'imbrique où ?

— Désolée d'avoir à te dire ça, mais vous étiez pratiques, c'est tout. Nous ne pouvions approcher Frazer directement, nous avons donc demandé à un ami commun de lui recommander de traiter avec un petit nombre de spécialistes britanniques du capital-risque. Nous avons sélectionné deux nuls et Case Reed, garantissant ainsi que vous auriez le bon profil. Après quoi je t'ai parlé de la concession de diamants et j'ai laissé agir le hasard. Sauf qu'en réalité tout était calculé.

— Comment as-tu anticipé mes réactions ? Quel était mon point faible ?

— Tu présentais le dossier pour mon compte. Tes points faibles étaient l'avidité et la rivalité.

— La rivalité ?

— Elle a toujours été sous-jacente. Je savais que tu avais agi en fonction de cela et continuerais de le faire.

— Mais de quoi parles-tu, bon sang ?

— C'est sans importance, maintenant, Cassie, dit Eva en détournant les yeux, lasse de tant de futilité.

— Si je comprends bien tu me détestes et tu t'es servie de moi pour ton plan. On peut dire que j'ai ce que je mérite, hein, Eva ?

— Ne crois pas que je te déteste, Cass. Je ne t'ai jamais voulu de mal. J'ai même essayé de t'empêcher de conclure cette affaire, une fois.

Eva sourit avec douceur à travers la brume de l'héroïne, à travers sa sensation d'isolement.

— Tu étais la meilleure et la mieux placée. C'était aussi impersonnel que cela.

— N'empêche, tu m'as piégée, exactement comme Frazer.

— Bienvenue dans le monde, ma chérie. Pas ton monde du venture-capital, où l'on ne prend des risques que sur le papier, où on parle de risques assis autour d'une table ovale, où le pire qui puisse arriver est de perdre de l'argent, et très rarement le sien.

C'est bien l'argent d'un autre, n'est-ce pas, un autre qui prend les risques pendant que tu observes les choses à distance prudente ? Toujours protégée par le cordon de sécurité, comme on dit dans ton jargon. Seulement on ne peut pas se border de tous côtés éternellement, hein ? Et justement tu refusais cela. Quelque chose en toi flairait ce risque et tu as couru après. Aussi vite que je t'y ai poussée. Tu avais soif d'aventure, tu éprouvais le besoin désespéré de donner à ta vie une dimension imprévisible, inquantifiable.

Elle s'interrompit un moment pour dévisager Cassie. Entre elles, sans répit, allaient et venaient l'hostilité, la colère et une étrange compassion. On aurait dit que, conscientes du peu de temps qu'il leur restait, elles réagissaient au quart de tour, refusant toute idée de rancune.

— Cette fois, tu en as, de l'excitation, reprit Eva. Quel effet cela te fait ?

— A toi de me le dire. C'est grâce à toi que je suis là.

Eva sembla soudain se ratatiner.

— Je sais. Et tu ne devineras jamais à quel point je m'en veux de t'avoir fait ça.

Cassie répondit d'une voix grave, rageuse.

— C'est à toi que tu l'as fait. Ça ne te désole pas ? La gloire dans la confrontation. Il n'est rien que tu n'affrontes. Tu es une battante invétérée, aussi piégée que nous, prise entre ta peur et ta fausse bravoure. Tu es même incapable de voir quand tu dois t'impliquer ou quand tu dois refuser le combat. Tu fonces dans le tas et tu appelles ça du courage. Parce que cela fait bon effet, non ? Eva la brave, Eva sans peur, qui prend tout sur elle. La seule raison est que tu cours si vite que tu ne peux plus t'arrêter. Que cherches-tu à fuir ? Tu ne te donnes pas le temps de voir tes propres démons, a fortiori de les inviter à ta table. Tu es une adepte de la fuite en avant, comme moi. Sauf que tu déguises tes angoisses avec un peu plus d'habileté.

— Oh ! Cassie, je n'ai pas le choix. De l'autre côté de la rive, ta vie est bien à l'abri. Il ne t'est jamais rien arrivé de terrible jusqu'à maintenant, si ? Pas de camion surgi de la brume pour te heurter. Pas d'homme jaillissant de l'ombre pour te violer. Tu étais une victime innocente. Comme il est facile de voir le monde avec bienveillance, de croire que la responsabilité personnelle est la réponse à toutes les questions. Il faut vivre avec le soleil pour croire ça.

— Tu parles comme si, chez toi, tout était dû à une immense malchance, rétorqua Cassie. Il y avait certainement un côté inévitable. Tu as toujours été autodestructrice. Nous scellons notre destin jour après jour, année après année. Tu as façonné le tien.

— Ne crois-tu pas que j'aurais aimé vivre autrement ? J'aurais préféré contempler les choses d'un point de vue ensoleillé, ne pas avoir été attirée dans le noir. Tu ne voyais pas la laideur du monde. Après la séparation de ma famille, j'ai côtoyé la hideur de trop près. Mes yeux étaient voilés. Je percevais tout à travers une ombre. Même lorsque je skiais sur la plus somptueuse des pistes sous un ciel sans nuages, il y avait une tache sombre dans la neige. Je skiais à toute allure pour tenter de lui échapper, mais elle était toujours là. L'héroïne a été un moyen de m'en sortir. C'était une bonne couverture, mais c'était aussi un baume exquis, un poison couleur de rose.

— Moi aussi je me suis étourdie, dans la routine, mais je n'ai pas tenu le coup. Tu as raison, je cherchais autre chose. J'éprouvais cette incroyable insatisfaction, comme si quelque chose allait de travers. Je suppose que je me noyais dans des bricoles, dans le superficiel. C'est une des raisons pour lesquelles tu m'as toujours attirée. Tu semblais mener ton propre combat. Tu étais sans cesse agitée, poussée en avant.

— Eh bien nous avions tort. Nous avons abouti au même endroit. C'est ici que tout s'achève.

Pendant un moment, les deux femmes se regardèrent en silence, chacune voyant son désespoir se refléter en l'autre. Cassie parla enfin.

— Ou bien, nous pourrions avoir raison. Que ferais-tu si nous nous en sortions ?

— C'est impossible. Tu perds ton temps.

— D'accord. Mais c'est pour le plaisir de l'imagination. Il faut bien s'accrocher à quelque chose.

Eva remua avec difficulté. La corde la blessait.

— Les Grecs croyaient qu'un vœu de vengeance était un contrat entre l'homme et les dieux. Il passe avant tout. Il est irrévocable.

— C'était ton plan, n'est-ce pas ? Tu as dit que le MI6 avait son propre calendrier et toi le tien.

Eva hocha la tête.

— Si je m'en tirais, je reviendrais ici. Je ferais ce que j'ai toujours eu l'intention de faire. Je reviendrais pour tuer Frazer.

— On avait [illegible] pourquoi [illegible]
[illegible] dans ce [illegible]
— C'est [illegible]
— Que [illegible]
[illegible]
[illegible]
— [illegible]
[illegible]
[illegible]
— [illegible]
[illegible]
Eva [illegible]
[illegible]

47

Andrew Stormont arriva à Hanoï en fin de matinée. On le conduisit directement à l'ambassade, située 16, rue Li Thuong Kiet, où Charles Courtney, le chef d'antenne, lui fit un topo de la situation.

— Deux de nos hommes ont chargé Cassie Stewart à l'aéroport hier et l'ont conduite au Métropole. Elle s'est installée puis est allée se promener, elle a dîné et n'a semble-t-il pris aucun contact significatif. Toutefois, elle a demandé au concierge de lui trouver un chauffeur pour l'emmener au camp militaire de Lang-Son. Dès que nous l'avons appris, nous avons fourni notre homme, Truong. Il l'a conduite ce matin. Il nous a contactés par radio il y a une demiheure pour nous prévenir qu'il l'avait déposée. En principe, l'endroit grouille de gardes, mais ils devaient tous être à l'intérieur. Aucun signe d'Eva ou de Frazer. Truong craignait d'être repéré par les gardes s'il leur prenait l'envie de mettre le nez dehors ; il s'est donc enfoncé dans la jungle où il a dissimulé sa jeep. Je ne suis pas tranquille. Cela fait plusieurs jours maintenant qu'il surveille discrètement le camp et il affirme que les gardes sont nerveux comme un régiment de puces. Je me demande ce qu'ils feront s'ils le découvrent.

Il marqua une pause et tira sur ses manches de chemise.

— J'espère qu'il est bien planqué, mais cela rend ardue toute surveillance directe. Autrement dit, nous ne savons pas exactement ce qui se passe dans le camp en ce moment.

— Combien de gardes ? s'enquit Stormont.

— Une dizaine. Ils étaient moins que cela. Apparemment, des renforts sont arrivés aujourd'hui, peut-être en provenance de la mine, parce que là aussi, cela pullule.

— A votre avis, que se passe-t-il là-bas ?

— Sûrement quelque chose de pas joli joli. Les sentinelles sont armées jusqu'aux dents et ça déborde d'activité. Je sais bien que les diamants exigent une certaine sécurité, mais tout de même, celle-ci paraît excessive.

— Si je devais extirper quelqu'un...

— A moins de pouvoir montrer patte blanche avant d'entrer et de ressortir toujours amis, il y aurait un massacre.

— Il existe peut-être un moyen. S'il n'est pas déjà trop tard.

— C'est à envisager ?

— Vous avez raison, il se trame quelque chose. Ils passent la vitesse supérieure.

— Que voulez-vous faire ?

— Main de fer dans un gant de velours. J'y vais et je parle à Frazer.

— Je ne suis pas sûr de...

— Je serai le gant. Vous serez à l'extérieur du camp avec autant de gens qu'on pourra en réunir. Frazer aura le choix : soit il libère Eva, soit il a son bain de sang.

— Et vous serez la première victime.

— Je ne crois pas qu'il en viendra là.

— C'est la roulette russe.

— Non. Les chances sont encore plus minces et les motivations tout autres.

— Vous avez conscience qu'on ne peut rivaliser en force. Pas dans le laps de temps imparti. Je ne suis pas certain que tous les hommes que nous trouverons analyseront la situation avec autant d'optimisme que vous.

— Ce sera inutile. La menace de notre côté est du bluff. J'ai seulement besoin de suffisamment d'hommes pour donner une impression de nombre de notre côté. Si le bluff ne marche pas, vous pourrez tous ficher le camp au triple galop.

Courtney secoua la tête, manifestant de l'étonnement, pas son refus. Il avait déjà opéré sur le terrain avec Stormont et connaissait cette facette de sa personnalité.

— Je rassemble autant d'hommes que possible. Vous me donnez combien de temps ?

— Deux heures.

Frazer affrontait Li Maï assis de l'autre côté de la table.

— Combien de fois faudra-t-il que je le répète ? Il faut que ça ait l'air d'une mort accidentelle. Une camée qui meurt d'une overdose, c'est plausible. Mais maintenant nous avons aussi Cassie Stewart sur les bras.

— Et un accident de voiture ?

— Quoi ? On les laisse partir en voiture et on leur rentre dedans avec un camion-benne ? Ne soyez pas ridicule. Eva esquiverait le coup facilement. Elle ferait sans doute un sort au chauffeur du camion.

Soudain, le visage de Li Maï s'illumina, triomphant.

— J'avais presque oublié ! Ça date de la guerre. Une grenade dans le réservoir d'essence. Ça les expédierait en enfer, exactement comme si elles avaient sauté sur une mine. Or chacun sait que ce pays est encore truffé de mines.

— Comment ça marche ?

— Facile. On s'assure que l'entrée du réservoir est suffisamment large, on dégoupille la grenade, on glisse un élastique sur le ressort et on place la grenade dans le réservoir. L'essence ronge l'élastique et *bang*.

Les deux hommes rirent à l'unisson.

— Parfait. Réglez le dispositif pour qu'il se déclenche assez loin d'ici, disons trois kilomètres.

— Ça n'est pas sophistiqué à ce point. En fait, ça pourrait exploser trop tôt et nous faire tous sauter. Un élastique, quinze kilomètres et un litre d'essence devraient faire l'affaire.

— Ça va vous prendre combien de temps ?

— Cinq minutes. Mais comment allez-vous les convaincre de conduire l'engin ?

— Je trouverai bien quelque chose.

48

Eva et Cassie étaient toujours assises à même le sol de la pièce obscure, lorsqu'elles entendirent des bruits de pas s'approcher : lourds, lents, rien à voir avec la démarche vive, souple et glissante des Vietnamiens. Frazer. Les verrous crissèrent et la porte s'ouvrit brutalement. Frazer était planté dans l'encadrement, dos éclairé par le soleil, traits masqués par le contre-jour.

— Je pensais que vous aimeriez savoir. Ton organisation a l'air de tenir à toi, Eva. Elle m'a contacté. Nous avons conclu ce que je crois être un accord satisfaisant pour les deux parties.

Deux gardes surgirent derrière lui, mirent les deux femmes debout et les tirèrent à la lumière éblouissante. Li Maï arriva d'un pas nonchalant. Les gardes tranchèrent les liens des deux amies.

— Vous êtes libres toutes les deux.

Frazer s'avança jusqu'à une jeep garée à cinq mètres de là.

— Filez à Hanoï et prenez le premier avion pour l'Angleterre.

Le regard d'Eva passa de ses chevilles enflées au visage de Frazer, comme si elle doutait de l'honnêteté des paroles de l'homme. Il lui lança les clefs de contact. Elle tendit la main. Mais ses doigts gourds lui firent manquer son coup. Elle se pencha pour ramasser les clefs tombées à ses pieds et fut prise d'un vertige. Elle était incrédule et sans réaction face à la promesse de liberté. Une partie d'elle-même se disait qu'elle fonçait dans un piège si elle partait, mais rester était suicidaire. Elle s'empara des clefs et se redressa. Elle se tourna vers Cassie qui la regardait, apeurée et déboussolée.

— Allez. Tu es libre. Allez !

Eva s'obligea à mettre un pied devant l'autre, prit Cassie par le bras et la fit avancer. Sans un mot, elles gagnèrent la jeep et grimpèrent dedans. Pourtant, la réalité la retenait toujours. Engourdie par l'héroïne, elle entendit faiblement un des gardes marmonner à un autre en vietnamien. Tous deux éclatèrent d'un rire bruyant. Une histoire de mines. Sur le moment, son esprit n'enregistra rien. Elle tourna la clef de contact, enclencha la première, puis embraya et accéléra en soulevant des traînées de poussière rouge.

Frazer les regarda partir, étrangement vidé. Il s'était attendu à la voir lui hurler sa rage en plein visage. Son silence le perturbait. C'était un peu comme si elle comptait le revoir, comme si elle ne faisait que retarder sa réaction.

Cassie avait les yeux fixés devant elle, ses cheveux lui balayaient le visage tandis qu'Eva fonçait sur la piste cabossée en direction d'Hanoï.

Eva se demanda pourquoi elle avait toujours l'impression d'être au cœur d'un piège, de n'éprouver aucune sensation de liberté. A travers la brume de la drogue, son esprit envoyait des signaux d'alarme. Elle luttait pour réfléchir. Elle n'avait pas confiance en Frazer. Il était peu probable mais pas tout à fait impossible que la Firme eût négocié sa libération. Cela, elle aurait pu l'accepter. Mais ce qui était vraiment difficile à croire, c'était le regard de Frazer. Elle y avait lu sa soif de sang, perçu son désir de la tuer, reconnu la passion malsaine dans ses yeux quand il lui avait enfoncé l'aiguille dans la veine. Or il n'avait pas montré le plus petit signe de déception en la regardant s'éloigner dans la jeep. Comme s'il comptait encore sur sa mort. Les paroles du garde vietnamien lui revinrent brusquement : « Attention aux mines. » Elle ralentit.

— Mais qu'est-ce que tu fabriques ? Pourquoi est-ce qu'on s'arrête ? s'écria Cassie.

Le véhicule s'immobilisa. Eva sauta à terre.

— Frazer ne nous laisserait pas partir comme ça. Il s'attend à ce que nous mourions. Ça se voyait dans ses yeux. Il nous a sûrement mijoté un traquenard — sans doute la jeep. Allez, dit-elle en tirant Cassie par le bras. Il faut qu'on se tire d'ici à pied.

Cassie demeura un moment figée par la peur qu'elle lisait dans les yeux d'Eva. Puis elle la suivit aveuglément hors de la piste, en direction des arbres. L'une derrière l'autre, elles marchèrent cinq minutes sans parler, en sueur. Puis, la chaleur de la jungle fut secouée par le grondement d'une explosion. Des oiseaux crièrent et s'envolèrent des branches. Cassie et Eva se retournèrent pour apercevoir la jeep, maintenant à cinq cents mètres de distance, en flammes, une désagréable odeur d'essence emplit l'air.

Cassie observait le spectacle avec horreur. Une fois encore, Eva lui prit le bras.

— Allez. Ils seront là d'une minute à l'autre pour inspecter leur joli travail. Ils vont supposer que nous sommes mortes et ne vérifieront sans doute pas les choses de près. Mais plus loin nous serons, mieux cela vaudra.

Cassie était clouée sur place, le regard vide. Eva crut désespérer. Elle finit par lui planter ses ongles dans la chair.

— Cours ! cria-t-elle.

Elle tira son amie qui, instinctivement, suivit le mouvement.

Elles coururent de toutes leurs forces pendant cinq cents mètres et s'arrêtèrent à bout de souffle, poitrine brûlante. Une fois calmées, elles entendirent au loin un grondement sourd. Elles s'accroupirent afin d'observer la route et virent apparaître un camion chargé de noix de coco. Un petit fermier conduisait dans la cabine ouverte, braillant une chanson à pleins poumons. Eva s'avança au-devant de lui. Il s'arrêta dans un grand tremblement de ferraille.

Au bord du chemin, Cassie les regarda parler, puis elle vit Eva lui faire signe de venir. Elle courut et grimpa avec Eva à l'arrière du camion au milieu des noix de coco. Le fermier redémarra et reprit sa chanson où elle en était.

— Il va à Hanoï. Il nous emmène.

Hanoï signifiait immeubles, endroits où se cacher, où être cachées, mais la joie de la fuite était assombrie par la peur d'avoir encore une longue route à couvrir avant d'être en sûreté. Elles voyagèrent en silence. Au bout de deux heures, les plaines s'estompèrent au profit des abords de la ville. Eva se tourna vers Cassie.

— Ton colocataire sait que tu es ici. Personne d'autre ?

— Non. Juste David.

Cassie avait oublié sa conversation avec Aubrey Goldstein et la promesse qu'il lui avait faite d'envoyer quelqu'un à Hanoï.

— Il pourrait en avoir parlé à quelqu'un, dit Eva.

— Que se passe-t-il, cette fois ?

Cependant que l'effet de l'héroïne s'atténuait, Eva reprenait du poil de la bête.

— Des tonnes de choses. Certaines contrôlables, d'autres non. Nous avons une chance raisonnable de nous en tirer si nous manœuvrons correctement.

Elle se garda de préciser que les chances étaient infiniment plus minces pour Cassie que pour elle.

Eva se pencha en avant et s'adressa au fermier en vietnamien. Il vira abruptement à droite, obligeant les véhicules à stopper sur son chemin. Il quitta la rue principale qui menait au Métropole et emprunta une rue tranquille qui conduisait à l'arrière de l'hôtel.

— Le Métropole va grouiller de gens à ma recherche, ou à la tienne ; ou encore les deux, expliqua Eva à Cassie. Je ne veux pas qu'on me trouve tout de suite. Peu importe s'ils te trouvent toi, à condition que tu fasses exactement ce que je dis.

Cassie observa un moment son amie, pesant ce muet appel à l'aide.

— Je sais ce que tu vas faire, Eva. Je ne sais pas comment, mais je t'aiderai de mon mieux, dit-elle enfin.

Eva hocha la tête. Elle réfléchit un moment avant de parler.

— Tu pourrais prendre ton passeport et filer à l'aéroport.

Cassie refusa d'un signe.

— Bon. Alors je vais sauter dans une rue derrière l'hôtel. J'entrerai et j'attendrai aux cuisines. Le fermier te conduira devant l'entrée principale.

Elle expliqua rapidement son rôle à Cassie.

— Cela devrait prendre quatre ou cinq heures, peut-être la nuit. Ne m'attends pas. Monte dans le premier avion pour Londres. Ne rentre pas chez toi, va tout droit chez Case Reed. Si je réussis, il y aura un message pour toi. Après quoi, tu seras plus ou moins en sécurité. S'il n'y a aucun message de ma part, téléphone au Foreign Office et demande Stormont. Raconte-lui tout. Je ne peux te dire ce qu'il fera exactement, mais ce sera mieux que rien.

— C'est sûr ? Il y a à la Firme quelqu'un qui veut ta peau.

— Oui, mais pas la tienne. Et tu ne peux pas te battre toute seule contre Frazer. Stormont sera la meilleure aide possible.

— Tu crois que c'est lui qui t'as piégée.

— J'espère que non, Cassie.

Le camion ralentit. Eva jeta un rapide coup d'œil autour d'elle, sauta et s'éloigna d'un pas vif. Cassie la regarda disparaître. Pas une fois elle ne faiblit ni ne se retourna pour dire au revoir.

Le camion vira en direction de la rue principale devant la grande entrée du Métropole. Cassie fouilla dans son sac et donna cinquante dollars au fermier. Ahuri, il s'inclina légèrement et s'en alla.

Cassie grimpa les marches et pénétra dans le hall. Elle alla tout droit à la réception, se frayant du coude un chemin parmi un groupe d'hommes d'affaires qui faisaient patiemment la queue.

— J'ai un problème concernant la sécurité de votre hôtel.

La réceptionniste lui lança un regard noir par-dessus le comptoir.

— Pardon ?

— Vous n'avez pas compris ? J'ai dit que j'avais un problème avec la sécurité. Le chauffeur que vous m'avez donné m'a dévalisée en pleine campagne.

La réceptionniste lança en tous sens des regards affolés.

— Si vous voulez bien me suivre, madame, je vais prévenir le directeur.

Elle appuya sur une sonnette, une autre réceptionniste surgit. La première accompagna Cassie dans le bureau du directeur.

— Madame dit qu'un de nos chauffeurs l'a volée.

Le directeur jeta un coup d'œil aux vêtements froissés et à la chevelure emmêlée de la cliente.

— Je suis confus, dit-il en bondissant sur ses pieds. Que puis-je faire ?

— Il a pris mon argent et ma clef de chambre. J'ai peur qu'un de ses complices n'ait cambriolé ma chambre. Je veux que votre personnel de sécurité aille voir si tout va bien et, si c'est le cas, qu'ils m'accompagnent jusqu'à ma chambre. Je ne veux pas qu'on appelle la police. Pas pour le moment. Autant essayer de régler cette affaire discrètement.

Le directeur hocha la tête.

— Naturellement, madame. Ce sera fait dans l'instant.

Il s'empara du combiné et appela la sécurité. Un appariteur trapu et deux Vietnamiens en civil surgirent immédiatement.

— Quel est votre numéro de chambre ?

— 316.

Le directeur s'adressa aux gardes en vietnamien.

Ils échangèrent un rapide regard, prirent le passe qu'il leur tendait et disparurent.

Ils revinrent au bout de cinq minutes.

— Nous avons vérifié. Personne. Et votre chambre paraissait en ordre. Je ne crois pas qu'on l'ait fouillée.

— En ce cas, je monte, dit Cassie. Mais puis-je vous demander une chose ? J'aimerais que vous postiez un garde à l'étage. Je crains qu'il ne revienne, le voleur... Bien sûr, je pourrais aller séjourner à l'ambassade, ajouta-t-elle comme si l'idée lui en venait soudain.

— Non, non. Ce ne sera pas nécessaire, s'empressa de protester le directeur en donnant à Cassie un jeu de rechange. Je vais faire surveiller l'étage, rassurez-vous.

— Merci mille fois, dit Cassie en se levant.

Elle s'apprêtait à sortir lorsqu'elle se ravisa.

— Oh, j'allais oublier. L'homme qui m'a dévalisée était armé, un pistolet automatique.

Cassie se retourna et s'éloigna, suivie par un des gardes. Elle se rendit à sa chambre d'un pas décidé et en ouvrit la porte sans une hésitation. Sa chambre était exactement comme elle l'avait quittée le matin... Cassie consulta sa montre : sept heures plus tôt. Si elle pouvait tendre le bras et revenir sept heures en arrière, elle trouverait une étrangère. Elle referma la porte laissant le garde dans le couloir.

Au fond de sa valise, elle trouva une petite enveloppe : sa réserve d'urgence. Elle compta trois cents dollars, les plaça dans une enveloppe de l'hôtel qu'elle dissimula dans son sac à main. Puis elle prit ses clefs et sortit. Quand elle eut repéré son chemin dans les cuisines de l'hôtel, elle trouva Eva, qui attendait à la sortie donnant sur une arrière-cour crasseuse. Elle lui tendit l'argent tout en lui serrant la main.

— Bonne chance.

— Merci.

Elle n'eut pas le temps d'ajouter un mot. Eva avait filé.

49

Cassie regagna sa chambre, prit une douche et s'habilla. Elle brossa ses cheveux qui gouttèrent sur son dos, mouchetant de foncé sa jupe de lin blanc. Elle fixa ses boucles d'oreilles devant son miroir. Comme elle avait relevé ses cheveux, les traits de son visage étaient mis en valeur.

Elle s'empara de ses clefs, descendit, traversa le hall et alla prendre place dans un canapé. Après avoir jeté un coup d'œil autour d'elle, elle commanda un verre et attendit.

La première approche eut lieu quelques minutes plus tard.

Un Vietnamien assis au bar glissa de son tabouret dès qu'il vit Cassie s'installer. Il murmura d'une voix précipitée dans le téléphone de l'hôtel :

— Cassie Stewart est seule au bar.

— Ne la quittez pas des yeux, répondit Stormont. J'arrive. Ne la laissez pas filer, surtout.

— Est-il vraiment avisé que vous veniez vous-même ?

— Elle soupçonne déjà quelque chose, de toute façon, et je veux être en prise directe. En outre, elle est contrôlable.

Dix minutes plus tard, on déposait Stormont devant le Métropole. Il entra, repéra Cassie et se glissa près d'elle.

Cassie ne pouvait tout bonnement pas feindre l'ahurissement, exprimer surprise et ravissement, lui demander avec des yeux écarquillés ce qu'il faisait là. Aussi attendit-elle qu'il parlât, n'ignorant pas ce que révélait son silence.

Lui aussi se tut un moment. Il observa les mains de Cassie agrippées à son verre de whisky. Le glaçon tremblait, lui aussi.

— Où est Eva ?

Elle le considéra avec étonnement. La voix, les yeux étaient si durs, si tranchants. Elle détourna le regard. Elle sentit la main de Stormont lui enserrer le bras.

— Pas le temps de plaisanter, Cassie. Où est-elle ?

Elle se rappela la voix d'Eva et ses instructions : contente-toi de mentir.

Elle répondit avec lenteur et de mauvais gré.

— Tout ce que je sais c'est qu'elle devait voir quelqu'un à Hanoï.

— Qui ? Où ?

— Je ne sais pas. Elle a seulement dit qu'elle devait voir quelqu'un, que cela prendrait quelques heures et qu'on se retrouverait pour le dîner.

— Que s'est-il passé avec Frazer ?

— Comment ça ? Je suis allée les retrouver au camp, ce matin, pour vérifier l'investissement. J'ai vu la concession de diamants. Tout paraissait en ordre alors je suis rentrée. Eva m'a dit qu'elle en avait assez du Vietnam et qu'elle voulait rentrer chez elle, si bien que nous sommes revenues à Hanoï ensemble. Comme le chauffeur qui m'a conduite là-bas s'est volatilisé, c'est un homme de Frazer qui nous a ramenées.

— Je crois que vous trouveriez plus commode de me dire toute la vérité.

— Combien de fois faudra-t-il vous répéter la même chose ?

Stormont la dévisagea sans broncher, cherchant ce qui la ferait parler.

— D'accord. Répondez juste à ceci : Est-elle en sécurité ?

C'est alors que le désarroi menaça de déformer les

traits de Cassie et de lâcher la bonde aux larmes. Eva était tout sauf en sécurité. Elle but une gorgée de whisky sour et détourna une fois encore le regard.

— Elle est partie de son propre chef. Elle n'en a pas fait un drame. Elle m'a juste dit : « A tout à l'heure. » Elle va arriver. Il faut attendre, c'est tout.

— Quand sera-t-elle de retour, exactement ?

Soudain, Cassie leva les yeux et vit un homme traverser le hall.

— Aubrey.

Stormont observa l'homme qui s'arrêta net. Il s'avança vers eux.

— Cassie Stewart ! Je me demandais si je finirais par tomber sur vous.

— Joignez-vous donc à nous.

Stormont se leva, le regard planté dans celui de Cassie.

— A quelle heure sera-t-elle de retour ?

— Pour le dîner. Elle m'a demandé de la retrouver au bar entre vingt heures et vingt heures trente.

Stormont fit un bref signe de tête à l'adresse de Goldstein, saisit le regard du Vietnamien assis au bar, puis s'en alla.

— Plutôt abrupt, votre ami, remarqua Goldstein en remarquant le départ précipité de Stormont.

— C'est un homme très occupé, répondit Cassie.

Elle héla le serveur à qui elle commanda un autre whisky sour pour elle avant de demander, pleine de sollicitude, ce que Goldstein voulait boire. Il opta pour une vodka tonic.

Une fois les boissons servies, il se tourna vers elle.

— A propos des diamants...

— Ils vous plairaient ?

Soudain, elle se sentit capable de lui damer le pion. Pour la première fois, elle commençait à comprendre d'où émanait la force d'Eva — être le témoin d'atrocités sans être anéanti rendait tout le reste enfantin.

Goldstein hocha la tête.

— Je me demande jusqu'où vous seriez prêt à aller

pour les obtenir, pour en avoir le contrôle, fit Cassie, songeuse. C'est une affaire légale, mais cela n'exclut en rien les pratiques illégitimes, n'est-ce pas ? Il y a tant en jeu, non ? Tant d'argent à faire.

Elle changea brusquement de ton, se faisant plus directe.

— C'est vous qui êtes à l'origine de la manœuvre baissière sur Genius. Quel était le but de tout cela ?

— Vous le dites vous-même, l'enjeu est considérable. Je veux le contrôle de l'entreprise et, pour ce faire, j'ai besoin des parts de McAdam. Toutefois, jamais il ne me les aurait vendues directement. Mais j'ai pensé qu'il serait peut-être prêt à les céder à un tiers, qui pourrait me les revendre. Le tout était d'identifier ce tiers amical et de créer l'événement qui encouragerait McAdam à vendre. Quand vous êtes venue me parler de diamants au Vietnam, j'ai deviné qu'il s'agissait de Genius et je me suis dit que vous étiez peut-être la tierce personne que je cherchais.

— Tout cela est clair, interrompit Cassie. Mais pourquoi cette attaque baissière ? Case Reed a perdu des sommes folles du coup, et McAdam risquait fort de ne pas vouloir vendre alors que le cours chutait.

— Ça, c'était juste une mauvaise synchronisation. Vous avez acheté trop tôt, ou bien les rumeurs et l'attaque ont pris trop tard. Le plan était conçu pour vous faciliter les choses et vous faire acheter bon marché, pour que j'accumule des actions et pour lasser McAdam. Quand les cours dégringolent, les gens s'affolent. Avec ce que je savais du caractère de McAdam, j'ai pensé qu'il céderait à la panique et vendrait.

— Ce qu'il a fait.

— Case Reed a racheté toutes ses actions ?

— Non, c'est moi qui les ai rachetées. Je contrôle désormais quinze pour cent directement et quinze pour cent indirectement.

Elle marqua une pause, avala quelques gorgées, se carra dans son siège, presque ennuyée.

— Je vous cède les premiers quinze pour cent cet après-midi, si vous voulez.

— Combien ?
— Quatre millions de livres sterling.
— Vous plaisantez !
— Ils ont trouvé des diamants. J'en ai vu un de quatre carats. Vous savez les répercussions que cela entraîne sur la valeur de Genius. C'est à prendre ou à laisser.

Elle oublia son verre et dévisagea Goldstein. Le regard fixe, elle leva le bras et appela le garçon.

— La note, je vous prie.

Puis elle se leva et se dirigea vers le comptoir pour régler.

Goldstein la regarda s'éloigner. Elle ne faisait pas semblant. Elle partait pour de bon et savait parfaitement ce qu'elle faisait. Soit on traitait à ses conditions, soit on ne traitait pas. Il bondit sur ses pieds.

Debout au bar, elle signait l'addition. Il se pencha vers Cassie.

— D'accord. Quatre millions.

Elle leva les yeux sur lui.

— Et quatre de plus pour les quinze autres pour cent à la livraison.
— Comment saurais-je que vous l'aurez effectuée ? Dans une certaine mesure, la valeur des premiers quinze pour cent dépend de l'obtention des quinze autres.
— Il va vous falloir me faire confiance.
— Vous aussi.

Dix minutes plus tard, Stormont était de nouveau à l'ambassade. Une fois dans le bureau de Courtney, il demanda :

— Des nouvelles de Truong ?
— Il est toujours aux abords du camp. Aucun signe d'Eva.
— J'ai parlé avec Cassie Stewart. Elle cache quelque chose. Elle semble penser qu'Eva est en sécurité, qu'elle est partie voir quelqu'un à Hanoï. Il est possible qu'elle dise la vérité, pourtant je suis sûr

qu'elle ment. Reste à savoir pourquoi. C'est un peu comme si elle couvrait Eva.

— Elles sont peut-être en cheville avec Frazer, maintenant.

— Pas Eva.

— Et Cassie ?

— Non. Il est vrai qu'elle est malléable et qu'elle ne reculerait pas devant un peu de traficotage, mais pas avec Frazer, et jamais contre Eva.

Stormont entendait ses propres paroles... « non », « jamais », tant d'absolus que les faits démentaient si souvent. Cependant, il était convaincu par ses propres mots. Toute autre solution lui paraissait, comme cela avait toujours été le cas, impensable.

— Bon, alors qu'est-ce qu'on fait ? On se rend au camp militaire ?

— Frazer les a laissées partir, ou du moins Cassie, et je pense qu'il a laissé partir Eva en même temps. Il est inconcevable qu'il retienne Eva prisonnière et que Cassie ne m'en ait rien dit. Il lui est arrivé quelque chose. Elle a été le témoin de quelque chose. Je crois qu'elle ne se fait aucune illusion concernant Frazer. Elle ne laisserait pas Eva là-bas sans m'en parler. Non. Eva n'est pas avec Frazer. Elle roule pour elle.

— Mais encore ?

Stormont ne répondit pas. Il baissa un instant les paupières et secoua la tête.

Courtney poursuivit.

— Cassie prétend qu'elle sera de retour dans quoi, environ trois heures ?

— Vingt heures, vingt heures trente. On attend.

— Et si elle ne se pointe pas ?

— En ce cas on emmène miss Stewart en un lieu tranquille et on l'oblige à s'expliquer ce qui, avec ce que j'ai en tête, prendra trente secondes. Puis nous rendons une petite visite à Robie Frazer. Espérons qu'il ne sera pas trop tard.

Une demi-heure plus tard, le téléphone sonnait. Courtney parla brièvement puis tendit l'appareil à Stormont. C'était Truong.

— J'ai réussi à me faufiler jusqu'à l'entrée principale. Vous ne devinerez jamais qui vient d'entrer.

Stormont attendit.

— Ha Chin, reprit l'homme.

— Vous avez pris des photos où ils sont ensemble ?

— La moitié d'une pellicule.

— Alors fichez le camp au trot. S'ils vous trouvent maintenant, vous êtes un homme mort. Et venez tout droit ici.

Stormont se tourna vers Courtney.

— Il n'existe aucune raison légitime au monde pour que Frazer rencontre Ha Chin ou s'autorise un lien quelconque avec lui. On le tient.

— Alors où est le problème ?

— Le problème est le sort que Frazer réserve à ceux qui, hormis ses propres hommes, les surprennent ensemble.

— Vous voulez dire s'il attrape Truong ?

— Ou Eva.

50

Lorsque Eva quitta Cassie, elle marcha rapidement dans les rues. Elle veillait à se déplacer au milieu de la foule. Tant de monde ne la dissimulerait pas mais dissuaderait un tueur de braquer sa mire sur elle.

Elle quitta la rue Ngo Quyen et prit Phan Chu Trinh. A mi-chemin, elle ouvrit une porte pratiquée dans un haut mur de tôle ondulée rouillée. La porte claqua derrière elle. Eva se retrouva dans une grande cour à moitié goudronnée. Elle eut un bref sourire et se hâta en direction d'un bureau pouilleux sur le flanc de la cour.

L'homme assis au bureau, alerté par le bruit de la grille, la regarda approcher, d'abord ahuri, puis heureux. Eva et lui étaient de vieux amis. Ils s'étaient rencontrés à Hanoï quatre ans plus tôt, à son retour en Extrême-Orient. Ils avaient bu ensemble, s'étaient plaints de la chaleur et des moustiques. Il pilotait ses hélicoptères à travers tout le pays, elle voyageait pour enseigner, mais au fil des ans ils s'étaient assez fréquemment retrouvés aux mêmes endroits.

— Eva ! s'exclama-t-il en bondissant sur ses pieds. Voilà des mois que je ne t'ai vue. Je te croyais définitivement partie. Tu as disparu sans tambour ni trompette. Qu'est-ce...

Elle le fit taire d'un baiser à bouche-que-veux-tu.

— Longue histoire. Pas le temps. J'ai besoin

d'aide. Il faut que tu m'emmènes dans la baie d'Along en hélicoptère.

C'est alors qu'il remarqua ses vêtements maculés de boue et ses cheveux emmêlés.

— Bon Dieu, Eva, j'aimerais bien. Mais j'ai une flopée de touristes prévus à dix-huit heures. Je fais le plein, en ce moment.

Eva se débarrassa de sa montre Bulgari.

— Vends ça en douce, elle valait vingt mille dollars la semaine dernière.

Ses pensées s'envolèrent un moment vers Hong Kong, vers sa liberté d'avant, avant tous ces événements. Liberté illusoire. Elle se ferma violemment à sa rêverie. Eva aboutissait enfin à ce qu'elle avait attendu pendant huit ans. C'était terrifiant, quasi irréel, mais présent. Soudain, elle éprouva les mêmes sensations qu'à Changi lors de son arrestation. Cet irrévocable faux pas. Puis elle s'en était tirée. Un autre pas, aujourd'hui, et une fois encore, Frazer était la cible. Mais cette fois, les chances étaient encore plus ténues.

La montre résonna sur la table. Tom ne la quittait pas des yeux.

— Je n'en veux pas. Ce n'est pas une question d'argent, voyons !

Elle tendit la main et défit la montre de Tom, une vieille Swatch.

— Je vais en avoir besoin. Ça ne t'ennuie pas, j'espère ?

Il éclata de rire devant la facilité avec laquelle il se soumettait au bon vouloir de la jeune femme. Il tendit son poignet et secoua la tête, toujours souriant. Puis il se figea en lisant dans les yeux de son amie plus qu'il n'aurait voulu voir.

— Bon, on y va. Je t'emmène.

Il cria par-dessus son épaule à l'adresse de sa secrétaire qui travaillait dans l'arrière-bureau :

— Dites aux péquins de dix-huit heures que j'ai un ennui mécanique et que je les rembourserai.

Ils gagnèrent l'hélicoptère. Tom ouvrit la porte

pour Eva, qui grimpa, attacha sa ceinture et mit les écouteurs. Les pales du rotor ronronnèrent puis grondèrent. En trois minutes, ils quittaient Hanoï qui rapetissait sous leurs pieds.

La voix de Tom parvint dans les écouteurs d'Eva.

— Vas-tu enfin me dire de quoi il s'agit ?

— Non, Tom. Pas question. Et tu ne m'as jamais emmenée, OK ? Tu ne m'as pas vue. Pour ta sauvegarde, pas la mienne.

— Pourquoi pas la tienne ?

Eva se tut.

Elle ne pipa mot pendant l'heure que dura le trajet. Tom guida son hélicoptère au-dessus de l'aire d'atterrissage de la baie d'Along. Les pales ralentirent puis stoppèrent. Tom coupa tous les contacts puis jeta à Eva un regard en coin. Immobile, concentrée, repoussant toute question, toute intrusion, elle gardait les paupières baissées. Les épaules légèrement voûtées, elle semblait refouler une douleur. Il l'observa un moment. A son tour, elle lui coula un bref regard, ouvrit la porte d'un air décidé et descendit.

Tom en fit autant et s'avança à sa rencontre. Avant qu'il n'eût le temps d'ouvrir la bouche, elle l'embrassa, fermant les yeux pour éviter son regard.

— Merci, Tom. Rentre, maintenant.

Elle dit cela comme un ordre, et un adieu.

Il répondit avec obstination.

— Je ne crois pas, non. Je reste dans le coin pour l'instant. Je vais passer la soirée au bar.

Il saisit Eva par le bras.

— Je ne sais pas ce que tu mijotes, Eva, mais pour l'amour du ciel fais gaffe. D'accord ?

— Promis.

Il se dirigea vers le bar en front de mer où ils avaient bu ensemble d'innombrables verres devant d'innombrables couchers de soleil. Elle chassa ces souvenirs de sa mémoire et partit dans l'autre sens. Elle ne s'aperçut pas qu'il changeait de direction pour la suivre furtivement.

Elle déambula dans les rues animées, repérant des visages familiers, recevant de chaleureux sourires, saluant joyeusement, hélant de vieilles connaissances. Elle ne s'arrêta pas et personne ne tenta de la retarder, comme ils auraient pu le faire. Toujours aussi sensibles, ils notaient son expression déterminée et la laissaient passer.

Comme elle s'y attendait, sa maison avait été colonisée par une famille du coin qu'elle connaissait. Elle prit tout son temps avec le chef de famille, la vieille grand-mère, qui oscillait entre la gêne et la gratitude pour la maison et la réaction charmante d'Eva en voyant sa maison occupée. Eva passa par les formalités, saluant chaque membre de la famille dans un vietnamien aussi parfait que solennel. Puis elle fit sa demande.

— J'ai laissé quelques lettres personnelles dans une cachette. Pouvez-vous me donner quelques minutes que je les reprenne ?

La grand-mère ordonna à tous les siens de sortir, après quoi elle les suivit sans un regard en arrière. Eva la remercia, pénétra dans la maison vide, se dirigea au centre du salon et se mit à croupetons, espérant que la famille n'avait pas exploré sa maison à fond.

Elle trouva la latte de parquet aux arêtes rugueuses et y passa les ongles. Des échardes s'enfoncèrent dans ses doigts. La latte céda. Eva vit avec soulagement la petite boîte en fer-blanc. Elle souleva le couvercle, juste pour être sûre, et sourit. Le Browning était bien là, avec ses cinq magasins de balles. Suffisamment. Elle referma la boîte et alla retrouver la grand-mère.

— Votre fils a une jeep, je crois.

La vieille femme acquiesça d'un signe.

— Je me demandais s'il accepterait de me la vendre.

La grand-mère caqueta et eut un air de conspirateur.

— Mille dollars ?

S'ensuivit une tirade débitée sans trop de conviction. Eva regarda du coin de l'œil la maison, sa maison, puis de nouveau la grand-mère, qui avait suivi son manège. Frustrée d'une longue session de marchandage, elle abandonna la partie.

— D'accord. Mille dollars.

— Réservoir plein, s'il vous plaît. Et une trousse à outils. Et un sac — quelque chose de léger, à peu près de cette taille

Elle écarta les bras d'une trentaine de centimètres. Interloquée, la grand-mère s'empressa pourtant de hocher la tête. Elle hurla un message à son fils aîné, qui était accroupi sur le côté de la maison avec sa femme et ses enfants. Il se leva d'un bond et revint au bout de cinq minutes avec la jeep.

— Réservoir plein, sac, dit-il en tendant un sac à dos de toile crasseux. Et outils.

Il désigna une boîte à outils. Eva l'ouvrit, vérifia la pince coupante avant de la ranger à sa place. Elle extirpa de sa poche de jean une liasse de billets qu'elle remit au fils. Le fils lui donna les clefs et balança le sac à dos à l'arrière du véhicule. Rappelé à l'ordre par un coup de coude dans les côtes, il tendit l'argent à sa mère.

Eva grimpa dans la jeep et s'en alla. Une fois dans la maison, ils ôtèrent la latte de bois pour cacher l'argent. Voyant l'espace vide à la place de la boîte en fer-blanc, la grand-mère sourit.

— Elle a pris le pistolet ? s'enquit son fils.

— Tu l'as vue. Pourquoi est-elle revenue, à ton avis ?

Pris d'une atroce prémonition, Tom ne perdit pas Eva des yeux jusqu'à ce que la jeep disparût. Puis il rebroussa chemin jusqu'au bar pour chercher un vain réconfort dans le flot de la bière et le bruit des rires. Il n'avait pas la plus petite idée de ce qu'elle tramait. Mais aussi sûr que l'expression de son visage le laissait entendre, il ne pourrait l'en empêcher.

Eva quitta le tumulte de la baie d'Along en direction du nord-ouest. Dans le rétroviseur, les signes de la civilisation s'estompaient au fur et à mesure qu'elle avalait les kilomètres. Deux heures passèrent. La nuit tombait. Le vert de la forêt vira au noir. Les phares dessinaient un tunnel de lumière dans l'obscurité, obturant tout ce qui n'était pas dans leur rayon. Elle était aveugle à la jungle, indifférente à tout hormis le sentier lumineux qui s'étendait devant elle.

La petite voix de la raison se fit entendre plusieurs fois, la pressant de faire demi-tour. Elle se demandait d'où venait cette voix étrangère. Stormont et sa logique implacable ? S'il avait été là, lui aurait-il arraché le volant des mains ? Officiellement, c'est ce qu'il aurait fait. Mais en privé, il lui aurait peut-être permis d'agir à sa guise, de se libérer de son obsession.

La route était déserte, apparemment inhabitée, cependant, la forêt grouillait de vie. Combien d'yeux la regarderaient-ils passer ? A l'heure qu'il était, les animaux carnassiers seraient sortis, les villageois réunis autour du feu de bois à cuire le repas du soir. Mais aucun homme ne l'observerait depuis le bord de la route.

Elle roulait toujours, secouée par les soubresauts de la piste en mauvais état. Elle vérifiait constamment le compteur et sa montre. Quand elle parvint à une trentaine de kilomètres du camp, elle coupa les phares pour habituer ses yeux à l'obscurité. Tout guetteur entendrait la jeep mais dans le noir elle constituerait une cible moins discernable.

Ses yeux s'accoutumèrent à l'absence de lumière. Eva repérait les ornières les plus profondes et les troncs des arbres les plus proches. Elle parcourut encore quinze kilomètres. Quand elle repéra une légère trouée dans la forêt, elle quitta la route. Elle manœuvra la jeep entre les arbres et se gara à dix mètres de la route. Camouflée par la couleur verte même en plein jour, elle serait invisible de la piste.

Eva prit son arme, un Browning M35 Hi-Power Single-Action automatique muni d'un silencieux et d'un magasin à quatorze coups. Elle chargea le magasin puis gagna à nouveau la route. La terre rouge brillait faiblement à la lumière des étoiles et d'un croissant de lune. Repérant un arbre noueux de l'autre côté, elle banda ses muscles, leva son pistolet fermement à deux mains et pressa sur la détente. Avec un bruit sourd, la balle se ficha dans l'écorce. Elle vida le reste du chargeur, treize balles, puis traversa la route. Bon tir, arme fiable. Les trous étaient rapprochés, certains se chevauchaient, le tout se situait dans un nœud du tronc.

Elle mit un nouveau chargeur et rangea dans son sac à dos l'arme avec le reste des munitions. Elle y ajouta les tenailles et deux tournevis puis passa le sac à ses épaules. Après quoi elle s'enfonça dans la forêt.

Elle s'immobilisa un moment, accoutumant ses yeux à ce qui l'entourait, repérant lentement chaque détail alors que ses pupilles s'agrandissaient en quête d'un peu de lumière.

[illegible]

[illegible]

[illegible]

[illegible]

[illegible]

51

Andrew Stormont retourna au Métropole à vingt heures moins cinq minutes. Il trouva Cassie Stewart au bar, assise droite comme un I, impassible. Il s'installa sans la saluer. Un garçon prit sa commande. Un gin-tonic. Il regarda le whisky sour de Cassie.

— Vous en êtes à combien ?

— C'est mon troisième.

Il la regarda boire lentement. Ils restèrent là en silence, l'œil fixe. Ils avaient l'air d'un couple désespérant qui n'a plus rien à se dire, à ceci près que leur expression n'était pas vide. Les yeux de Cassie trahissaient son effort de dissimulation, Stormont révélait espoir et colère.

A vingt heures quarante-cinq, il vida son verre d'un trait.

— Elle ne viendra pas, n'est-ce pas ? C'était prévu.

Cassie secoua la tête. Stormont la saisit par le bras.

— On y va.

Il sortit trente dollars de sa poche et les balança sur la table. Il emmena Cassie, qui n'offrit aucune résistance.

Courtney attendait dans une voiture devant l'hôtel. Il coula un regard à Stormont, lisant ses instructions dans ses yeux. Ils roulèrent jusqu'à l'ambassade. Stormont conduisit Cassie dans une pièce bien éclairée, nue, comparable à une salle d'attente. Cela lui faisait penser aux médecins, aux dentistes, aux hôpitaux, aux odeurs froides et cliniques.

Stormont lui désigna une chaise près d'une table carrée en bois. Cassie s'y assit. Il lui tourna le dos et alla se planter à la fenêtre aux volets clos.

— Si vous mentez maintenant, vous serez responsable des conséquences. Je suis persuadé que vous savez de quoi je parle. Peut-être l'avenir prouvera-t-il que j'ai tort. A votre place, je prierais pour que je me trompe, cela vaudrait mieux pour vous.

Cassie se mit debout, essayant de secouer la sensation d'oppression que Stormont, à n'en pas douter, lui imposait. Elle avança vers lui.

— Que comptez-vous faire ? Me faire des électrochocs, m'injecter un sérum de vérité ?

Il se tourna avec lenteur et s'approcha d'elle.

— Oh, nous pouvons déployer beaucoup plus d'imagination que cela. Les possibilités de rendre la vie insupportable sont infinies. Vous seriez surprise de constater à quel point. La contamination de la peur est redoutable ; elle en vient à pourrir toute parcelle de vie. Il n'existe aucun refuge.

— Vous êtes bien présomptueux.

— Ne prétendez pas être soudainement immunisée contre la peur. Personne ne l'est. Et si vous me croyez incapable d'agir, vous vous trompez.

— Oh, je sais, dit-elle en le regardant avec une rage non dissimulée. Mais je vous épargnerai ce plaisir. Eva est partie dans la baie d'Along pour rencontrer quelqu'un. Je n'en sais pas plus. C'est l'absolue vérité. Et une fois que le chauffeur de Frazer nous a déposées, Eva m'a dit qu'elle devait aller voir un ami à Hanoï, trouver une voiture et se rendre à la baie d'Along.

— Pour quoi faire ?

— Aucune idée. Elle n'a rien ajouté.

Elle planta ses yeux dans ceux de Stormont. Pour la première fois, la peur s'afficha clairement sur son visage. Stormont s'en aperçut et comprit.

— Nous pourrons peut-être l'arrêter si nous prenons un hélicoptère... Dites-moi, pourquoi Frazer vous a-t-il laissées partir ?

Le mensonge était plus aisé, maintenant qu'il l'avait crue une fois.

— J'ai raconté à qui voulait l'entendre que je me rendais dans son camp pour le voir et voir Eva. Je lui ai raconté cela dès mon arrivée. Et d'ailleurs, pourquoi nous aurait-il retenues ?

Stormont se contenta de la regarder jusqu'à ce qu'elle haussât les épaules.

— Bon, bon. Je sais qu'il doit avoir quelque chose derrière la tête, autrement tout cela n'arriverait pas. Mais je ne sais pas quoi et par-dessus le marché, il sait que je ne suis pas au courant, alors c'est normal qu'il nous ait laissées partir.

Stormont se dirigea vers la porte.

— Vous restez à l'ambassade. Vous y serez plus en sécurité.

Cassie se rappela soudain qu'Eva avait mentionné le fait qu'on avait délibérément fait sauter sa couverture, que quelqu'un de la Firme voulait sa peau. Elle garda les yeux fixés sur la porte que Stormont avait refermée à clef derrière lui. Elle avait lu en lui sa passion pour Eva. Impossible, dans ces conditions, qu'il fût l'homme qui cherchait à la tuer.

Elle s'assit sur la moquette et attendit.

Stormont parla à Courtney. Les mots se bousculaient.

— Il nous faut un hélicoptère et une autorisation de vol de nuit. Je me fiche de la façon dont vous l'obtiendrez.

Vingt minutes plus tard, Courtney reparaissait.

— L'ambassade d'Australie a mis à notre disposition un hélicoptère et un pilote. Ça a rué dans les brancards mais ils nous doivent pas mal de services.

Stormont, Courtney et trois de ses hommes se rendirent en voiture jusqu'à l'héliport de l'ambassade. L'hélicoptère attendait. Chacun monta, salua brièvement le pilote australien qui n'ouvrit pas le bec, démarra son moteur et vola en direction de la baie d'Along. Ils arrivèrent à vingt-trois heures. Suivant les instructions, ils se déployèrent à la recherche d'Eva.

52

Eva ralentit encore l'allure comme elle s'approchait du camp. Elle avait marché une demi-heure et estimait s'en trouver à environ quinze cents mètres. Apercevant de l'eau scintiller sur le sol, elle s'arrêta. Elle marcha dessus et sentit ses chaussures s'enfoncer jusque sous les lacets. Elle tomba à genoux, sentit la boue céder. Elle en mit sur ses mains et frotta ses cheveux blonds qui se teintèrent de brun. Elle couvrit également de boue ses bras et son jean. Puis elle macula son visage évitant soigneusement la bouche et les yeux. Enfin, le camouflage fut achevé.

Elle reprit sa marche jusqu'au moment où elle perçut le faible ronronnement du générateur électrique et entrevit au loin une pâle lumière qui venait du camp. Elle avança sans bruit quand, à quatre cents mètres, elle repéra le fil de fer barbelé qui cernait le camp. Le projecteur du mirador scintillait.

L'excitation s'empara d'Eva qui consulta sa montre. Vingt-trois heures pile. Elle attendrait une heure dans l'espoir que Frazer et Ha Chin, qui avait dû arriver plus tôt, seraient couchés. Ces dernières années, Frazer avait contracté l'habitude de se retirer dans sa chambre après le repas, vers vingt-deux heures trente. Malgré l'heure, le rai de lumière brillait encore sous la porte. Eva imaginait Frazer en train de lire. Mais peut-être veillerait-il et boirait-il quelques verres en compagnie de Ha Chin. Idéalement, elle devrait attendre jusqu'à trois ou quatre heures du matin, quand on dort du plus profond sommeil, mais elle doutait de pouvoir maîtriser jusque-là ses muscles et ses nerfs à vif. Elle craignait en outre que prolonger l'attente n'augmentât les probabilités d'être pourchassée soit par les hommes de Stormont soit par ceux de Frazer. Tôt ou tard, les hommes de Frazer remarqueraient la présence de Cassie à Hanoï et organiseraient instantanément la poursuite des deux femmes. De surcroît, Cassie ne parviendrait pas à tromper les hommes de Stormont — voire Stormont lui-même — plus de deux heures. S'il était venu au Vietnam, il avait fort probablement deviné son plan et tenterait tout pour l'intercepter.

Elle interrompit le cours de ses pensées quand la question survint des motivations de Stormont. Et si, contre toute attente, c'était lui qui l'avait grillée ? Pourquoi faire une chose pareille ? La haine pure à son égard, le désir irrépressible de la voir morte ? Ou s'agissait-il de motivations moins personnelles, la simple envie d'avertir Frazer du rôle d'Eva ? En ce cas, sa mort aurait été une conséquence et non un objectif. En tout état de cause, c'était une trahison, une chaîne mortelle infinie.

Quand sa montre indiqua minuit, Eva se mit debout. Elle frotta vigoureusement ses muscles engourdis et se secoua pour raviver sa circulation. Elle lissa en arrière ses cheveux qui dégagèrent une forte odeur de boue, comparable à celle du foie, du sang séché. Elle vérifia son arme qu'elle glissa entre son jean et sa peau et regarda une fois encore autour d'elle. Puis elle évolua avec souplesse entre les arbres en direction du camp.

A une centaine de mètres, dissimulée par les arbres, elle fit le tour du camp. Les lumières étaient vives, mais il y avait des ombres, des taches obscures aux angles morts. Elle chercha les sentinelles qui avaient patrouillé jour et nuit pendant son séjour. Il semblait y en avoir trois en faction, deux assises dans une salle de garde à jouer au mah-jong et une qui rôdait, lampe torche à la main, holster à la hanche.

Le calme régnait, sans méfiance. S'ils se défiaient, ce n'était pas d'elle. Elle était morte. Tous ces signes en témoignaient.

Elle observa la sentinelle. Chaque ronde prenait une dizaine de minutes. Eva se rendit de l'autre côté, dans la partie que Frazer avait annexée à son profit. Il s'agissait d'une construction de bois de plain-pied qui avait sans doute servi de QG pendant la guerre. Les hommes de Frazer occupaient la longue bâtisse identique juste sur la droite.

Deux lampes brûlaient chez Frazer. Entre les fenêtres éclairées, une dans le noir. Eva jeta un rapide coup d'œil autour d'elle. Le garde devait être à l'extrémité opposée, caché à la vue d'Eva par la maison de Frazer. Elle rampa prestement en direction du fil de fer barbelé et sortit les tenailles de son sac à dos.

La clôture n'était pas électrifiée — elle s'en était assurée lorsqu'elle était prisonnière — pourtant, l'angoisse étreignit Eva au moment où elle referma dessus les mâchoires de la pince coupante. Nul éclair, nulle décharge. Avec un soupir de soulagement, elle pratiqua une petite brèche. Rapide vérification autour d'elle. Personne. Elle se glissa dans l'ouverture et courut, courbée en deux, à travers l'espace vide entre les barbelés et la maison de Frazer. Elle s'accroupit contre le bois à quatre mètres de la première lumière. La voie était libre.

Eva se redressa et regarda par la fenêtre plongée dans le noir, repérant l'éclat blanc et émaillé de la baignoire et des toilettes. La fenêtre était ouverte. Elle la poussa doucement jusqu'à un interstice de soixante centimètres. Puis elle passa une jambe pardessus le rebord. S'appuyant contre le chambranle, elle enjamba le seuil et pénétra à l'intérieur de la pièce. Elle atterrit lestement sur les dalles poussiéreuses. Une fois son souffle apaisé, elle écouta les sons à travers les murs. Rien. Elle sortit son arme qu'elle tint dans une main. De l'autre, elle appuya sur la poignée de la porte qu'elle entrebâilla.

Le couloir était désert. Eva se déplaça sans un bruit jusqu'à la chambre de Frazer. Elle tendit la main avec une infinie lenteur, serpent prêt à frapper. Puis, d'un mouvement rapide, elle tourna la poignée et ouvrit grand la porte.

Assis face à face à une petite table, Frazer et Ha Chin jouaient aux échecs. Ha Chin fut debout en une fraction de seconde, bouche bée. Il renversa la table tout en cherchant à s'emparer de son revolver posé par terre.

Eva leva son arme et tira deux fois. Les deux balles atteignirent Ha Chin en pleine poitrine. Il écarquilla les yeux sous le choc tandis qu'il s'écroulait en arrière sur le lit de Frazer. Le sang jaillit sur la jeune femme. Elle se tourna vers Frazer qui avait rattrapé la table et la stabilisait de ses deux mains. Presque au ralenti, il la laissa retomber. C'étaient les seuls bruits — le raclement des pieds de la table sur le parquet, le son assourdi des balles rencontrant la chair, la chute de Ha Chin.

Aucun son ne parvenait de l'extérieur, aucun signe de poursuite. Eva faisait face à Frazer, les sens aiguisés par l'immobilité de la mort et l'odeur de sang coagulé. Elle sentait le sang chaud de Ha Chin couler sur son visage et ses avant-bras. Elle avait aux lèvres le goût métallique de la poudre.

Assis à deux pas, Frazer ne la quittait pas des yeux. Il eut un bref regard pour Ha Chin mais ses yeux revinrent vite aux mains d'Eva qui pointaient l'arme sur lui, puis à ses yeux, assassins, eux aussi.

— Tu croyais avoir tout prévu, n'est-ce pas, Robie ? Milliardaire, issu de la bonne société — la seule différence entre toi et les petits dealers de coin de rue est l'isolement. Ce sont des exclus. Tu es un initié, aux deux sens du terme. Tu es à l'abri. Il en faut si peu pour anéantir une vie. Tu l'as fait tant de fois — indirectement, avec ton sale petit trafic de mort, directement, avec Sun Yi, et presque avec Cassie et moi. C'est si facile, n'est-ce pas, et tu t'es toujours cru à l'abri, immunisé par ton goût du mal et ton intelligence.

— Et toi, Eva ? Tu es plus maligne ? Plus malfaisante encore ?

Elle admira son sang-froid, sa lucidité, intacts même en cet instant.

— Non. Je suis émotionnellement sans pitié. J'éprouve trop les choses, je suis incapable de laisser filer. Il n'y a pas que le SIS. J'opère aussi pour mon compte. Je fais peut-être pencher un tout petit peu la balance.

Au moment où il se leva pour foncer sur elle, elle pointa son arme, remarquant avec un soupçon de respect qu'il ne pipait mot, n'esquissant pas même le geste d'appeler la sentinelle comme l'avait tenté Ha Chin. Il garda les yeux posés sur elle tout ce temps, ce temps infini de quelques secondes — des yeux pleins d'horreur et de rage.

Eva pressa la détente à trois reprises. Le sang rouge jaillit du cœur de l'homme. Il tomba à la renverse, les yeux sur elle, la maudissant dans la mort. Une chaise se fracassa tandis qu'il s'écroulait à terre. Il y eut un cri lointain. Eva se figea un instant puis pivota sur place et courut dans le corridor.

Elle ne vit pas la sentinelle. Elle ne vit que son avant-bras lui enserrer le cou et la tirer contre lui. Il augmenta la pression, l'étouffant presque. Elle plia la jambe droite et lui asséna un violent coup de talon dans le genou. La pression autour de son cou se relâcha. Eva projeta la tête en arrière et écrasa le nez du garde. Il lâcha prise. Elle pivota, arma sa main gauche et lui flanqua un coup de pistolet en pleine pomme d'Adam, assez violent pour l'immobiliser. Il s'effondra.

Eva regarda autour d'elle. Personne en vue. Elle courut à la salle de bains, ouvrit grand la fenêtre, l'enjamba et se propulsa dehors. Elle fonça droit sur la brèche dans les barbelés, le faisceau de lumière provenant de la chambre de Frazer luisant sur sa peau ensanglantée. Elle entendit des hurlements, des bruits de pas précipités. Elle se jeta à terre près de la clôture et s'infiltra au travers. Les cris se rapprochaient, inquiétants. Elle se redressa vivement et courut. Une arme automatique claqua, atroce. Le sol tremblait sous les pieds d'Eva. Elle courait, courait. Ses yeux cherchaient dans la nuit, discernant des formes, des contours. Elle s'affolait à l'idée de percuter un arbre, de tomber, de se fouler une cheville. Elle courut jusqu'à ce que les sons lui parvinssent affaiblis. C'était une trêve temporaire. Les hommes de Frazer allaient se regrouper, prendre jeeps et armes et la pourchasser. Elle n'avait que quelques secondes d'avance.

Elle courut tout droit, s'éloignant du bord de la route, de la direction évidente. Pas de bruits de poursuite, mais elle ne les attendait pas de ce côté. Ils seraient au bord de la piste. Elle courut une vingtaine de minutes puis revint en direction de sa jeep, vers le bord de la route où les hommes de Frazer concentreraient leurs recherches. Elle se déplaçait maintenant avec lenteur, reprenant souffle progressivement. Elle consulta sa montre. Au bout d'un quart d'heure de marche, elle savait ne pas être loin. Elle cherchait sa jeep tout en guettant les bruits et les formes.

A un moment elle entendit des cris devant elle. Elle avança presque au ralenti. Les voix poursuivaient leur chemin dans la nuit. Dix minutes plus tard, le sang lui battant les tempes, elle repéra sa jeep. Autour d'Eva, le silence et l'immobilité. Elle fourra un autre chargeur dans son pistolet et monta dans le véhicule. Elle mit le contact. Le bruit du moteur déchira la nuit, assourdissant. Eva tendait l'oreille, inquiète. Mais elle n'entendait que le moteur.

Elle appuya sur le champignon et gagna la route. Elle roulait sans phares, aussi vite que possible sans risquer de se renverser sur une grosse pierre. Le compteur indiquait cent kilomètres heure.

Elle conduisait depuis une quinzaine de minutes et approchait un virage quand elle crut percevoir le bruit d'un moteur assez proche. Elle écrasa la pédale de frein jusqu'à réduire sa vitesse à quarante à l'heure, puis vira hors piste, sur une rive en contrebas. La jeep stoppa dans le sous-bois. Eva sentit le tremblement et le sursaut tandis que son véhicule heurtait un petit arbre qu'il cassa avant de rebondir dessus. Elle donna un grand coup de volant, évitant de justesse un gros tronc d'arbre qui, lui, n'aurait pas cédé. Des branches lui fouettèrent le visage, l'égratignant au passage. Elle coupa le moteur à cent mètres de la route.

Le bruit râpeux d'une jeep qui s'approchait résonna à son oreille. Elle entendit le changement de vitesse à l'abord du tournant puis la reprise d'accélération. Elle sentit presque sur elle les yeux des hommes à bord, elle les imagina scruter la forêt, s'arrêter, s'approcher, fouiner. Eva constituait une cible facile. Distinguant la lumière des phares, Eva ne doutait pas d'être découverte. Puis la voiture passa son chemin.

Incrédule, la jeune femme attendit un bon moment puis remit le contact. Une fraction de seconde, les roues patinèrent de façon alarmante. Puis la traction opéra et la jeep regagna la piste.

Eva roulait, imaginant les hommes de Frazer parcourant les routes en tout sens, faisant des incursions dans la forêt. Il y aurait d'autres jeeps en plus de celle qu'elle venait d'éviter.

Au bout de vingt minutes, elle parvint à un croisement. Une route poursuivait à travers la jungle, l'autre menait à travers la plaine, direction la baie d'Along. Elle prit le tournant, jouissant de sa frêle victoire. Désormais, ses poursuivants avaient deux routes à fouiller.

Chaque kilomètre accroissait sa sensation de liberté. Elle éprouvait les prémices d'une euphorie effrénée, qu'elle s'obligeait à contenir. Un regard à sa montre lui apprit qu'elle roulait depuis une heure et quart. La forêt se clairsemait, cédant la place aux plaines. Elle voyait plus loin. La route s'étendait, rapide, attirante.

Elle commençait juste d'espérer quand elle vit, rouge comme l'œil du diable, un point de lumière. Son estomac se serra cependant que la lumière se cristallisait et grandissait. Maintenant, elle entendait le moteur. Elle voyait faiblement un véhicule s'approcher. Ses occupants ne l'auraient pas encore repérée puisqu'elle roulait sans phares. Elle avait une minute devant elle.

Une minute pour réfléchir. Il était deux heures trente du matin. Une jeep dehors à pareille heure et parcourant la campagne à toute allure, quasi certainement un véhicule appartenant à Frazer. Eva s'aperçut que son nom résonnait encore en elle, vivant dans son esprit. La capacité à tuer de cet homme ne s'était pas éteinte avec lui. De toute façon, elle n'avait pas le choix, elle devait agir comme si la jeep transportait des hommes à lui. Elle n'aurait pas le temps de la réflexion, pas de seconde chance. Elle n'avait pas l'intention de tuer, si ça pouvait la consoler. Il n'y avait aucun endroit où se cacher. Les rizières de chaque côté engloutiraient le véhicule.

Elle laissa sa jeep, moteur tournant toujours et courut à toutes jambes vers l'autre véhicule. Elle disposait de trente secondes avant d'être repérée. Juste avant que les phares ne la saisissent, à trois cents mètres de là, elle ralentit, prit son arme et sauta dans une rizière, luttant pour garder le pied sûr. L'eau lui arriva aux cuisses, la contraignant à des mouvements lents.

Elle attendit, immobile, que la jeep fût dans son champ de mire. Elle sortit alors de la rizière et se rua sur la route, dans la lumière aveuglante des phares. Elle visa la jeep, maintenant à dix mètres. Une seconde lui suffit à ajuster son tir et à planter quatre balles dans le pneu avant droit.

Il y eut un cri lorsque le véhicule fit une embardée à droite. Eva se projeta à gauche. Sur le siège du passager, se détachait la silhouette de Li Maï qui luttait frénétiquement avec le volant. En vain. La jeep s'écrasa dans la rizière et fit deux tonneaux avant de s'immobiliser sur le toit. Eva la vit s'enfoncer peu à peu dans un écœurant bruit de succion. Eva détourna les yeux. Personne ne survivrait.

Elle courut à sa jeep et sauta dedans. Pour plus de sûreté, elle observa la rizière pendant deux minutes. Rien ne bougeait. La main tremblante, Eva desserra le frein à main et s'éloigna.

53

Andrew Stormont attendait dans les rues tranquilles de la baie d'Along. Il était trois heures trente du matin. Il n'y avait pas un son, pas un bruissement, hormis le pas furtif d'un chat. Les noctambules avaient gagné leur lit en quête de sommeil et les pêcheurs ne sortiraient pas leurs bateaux avant quelques heures.

Stormont était installé dans une voiture que ses hommes lui avaient obtenue, sur la route principale constituant le seul accès à cette zone. Plus tôt, les hommes avaient remarqué l'hélicoptère de Tom, dont ils savaient d'après ses horaires habituels qu'il aurait déjà dû être rentré à Hanoï. Ils avaient trouvé Tom au bar, ivre, sur la défensive, n'ayant manifestement pas la conscience tranquille. Usant de leur rouerie coutumière, ils avaient fini par apprendre qu'il avait transporté Eva depuis Hanoï et qu'elle était partie en voiture des heures plus tôt.

Stormont savait où. Il l'avait manquée, et c'était sans doute tant mieux. Il ne voyait que trop aisément le caractère inévitable de sa décision, ébranlé de n'avoir su la prévoir. Il s'était persuadé qu'il faisait contrepoids. Maintenant, tant d'arrogance et d'échec de sa part l'horrifiaient. Aveuglé, il l'avait laissée faire la chose à laquelle elle tenait le plus.

Seul avec ses responsabilités, il attendait. Contre toute logique. Il savait qu'il était vain de chercher à la rattraper. Se rendre au camp militaire était hors de question. Stormont manquait de ressources pour l'affrontement — incontournable ; en outre, il n'avait pas l'autorité nécessaire. L'action directe contre Frazer dépassait largement le cadre de sa mission. Eva avait choisi ; il était trop tard pour l'arrêter. Lui restait l'espoir. Il patienterait jusqu'à l'aube puis rentrerait à Hanoï.

Au ronronnement distant d'un moteur, il se redressa sur son siège. Il sortit de sa voiture tout en vérifiant son pistolet dans le holster d'épaule que Courtney lui avait procuré. Puis, debout près de son véhicule, il attendit. Le bruit s'intensifia.

Le véhicule se rapprochait dans l'obscurité, tous feux éteints. Au bout d'un moment, Stormont parvint à distinguer les contours d'une jeep qui roulait à vive allure et poursuivit son chemin, indifférente.

A dix mètres, le véhicule s'immobilisa et le chauffeur en descendit. Incrédule, Stormont vit Eva qui marchait à sa rencontre. Soudain, il réprima un mouvement de recul. On aurait dit qu'elle s'était trempée dans du sang. Il la vit porter la main à la taille, vit l'arme, vit qu'elle le menaçait. Il la regarda droit dans les yeux. Ils étaient durs, brillants, froids, calculateurs.

— Pourquoi ce pistolet, Eva ?

Elle avançait toujours. Elle le dévisagea, consciente à ce moment de ne pouvoir oblitérer sa présence. Sa gorge se serra. Elle parla avec une colère glaciale.

— Quelqu'un a fait sauter ma couverture, révélé que je m'étais droguée, laissé traîner des détails dans mon dossier médical et m'a tenue pour morte, ou tout comme. Seulement trois personnes possédaient ces informations : le patron, Giles Aden et vous.

Stormont s'exprima avec calme.

— Ce n'était pas moi.

— Evidemment. Vous n'allez pas dire le contraire. J'espère que c'est la vérité. Sinon je devrai vous tuer aussi.

Ainsi, elle avait tué Frazer. Le regard de Stormont

glissa lentement, douloureusement sur le corps d'Eva, puis s'attarda sur son visage. L'homme comprit tout ce qu'elle avait laissé derrière elle.

Des questions inutiles lui vinrent à l'esprit. Il voulait dire « Me croyez-vous capable de trahison ? » Ce à quoi elle répondrait que oui. Elle saurait aussi que, dans la logique tortueuse de la Firme, il pourrait avoir une bonne raison de le faire. Toute parole, tout raisonnement était inutile. Ses mains pesèrent des tonnes, soudain.

— N'y a-t-il pas eu assez de morts ? N'en avez-vous pas fini avec cela, Eva ?

Il y avait tant de tendresse dans ces mots qu'elle en fut presque démontée. Elle le regarda, essayant de lire la vérité dans ces yeux entraînés au mensonge. Elle voulait tant le croire, mais elle se méfiait de ce besoin d'un éclair d'innocence, d'absence de trahison. Plus que tout au monde elle brûlait de commettre un acte de foi ; que cet homme ne fût pas, lui entre tous, détruit dans sa pensée, dans sa vie. Mais son instinct était perverti par la trahison et la mort et elle doutait de pouvoir faire confiance à quiconque, fût-ce à elle-même. Elle préférerait être tuée par un ennemi déclaré — les hommes de Frazer — que par Stormont.

Elle plongea ses yeux dans ceux de Stormont, qui semblaient l'attendre. Une fraction de seconde, elle envisagea de presser la détente, de le voir glisser à terre. Mais c'était impossible ; là était la réponse. Lentement, très lentement, elle abaissa son arme et marcha vers lui. Au moment où elle aurait pu le toucher du bras, elle s'arrêta.

Stormont soutenait son regard, résistant à la tentation de l'effleurer, prenant garde de ne pas briser cette paix fragile. Il ouvrit la portière de la voiture.

— Nous allons rentrer à Hanoï et quitter ce pays.

Elle grimpa à côté de lui. Stormont les conduisit jusqu'à son hélicoptère, ordonnant par radio aux autres hommes de les y rejoindre. Ils se déplacèrent rapidement dans le noir et s'engouffrèrent dans l'hélicoptère. Portes fermées. Eva à côté de Stormont. Le pilote mit en marche le moteur qui gronda dans le silence de la nuit. Ils survolèrent la campagne obscure, direction Hanoï.

Stormont ne fit aucune tentative pour parler à Eva. Il connaissait l'essentiel de ce qui s'était passé. Il la débrieferait plus tard. Autant la laisser tranquille pour l'instant.

Eva regarda en bas. Les rizières infinies et les forêts lointaines lui paraissaient aussi irréelles et inoffensives que les pages d'un atlas. L'absence brutale de danger la laissait désemparée. Elle écoutait le rotor tournoyer au-dessus de sa tête, fragile comme une toile d'araignée. Un oiseau pourrait les précipiter au sol.

Ils atterrirent juste avant l'aube. Courtney conduisit Eva et Stormont à l'ambassade. Stormont rattrapa Eva par le bras lorsqu'elle trébucha dans l'escalier ; l'épuisement, la déshydratation et le manque de nourriture avaient finalement eu raison d'elle. Il l'accompagna dans les couloirs silencieux jusqu'à une porte vitrée. Une lumière brillait à travers la vitre. Stormont sortit une clef. Assise sur un lit étroit, le regard fixe, Cassie.

Stormont ouvrit la porte. Cassie se leva. Eva se tenait devant elle, lasse, raide. Sa peau et ses vêtements étaient couverts de boue et de sang séchés. Pendant un temps, elles se dévisagèrent sans un mot. Puis Cassie s'avança et étreignit Eva qui l'enserra de ses bras.

Quand elles se séparèrent, Stormont dit, un peu gêné :

— Je vais vous trouver une douche, Eva, et des vêtements. Nous allons vous faire à toutes deux de nouveaux passeports. Vous serez plus en sécurité si vous voyagez incognito.

Il se tourna vers Cassie.

— Nous enverrons quelqu'un récupérer vos affaires à votre hôtel. Une fois que nous serons partis.

Tandis qu'Eva se douchait, Stormont revint voir Cassie.

— Nous filerons dès que possible. D'abord pour Hong Kong d'où nous prendrons un vol RAF. Nous devrions atterrir à la base militaire de Brize Norton vers six heures demain matin. Je crains que nous n'ayons beaucoup à parler pendant le trajet et les jours suivants. Mais vous souhaitez peut-être qu'on vienne vous chercher à votre arrivée. Y a-t-il quelqu'un à qui je puisse téléphoner ?

Il s'étonna de sa propre douceur. C'était comme s'il pouvait se permettre d'être aimable maintenant qu'Eva était de retour, saine et sauve.

Cassie sourit faiblement, essayant de se projeter vingt-quatre heures en avant, tentant d'imaginer ce qu'elle éprouverait alors. Au bout d'un moment, elle dit :

— Il y a bien quelqu'un. Owen Quaid. Oui, ce serait bien. Voici son numéro.

Stormont l'inscrivit puis quitta Cassie afin d'organiser le départ. Il s'installa dans une pièce tranquille, seul avec un carnet de notes et un téléphone. Il appela McKenzie à Hong Kong et lui demanda de prévoir un avion militaire. Puis il appela Giles Aden.

Il était onze heures du soir à Londres. Aden était chez lui. Il répondit au bout de deux coups de sa voix vive et pleine d'autosatisfaction.

— Giles, ici Andrew. Tout va bien. Je repars aujourd'hui et serai à Brize Norton mardi à six heures du matin. Soyez-y, voulez-vous ?

L'avion décolla de Hong Kong à sept heures trente. Stormont et Eva étaient assis côte à côte, Cassie devant. Tant qu'ils étaient au Vietnam, Stormont sentait la contagion du danger.

Le vol dura une heure et demie. Un avion militaire les attendait à l'aéroport de Kowloon. Ils volaient vers l'ouest. Le matin brisait les nuages devant eux. Le bruit des moteurs s'enroulait autour d'eux. Là encore, Cassie était assise seule, sur le rang de devant. L'imminence du danger levée, l'heure était venue de parler. Stormont se tourna vers Eva.

— Finalement vous avez tué Frazer.

— Et Ha Chin. Ils étaient dans la même pièce. Je n'avais pas le choix. Frazer avait déjà essayé de me tuer deux fois. Il était en train de m'injecter une overdose d'héroïne quand Cassie a surgi dans la pièce et lui a foncé dessus. La seringue est tombée. Je n'en ai absorbé qu'une dose infime. Frazer a affirmé qu'il trouverait un autre moyen de nous tuer toutes les deux et que ça aurait l'air d'un accident. L'héroïne n'était plausible que dans mon cas. « Camée un jour, camée toujours », disait-il.

Stormont l'observait tandis qu'elle prononçait ces paroles, luttant pour être détachée, cherchant désespérément à maîtriser sa voix.

— Alors il a décidé de nous tuer ensemble, Cassie et moi. Il a prétendu avoir conclu un marché avec vous, avec la Firme. Il nous a donné une jeep. Au moment où nous partions, j'ai entendu un garde plaisanter à propos de mines. Sur le moment, je n'ai pas compris, mais au bout de quinze kilomètres j'ai saisi qu'il avait sans doute piégé la jeep. Nous l'avons abandonnée juste à temps. Un fermier nous a ramenées à Hanoï. J'ai lâché Cassie en chemin, cela, vous le savez. Elle était censée mentir à vos hommes, ou à vous, si vous étiez sur place.

Elle s'interrompit et planta ses yeux dans ceux de Stormont.

— J'avais le sentiment que vous pourriez être là.

— Elle a joué son rôle à merveille. Elle a gagné du temps jusqu'à ce qu'il fût trop tard. Après quoi j'ai craint ce que vous étiez partie accomplir.

— Je suis surprise qu'il vous ait fallu tant de temps. M'auriez-vous interceptée ?

— J'étais convaincu que vous seriez tuée. Croyez-vous que j'aurais laissé cela arriver même si c'était ce que vous vouliez ?

— Je ne voulais pas mourir. Mais rappelez-vous. Nous avons fait ce voyage il y a plus de quatre ans.

Même type de transport, sauf que j'étais une droguée. A votre avis, pourquoi est-ce que je m'en suis sortie ? Pendant quatre ans, j'ai vécu — survécu — pour cela. Je ne pouvais pas laisser cela s'échapper, faire de ma vie à venir un colossal mensonge. Et quand Frazer m'a enfoncé l'aiguille dans le bras, toute la douleur a ressurgi d'un coup. Elle m'aurait anéantie. Alors j'y suis retournée, je m'en suis tirée, et me voici.

Ils se regardèrent longuement.

— Eva, je vais faire tout ce qui est en mon pouvoir pour arranger les choses, dit enfin Stormont.

Elle détourna les yeux, épuisée.

Stormont contempla ce corps affaissé près de lui. A l'ambassade, elle avait pris une douche et enfilé les vêtements procurés par Courtney, pourtant ce qu'il voyait, c'était la jeune femme dans le noir, qui s'approchait, couverte de sang.

Il se leva sans un bruit et alla s'asseoir à côté de Cassie. Elle était éveillée et regardait dans le vague. Il prit sa main, constatant avec surprise comme il était facile de la toucher. Il voulait tant toucher Eva. Mais il n'y arrivait pas.

Cassie leva les yeux sur lui.

— Qu'allez-vous faire quand tout sera fini ? demanda-t-il.

— Je ne sais pas. Comment reprendre une vie normale après cela ? Comment retourner chez Case Reed, m'inquiéter pour des contrats, me lancer dans des affaires comme si cela comptait ?

— Qu'est-ce qui compte ?

— A vous de me le dire. Vous vivez avec.

Il se détourna involontairement.

— Vous voyez, vous en êtes incapable, vous esquivez.

Il l'affronta de nouveau

— Mon job, mon travail.

— Ah oui, votre travail. J'ai entendu Frazer dire la même chose alors qu'il s'apprêtait à injecter de l'héroïne dans le bras d'Eva. Il disait que vous ne voudriez jamais vous débarrasser des gens comme lui, que vous vouliez seulement savoir ce qu'ils faisaient et avec qui. Il prétendait que vous vous contentiez de les laisser faire parce que si ce n'étaient pas eux, quelqu'un d'autre comblerait le vide. C'est comme ça qu'il appelait cela.

Hors d'elle, elle s'exprimait maintenant avec dureté.

— Qu'allez-vous faire avec Eva ?

Il plongea à nouveau son regard dans le sien puis baissa les paupières.

— Nous allons faire le ménage dans le camp. Les hommes de Frazer vont disparaître et se rendre à Hong Kong. Je ne pense pas qu'il y ait de retour de bâton. Désormais, le jeu n'en vaudrait plus la chandelle. Quant aux agissements d'Eva, inutile d'envoyer des faire-part. Avec ce qu'elle a fait, son rôle, il y a toujours le risque qu'il y ait de la casse. Elle n'aura pas à payer pour cela, si c'est ce que vous voulez dire.

— Ce serait vraiment la trahison finale, vous ne croyez pas ? Mais non, ce n'est pas ce que je voulais dire. Je n'ai jamais songé qu'on la réprimanderait pour cela, mais dire qu'elle ne paiera pas... Comment vivra-t-elle sa vie ? Voilà ce que je veux dire. Qu'allez-vous faire avec elle ?

Il regarda droit devant lui, sans rien ajouter.

54

L'avion atterrit à l'heure à la base RAF de Brize Norton. La porte s'ouvrit et on installa la passerelle. L'officier de garde vint à leur rencontre. Stormont fut le premier à sortir, suivi de Cassie puis d'Eva. Ils se dirigèrent ensemble vers le bâtiment principal de l'aéroport.

L'officier prit Stormont à part et se présenta.

— Mr. Aden est seul dans une pièce, sir, suivant vos instructions. Mr. Quaid est dans la salle numéro quatre. Et nous avons préparé la salle numéro un à votre usage.

— Merci. Nous verrons brièvement Quaid, puis Aden. J'aimerais que vous restiez dans le coin.

L'homme lui jeta un regard entendu, flairant quelque ennui.

— A vos ordres, sir. Par ici, je vous prie.

Stormont était avec les deux jeunes femmes dans la salle qui leur avait été dévolue.

— Etes-vous prête à voir Quaid ? demanda-t-il à Cassie.

— Oui, je crois.

Elle se contenait si fortement qu'elle en était presque insensible.

Cassie se dirigea vers la porte.

— A plus tard, Eva.

— Oui. A plus tard, Cass.

Encore une séparation ponctuée de mots banals,

comme si elles étaient incapables d'en formuler d'autres.

Stormont ouvrit la porte. Cassie franchit le seuil quand malgré elle, elle s'arrêta et revint vers Eva.

— J'ai oublié de te dire. J'ai vendu mes actions de Genius à un type nommé Aubrey Goldstein, et j'ai accepté de vendre les tiennes, si tel est ton désir, naturellement. Le cours auquel j'ai négocié te rapporterait environ deux millions sept cent mille livres sterling pour tes dix pour cent.

Elle se tourna vers Stormont.

— Goldstein est l'homme qui est venu me trouver au bar du Métropole. Il voulait à tout prix mettre la main sur Genius alors je l'ai fait raquer... Téléphone-moi, Eva, d'accord ? Il faut que nous réglions cela.

— Tu as négocié tout cela pendant que j'étais... partie ?

— Ça a aidé.

Eva eut un regard incertain.

— Ces actions sont à vous Eva, intervint Stormont. Faites-en ce que vous voulez. Le plus tôt sera le mieux.

— Je t'appelle, dit Eva à son amie. Et merci, Cass.

Elles échangèrent un dernier regard puis Cassie disparut enfin avec Stormont.

— Il faudra que je vous revoie dans quelques heures, dit Stormont. Nous devrons tout passer en revue. Cela pourrait prendre plusieurs jours. Nous irons dans un endroit tranquille. Quaid ne pourra pas nous accompagner, mais vous le reverrez vite. Je vous demande une chose, Cassie, ne dites à personne d'autre ce qui vous est arrivé, à vous et Eva. Et vous ne devez en aucun cas parler de moi. Vous savez pourquoi je vous le demande, ainsi que les enjeux concernés.

— Oui et je me tairai.

— Il est difficile de garder des secrets, Cassie. S'il vous prenait l'envie d'évoquer ces événements, vous pourrez toujours vous adresser à moi.

— Merci. Je n'hésiterai pas.

Stormont la conduisit dans la salle. A l'extérieur, hors de vue, il aperçut Quaid qui l'enlaçait. Puis il rebroussa chemin vers Eva.

Il s'assit en face d'elle et la considéra un long moment sans un mot.

Puis ils parlèrent. Cela dura deux heures. Eva lui donna tous les détails opérationnels. Après, Stormont se détendit. Eva le trouvait empreint de tristesse.

— Et maintenant ? demanda-t-il. Où voulez-vous aller quand nous aurons balayé tout cela ?

— Où aller, sinon ailleurs ? J'ai fait ce que j'avais décidé.

— Désormais, vous pouvez vivre, libérée de Frazer.

— Je ne suis pas douée pour la vie, la vie normale. J'ai du mal à rester longtemps avec les gens. Je panique si je dois passer une journée entière avec quelqu'un, sans la possibilité de me retrouver seule avec mes pensées. En même temps, je n'ai pas confiance en moi. Peut-être ai-je le sentiment que le malheur et la désolation vont surgir. Je ne puis désapprendre, je ne puis oublier.

Le flot des mots allait et venait, mais jamais les mots qu'il fallait, jamais les choses qu'elle avait véritablement envie de prononcer. Elle se demanda s'il se retenait, lui aussi. Combien durerait ce silence stérile ? Encore trente ans ? Jusqu'à la mort ? Et cependant il était là, assis près d'elle. Il lui suffisait de tendre la main, de toucher son bras, de le toucher, lui, n'importe où. Cet acte délibéré traduisait tout — un simple effleurement, un regard — et pourtant elle en était incapable.

Elle savait que si elle se trouvait abandonnée sur une île déserte, elle le choisirait entre tous, qu'il prendrait la place de dix. Une décision si simple, si évidente. Pourtant elle ne parvenait pas à tendre la main vers lui. Elle avait peur de la reconnaissance, de la perte possible.

Il s'exprima enfin.

— Vous n'êtes pas obligée de vivre avec des étrangers. Vous n'êtes pas obligée de mener une existence normale.

Elle attendait. Il reprenait son souffle.

— Vous pourriez vivre avec moi.

Il tendit la main, effaçant l'espace entre eux, et lui toucha tendrement le bras. Sa main demeura là. Eva leva les yeux sur son visage et attendit, encore.

— Je veux d'abord que vous voyiez quelqu'un, que vous répondiez à une question que vous gardez peut-être à l'esprit.

— Qui ?

— Giles Aden.

— Vous pensez que je serais revenue avec vous si je croyais que vous m'aviez trahie ?

— Vous n'aviez aucune raison de me croire. Logiquement, il y avait une chance sur trois pour que je vous eusse trahie. Mettons que je veuille vous en apporter la preuve. Et je tiens à ce qu'Aden ait à vous affronter.

— Oui, cette confrontation sera salutaire.

De toute façon, elle n'avait pas besoin de preuve. Elle avait décidé de le croire parce que son instinct le lui dictait, instinct à qui elle faisait davantage confiance qu'aux preuves extérieures, aisément falsifiables. Elle savait, même si Stormont l'ignorait encore, que si elle cherchait des preuves dans leurs miroirs sauvages, elle n'en finirait jamais de fouiller parmi des images fragmentaires. Elle ne pouvait se reposer que sur sa propre foi. Aussi se contenta-t-elle de lui sourire.

Il quitta la pièce et revint en compagnie d'Aden. Sur le visage d'Eva, une colère étonnamment maîtrisée.

Stormont se tourna vers son adjoint.

— J'aimerais que vous disiez à Eva ce que vous avez fait avec son dossier médical, et de sa couverture.

Aden ne répondit pas tout de suite. Il regarda autant que possible dans les yeux de Stormont. Il finit par comprendre que toute tentative de dissimulation était aussi vaine que sa première impulsion. Comprenant qu'il n'avait aucune porte de sortie, il prit un air faussement irrité.

— Visiblement, vous connaissez la réponse, alors pourquoi me demander ?

— Je crois qu'Eva mérite une explication, non ?

— Elle méritait de mourir. Elle n'était pas apte à reprendre du galon. Elle aurait pu compromettre toute l'opération contre Frazer et Ha Chin.

— Alors vous avez préféré compromettre l'opération vous-même. Logique.

— Logique ! Vous ne pensez qu'à ça, la logique ! cracha-t-il, plein d'amertume.

— Qu'y a-t-il d'autre ?

Aden croisa à nouveau le regard de Stormont, puis détourna les yeux ; il se ratatinait.

— Vous ne voyez pas ? fusa Eva, dont la voix fit sursauter les deux hommes. Il vous adule et vous méprise. Il a sans doute rêvé toute sa vie d'être un agent de terrain. Vous étiez le truchement, j'étais l'obstacle. Vous l'avez laissé tomber et je me suis mise en travers de son chemin.

Ahuri, Stormont se tourna vers elle. Elle reprit.

— Vous n'avez jamais saisi la logique émotionnelle, n'est-ce pas ?

Puis sa voix se fit plus basse et elle dit, presque apaisée :

— Vous ne la voyez jamais, jusqu'à ce qu'il soit trop tard. Peut-être la verrez-vous, maintenant.

Stormont ne la lâchait pas des yeux. Eva le surprendrait toujours et il l'aimait pour cela. Au bout d'un moment, il ouvrit la porte et parla à l'officier de service, qui attendait dehors.

— Escortez cet homme en lieu sûr, voulez-vous ? Et bouclez-le.

— Qu'allez-vous faire de moi ? s'enquit Aden, d'une voix éteinte.

— Pas grand-chose. On vous laissera aller, dit-il, usant délibérément de l'euphémisme. Vous perdrez votre retraite. Tout bien considéré, vous vous en tirerez à merveille.

— Tout quoi bien considéré ?

— Ce qu'Eva pourrait vous faire, si elle en décidait ainsi.

Aden se tourna vers Eva. Il ne discerna ni haine, ni colère. Mais, pis que tout, il lut de la pitié.

— Fichez le camp, Aden. Je ne vous ferai pas de mal. Vous vivrez avec vous-même, rien qu'avec vous-même. Sans Stormont, dans l'oubli. Ce sera suffisant.

Aden inclina la tête, incapable d'affronter le regard d'Eva. L'officier de service le prit par le bras et l'emmena.

Stormont et Eva se retrouvèrent seuls. Ils s'assirent l'un en face de l'autre.

Il se décida à parler.

— Vous venez avec moi, alors ?

Eva sourit, se leva et alla vers lui.

— Et le règlement, les agents et leur contrôleur — nous enfreignons toutes les règles d'un coup. Je ne veux plus avoir à agir, ou à dissimuler, ou à attendre qu'un temps suffisant se soit écoulé jusqu'à ce que ça aille — si cela doit arriver un jour.

— Est-ce que cela ira jamais pour vous ? Pourriez-vous le souhaiter un jour ?

— Oui.

— Et entre-temps, qu'allez-vous faire ?

Elle sourit et, dans ses yeux, il déchiffra la perspective du bonheur.

— Je veux aller dans un climat chaud avec de l'eau bleue et du soleil, où je n'aurai rien d'autre à faire qu'à boire du lait de coco à longueur de journée. Un endroit calme et clément, où personne ne me connaît.

Du même auteur :

L'INITIÉE, roman, « Grand Format », Grasset, 1995.
DANS LA FOURNAISE, roman « Grand Format », Grasset, 1999.

Composition réalisée par JOUVE

Achevé d'imprimer en Europe (Allemagne)
par Elsnerdruck à Berlin
LIBRAIRIE GÉNÉRALE FRANÇAISE - 43, quai de Grenelle - 75015 Paris.
Dépôt légal Édit. 1233 - 03/2000

ISBN : 2 - 253 - 17127 - 1

31/7127/9